陈汉升的修罗场

柳岸花又明 著

庄周 I 梦蝶

中国友谊出版公司

图书在版编目（CIP）数据

陈汉升的修罗场. 庄周梦蝶 / 柳岸花又明著.
北京：中国友谊出版公司，2024.11（2025.3重印）.
ISBN 978-7-5057-5986-2

Ⅰ．I246.5

中国国家版本馆 CIP 数据核字第 2024RD7003 号

书名	陈汉升的修罗场. 庄周梦蝶
作者	柳岸花又明
出版	中国友谊出版公司
发行	中国友谊出版公司
经销	新华书店
印刷	三河市中晟雅豪印务有限公司
规格	700毫米×980毫米　16开 18.25印张　434千字
版次	2024年11月第1版
印次	2025年3月第3次印刷
书号	ISBN 978-7-5057-5986-2
定价	54.80元
地址	北京市朝阳区西坝河南里17号楼
邮编	100028
电话	(010) 64678009

如发现图书质量问题，可联系调换。质量投诉电话：010-82069336

目录

第 1 章　喝酒不开车 _ 002

第 2 章　你是谁？_ 004

第 3 章　原来还是邻居 _ 006

第 4 章　小鲫鱼女神 _ 009

第 5 章　吾家有子初长成 _ 011

第 6 章　包子铺里的对话 _ 014

第 7 章　看我脸色行事 _ 016

第 8 章　偶遇 _ 019

第 9 章　你答应我爸要照顾我的！_ 021

第 10 章　呵，男人！_ 024

第 11 章　火车站记闻 _ 026

第 12 章　有点东西的 303 _ 029

第 13 章　撒谎精陈汉升 _ 032

第 14 章　正确的生活指南 _ 034

第 15 章　大学必须活力四射 _ 037

第 16 章　我要当班长 _ 039

第 17 章　千人有千面 _ 042

第 18 章　宝藏女孩 _ 044

第 19 章　会说话的男生都是骗子 _ 046

第 20 章　你压到我头发了 _ 049

第 21 章　公事和私事 _ 051

第 22 章　一天到晚都是戏 _ 054

第 23 章　我要认真考虑一下 _ 056

第 24 章　万里长征的第一步 _ 059

第 25 章　班长姓糖，甜到忧伤 _ 061

第 26 章　霸道总裁 _ 064

第 27 章　现在我是班长 _ 066

第 28 章　谢谢你肯为我上进 _ 068

第 29 章　第一次逃课 _ 071

第 30 章　恋爱不如游戏 _ 073

第 31 章　忍一时越想越气 _ 075

第 32 章　赌上副部长的名义 _ 078

第 33 章　当套路不管用的时候 _ 080

第 34 章　一波又三折 _ 083

第 35 章　还好没太严重 _ 085

第 36 章　新生副部长 _ 088

第 37 章　迷人的误会 _ 090

第 38 章　伤了心的女人 _ 093

第 39 章　蠢蠢欲动的家长们 _ 095

第 40 章　空瘪的破旧小钱包 _ 098

第 41 章　登门拜访 _ 100

第 42 章　缘，妙不可言 _ 102

第 43 章　虎妞 _ 105

第 44 章　半道接手 _ 107

第 45 章　以柔克刚，水滴石穿 _ 109

第 46 章　烟别太淡 _ 111

第 47 章　观影会 _ 114

第 48 章　一个渣男的自述 _ 116

第 49 章　有酒没故事 _ 118

第 50 章　扛着项目谈合作 _ 121

第 51 章　拿错了剧本 _ 123

第 52 章　唇膏 _ 126

第 53 章　事后表达显真诚 _ 129

第 54 章　芥菜辣子嘎嘣脆 _ 132

第 55 章　晚安是一首小情歌 _ 134

第 56 章　总之都是画饼 _ 137

第 57 章　不如支持一部手机 _ 139

第 58 章　我能单手操作手机 _ 141

第 59 章　青春就是贩卖情话呀 _ 143

第 60 章　大的甜，小的萌，陪着的最苦 _ 147

第 61 章　情侣装 _ 149

第 62 章　这就是生意 _ 152

第 63 章　F 栋 101 的《金庸群侠传》_ 154

第 64 章　最傻的傻子 _ 157

第 65 章　QQ 爱 _ 159

第 66 章　猫巷少女 _ 162

第 67 章　说谎不是男人的本性 _ 164

第 68 章　梁美娟来校 _ 167

第 69 章　风生水起 _ 169

第 70 章　躲不掉的总会相见 _ 172

第 71 章　对穿 _ 174

第 72 章　两副手套 _ 176

第 73 章　同学关系 _ 179

第 74 章　像我们这样的有二十七个 _ 182

第 75 章　101 推广攻略（1）_ 184

第 76 章　101 推广攻略（2）_ 186

第 77 章　101 推广攻略（3）_ 189

第 78 章　你身上有她的香水味 _ 192

第 79 章　第一个掉队的人 _ 194

第 80 章　尴尬的相遇 _ 197

第 81 章　黑长直 _ 200

第 82 章　渣男和渣女 _ 202

第 83 章　我想帮你点支烟 _ 204

第 84 章　酒无好酒，宴无好宴 _ 207

第 85 章　你能渣我一回吗？_ 209

第 86 章　不正常少女收容中心 _ 212

第 87 章　火箭 101 _ 214

第 88 章　我在等一段专属背景音乐 _ 217

第 89 章　我的背景音乐！_ 219

第 90 章　生活里无处不在的狗粮 _ 222

第 91 章　认真的雪（上）_ 224

第 92 章　认真的雪（中）_ 227

第 93 章　认真的雪（下）_ 229

第 94 章　偷鸡得来的亚军 _ 232

第 95 章　最怕过节 _ 235

第 96 章　平安夜风云 _ 237

第 97 章　莫名其妙的校"三好学生" _ 240

第 98 章　放假不回家 _ 242

第 99 章　关系就是生产力 _ 245

第 100 章　"水箭龟"王梓博 _ 248

第 101 章　不想当渣男 _ 250

第 102 章　你挑着担，我牵着马 _ 253

第 103 章　心尖尖 _ 256

第 104 章　还真的有个表妹 _ 258

第 105 章　川渝的一晚（上）_ 261

第 106 章　川渝的一晚（下）_ 263

第 107 章　12 分的高数 _ 266

第 108 章　无赖 _ 268

第 109 章　聚会时的小意外 _ 271

第 110 章　2002 版以身相许 _ 274

第 111 章　瑞雪兆丰年 _ 276

第 112 章　一个被放弃的大号 _ 279

第 113 章　修罗场（上）_ 281

第 114 章　修罗场（下）_ 284

你是恩赐也是劫

终是庄周梦了蝶

第 1 章　喝酒不开车

嘉平国际酒店金碧辉煌的包厢里，一群衣冠楚楚的男男女女推杯换盏，喝得红头涨脸。

"陈总，以后的生意还请您多多照顾。"

"陈总，我再敬您一杯，您随意，我干了。"

"陈总，祝您以后财源广进，生意蒸蒸日上。"

…………

酒桌上的主角名叫陈汉升，敬酒或者奉承基本上和他有关系。

"也不知道哪个女人那么好运，能够嫁给陈总这样的男人。"一个脸色酡红的女人端起酒杯，娇滴滴地说道。

三十五岁的陈汉升正是精力、阅历、能力处于巅峰的时候，社会地位给予他收放自如的心态，再加上不俗的谈吐，吸引女性目光是常有的事。

"张小姐还不知道吧，直到现在，陈总还没结婚，他可是真正的钻石王老五。"马上就有人附和起来。

"那一定是陈总眼光太高，看不上我们这些庸脂俗粉。"女人笑吟吟地回道，然后双手递过来一张名片，目光流转之间好像要滴出水来，柔媚地说道，"陈总生意做得虽大，但是也要在家庭和事业之间找到一个平衡点啊。"

陈汉升礼貌地接过名片，不过两人触碰的一刹那，他突然觉得手心一痒，原来这位张小姐伸出食指在自己手掌心轻轻滑动，然后含情脉脉地盯着自己。

陈汉升哂然一笑，不动声色地坐下了。

应酬结束后，酒桌上大部分人有了醉意，姓张的漂亮女人离开时，恋恋不舍地看了一眼陈汉升。

陈汉升会意，做出一个打电话的手势，她这才展颜欢笑。

这时，下属走过来说道："陈总，我送您回去。"

"不用，"陈汉升摆摆手，"我在对面小区新买了一套房子，离这里也就不到一百米，自己开回去就行。"

下属离开后，陈汉升才慢慢上了路虎车，仰头靠在真皮座椅上，脸上露出深深的疲倦。

每次应酬后除了胃里满满的酒水，心情总是莫名地压抑，甚至有一种不知所措的空虚。

人在江湖，身不由己。

"呼……"

陈汉升重重呼出一口浊气，如果庸俗地用金钱来评价幸福的程度，其实自己已经比大部分人幸福了，实在不应该多抱怨。

打开车载音响，系上安全带，准备发动车子的时候，陈汉升突然摸到口袋里的一个硬物，原来是应酬时那位漂亮的张小姐的名片。

"张明蓉，名字还不错。"

陈汉升笑了笑，然后轻轻一弹，精致的名片在夜色中画出一道弧线落在地上，接着路虎轮胎毫不留情地碾轧过去。

成人的名利场总是少不了逢场作戏，谁当真谁就是傻瓜。

路虎车里，《离家五百英里》的旋律来回飘荡：

> If you miss the train I'm on
> 若你错过了我搭乘的列车
> You will know that I am gone
> 你会知晓我已远走他乡
> You can hear the whistle blow
> 你能听到它汽笛嘶吼
> A hundred miles
> 离开一百英里
> …………

这首歌的歌词与陈汉升现在的生活相去甚远，但是其中的意境却深深地感染了他，频繁使用数词和重复手法，表达了人生路途之艰辛。

古今中外，背井离乡讨生活的人们，有的富足，有的穷困，但无论是富足还是穷困，他们心中的离愁永远难以磨灭。

"好久没去见老爹老娘了，不如连夜去看看他们吧。"

这样一想，在洋酒后劲的作用下，陈汉升居然下意识地转动了方向盘。

突然，从侧面照射过来一阵耀眼的白光，"轰隆"一声重响，陈汉升就什么都不知道了。

"小陈，快醒醒，公交要到站了。"

迷迷糊糊之间，陈汉升被一个声音吵醒，睁眼是耀目的阳光，脑袋是酒后的刺痛。

"下次坚决不能喝这么多酒了。"陈汉升皱着眉头说道。

"昨天是高中最后一场班级聚会，大家都喝了不少，再说你情场失意，喝醉也没关系的。"说话的是一个十七八岁的少年，身材微胖，肤色黝黑，又咧嘴一笑，"我早就劝你别向萧容鱼表白，你非要趁着高考结束尝试一把，结果怎么样？喜欢她的人那么多，你也就是一个枉死鬼。"

黑胖子幸灾乐祸地说完，看到陈汉升眼睛直直地看着自己，他还有些不高兴："说两句萧容鱼的坏话，你就生气了？"

"咱们可是一起长大的玩伴，你和她也就做了三年高中同学，我建议你把昨晚的事情当成一场回忆，让它随风飘去。"

看着他要一直唠唠叨叨下去，陈汉升忍不住打断："你是谁？"

"我？！"眼前这个少年的表情先是惊讶，然后变成了愤怒，车辆到站后，他一把拉起脚步虚浮的陈汉升下了车，大声说道，"失恋又不是失忆，我是你的好兄弟王梓博，你不会连自己叫陈汉升也忘记了吧？"

"王梓博？"

陈汉升的确有个好朋友叫王梓博，可是目前他不在国内。

"王梓博不是在国外吗？"

"陈汉升，你在说什么胡话？"

这次陈汉升不说话了，因为他正盯着公交车站台上的反光玻璃发呆，上面的倒影也是一个青少年，熟悉却又陌生，嘴边还有一点毛茸茸的胡须。

天空湛蓝无云，马路还是泥土的，在阳光下，扬起的飞尘一粒粒看得很清楚，路边理发店的喇叭放肆地播放着高音：

"陪你去看流星雨落在这地球上，让你的泪落在我肩膀……"

结合眼前的场景，再加上大街小巷播放的歌曲，陈汉升的脑袋突然有点晕，这俗套的桥段居然在自己身上发生了，突然胃里又是一阵翻涌，陈汉升忍不住走到路边吐了起来。

王梓博也不嫌弃，走过来拍打他的后背，安慰道："吐完就好了。"

胃里的东西全部吐光后，陈汉升的神志逐渐清醒，现在王梓博的形象终于和记忆里的逐渐重叠。

"现在我们去哪里？"陈汉升艰难地抬起头。

"去学校拿录取通知书啊。"

现在王梓博已经不感到奇怪了，他就当好友的异样来自昨晚那场有始无终的表白。

这样一说，陈汉升还真想起来了，当初自己和王梓博去学校拿高考录取通知书，自己考上的是普通二本院校，王梓博考上的则是一本。

今年不是 2019 年，而是 2002 年。

第 2 章　你是谁？

两人晃晃悠悠来到学校门口，一路上，王梓博说得多，陈汉升基本不回应，他正在努力适应十七年前的港城。

当年大学毕业后，陈汉升觉得家乡经济发展不好，便一直留在省会嘉平打拼，偶尔回家看看爹娘，也是匆匆地来、匆匆地走，根本没时间留意家乡的变化。

也只有在醉酒的凌晨，才会从心底涌出莫名的触动和回忆，不过第二天就被现实的忙碌所取代。

"我这样的人回到从前有什么意思呢？"

陈汉升心中觉得十分憋闷，2019 年的自己有钱有地位，有公司有下属，根本不符合"头戴绿帽、父母双亡、穷困潦倒、饥寒交迫"从头再来的基本条件。

"我真没想再来一遍啊!"

陈汉升忍不住骂了一句,王梓博正在絮叨昨晚陈汉升喝醉酒后不顾阻拦,硬要去萧容鱼面前表白的糗事,他愣了一下:"你到底有没有在听我说话?"

"哦,听了。"陈汉升随便糊弄道,然后摸了摸口袋,没有钱包,没有手机,也没有快捷支付,他叹了一口气,对王梓博说道,"你带钱没有?我想去小卖部里买点东西。"

"是不是买水?"

王梓博倒是善解人意,他知道人宿醉后嘴巴会比较干,再加上今天天气挺热的,陈汉升肯定想喝水。

"你喝什么,健力宝还是可乐?"

王梓博准备请客。

"矿泉水就行。"陈汉升回道。

陈汉升直接把裤腿卷到膝盖,眯着眼睛若有所思地打量着过往的学生。

不远处有一群人骑着车过来了,王梓博赶紧提醒陈汉升:"来人了。"

王梓博的举动也把陈汉升吓了一跳:"里面有老师?"

"没有老师,全是咱们的同班同学。"王梓博解释道。

陈汉升尊重老师这个职业,但是高中同学有什么好放在心上的,都毕业了还能怎样?

大概这群学生也是来拿录取通知书的,带着对大学生活的憧憬和向往,一路上说说笑笑,经过陈汉升和王梓博的时候,他们全部停了下来。

现在陈汉升的形象非常邋遢,既有宿醉后的疲乏,又有重生后的迷茫,不修边幅四仰八叉地坐着,如果没有这张十八岁的脸,完全是一个中年油腻大叔形象。

同学都吃惊地看着陈汉升,在港城一中这种管理严格的学校里,这差不多是堕落的表现了。

"你们都是去拿录取通知书的吗?"王梓博觉得有必要说点什么了。

这群学生都没说话,而是把视线转移到其中一个女生身上。

这女生长得真俊俏,碎花裙子过膝的裙摆在夏天傍晚的风中轻轻飘荡,泛出一股明媚的活泼。她的身高至少有一米六八,出于天热的原因,她脸上漾着淡淡的红晕,挺直的鼻梁,红润的嘴唇,白皙的下颌,浓密睫毛下的眼睛清澈透亮,柔顺的发丝自然垂落到肩膀上。

女生停下橘黄色小单车走过来的时候,陈汉升甚至能闻到一股淡淡的百合香味。

"陈汉升,你怎么可以这么堕落?"

声音挺好听的,不过有些生气。

陈汉升根本想不起来她是谁,只能转过头看着王梓博。王梓博没理解他的意思,只是大眼瞪小眼地看着他。陈汉升没办法,只能开口问道:"你是谁?"

"哇……"

这群骑车的准大学生一阵唏嘘,尤其那个女生更是忍不住摇头:电视剧里演的果然没错,男人变起心来真是快,昨晚还表白呢,只不过被拒绝了,就假装不认识。

"汉升,你不该这样。"这时,人群里走出一个男生,高高的个子,笑起来很温暖,

"希望你能从失恋的阴影中走出来，迎接美好的明天，我们都期待你的上进。"

这话听起来好像是安慰和鼓励，但是总有一种虚伪和居高临下的俯视态度。陈汉升当了那么多年老板，本身也是嚣张的性子，肯定不乐意别人踩着自己去表现，尤其在两人不熟悉的情况下。

尽管陈汉升坐在地上，但是一抬头、一挺胸，眼神平静，默不作声地盯着说话的男生，直到把他盯得浑身不自在，这才带着审视的意味说道："你又是谁？"

事业有成的男人既有混不吝的气度，也有厚积薄发的威严，岂是没走上社会的奶娃娃能比的？要论装模作样，他大概连陈汉升的尾气也够不到，所以一接触就败下阵来。

"你太让人失望了。"男生甩下一句色厉内荏的话，然后对漂亮的女孩子说道："我们走吧，不要管这种人了。"

只是女孩没听，又走近几步对陈汉升说道："你要假装不认识我，那我也没办法，但是昨晚我已经说得很清楚了，大学毕业前不想谈朋友。"

"如果你再这样，我就去告诉梁姨。"女生仰着下巴说道。

陈汉升愣了一下，自己刚刚回到十七年前，不愿意用这种方式和父母打招呼，而且今天是拿录取通知书的日子，他们聚在这里，已经有不少路过的学生驻足观看了。

陈汉升想了想，顺从地理了理衣服。

女生微微一笑，脸上露出一丝得意，然后从车筐里拿出一瓶矿泉水："洗把脸，一会儿去拿录取通知书。"

"谢谢，我自己有。"

陈汉升直接拒绝了。

"喊，欲擒故纵的老一套，表白失败就假装冷酷。"刚才说话的男生不屑地说道。

不过女生倒是挺倔强，尽管陈汉升不要，但她还是把水放在陈汉升脚边，然后冷哼一声，推起可爱的橘黄色小单车进学校了。

人们都离开后，陈汉升突然醒悟："她就是萧容鱼吧。"

"在我面前就别装了。"王梓博有些不满地说道，"我知道你表白被拒绝心里难受，但咱们是好兄弟啊，你有什么话可以和我说。"

王梓博也以为刚才陈汉升是故意的，目的是想挽回面子。

陈汉升也不知道怎么解释，只是拍了拍王梓博的肩膀："考上大学就已经是成年人了，学会独自承受痛苦是成年人的优秀品质。"

第3章　原来还是邻居

再次走进熟悉又陌生的校园，在那些标志性建筑物的刺激和引导下，陈汉升的记忆才慢慢苏醒过来。

这一路上碰到很多同学，有时候陈汉升很愿意打个招呼，但是张嘴却忘记了对方名字。不过对于萧容鱼和刚才出头的男生，陈汉升已经想起他们是何许人也了。

据说萧容鱼是港城一中建校几十年以来最漂亮的女学生，在昨晚那场高三同学聚会上，陈汉升借着酒劲表白了，也理所当然地被拒绝了。

萧容鱼的理由没什么变化：上初中时，她说初中不谈恋爱；上了高中，她又说高中不谈恋爱；好不容易高中毕业了，她又改口说大学毕业前不谈恋爱。

港城很小，哪里都有千丝万缕的联系，陈汉升的母亲和萧容鱼的母亲自然是认识的，不过萧容鱼的爸妈分别在公安局和供电局工作，家庭条件要好一点。

当然，陈汉升的家庭条件不算太好，但也绝对不差，父母都是公务员，从小到大没有为上学的费用操过心。他虽然不爱学习，但是成绩中等，长得高高大大，性格也不沉闷，还和学校外面的混混打过架。

按理说这样的人实在没有从头再来的价值，不知道老天为何选中了他，难道是为了惩罚他酒后开车？

不过有句话说得好：八岁到十八岁，这中间有十年；十八岁到二十八岁，这中间却有一生。

其实即使按部就班地发展，以后陈汉升也能成为身家上亿的企业家，但如果努力一点，在个人资产后面多加几个零，顺便改变历史进程，也是有可能的。

至于刚刚想踩着陈汉升，在萧容鱼面前装模作样的男生，他叫高嘉良，父亲是港城的地产商人，不过做生意向来是今天赚，明天亏。

前世十几年后的同学聚会上，高嘉良给陈汉升敬酒时，杯沿都要低三寸。

"老徐，我的录取通知书呢？"陈汉升走进教师办公室，对着一个"地中海"式发型的男老师问道。

老徐名叫徐闻，是陈汉升的高中班主任，平时二人关系不错，有时候闹开了，也能称兄道弟。以前陈汉升刚工作时，回老家还能抽空看看他，不过事情一多，就忘记了。

后来老徐得了肺癌去世了，当时陈汉升正在国外，只能托人带去了白包，自己都没时间回去参加追悼会。

所以对穿越前的陈汉升来说，其实他和老徐是阴阳两隔后乍见，心情还真有些兴奋。

老徐转过头，看到是陈汉升，便笑眯眯地从一沓录取通知书里抽出他的那一份，有些惋惜地说道："本来以为你能考上一本的。"

陈汉升在学校里属于惹事少，人高马大，偶尔能为班级做点贡献，老师纵然不会独特偏爱，但是也没办法讨厌的那种学生。

陈汉升不以为意地拿过录取通知书："二本就二本吧，我也就这水平了。"

王梓博的态度就很恭敬了："徐老师您好，我来拿录取通知书。"

趁着老徐找录取通知书的工夫，陈汉升往他的办公桌上扫了一眼，看到一包红金陵。红金陵是苏东省销量最好的一种烟，专门面向工薪阶层，陈汉升他爸也抽这种。

"老徐，以后你得注意健康啊，本来带高三毕业班压力就大，再抽烟的话，你这身体未必受得了。"陈汉升拿起烟说道。

徐闻愣了一下，来这里拿录取通知书的学生说得最多的就是"谢谢"，或者"以后我会多来看您"，只有陈汉升专门提醒自己要注意健康，语气诚恳得好像多年未见的老朋友。

老徐心里有些感动，现在的老师是一支粉笔、两袖清风、三尺讲台、四季辛劳，未必都有追求桃李满天下的境界，但是真的有学生这样关心自己，还是觉得很暖心。

徐闻觉得以前对陈汉升这个大男生关心太少了，很爽快地答应道："以后一定少抽。"

"说可没用。"陈汉升顺手就把红金陵揣在兜里了，"我先替你把关，这包烟就没收了。"

老徐顿时哭笑不得，没等到这小子孝敬的果篮，自己先赔进去一包烟，不过他很喜欢这样的相处模式，对于王梓博那样毕恭毕敬的态度，大家都觉得拘束。

办公室里不是只有老徐一个老师，也不是只有陈汉升和王梓博两个学生，刚刚那群骑车的同学也在，看到陈汉升把烟揣在兜里，高嘉良不满地说道："这种人都能上大学，简直是在拉低我们大学生的平均素质。"

马上就有女生反驳了："平时陈汉升成绩不错，这么反常可能是因为……"

说了一半突然停下来，女生想说"表白失败的刺激"，但是当事人萧容鱼就在这里。

这不提还好，提起来这茬儿，高嘉良更是不爽："以前他就不是好东西，还和校外的混混打过架。"

高嘉良本来打算继续抹黑陈汉升，没想到陈汉升居然主动走了过来："嚯，你们都在这里。"

高嘉良转过头不想搭理陈汉升，陈汉升就和其他人打招呼，看到萧容鱼手上的信封，笑呵呵地问道："你去哪个学校？"

"明仁大学。"萧容鱼答道，然后又问，"你呢？"

"那就巧了，我是你对门的财经学院，以后咱们是邻居，可得多走动。"

陈汉升也没想到萧容鱼的学校就在自己学校对面，想想当年也是蛮可惜的，陈汉升上了大学就放飞自我，财院里美女也不少，直接忘记萧容鱼这个超级美女了。

这时，高嘉良又在旁边不屑地说道："明仁大学是985，财院也就是个二本，这个邻居当得太勉强了！"

高嘉良这小子也在嘉平读书，是一本的航空航天学院，不过在另外一个校区，离萧容鱼有几个小时的路程，现在，他脸上的不满根本掩藏不住。

陈汉升嘿嘿一笑，心说你再这样，我真把萧容鱼追到手，到时看你哭去吧。

这样一想，正好看到萧容鱼手腕上的机械表，陈汉升就问道："现在几点了？"

萧容鱼下意识抬起手腕："五点二十五。"

"挺漂亮的手表，暑假刚买的吗？"

陈汉升一把牵起萧容鱼白皙的手假装看时间，实际上却在偷偷地摸索。高嘉良目眦欲裂："陈汉升！昨晚表白不成，现在不动口，改直接动手了？！"

萧容鱼也缩回手去，怒气冲冲地瞪着陈汉升。

陈汉升占到了便宜，根本不留恋，直接唤起王梓博离开了，只留下面面相觑的一群人。

时间正好下午五点半，学校的广播台开始放歌，大概考虑到今天是拿录取通知书的日子，广播台特意放了许巍的《蓝莲花》：

没有什么能够阻挡
你对自由的向往
天马行空的生涯
你的心了无牵挂
…………
盛开着永不凋零
蓝莲花
…………

学校里还有补课的高二学生，走在熙熙攘攘的人群中。一路上看着年轻的面庞，听着悠扬的民谣，呼吸着畅快的空气，陈汉升觉得心情非常舒爽。

"还是高中舒服啊，可惜我已经毕业了！"

第4章　小鲫鱼女神

港城是一个生活节奏很慢的小城市，下班的人三三两两骑着自行车行驶在街道上。陈汉升和王梓博悠闲地在晚霞里踱步，黄昏的光影迷人，余晖将两人的身影拉得很长很长。

这一路上，陈汉升都在饶有兴致地看着风景，十几年以后，有些建筑物已经不复存在，所以再次目睹，这种感觉很不真实。

正观察得津津有味，身后突然传来一阵清脆的铃铛声，陈汉升回头看了一下，心里忍不住吐槽："重生第一天，怎么就和他们不依不饶地纠缠在一起了？"

原来是萧容鱼和那群骑车的同学追了上来。

王梓博礼貌地挥手致意，陈汉升嫌麻烦，转过头假装没看到，不过萧容鱼偏偏叫住了他：

"陈汉升，王梓博，我的同学录上只有你们两人没留言了。"

萧容鱼停下车后，从包里掏出一个精致的硬面笔记本："你们随便写点什么，就当是一个纪念。"

一开始，陈汉升没多少兴趣，不过萧容鱼甜美又漂亮，于是混不吝的灵魂就引导着他认真端详这张漂亮的瓜子脸。

萧容鱼笑起来的时候，脸颊两侧的梨涡若隐若现，很容易让人沉醉其中，难怪是校花。

"陈汉升，你不好好写同学录，眼睛往哪里看呢？"

本来高嘉良没怎么在意，结果一转头就看到陈汉升大大方方、从上到下扫视着萧容鱼。

高嘉良气得破口大骂，其实就连王梓博也在纳闷儿，陈汉升的确是百无禁忌的性格，但以前他对萧容鱼还是很尊重的，很少这么无礼地打量对方。

萧容鱼也不是那种任人揉搓的温柔女孩，她发现陈汉升眼神不正经时，立马虎着脸，竖起小拳头警告道："再乱看就把你的眼睛挖掉，我一会儿就去告诉梁阿姨。"

即将迈入大学校园的青春女孩，身体已经开始发育。陈汉升笑眯眯地把同学录接过来，上面的话语真是老套又惹人怀念。

有女生版的："不管未来有多长，请你一定要珍惜我们相处的点点滴滴，不管经历多少轮回，我依然是你的朋友。"

有文艺版的："情谊不会因为各奔东西而消失，缘分不会因为毕业而被斩断，祝福不会因为天涯海角而被忘记。"

也有简单版的："祝萧容鱼同学在大学里永远快乐和幸福。"

还有打油诗版的："青山青水青少年，我们相处好几年。没有别的礼物送，写句祝福做纪念。"

陈汉升甚至翻到了高嘉良情诗似的留言："但愿我们是浪尖上的一双白鸟，流星尚未陨逝，我们已厌倦了它的闪耀；天边低悬，晨光里那颗蓝星的幽光唤醒了你我心中一缕不死的忧伤。——高嘉良亲笔。"

高嘉良也太不要脸了，剽窃了叶芝的《白鸟》还硬说是自己写的。

萧容鱼发现陈汉升在乱翻，瓜子脸红了一下，假装严肃地对陈汉升说道："不许偷看其他人的，找个空位置赶紧写！"

陈汉升转手就将笔记本递给了王梓博："来，你先写。"

王梓博正在绞尽脑汁构思语句，想尽量给萧美女留下一个深刻印象，他慌乱地接过笔，不满地嘟哝道："我还没想好呢。"

事出仓促，王梓博也没啥准备，只好中规中矩地写道："祝萧容鱼同学越长越漂亮，永远开心。"

接下来就轮到陈汉升了，他原本想写"愿你出走半生，归来仍是少年"。

不过这句话太过"文青"，也不够有趣。

他想了想，终于端正地写道：

　　你在池塘里活得很好，
　　泥鳅很丑但会说喜庆话，
　　癞蛤蟆很马虎但很有趣，
　　田螺是个温柔的孤独症，
　　小鲫鱼是你们共同的女神。

一开始，高嘉良站得远远的，不过陈汉升落笔的时候，危机感驱使他忍不住走近，结果看到陈汉升写出一群两栖动物的世界，轻蔑地笑道："小学生作文。"

马上就有女生摇摇头道："不一定哦，乍看起来好像很无聊，但是多读两遍就很有味道了，容鱼不就是你们的女神嘛。"

虽然高嘉良做人的水平较低，不过到底是一中出来的，语文素养还是合格的，在心里细细品味后，就知道一点也没错，但是他不愿意承认，不耐烦地催促道："天都快黑了，我们赶紧回家吧。"

萧容鱼自然也能体会到这段话里的童真和活泼，还有意味深长的拟人手法，不过她也没太吃惊，平时陈汉升的脑袋就很灵活，人也非常有趣。

曾经班主任老徐评价他："如果肯静下心学习，肯定是一本的苗子。"

"写得不错，我就先不和梁阿姨说抽烟的事了，但是你也不许再犯。"萧容鱼脆生生地讲道，这么多年她在顺风顺水的环境中长大，说话的口吻难免带着点骄傲。

这群单车准大学生离开后，一直犯怂的王梓博才对陈汉升龇牙咧嘴："刚才我都没准备好，你就强迫我先写。"

陈汉升也不辩驳，只是反问一句："写得再出彩有什么用，你是不是要去追求萧容鱼？"

"怎么可能？"王梓博吓了一跳，"我也就是在背后议论一下，当着她的面，我连头都不敢抬。"

这小子倒有几分自知之明，也敢于承认，陈汉升笑嘻嘻地一把搂住他的脖子，一如十七年前。

"那就不要废话了，改天去双桥广场，请你吃那家刚开的麦当劳。"

"为啥今晚不去？"王梓博问道，麦当劳在港城可是个稀奇玩意儿。

"今晚不行。"陈汉升直接拒绝，"我要陪老爹老娘吃饭。"

王梓博愣了一下："平时你不是总嫌他们啰唆吗？"

"你不懂。"陈汉升没有多解释，直接挥手告别，"回家了。"

看着昏黄路灯下好友的背影，王梓博莫名觉得对方好像有很多故事。

第 5 章　吾家有子初长成

街还是那条街，楼还是那栋楼，就连坏掉的路灯都没变，陈汉升站在自家门口，他本来想轻轻地敲门，结果一抬手就是"咚咚"的声音，嘴里还情不自禁地喊道："妈，我回来了！"

"咯吱——"

里面的木门先被打开，一个四十多岁的妇女出现在陈汉升视线里，她一边开门，一边不客气地训斥道："吵吵什么？整栋楼都听得见你的声音，这么大人了，出门都不带钥匙。"

"还是熟悉的配方，还是熟悉的味道啊。"陈汉升心里想着。

环境是有记忆功能的，比如据说打雷的夜晚，故宫的值班人员有时会在红漆墙壁上看见宫女行走的身影，据说这是因为以前打雷时，磁场把周围的画面记录下来存储到了墙上。

原本陈汉升的心态还有些忐忑，但是老妈梁美娟这一开口，倏地一下子就把他拉回十七年前的记忆中，他们的相处模式几乎没有什么变化。

顶着老娘虎视眈眈的眼神进屋，陈汉升也没啥感觉，反而觉得客厅里太闷，他翻着沙发找遥控器："这么热也不晓得开空调，我爸呢？"

梁美娟一边从冰箱里抱出冰镇西瓜，一边说道："一回来就知道开空调，你爸还没下班。"

看到冰镇西瓜，陈汉升嘿嘿一笑："还是亲妈疼我。"

"就剩一张嘴了。"梁美娟看着生龙活虎的儿子，其实心里挺高兴的，不过语气还是装作很严厉，"录取通知书呢？"

陈汉升把装着录取通知书的信封随意扔在饭桌上："在这里。"

"要死啊！"梁美娟连忙捡起来，确认信封上面没有沾上西瓜汁，才用锅铲不轻不重地打了陈汉升一下，"傻小子还想不想去读大学了？"

梁美娟小心翼翼地拿出录取通知书，看着大红纸页上"兹录取陈汉升同学进入'公共管理专业'学习，请凭本通知书于2002年9月1日来本校报到"这句话，更是眉开眼笑。

虽然1999年国内大学开始扩招，但当前影响力还没那么深远，大学生的价值和名头还能维持一阵子。

尤其梁美娟的娘家子侄都没有考上大学，虽然儿子不怎么听话，可学习上还是很给自己争气的。

尽管只是二本，但以后还可以考研嘛。

梁美娟心里正想着，陈汉升已经狼吞虎咽干掉半个西瓜，拍拍肚皮就去浴室里冲澡了。梁美娟这才反应过来："先让水烧十分钟，不然会着凉的。"

现在家里用的还是太阳能热水器，洗澡前都要先烧一会儿。陈汉升不听，拿起衣服就走进去："这么热的天，当然洗冷水澡才舒服了。"

"臭小子！"

梁美娟劝不住，也只能由着陈汉升，她又转过头端详着这张录取通知书，心里突然有一种解脱感。

不管是经济上还是精神上，供养一个孩子直到上大学需要付出很多。

"再有四年，我和老陈就轻松了，然后帮忙带带孙子孙女，这辈子也不图其他的了。"

这就是港城中年妇女梁美娟期待的小日子。

陈汉升痛痛快快地冲了个凉水澡，然后呆呆地看着镜子里的自己，年轻健康，富有活力，如果遮住眼睛的话，那就是一张十八岁的面孔。

睁开眼睛的话，总能在里面寻找到不属于这个年纪的深邃。

突然，陈汉升伸出手指，重重地戳在镜子上，说道："既然把我送回来了，那我肯定要做出点什么，虽然正常发展的话，我也不会缺钱，但那样多没意思！"

这时，陈汉升听到铁门的声响和客厅里说话的声音，才收敛起严肃的神情，穿上宽松的家居衬衫和底裤，大咧咧地走出去叫道："老陈回来啦！"

客厅里站着一个挺拔的中年老帅哥，陈汉升的相貌和他有六分相似。

这就是陈汉升的老爸陈兆军，不过这爷儿俩的性格可谓天差地别。

陈兆军话很少，梁美娟经常说他"半天放不出一个屁"，偏偏这个儿子思维活跃，做事也不怎么在乎规矩。

所以即使自家独子向自己打招呼,陈兆军也只是淡淡地"嗯"了一声,不过注意到陈汉升刚洗过澡,脸颊上还有水珠,陈兆军默默走过去把客厅空调的温度调高了。

陈汉升还没来得及和老爷子说话,梁美娟就拿着陈汉升换洗的裤子,从兜里面掏出一包烟,然后"啪"的一下放在桌上:"行啊陈汉升,偷摸地学会抽烟了?"

这是陈汉升从班主任老徐那里"缴获"的红金陵,刚才忘记藏起来了,结果被梁美娟搜到了。

陈汉升的表情没啥变化:"老徐硬塞给我的,他说我这次高考发挥得一般,给包烟安慰我一下。"

"胡说!"梁美娟根本不信,"哪有班主任给学生烟的?陈兆军,你还管不管你儿子了?"

陈兆军根本不想掺和这对母子的"战争",正打算悄悄走进卧室,无奈梁美娟根本不放过他。

老陈扫了一眼无所谓的儿子,还有生气的老婆,决定站在老婆这一边。

"现在抽烟太早了,即使考虑到交际方面的需要,至少也要等正式上大学再说,这包烟我就先收起来了。"

陈兆军说着,就把烟放进自己兜里。陈汉升心想绕来绕去最终还是便宜老陈了,不过自己穿越回来,手上也没拎点东西,怪不好意思的。

算了,这包烟就当见面礼了!陈汉升大方地想着。

一家人开始吃饭,梁美娟边吃边和陈兆军商量:"你记得请好假,到时我们一起去送汉升上大学。"

陈兆军点头,陈汉升摇头。

"我自己去报到就好,你们该干吗就干吗去。"

梁美娟眼睛一瞪:"几百公里呢,再说还有几千块钱学费呢。"

"我自己揣着。"陈汉升说道。

以前陈汉升就没让父母送他去报到,现在更不会了,不过2002年上大学基本是现金缴费,当年他揣着几千块钱坐客车,心情也是很紧张的。

"另外,"陈汉升停顿一下,说道,"要不是咱家的条件不适合申请助学贷款,我也不屑弄假材料占国家便宜,我都想申请助学贷款了。"

"瞎扯!"梁美娟放下筷子,"虽然咱家不富裕,但是供你上大学还是没问题的,你不要给老娘玩什么幺蛾子,老老实实学点知识。"

梁美娟对自家儿子还是很了解的,他不仅想法太多,还不受控制。

陈汉升根本不听:"总之我都想好了,除了第一学期以外,以后不会和你们要学费和生活费了,我自己想办法赚钱!"

"你敢!"梁美娟柳眉倒竖。

"有什么不敢!"陈汉升梗着脖子答道。

"陈兆军,你来做个评价!"

还是老规矩,每当母子有分歧的时候,老陈就要当裁判,这个习惯一直延续着。

陈兆军认真想了想,慢条斯理地说道:"汉升是男人,有闯一闯的想法也是应该的,但是学习不能落下。"

看到陈兆军也支持陈汉升,梁美娟不乐意了:"这孩子小时候多乖啊,后来你就说男孩子要培养独立性格、坚韧品质、承担意识,总是支持他那些奇怪的念头,所以培养到最后,他连我的话都不听了。"

不过家庭民主投票二比一,算是在形式上通过了陈汉升"单独去报到"和"打工赚钱"的提议,晚上休息的时候,梁美娟还闷闷不乐。

陈兆军安慰老婆:"汉升的学习成绩未必是最好的,但你注意观察,他的动手能力和情商强过很多同龄人,等走上社会后,这一点将体现得更加明显。"

前世陈汉升刚大学毕业就创业,屡战屡败,屡败屡战,终于成功,其实中的韧性和交往能力与老陈的有意培养有很大关系。

"毛头小子,不知不觉都开始懂事了。"梁美娟喃喃自语。

老陈呵呵一笑:"吾家有子初长成。"

第6章 包子铺里的对话

早上五点,港城的天蒙蒙亮,陈汉升睁大眼睛盯着天花板,他本来以为一觉醒来有可能回到2019年,结果转头看到床头《龙珠》的单行本漫画,也就死心了。

"看来真的要留在这里了。"

陈汉升叹了一口气,接着开始刷牙洗脸。梁美娟被外面的动静吵醒,起来看了一眼:"哟,今天陈公子起这么早?"

"妈,我饿了。"陈汉升拍拍肚子说道。

"敢情是被饿醒的?"梁美娟从来不会惯着自家儿子,"肚子饿了自己去买早餐啊,不用考虑我们,我和你爸去单位食堂解决,现在要去睡个回笼觉。"

梁美娟说完,还真的回了卧室,甚至担心陈汉升再吵醒自己,居然"吧嗒"一声锁上了房门。

陈汉升一阵无语。梁美娟嘴上说不赞成,其实一直在潜移默化地贯彻陈兆军培养孩子的方式。

两年前陈汉升还在上高一的时候,梁美娟就很骄傲地和娘家人吹牛,即使自己和陈兆军突然出车祸,十五岁的陈汉升在这个世界上也绝对饿不死。

当时陈汉升的外婆气得破口大骂,声称如果这两口子不能养孩子,就把陈汉升送回乡下。

老娘不管自己,陈汉升只能孤零零地走下楼觅食。现在街道上没什么人,只有零零星星几家卖早餐的商贩在摆摊,空气中弥漫着轻纱似的薄雾,还有一点附着在皮肤上的凉意,但更多是神清气爽的舒畅。

油条味道很香,鸡蛋饼也不错,小笼包还是热腾腾的……

陈汉升一路看着,肚子开始乱叫。卖鸡蛋饼的老板注意到这个有意向的顾客,远远地喊道:"小伙子,来一块吧!"

陈汉升快步走过去,甚至准备让老板加个蛋,然后才想起当前是2002年,没有手机的自己如何付账呢？

"坑儿子啊……"

梁美娟也忘记给他零钱了，陈汉升只能恋恋不舍地放弃鸡蛋饼，其实他倒不介意赊账，关键人家老板介意。

想想也真是搞笑，身家数千万的陈汉升重生后居然没钱吃早餐，不过他心态不错，再加上也想多适应十七年前的港城，于是他沿着护城河一路走下去。

不知不觉走了几公里，最后在双桥公园停下来。

这里已经有不少晨练的大爷大妈，陈汉升本来打算坐一会儿就回家，突然看到一个熟悉的身影。

居然是萧容鱼。

她正在晨跑，穿着运动短裤，黑色紧身服把玲珑的上身曲线完美地勾勒了出来，这让陈汉升一阵激动。

"萧容鱼。"

陈汉升坐在石凳上，挥手向对方打招呼。

萧容鱼看到陈汉升感到非常诧异，现在也就是六点半左右，陈汉升应该在睡觉才对，可他怎么在这里呢？

除非……

萧容鱼突然明白了，擦了擦鼻翼上晶莹的汗水，犹豫一下，还是对陈汉升说道："我知道你的心意，但是我大学毕业前真的不想谈恋爱。"

"什么鬼？"

陈汉升吃惊地看着萧容鱼，心想：这人的脑袋出问题了吧，大早上的谈情说爱？

看到陈汉升的表情，萧容鱼有些无奈地说道："难道你不是为了等我，才这么早专门来这里的？"

陈汉升愣了一下。

"还有，"萧容鱼噘着红润的嘴唇，"昨天你假装不认识我，大概是想引起我的注意吧？其实你不必这样的，现在我不想谈朋友，只想好好完成学业。"萧容鱼认真而诚恳地说道。

陈汉升没回答，只是艰难地咽了口唾沫。

"不吱声，是不是被我说中了？"

萧容鱼秀丽颀长的眼睛仿佛一泓清泉盈盈流动，闪着自信的光芒。

陈汉升怔怔地看着，居然点头承认："你实在太聪明了。这样吧，我请你吃早餐，边吃边聊吧。"身上一毛钱没有的陈汉升主动说道。

果不其然，萧容鱼摇摇头："其实应该我请你，读书时你照顾我比较多。"

"好的，就这样愉快地决定了。"陈汉升很爽快地点头，还主动建议道，"公安局门口有一家味道很好的包子铺，再配上豆浆和油炸的黄豆，想想都很有胃口。我们去尝尝吧。"陈汉升有些兴奋地说道。

萧容鱼没适应这种节奏转变，一阵迷糊，怎么感觉陈汉升似乎对早餐的兴趣更大？她只能茫然地点点头。

这家包子铺生意的确好，前世陈汉升就经常来这里吃。由于在公安局门口，还有不少穿着制服的警察进进出出，有人和萧容鱼打招呼："小鱼儿，吃早餐啊？"

　　说完，他们还看了一眼闷头吃包子的陈汉升。

　　萧容鱼饭量很小，大部分时间在看着陈汉升，她大概想说什么，但是又不知道怎么开口。

　　"还是太年轻啊。"

　　陈汉升装作没看见，大快朵颐吃了三笼肉包，这才拍着肚皮说道："你啊，以后可不能这么暴饮暴食，万一中年长胖怎么办？"

　　其实陈汉升是有感而发，但萧容鱼却觉得很有意思，然后问道："吃饱没有？"

　　"吃饱了，谢谢你请客，我回家了。"

　　陈汉升叼了根牙签在嘴里，晃晃悠悠地走出包子铺。

　　老板眼巴巴等着他付账，可是陈汉升哪有钱，他扭头看了一眼，萧容鱼正在扎头发。

　　左右她也听不见，于是陈汉升开玩笑道："等着，我女朋友一起给。"

　　这时从外面走进来一个挂着二级警督肩章的中年警察，正好听见了这句话。

　　"有点眼熟啊，估计是父母的朋友吧。"

　　陈汉升和他对视一眼，但实在想不起对方名字，只能点头致意。

　　不过在门外等待的时候，陈汉升看到那个中年警察正亲昵地帮萧容鱼擦拭汗水，包子店老板指着自己这边，不知道在说些什么。

　　"坏了。"

　　突然，陈汉升醒悟过来，扔掉牙签，大声喊道："小鱼儿，我家里有点事，先回去了！"

　　也不等萧容鱼回应，陈汉升就溜回家了。

第 7 章　看我脸色行事

　　"哎呀，骗吃骗喝居然碰到人家亲爹了。"

　　回到家的陈汉升忍不住吐槽几句，这时，陈兆军和梁美娟已经去上班了，厨房里干净得没一点油烟味。

　　老妈也是个狠人，说不伺候就不伺候。

　　陈汉升打算先冲个澡，然后饱饱地睡一上午。以前他经常从睁眼忙到闭眼，现在重生才有了来之不易的闲暇时光，当然要好好享受了。

　　这一觉睡到了上午十点半，急促的电话铃声把陈汉升从睡梦中吵醒。

　　梦里的陈汉升还在 2019 年，一睁眼又是 2002 年的炎炎夏日。

　　"谁啊？"

　　陈汉升走到电话旁边拿起话筒。

　　"你妈！"梁美娟毫不客气地说道，"中午我们一家去外婆那边吃饭，你上了大学以后，见面的机会就少了，临走之前要多去看看。"

　　"知道了。"

陈汉升挂掉电话，呆呆地坐在床沿上，一是散散起床气，二是回想一下外公外婆的家庭情况。

想着想着，陈汉升自己都笑了："怎么像网络小说里的'夺舍'一样，居然要慢慢融合记忆？不过前后十七年都是我本人，这账又怎么算？"

陈汉升的外公外婆家在乡下，外公是一名小学教师，外婆是家庭主妇，还要侍弄几亩地。陈汉升的爷爷奶奶去世得早，所以他和外公外婆的关系很亲密。

搭了半个小时公交车，陈汉升来到外公外婆家，以后这里将变成一片开发区，现在却是绿树成荫，放眼望去是一大片空旷的田地，灼热的夏风吹过，"哗啦啦"都是风吹麦浪的声音。

"外公，外婆，搞点水喝喝。"

陈汉升像往常一样，大呼小叫地推门进入农家小院。堂屋里人还不少，大舅一家、二舅一家、二姨一家，一个个都在啃西瓜。

"看看，大学生来了。"二舅母笑着说道。

陈汉升嘿嘿一笑，两个舅舅和二姨家的几个表兄弟姐妹都没考上大学，别人可以提"大学生"三个字，但是陈汉升自己反而会刻意避让，甚至不会流露对大学生活的期盼。

他捧起西瓜大口吃起来，红色的汁液滴在身上也不在乎，看得二姨直笑："都是大学生了，吃东西还像猪八戒一样。"

陈汉升在众目睽睽之下干掉几块西瓜，然后抹了一下嘴巴，打了个响亮的饱嗝，说道："外婆呢？"

"在家后面的谷场上晒粮食呢。"外公抽着旱烟，答道。

这么热的天，老人家真倔，陈汉升心里叹一口气，站起来说道："我去看看。"

"别去了。"二舅说道，"我们去都喊不回来，不把那些粮食拨弄舒服，她舍不得回来的。"

"那是因为我没去，没准儿外孙的分量比儿子要重。"陈汉升笑嘻嘻地说道，从地上捡起一顶破草帽，也不顾汗臭味和稻壳，随手往头上一罩，顶着翻滚的热浪就向谷场走去。

一时间，房间里有些安静。外公"吧嗒吧嗒"抽两口旱烟，缓缓说道："老三家儿子这性格在哪里都能吃得开，又是本科生，以后会有大出息。"

梁美娟在家排行老三，大舅母和梁美娟姑嫂关系一般，撇了撇嘴，说道："也就是成绩好点，死读书罢了。"

外公笑了笑，敲敲旱烟管，没说话。

他是老教师，观察学生不会只看分数，陈汉升从小到大做事就透着一股老练和豁达，还有些混不吝的野性，死读书的人不是这样的。

其实谷场就是村里一处宽敞的空地，专门留给村民加工稻壳和晒粮食的，陈汉升的外婆是小老太太一个，在人群里很好辨认。

"外婆！"陈汉升大声叫道。

老太太听到熟悉的声音，有些迟疑地抬起头，果真是自己的外孙。

"哎哟，你咋来这里了？"她放下扫把走过来，牵着陈汉升的手不松开，大声和谷场上其他人介绍："这是我家大外孙，今年要去嘉平读大学啦。"

在乡下，大学生并不多见，周围人都站过来打量陈汉升。

"这是老三家的孩子吧？鼻子眼睛和他妈妈一模一样。"

"多久没见，一转眼都要去上大学了。"

"还和小时候一样俊呢。"

…………

农村夸人就是这么直接，陈汉升照单全收，还笑呵呵地和熟人搭话："婶子夸我长得俊，也没见您把小玉姐介绍给我啊。"

正巧小玉也在谷场，她啐了一口，说道："我的闺女都三岁了，也不知道早点让三姨去我们家提亲。"

农村人都沾点亲戚关系，梁美娟排行老三，所以晚辈都称呼她为"三姨"。陈汉升笑着答道："那也不算晚，我等小玉姐的女儿就好。"

"呸，美的你！"

身材圆滚滚颇有风韵的小玉捶了陈汉升一下，惹得周围乡亲都在笑，农闲时节，大家都喜欢这个调调。

这时，陈汉升才对外婆说道："回去吧，这么热的天。"

老太太摇头："这不行，粮食还没晒好呢。"

陈汉升没办法，从外婆手里拿过工具："那您去旁边看着，我来做。"

"你不懂这些，回家看电视去。"

外婆不放心，再加上心疼外孙。

"行了行了，小老太太咋这么犟呢？"

陈汉升嘀咕一句，戴上手套就开始翻晒粮食。陈汉升不是四体不勤、五谷不分的学生，以前亲老子陈兆军还经常怂恿陈汉升回乡下帮忙。

老太太看到陈汉升做得还不错，劝了几次对方不听，于是就走到树底下乘凉去了。半个小时后，陈汉升终于忙完了，浑身上下都湿透了，取下草帽，头上都冒着热汗。

回去以后，陈兆军和梁美娟已经到了。看到自家儿子的狼狈样子，梁美娟心疼地打来一盆清水："过来洗把脸，晒黑了可别哭。"

老陈却一点也不在意，笑眯眯地吹着风扇："黑一点显得健康。"

人多吃饭也热闹，谈的都是家长里短。吃完饭，外婆悄悄把陈汉升喊到厨房，从口袋里掏出一个手绢包，打开后，里面是十张一百元的钞票。

"外婆您干啥？"

"嘘……"老太太看了看堂屋，"别让你舅舅们听见，这些钱你带去嘉平买零食吃。"

"我连亲爹亲妈的钱都不想要，收您的钱做什么？"

陈汉升甩甩胳膊就要离开。

老太太拉着他不让走，陈汉升没办法，只能抽出其中一张放在口袋里，说道："一百就行了，意思意思。"

当然陈汉升也没白拿，开学前几天一直在乡下帮忙。

9月1日是正式报到的日子，在港城的汽车站门口，王梓博好不容易看见好友的身影，马上抱怨道："这几天一直联系不上你，去哪里鬼混了？都不带上我。"

不过等看清了陈汉升的样子，王梓博又没心没肺地笑起来："你咋变得比我还黑？"

"笑什么！注意，看我脸色行事。"陈汉升骂了一句，大踏步登上港城到嘉平的客车。

第8章　偶遇

港城和嘉平相距差不多三百五十公里，2002年的客车要开五个小时左右，陈汉升实际上很想睡一觉，但是第一次上大学的王梓博却兴奋不已。

车开动以后，他的嘴巴就没停下来。

"小陈，听说大学女生比高中女生漂亮很多。"

"上了大学，见了世面，气质自然就上去了。"

"小陈，大学的功课是不是很轻松，学习压力要比高中小吧？"

"大学提倡主动学习，高中有高考任务，学习模式不一样。"

"小陈，那我们还有多久到嘉平？"

陈汉升无奈地睁开眼："都没上高速，你就不能闭嘴睡一觉吗？"

"我也想，但睡不着啊。"王梓博一脸委屈，"早知道就让我妈跟来了，还是你劝我别让家长陪着。"

陈汉升转过头不想搭理王梓博，没想到他刚消停一会儿，又来劲了："小陈，你往外看。"

"又怎么了？"

"我看到萧容鱼了。"

陈汉升愣了一下："她在哪里？"

"说起萧容鱼你就有精神了。"王梓博愤愤说道。

收费站旁边停着一辆抛锚的桑塔纳，车旁身材高挑的女孩就是萧容鱼，另一个人就是那天早上在包子铺见到的中年警察。

"看来是她家的车坏了。"王梓博说道。

"嗯。"陈汉升点点头，估计萧容鱼要等9月2日才能去报到了。

在太阳底下，萧容鱼有些无助，陈汉升也只能耸耸肩膀，表示没啥办法。

再说他内心并不想与对方打招呼，那天调戏萧容鱼差点儿被抓个现行，两家父母应该认识，见面还是挺尴尬的。

不过千算万算，没想到客车司机居然主动在旁边停车，笑容满面地问道："萧队，怎么回事？"

萧容鱼她爸看了客车司机一眼，擦擦汗水，说道："车坏了，正要送孩子去大学。"

陈汉升心里一边骂司机，一边想把身子藏起来，没想到坐在窗边的王梓博居然主动喊道："早上好啊，萧叔叔。"

"又来一个拍马屁的。"

陈汉升实在隐藏不住，也只能堆起笑容跟着说道："萧叔叔，早上好。"

萧爸不认识王梓博，但是对陈汉升印象挺深，居然回道："汉升是吧？前两天我在区政府碰到你爸了。"

萧容鱼瞪了一眼陈汉升，现在陈汉升心里就盼着客车赶紧离开，没想到司机又邀请道："萧队，干脆让您女儿搭我的客车好了，反正都是去嘉平的。"

萧爸皱了皱眉头，他的主要目的是想送女儿去学校，女孩子第一次出远门，还带了不少行李。

这时，又有一辆锃亮发光的大皇冠缓缓驶来，车上一个梳着油头的胖子大声吆喝："萧哥，怎么回事，车坏了吗？"

这时，大皇冠副驾驶上也走下一个熟人，他就是高嘉良。

这几天是大学新生报到的日子，嘉平是苏东省高校最多的城市，路上凑巧遇到也很正常。

高嘉良装模作样地绕着抛锚的桑塔纳转了一圈，又抬头看了看客车上的陈汉升和王梓博，语带责怪地说道："你俩也真是，大家都是同学，又都在嘉平读书，你们完全可以坐我们家小轿车一起去的嘛。客车不仅挤，空气还不好，以后来回嘉平记得提前打招呼啊。"

高嘉良表现了一番，然后开始显露真实目的：

"萧叔叔，我和容鱼是高中同学，今年我考上了嘉平航空航天大学，不如让她和我一起走吧，保证安全送达。"

其实萧容鱼她爸和高嘉良他爸也认识，港城本来就很小，大家又都是场面人。

不过这样萧爸反而更加犹豫了，自己是警察，高嘉良他爸是地产商人。地产商人的风评不是很正面，所以萧爸不是很想和他们打交道。

反倒是陈兆军的人品和素质很值得信任，虽然他儿子陈汉升看起来有些痞痞的，不过家庭上知根知底。

"你是想坐客车还是坐高老板的小轿车？"萧爸想听听自己女儿的意见。

"容鱼……"

高嘉良的语气都带着恳求了，陈汉升却正好相反，他转过头只想撇清自己。

"我要坐客车！"看到陈汉升现在的态度，又想起以前陈汉升亲和开朗的样子，萧容鱼赌气说道。

"唉……"

陈汉升心里叹了一口气，对王梓博说道："车上没有其他空余座位了，一会儿你坐到最前面去吧。"

那是驾驶员旁边的位置，不过因为角度问题，可能会晒到太阳。

王梓博也不傻，当然拒绝了："我不去！"

"干得漂亮。"陈汉升也很爽快，"那等萧容鱼上车后，就让她坐那个位置。"

王梓博愣了一下，萧容鱼她爸还在车下看着呢，而且真的让白白嫩嫩的"小鲫鱼女神"去晒太阳吗？

"你为啥不去坐那个位置？"王梓博终于反应过来了。

"我晕光，被晒到就想吐。"陈汉升笑嘻嘻地说道。

这时萧容鱼已经走上了客车，陈汉升屁股都没打算挪动一下。王梓博到底还是脸皮太薄，犹豫了一会儿，站起来拎起行李，嘴里低声骂道："陈汉升，你就知道差遣我！"

王梓博让出了位置，也算成全了陈汉升和萧容鱼。陈汉升下去帮忙搬行李，萧爸还有些不放心："小陈，小鱼儿说你的学校就在她学校的对面，记得一路上互相照顾啊。"

"请萧叔叔放心，我一定把咱家容鱼照顾好。"

陈汉升故意刺激他一下。

萧爸眼皮跳了跳，突然有点后悔做的这个决定。

客车终于再次启动，不同的是，陈汉升身边由原来的黑粗壮王梓博变成了千娇百媚的萧容鱼。

陈汉升到底舍不得让自己的好友一直被晒，当售票员挨个收钱的时候，陈汉升指着前面的王梓博，说道："大姐，能不能给他搞块遮阳板？"

售票员是个中年女人，木然地抬起头看了一眼，面无表情地说道："知道了。"

"那谢谢大姐了。"陈汉升客气地感谢一句，然后闻着少女身上的馨香，一转头就看见萧容鱼正盯着自己，长长的睫毛忽闪忽闪的，像两把扇子，漂亮的眼眸灵动有神。

"那天早上，你为什么乱说话？"萧容鱼一开口就是质问。

"什么乱说话？我不记得了。"陈汉升打个哈欠，"这几天，我一直在乡下务农，今天又很早起了，我先睡了。"

原本萧容鱼以为陈汉升只是推诿，没想到过了一会儿，真的听到了呼噜声。

她愣了一下，大概没想到男生坐在自己身边真的能睡着。

"真是浑蛋啊……"

萧容鱼觉得牙根有些痒，很想使劲捏一下陈汉升睡着的臭脸。

第9章 你答应我爸要照顾我的！

萧容鱼能够感觉到陈汉升对自己的态度有一点若有若无的变化。

以前陈汉升不会像高嘉良那样卑躬屈膝，相处时总是非常绅士，现在他似乎根本没把自己放在眼里。

"那晚拒绝他以后，是不是连朋友都不能做了？"

萧容鱼心里默默想着，又有些生气，有些男生被她拒绝十几次，但是对她的态度一点都没变。

萧容鱼转头看了一眼，陈汉升正沉浸在梦乡里，大概身边坐的是王梓博或者萧容鱼都没什么区别。

随着客车行驶时的晃动，萧容鱼也涌上来阵阵睡意，下巴重重点了几下以后，脑袋一歪，也睡了过去。

迷迷糊糊之时，陈汉升听到售票员扯着嗓子在喊话：

"客车已经到达洪泽加油站了啊，大家带好贵重行李去卫生间方便，十分钟后准时回来。"

港城到嘉平的路程比较远,但是2002年的客车很少有带厕所的,所以中途司机都会在加油站停一下,方便乘客上卫生间。

"下去方便一下。"

陈汉升正准备下车,突然觉得肩膀有些沉,原来萧容鱼正舒服地枕在上面呼呼大睡。

其实萧容鱼真的很漂亮,睡着时,脸庞透着健康的红晕,嘴唇娇润透亮。

"嘿,你要不要上卫生间?"

陈汉升欣赏完毕,直接推醒萧容鱼,怜香惜玉什么的根本不存在。

萧容鱼揉揉眼睛,反应过来自己被吵醒以后,似乎有些不高兴。

"我不去。"

"那你让一下啊,我要下车抽烟了。"陈汉升一点不客气地说道。

"啊,陈汉升,你不许抽烟!"萧容鱼连忙在背后喊道,陈汉升假装没听见。

陈汉升随着人群下车后,王梓博已经等在下面,一见面就问道:"你和萧容鱼坐在一起感觉怎么样?"

"那还用说,very good,我靠着她,她依着我,美美地睡了一觉。"陈汉升恬不知耻地说道。

王梓博脸上露出羡慕的表情,两人又吹了一会儿牛,临上车时,王梓博还有些奇怪:"我以为你会抽烟呢。"

"今天不抽了,免得一会儿我和萧容鱼亲嘴时被嫌弃。"

"真能吹。"

王梓博根本不信这鬼话。

再次上车以后,陈汉升发现萧容鱼一边喝着酸奶,一边用手机打电话,听着语气应该是和她爸。

其间萧容鱼看了一眼陈汉升,估计萧爸也担心陈汉升占自家闺女便宜。

萧容鱼挂了电话,陈汉升示意把手机拿过去看看,萧容鱼撇过头不搭理他,因为刚才陈汉升执意要下车抽烟。

"我没抽烟,不信你闻闻。"

陈汉升把嘴巴凑近萧容鱼,这就是在公开调戏了,萧容鱼低头躲闪,陈汉升不依不饶,两人就在座位上闹了起来。

王梓博听到动静,掉头看了看,想想自己坐在最前面忍受太阳的暴晒,莫名地有些心酸,啐了一口,骂道:"真不害臊!"

"停,停,停,你再过来我就生气了。"

萧容鱼抵挡不住,脸庞好几次差点儿被亲到,最后实在拗不过陈汉升,她便掏出手机递给对方:"我以为你也买手机了。"

萧容鱼这款手机是4月刚出的诺基亚7650,销售价六千多人民币,虽然陈汉升家里也买得起,但是他没提,陈兆军和梁美娟也乐得省钱。

陈汉升一边翻弄手机,一边答道:"笔记本和手机我都没要,想自己在大学里赚钱买。"

"自己赚钱？"萧容鱼愣了一下，轻轻把头发挽在后面，露出晶莹剔透的耳垂，"你准备怎么做？"

"当然是找个漂亮又有钱的女朋友了，我从小胃不太好，医生建议吃软饭。"陈汉升认真地说道。

"喊。"

萧容鱼表示不屑。

有了感兴趣的东西，这一路上，陈汉升就在鼓捣诺基亚7650，还厚脸皮地以"解决负担"为理由，蹭萧容鱼的零食吃。

萧容鱼倒也不小气，除了白一白眼，便没说什么。

诺基亚7650不仅是这个品牌的第一款彩屏手机，也是第一款翻盖手机和以塞班系统为平台的手机，在2002年的手机市场上几乎没有对手，也算是诺基亚的第一代"机皇"产品。

当然，站在陈汉升的视角，对比十七年以后的智能手机，诺基亚7650的功能仍然过于单一，他看完手机页面后，又观察外观，总之每个地方都没遗漏。

萧容鱼很好奇："看你这架势，像要拆开这部手机似的。"

"如果有一把螺丝刀，我还真试试。"陈汉升点点头，说道。

"神经病。"

萧容鱼连忙抢过手机。这时客车正经过跨江大桥，许多人都站起来观看。

这座宏伟的大桥建成于1960年，几十年来，已经成了嘉平的城市景点之一，尤其上面还有武警站岗，引得车里人阵阵欢呼，桥下的江面白茫茫一片，万吨渡轮横亘在码头。

"你怎么不感到惊讶？"

陈汉升只是平静地看着，突然，耳边传来萧容鱼的声音。

大概她也正在看着外面的江水，所以没注意说话时两人距离太近，呼出的气息吹在了陈汉升耳朵上。

痒痒的，很舒服。

"机会来了！"突然，陈汉升飞快地转头，嘴里还说道，"你不是也没惊讶？"

没想到萧容鱼动作更快，陈汉升刚有动作，她就迅速往后退，然后一脸警惕地看着他。

陈汉升心里有些遗憾没有亲到。萧容鱼一边审视他，一边说道："以前我来过嘉平旅游，这里的景点我全部去过了。"

萧容鱼也没办法判断陈汉升是不是故意的，最后只能作罢。

过了跨江大桥就是嘉平汽车客运站了，三个人下了车，萧容鱼这才发现陈汉升的行李最少。

他只有一个背包，而且因为阳光太强烈，不知道陈汉升从哪里摸出一副太阳镜，骚包地戴在脸上，乍一看像是来嘉平旅游的。

"你怎么不带被褥？"萧容鱼看着自己的大包小包，问道。

"这些学校都会发的，报到须知上面都写了。"陈汉升答道。

"那衣服呢？过了10月，嘉平就要进入秋天了。"

"到时让我妈寄过来就好了。"

萧容鱼"哦"了一声，点点头，原来还可以这样操作。

不过陈汉升的骚操作更多，萧容鱼原以为他们会一起去学校，毕竟两所学校挨得很近，哪承想陈汉升摇摇头："一会儿你打个的士，起步价坐到火车站，在那里搭乘137路公交车，倒数第五个车站就是你们学校了。"

萧容鱼愣了一下："你呢？"

"我和小博去附近的公园逛逛。"

陈汉升似乎不像开玩笑，因为他只有一个背包，随时能走。

萧容鱼有点急了，她一个女生外加那么多行李，大热天全部需要自己搬，尤其路线还这么复杂，这不是要人命嘛。

"陈汉升！"突然，萧容鱼大声叫道，声音里带点哭腔，"你个浑蛋，你答应我爸要好好照顾我的！"

第10章 呵，男人！

要知道，今天不只是明仁大学和财经学院的新生报到的日子，几乎所有苏东省的高校都是今天开学，客运站里的学生熙熙攘攘，大家一边晒着太阳，一边搬着行李，还要依次排队走出车站，心里早就烦躁得不得了了。

不过萧容鱼这一哭喊，这些表面青涩的准大学生突然来劲了，好像发现了重要的八卦新闻。

萧容鱼，长得漂亮，委屈的样子真是楚楚可怜。

陈汉升，戴着蛤蟆镜，看不清样貌，但是看着高高大大的，应该不丑。

王梓博，黑不溜秋的，手足无措地站在旁边，肯定不是男主角，可以忽略。

于是大家都把目光集中在陈汉升和萧容鱼身上，这些刚刚经历过高考、处于青春期的脑袋都在发散思维，仅仅根据那句"你答应我爸要照顾我的"，便马上构思出一个渣男抛弃痴情女的桥段。

陈汉升一听就急了，自己只是逗逗她而已，怎么还当真了？他赶紧小声说道："别哭了，这么多人呢。"

其实萧容鱼没落几滴眼泪，主要是又急又气，不过她不想那么轻易地原谅陈汉升，就算开玩笑也不行。

萧容鱼用手背抹了下眼角，转过身子不说话了。

嘉平是知名的热，萧容鱼耍小性子不乐意走，但陈汉升不想在这里晒太阳。他摸了摸晒得发烫的头皮，叹了口气，说道："咱们赶紧走吧，要是因为刚刚那一嗓子而让别人误会我和你有点什么，以后都可能影响我找女朋友了。"

"什么？！"

萧容鱼蓦然抬起头，一脸难以置信的表情，这就是喜欢自己三年的高中同学陈汉升？

瞧瞧，这说的是人话吗？

自己都哭了，他却在担心以后找不到女朋友。

陈汉升看到萧容鱼突然瞪着自己，也吓了一跳，后来又觉得不至于，她明明也拒绝过自己嘛。

"那这样吧，我送你到火车站，然后看着你上公交车，这样总可以了吧？"陈汉升火上浇油地说道，看样子要继续逗弄萧容鱼。

"还是要丢下我？！"

萧容鱼要气炸了，呼吸明显加快。

"你不说话，那就是不反对了，我帮你拿行李去火车站。"

陈汉升刚伸手要拎起萧容鱼的包，哪承想，说时迟，那时快，萧容鱼居然一把抓住陈汉升的手腕，二话不说就咬了下去。

"哎哟！"陈汉升忍不住叫了一声。

萧容鱼可是一点都没留情，小脸都涨红了。陈汉升觉得胳膊上一阵疼痛，可是打又不能打，推又怕伤到萧容鱼。

偏偏那些看热闹的大学生欢呼雀跃。

"好！"

"咬得好！"

"咬死这个负心汉！"

…………

围观群众都觉得萧容鱼长得倾国倾城，哭起来更是我见犹怜，于是心理上就把她当成了受害者和弱势方，戴墨镜的男生自然是负心汉。

"呸，陈世美！"

"哪有好学生戴墨镜的，一看就是混混，就是可惜这么好看的女生了。"

"自古红颜多薄命啊……"

还有陪着孩子来报到的父母趁机告诫道："看到没？早恋就是这个下场，你在大学里给我乖乖地学习，不许谈恋爱！"

这下陈汉升都不敢摘墨镜了，甚至决定以后都不穿这身衣服了，生怕"客运站渣男"的名声伴随自己的大学生涯。

不过萧容鱼到底力气小，陈汉升皮又厚，纵然她下颚都咬酸了，陈汉升的胳膊仍没出血，就是两排深深的牙印一时半会儿消不了。

王梓博全程都是呆滞状态，他很难理解港城一中的女神为什么能在大庭广众之下做出咬人这种事情，不过换一个角度来想，说不定是陈汉升实在太气人了。

生气的人一旦找到发泄渠道，火气就会慢慢地消了，萧容鱼咬的时候觉得怒不可遏，等冷静下来后，自己也觉得难以置信，尤其还有这么多人围观，她的心都开始"咚咚"地跳起来了。

看了看陈汉升胳膊上的牙印，萧容鱼也在自责，其实陈汉升本来就有权利找女朋友的啊，可是自己听到了，为什么那么生气呢？

"小陈……"萧容鱼泪盈盈地抬起头,不知道是应该道歉还是说点其他的。

没想到陈汉升盯着她看了一会儿,居然笑了笑:"气消了?"

萧容鱼先是摇摇头,马上又点点头。王梓博赶紧在旁边打圆场:"没事了,没事了,我们先出站再说。"

王梓博主动背起大部分行李,陈汉升也拿了不少,萧容鱼就背个小包,三人在众人的注视中离开了。

随着男女主角的退场,看热闹的人群也很快散掉,客运站又恢复了平时的川流不息。

车站外面是复杂的十字路口和高架桥,看着络绎不绝的车辆,王梓博和萧容鱼立刻就迷路了,两人只能被动地跟着陈汉升。

王梓博到底要老实一点,他担心再弄出啥幺蛾子,便试探着问道:"小陈,现在我们去哪里?"

"去吃午饭啊,你不饿吗?"陈汉升反问道。

"那下午去霜月湖公园,咱可不能撇下小鱼儿啊。"王梓博劝道。

陈汉升揉了揉胳膊上的牙印,摆了摆谱:"可以带她玩一下。"

王梓博听了很高兴,他转过身对萧容鱼说道:"你看,小陈答应带你一起了。"

萧容鱼先是展颜一笑,后来又觉得有些难过,抬头看着陈汉升的背影,刚才经过霜月湖公园旅客中心的时候,这个爱出风头的人还花十块钱买了把纸扇。

陈汉升一路走,一路扇,戴着墨镜,迈着潇洒的步伐,真是怎么高兴怎么来。

"呵,男人啊!"

萧容鱼心里感叹一声,以前陈汉升对自己多么重视,但是自从那一次拒绝他以后,明显感觉自己在他心里的分量急剧下降。

现在甚至可以说自己在他心里几乎没什么位置了。

十八岁的少女萧容鱼第一次见识了陈汉升的心狠和无情,她以为今天已经是底线,其实只是开头。

第 11 章　火车站记闻

中午,他们在霜月湖边的一家酒馆里吃饭,这家酒馆面积只有二十多平方米,厅堂里放着两套微微掉漆的红木桌椅,装饰风格古朴自然。

在这里有个好处,一抬头就是水光潋滟的霜月湖,潮汐轻轻拍打在岸边,"哗啦、哗啦"的声音非常闲适。

本来萧容鱼还奇怪陈汉升为什么带着自己绕这么远,现在又觉得这里静谧自在,只是不知道饭菜味道如何。

"小陈,你怎么知道这里有家餐馆?"

王梓博也觉得环境挺好,就是老板一点都不热情,看到客人也不晓得拿菜单,只是瞅了瞅,就直接开火做菜。

"好奇怪的店。"王梓博又嘀咕一句。

萧容鱼和王梓博两人没见过这种风格,而陈汉升却知道十几年以后这里将成为霜月湖边上有名的私厨饭庄。

"私厨"，就是一晚上只招待一桌客人，至少需要提前两个月排队预约。

陈汉升懒得解释，他站起来走到后面厨房，这时的酒馆老板还没有创立私厨的意识，做菜的地方可以随意进出。

"抽烟？"

陈汉升递过去一支红金陵，酒馆老板正在烹饪，他抬头看了一眼陈汉升，默不作声地接过烟，不过没有抽，只是放在架子上。

酒馆老板是吴中人，吴中菜讲究清鲜平和、形质均美，桂花糖藕、红菱鸡头米、松鼠鳜鱼和鸡汁干丝汤相继端上来，真是色香味俱全。

王梓博和萧容鱼早就饿了，马上就开动起来，陈汉升和酒馆老板则在门口抽烟。

两人几乎没聊什么，酒馆老板本就话少，再加上他以为陈汉升只是大学生，所以没有太多的谈兴。

陈汉升也不以为意，默默地抽完烟，回到饭桌上却愣住了，只见三菜一汤所剩无几，松鼠鳜鱼只剩下鱼刺了。

王梓博差点儿把饭碗吞下去，萧容鱼的吃相要稍微好一点，但是腮帮子也撑得圆圆鼓鼓的，还无辜地和陈汉升对视一眼。

她也觉得动作有些粗鲁，但实在舍不得这鲜美的鱼肉，干脆把头一低，也学着王梓博假装没看到陈汉升。

"至于吗？"

陈汉升赶紧扒饭填饱肚子，很快，桌上的三菜一汤完全被消灭，瓷碗都能当镜子照了。

饭菜好吃，价格也不便宜，一共一百五十六元，王梓博暗暗咋舌，没想到居然这么贵。

王梓博想开口还价，不过被陈汉升拦住了，这家店从来都是实账的，以后这里一顿饭都要上千块钱，而且有些格调是没办法用金钱衡量的。

王梓博和萧容鱼都没有AA的想法，2002年，这种社交习惯比较少见，他们都准备下次请客时补回来。

对陈汉升来说不补也没关系，他把行李寄存在这家饭店里，带着王梓博和萧容鱼逛了一下霜月湖公园。

其实霜月湖不大，不过王梓博走了一会儿就嫌累了。

"这里离火车站和汽车站那么近，下次我们回家前玩一下就好了。"王梓博建议道。

"不要啰唆，这是你人生第一次逛霜月湖，说不定也是最后一次了。"陈汉升肯定地说道。

因为他早有体会。陈汉升在嘉平读书四年，工作十来年，几乎去过所有景点，唯独霜月湖没有完整地游览过。

一开始，他的想法也和王梓博差不多，放假回家前玩一下，结果每次总是急急忙忙地搭车，最熟悉的地方仅限于客运站对面的霜月湖广场，就连这家私厨还是别人带他来的。

萧容鱼却觉得不错，霜月湖是内陆小湖，四周都是几十层的高楼，还有两个流量庞大的车站。

在这样的地方有一泓清澈的水湾，堤岸边上杨柳飘飘，还不时冒出些鲜艳的荷花，这种绿中透红的景致处处彰显着古都的人文气息。

不过这种遐想很快就被现实击碎了，下午三点左右，陈汉升他们准备去学校报到，路过嘉平火车站的时候，几个人纠缠上来。

"帅哥，需要住宿吗？"

"美女，休息吗？"

"帅哥别害羞，过来看一下。"

…………

嘉平的治安环境很好，只是几个五十多岁的女人拿着"住宿"的牌子，挨个询问过路人。

陈汉升走在最前面，本身又像旅游似的戴着墨镜，这种单身的年轻男子是这些女人的重要目标，所以她们果断把全部火力对准了陈汉升，说话也越来越露骨。

萧容鱼红着脸，啐了一口，快步经过这里。王梓博还是第一次遇到这种事，虽然他没胆子去，但是又好奇。

王梓博的想法是，最好陈汉升去试一试，然后把过程告诉他。

陈汉升只是笑眯眯地拒绝："不好意思，我们赶时间，请让一下。"

萧容鱼越走越快，好不容易在公交车站台才停下，看来嘉平火车站给她的第一印象不算太好，当然也是她社会阅历太少的缘故。

在这里又要面临分别，王梓博的嘉平理工大学在仙宁校区，他需要搭乘97路公交车，萧容鱼和陈汉升的学校都在玉欣大学城，搭乘137路公交车可以直达。

"小陈，以后我去玉欣找你们。"

王梓博挥挥手，眼里很不舍。

"好的好的，注意安全。"陈汉升轻松地说道，王梓博迟早会对这座城市熟悉得不能再熟悉。

送走王梓博，陈汉升转过来对萧容鱼说道："烦人的电灯泡终于走了，接下来就是我们的二人世界了。"

"正经点，别乱说话。"萧容鱼有些不好意思，看到陈汉升正盯着自己，虽然墨镜下看不清眼神，但不会太好，她又加上一句，"也不许乱想！"

"脑袋在乱想，我能有什么办法？"陈汉升笑嘻嘻地说道。

"你……"

萧容鱼噎了一下，现在她真是拿陈汉升没一点办法了，137路公交车过来的时候，她也不等陈汉升，直接先上去了。

陈汉升慢慢地把所有行李搬上公交车，这才发现萧容鱼也帮他占了一个位置，不过周围站了好几个蠢蠢欲动的男大学生，看那架势，似乎都想坐在萧容鱼旁边。

萧容鱼一脸紧张地盯着门口，看到陈汉升上来后，赶紧挥动小手，兴奋地喊道："小陈，过来这边！"

陈汉升心想：一群处男，胆子也太小了。他大咧咧走过去坐下，这种明确的"领地"行为让这些内心蠢蠢欲动的男大学生都熄灭火种，很快散开。

"小陈，是不是上了大学的男生都这么饥渴？"萧容鱼小声地问道。

"怎么可能？我就不是那样的人。"陈汉升义正词严地反驳。

"好的，我信你，但是你能不能先把手从我的肩膀上拿开啊？"萧容鱼愁眉苦脸地说道。

第12章　有点东西的303

刚才陈汉升坐下来的时候，"无意"间把手搭在了萧容鱼的肩膀上，那一瞬间能够清楚地感觉到萧容鱼柔软的身体突然僵直。

不过当时周围有一群闷骚的男大学生，萧容鱼转过头去，没说什么。

现在人都散了，萧容鱼觉得这个举动太过亲密，所以提醒陈汉升注意举止。

"哎，我怎么就控制不住这手呢？"陈汉升笑嘻嘻地回道，不过傻子都看得出来他是故意的。

萧容鱼心里叹一口气，自从上次拒绝陈汉升的表白后，这个人就一直在占自己便宜，口头上、行动上，当然思想上更别提了。

按理说自己应该发火才对，不过又觉得太矫情了，大家既是同学，又是朋友，现在又是同在异地的老乡。

"好歹他喜欢过我，干脆算了吧。"

萧容鱼转头看了一眼陈汉升，五官线条立体，眼神带着轻佻和桀骜不驯，高中时候他就这样，不过以前他对萧容鱼还是很有礼貌的。

陈汉升没注意萧容鱼的动作，他看着熟悉又陌生的城市，脑海里完全被回忆填满了。

"多少年过去了，没想到哥又回来了吧？财院的妹妹们，你们都还好吗？"

嘉平火车站到玉欣大学城差不多一个小时，以前外地的准大学生都没坐过这么长时间的公交车，一路上被晃得想吐。

下车后，萧容鱼的脸色也不太好，陈汉升心想这司机真是一点没变，公交车当低速飞机开。

明仁大学和财经学院只相隔一条三十米宽的马路，所以他们是真正的邻居。

"就是开不了口让她知道，我一定会呵护着你，也逗你笑……"

这时，萧容鱼的手机突然响起来。陈汉升听着这首《开不了口》，感慨良多，2000年到2010年真是华语乐坛神仙打架的年代，各种百听不厌的经典歌曲层出不穷。

不过他也只是感叹，因为五音不全，也做不出抄歌词这种事。

电话是高嘉良打来的，这孙子到学校以后还没忘记女神，专门打电话来关心。

萧容鱼客气地讲了两句，就准备挂电话，可高嘉良一直在那边重复"要好好照顾自己呀""我安排妥当就去找你""注意别晒黑了"这类废话。

陈汉升听得有些心烦，一把抢过手机："真啰唆，我会把萧容鱼照顾好的。"

说完他直接挂掉了电话。虽然萧容鱼也不怎么想搭理高嘉良，但毕竟大家是同学，而且陈汉升都没经过自己同意。

"你怎么可以这样？"

萧容鱼还指望和现在的陈汉升讲道理。

陈汉升瞥了一眼地上的包裹："你走不走？不走我就回自己学校了。"

萧容鱼的行李真是挺多的，一个女孩子肯定搬不动，她瞪了几眼陈汉升，反而先败下阵来。

"小陈，我们和好吧。"

陈汉升愣了一下："和好是什么意思？"

"就是我们还像以前那样相处，好不好？"萧容鱼委屈地说道。

陈汉升反应过来了，心想：那时我在追你，肯定对你和和气气，现在没这个想法了，再和好不是给自己添堵？

不过他心里这样想，嘴上却玩世不恭地说道："可以啊，你当我女朋友就行。"

"小陈，我大学毕业前不想——"

萧容鱼又是老一套，陈汉升马上打断："OK，那从现在开始，咱俩都别说话，我帮你拿行李去宿舍，然后回校。"

陈汉升将大包小包往身上一背，就走进了明仁大学，他现在的态度和中午在客运站有一拼，绝情到让萧容鱼想哭。

陈汉升对明仁大学非常熟悉，一路领着萧容鱼把入学手续办妥了。萧容鱼默默地跟在后面，最后陈汉升在女生宿舍楼下停下来。

"我帮你把行李搬上去，就算完成对萧叔叔的承诺了，免得到时他向我爸告状。"

萧容鱼想说些什么，但是看着"无情无义无理取闹"的陈汉升，噘着嘴就向楼上走去。

"喊，还要小性子了。"陈汉升冷笑一声。

因为现在是报到时间，所以男性可以进出女生宿舍，陈汉升登记后，发现萧容鱼慢吞吞地走在前面。

"萧容鱼！"陈汉升喊了一声。

"做什么？"

萧容鱼凶巴巴地转过脸，她准备不管陈汉升开口说什么，都要让他先道歉。

"你走的方向是公共厕所，宿舍在这边，笨死了。"

陈汉升一脸嫌弃。

"啊，啊，好的。"

萧容鱼只能欲哭无泪地返回来，要求道歉什么的也不好意思开口了。

推开女生宿舍303的大门，里面已经有好几个女生入住了，她们都挺和善，还一起帮着搬行李和互相介绍。

"你是容鱼的男朋友吗？"一个长着小虎牙的女生问陈汉升。

这也是其他室友好奇的事，因为别人都是家长来送的，只有萧容鱼是一个男生来送的。

这种关系大概只能是男女朋友吧。

萧容鱼刚想否认,她是准备认真读大学的,不想给宿舍同学留下"谈朋友"的印象。

哪承想,陈汉升反应更激烈,连连摆手:"别误会,别误会,我和萧容鱼是高中同学,她爸临时有事拜托我帮个忙,仅此而已。"

看着陈汉升认真辩解的神情,萧容鱼莫名有些酸楚,她假装低下头整理包裹,继续听着陈汉升和室友们说话。

"那你是哪个学校的啊?"小虎牙继续问道。

"我是对面财经学院的。"陈汉升答道。

听到财院的名字,有些室友的兴趣就小了很多,财院和明大比起来差得太多,她们脑袋里还没转过弯,仍然停留在靠分数说话的印象里。

小虎牙倒是一点都不介意,笑着说道:"我叫徐芷溪,嘉平人,同学你叫什么名字?"

"我叫陈英俊。"

虽然徐芷溪是嘉平当地人,但陈汉升毫不怯场,甚至撒了个谎。

"瞎说,哪有人起这名字的?"小虎牙不相信,还问起了萧容鱼:"容鱼,你的同学叫什么名字呀?"

"他啊,陈汉升。"萧容鱼白了他一眼,说道。

"真是会骗人的坏孩子。"

徐芷溪长得粉嘟嘟的,说话时,一双大眼睛滴溜溜乱转,个子有一米六三左右,皮肤很白,好像新剥的鲜菱一样,一说话就露出两排可爱的小米牙。

"我真的叫这个名字。"陈汉升一本正经地解释,"汉升和英文 handsome 发音差不多,handsome 就是英俊的意思,所以叫陈英俊也没错的。"

"哈哈哈……"

这次不仅徐芷溪笑起来了,就连其他室友也跟着笑起来,只是萧容鱼心里越发难过,以前陈汉升只会逗自己开心的。

"陈英俊同学,你这么会说话,老实交代,是不是谈过很多女朋友?"徐芷溪笑着问道。

陈汉升摇摇头:"到了我这个年纪,已经很少有女人能让我心动了。"他看了一眼整个女生宿舍,继续说道,"你们是第 104、105、106、107、108 个。"

"噗,真会哄人。"

徐芷溪眼睛都笑弯了,宿舍的其他女生又笑了起来,谁被夸奖都很开心。

萧容鱼在心里数了数,不多不少正好五人,陈汉升这是故意漏掉了自己。

看着陈汉升和室友"勾勾搭搭"的样子,萧容鱼突然有种自己男人出轨的感觉,她实在忍不住了,深吸一口气后,走了过去,尽量平静地说道:"谢谢你帮我搬行李,赶紧回校报到吧。"

陈汉升点点头,他本来也准备走了,哪承想,这时徐芷溪拿了一张纸过来:"这是我们宿舍的电话号码,英俊同学可以打过来。"

"不用了。"萧容鱼看了一眼，直接帮陈汉升拒绝了，"陈汉升打电话也只能找我，他晓得我的手机号码。"

这下就有点尴尬了，能考进明大的女生，内心肯定都是骄傲的。

徐芷溪眼珠转了转，走上前去直接把纸塞在陈汉升手里，然后蹦蹦跳跳地离开了。

萧容鱼看着陈汉升，眼眶微微泛红。

陈汉升心里笑笑，303这个宿舍有点东西。

第13章 撒谎精陈汉升

萧容鱼多希望陈汉升能够扔掉这张写着电话号码的纸啊，可惜陈汉升把它揣进裤兜里了。

这一瞬间，萧容鱼觉得几乎要失去陈汉升了，虽然她从来没有拥有，甚至拒绝过。

徐芷溪在宿舍里快乐地哼着歌，其他室友各做各的事，陈汉升也已经出门离开，满地都是包裹需要整理。萧容鱼心里突然很难过，非常想家。

她拿起手机准备打给爸爸，但还是忍了下来。

就在刚才，现实给温室里成长的萧容鱼很好地上了一课，在港城一中，她是所有人的女神，不过在明大宿舍，一切都是零。

就在这时，陈汉升的声音突然又在门口响起："萧容鱼，麻烦你下来帮我证明一下，不然宿管阿姨不让我出去。"

萧容鱼吸了一下鼻子，站起来，她不想让"负心人"陈汉升看出自己内心的真实感受。

"走吧。"萧容鱼冷冷地说道。

陈汉升带她来到二楼楼梯拐角处，然后若有所思地看着萧容鱼。

"你要做什么？"

萧容鱼不想和陈汉升对视。

"大学的室友关系相对于高中宿舍复杂很多，要谨言慎行。"

萧容鱼刚到宿舍就和室友闹起了小矛盾，这就相当于强行为大学生涯增加了难度，当然主要原因还是陈汉升。

"总之你有什么问题，就直接找我吧。"陈汉升缓缓说道。

听出陈汉升话语里的关心，萧容鱼心里微微一动，不过又想到他刚才和其他女生眉飞色舞地开玩笑，唯独把自己抛在一边，她心里还是超级难受。

"知道了，快下去吧。"萧容鱼转过身子，违心地催促。

在这样一个完全陌生的环境里，尤其离家这么远，心里还有委屈，其实萧容鱼很想和痞痞的陈汉升多待一会儿。

陈汉升注视着萧容鱼苗条绰约的背影，心想：前世今生加起来，我整整喜欢了萧容鱼六年啊。

从某种角度来讲，萧容鱼几乎代表着陈汉升的整个青春。

纵然重生后改变了心态，但也没办法真的不管萧容鱼，所以才专门回来提醒她。

"毕竟我们是老乡,应该互帮互助,再说如果那晚我表白成功,你就是我的女朋友了,也应该多照顾你。"

陈汉升说得挺诚恳的,萧容鱼受到触动,一下子没忍住眼泪。

"那你还一直惹我伤心?我在港城三年都没哭两次,可你一天就惹哭我两次。"

这次萧容鱼哭得好伤心啊,似乎要把这一路上的委屈、想家的念头、被抛弃的难过全部发泄出来,而且要防止被其他人听见,她只能压低声音。

女孩子漂亮,哭起来也漂亮。

萧容鱼抽抽噎噎的,长长的睫毛上挂满了泪珠,仿佛出水芙蓉般清丽,泪珠又仿佛留恋洁白的肌肤,迟迟不肯落下。

"你,你还把别的女人的电话号码藏起来。"

鬼使神差地,萧容鱼还加上这一句。

萧容鱼也是糊涂了,其实陈汉升和她一点关系没有,他藏谁的电话号码都可以,不过陈汉升却把裤兜翻了过来证明:"没有的事,刚才我扔掉了。"

萧容鱼瞅了瞅,陈汉升裤兜里果然什么都没有,心里才稍微舒服了一点。

"与宿舍其他人相处要有一颗包容心。"陈汉升再次叮嘱道。

萧容鱼点点头表示知晓。

"那我走了,你上去吧。"陈汉升说道。

萧容鱼愣了一下,娇憨地问道:"你不是让我送你出去吗?"

陈汉升笑了笑:"只是找个正当理由把你喊出来,现在你们女生宿舍和菜市场差不多,进出都随意。"

"陈汉升,你真是撒谎精。"

萧容鱼的声音闷闷的。

陈汉升伸出手想帮她擦一下眼泪,萧容鱼下意识地想躲避,不过犹豫了一下,最终还是俏生生地立在原地,吹弹可破的肌肤感受着陈汉升手指的温度。

然后,两人都默契地没说话,一个上楼,一个下楼。

陈汉升走出女生宿舍后,居然从上衣口袋里掏出一张纸,正是徐芷溪刚刚给的那张。

这浑蛋又骗了萧容鱼。

财院的面积相对于明仁大学要小很多,陈汉升也不需要指示牌,凭着记忆就来到了大学生活动中心,这里是财院大一新生报到的地方。

陈汉升先在缴费处排队交钱,缴费处就和医院一样,能够看清人世间的阴晴圆缺,中年父母眼里不单单是子女考上大学的高兴,还有面对几千块钱学费的不舍。

陈汉升交完学费,拿着收据来到人文社科系公共管理二班进行登记。

登记处摆放了两张桌子,桌前坐着一男一女,男的是个中年人,女的是大学生模样。

"同学,请问你是公共管理二班的吗?"女大学生开口问道。

"我叫陈汉升,公共管理二班的。"陈汉升笑着回道。

俗话说，伸手不打笑脸人。陈汉升本身就不丑，长得也高高大大的，虽然务农被晒得有些黑，但是健康有朝气。

"我叫胡林语，也是今年的新生，以后我们是同班同学了。"女生客气地自我介绍。

陈汉升当然知道胡林语，按照正常发展，胡林语将是大学四年的班长，后来考上选调生，进入体制内工作。

胡林语的长相只能说一般，在财院这种学校，属于丢进人群里找不出的那种，不过做事很主动，语速也很快，给人一种很干练的感觉。

"这是我们的辅导员郭中云老师。"胡林语又介绍旁边的中年人。

"老郭嘛，以后不要太熟悉。"陈汉升心里说道。

郭中云戴着金边眼镜，对班级学生还停留在观察阶段，他笑眯眯地和陈汉升打了个招呼，然后拿出几张登记表说道："填一下身份信息，顺便帮你安排宿舍。"

陈汉升填表的时候，胡林语有些奇怪："你父母没陪你过来吗？"

"没有，我自己来的。"陈汉升答道。

"这么厉害，我们班只有你和另一个女生是单独来报名的，真的很让人敬佩。"胡林语真心夸赞道。

胡林语说得是畅快了，但是没顾忌到旁边还有几个陪同孩子报名的家长。

这些都是以后的同学，他们听了都有些尴尬，抬起头看了几眼陈汉升和胡林语。

胡林语浑然不知自己失言了，仍然忙得满头大汗。

"一点都不厉害。"陈汉升不动声色地说道，"我也是被迫无奈，本来父母都买好来嘉平的车票了，突然老家有点急事给耽误了。"

胡林语愣了愣，她都没反应过来陈汉升说这话的意思，但是周围几个同学的脸色要好看多了。

辅导员郭中云瞟了一眼陈汉升，没说话。

陈汉升办理完手续，总算正式成为一名大学生了，他和胡林语打个招呼，就径直离开了。

当年胡林语平台很好，选调资格生起步，不过因为性格问题，最后居然主动离职了。

这个世界总是不缺少努力的人，兢兢业业，但是收获远没有想象那么多。

其实，如果他们肯在百忙中抬起头，抽点时间观察和思考，开阔自己的心胸，吸收周围环境的反馈，也许人生还能更加辉煌。

第 14 章　正确的生活指南

从财院大学生活动中心走路到男生宿舍差不多十五分钟，这一路上，陈汉升都在左顾右盼，眼睛就没停下来。

太多漂亮的女大学生了。

虽然高中校园里的女生单纯，但是她们忙于学业，再加上一身臃肿的校服，除非有萧容鱼这种级别的相貌，否则很难让人有眼前一亮的惊艳之感。

尽管职场上的女性学会了打扮，不过说话做事开始带着烟火气了。

所谓烟火气，坦率地讲，就是会根据对方的身家、相貌、发展前景等综合因素调整相处方式，属于现实主义的"看菜下单"。

所以，处于中间层次的女大学生既时尚，又活泼，最糟糕的是她们仍然相信爱情。

"虽然财院的教学水平远远赶不上明大，但是女生的平均质量甩明大几条街都绰绰有余，难怪那些明大的男生都来我们学校'觅食'。"

陈汉升想到这一点就觉得生气，在明仁大学，可爱的小虎牙徐芷溪差不多能评个院花了，但是在财院也就是班花水平。

当然，如果是萧容鱼就另说了，她在财院照样有艳压群芳的实力。

陈汉升笑嘻嘻地向好几个学姐抛媚眼，可惜都错给了瞎子，以他现在的穿着打扮，这些漂亮学姐是看不上的。

尽管被忽略，但陈汉升仍然看得津津有味，还遇到几个院体操队的女生，更是一道亮丽的校园风景线。

走到半路上，陈汉升觉得饿了，干脆拐道去二食堂解决晚饭。

充卡，打饭，找座，一气呵成。

坐下来以后，陈汉升发现所有大学的食堂都差不多，因为总能在里面找到熟悉的画面。

角落里有几对大学生情侣亲昵地依偎在一起，你喂我一口饭，我喂你一口菜，恩爱感十足。

还有一群单身狗男生边吃边看电视，每到NBA五佳球的时候，总有人要站起来大喝声："牛！"

这中间还夹杂着几个在食堂看书的铁憨憨，大概是图书馆没位置了，在这种环境下看书也真是坚挺。

陈汉升随便找了个位置坐下。

尝了一口米饭，有点生。

喝了一口免费的汤，有点咸。

鸡腿肉也是软绵绵的。

"嗯，还是一如既往地难吃。"陈汉升评价一句，然后把汤倒在饭里，稀里哗啦吃个精光，他还真不是矫情的人。

吃完饭差不多已经晚上六点，天色逐渐变暗，校园里的路灯已经亮起来，广播站学姐的声音还是那么撩人。

陈汉升仍然没去宿舍，而是转头来到水房，不过他并不是要打水，这里有一块巨大的黑板。

大学生难免粗心，打水时总会落点什么东西，所以黑板上常写着"××日，捡到××系××同学的饭卡一张"这类话，后来时间久了，各式各样的信息都写在上面了。

"四六级英语包过，专业机构值得信赖。"

"一网打尽网吧，超快网速，极速体验。"

"…………"

这些新闻几乎每天都会变,大家也都默契地只留一天,可见大学生有多无聊。

陈汉升自然不是来看这些八卦的,因为大黑板上还有招聘兼职的信息,这才是陈汉升关注的重点。

"移动手机卡招收校园代理。"

陈汉升摇摇头,直接 pass。

"大学生家教,要求英语专八以上。"

再次 pass。

"易物商品中心发传单,三十元一天包饭。"

陈汉升还是摇头。

一连否决了好几个,终于在大黑板边上看到一张薄薄的宣传单。

"深通快递招收校园代理,有意请电联,××××××××××。"

陈汉升看了半响,终于撕下这张纸,折叠好放进口袋里。

在宿管处领了被子和床褥,陈汉升一个人抱着走到 602。

财院的男生宿舍都是六人间,陈汉升推开门,其余五个人已经到了,他们本来各忙各的事,现在都看向陈汉升。

"呵,敢情我是最后一个到的。"陈汉升笑着走进去。

五个室友的反应各不相同,有人站起来帮忙拿行李,有人只是腼腆地打个招呼,也有人只是看了一眼,无动于衷。

大学宿舍和高中宿舍有很大区别。

高中室友因为都是一个地方的,说着同一种方言,吃着差不多口味的食物,说不定彼此的家长还认识,即使有了矛盾,也很容易调解。

大学宿舍的室友来自天南地北,风俗习惯、成长环境都不同,而且从行为上说,还分别代表着独立的个体。

简单来说,大学就是一个人为自己言行负责的开始,父母已经不能再为其兜底了。

陈汉升放下行李,就有室友奇怪地问道:"你爸妈咋没送你过来?"

"我没让他们过来,我一个人就能搞定。"陈汉升笑呵呵地说道。

这时,他的回答和下午报到时又有了差别。

果然,陈汉升说完后,几个室友看他的眼神都不一样了,一个高中毕业生敢拿着几千块钱来报名,胆子真不小。

他们再仔细打量陈汉升,个子挺高,也比较壮,虽然说话很和气,不过笑起来带着野性和桀骜不驯,经常在成绩倒数的学生身上看到这种气质,不晓得陈汉升是怎么考上财院的。

室友观察陈汉升的时候,陈汉升也在打量这些即将朝夕相处的同学。

其实,陈汉升清楚这里每个人的性格,甚至对他们未来的前途也都心知肚明,不过他觉得那只代表过去。

蝴蝶振翅可以掀起巨浪,陈汉升重生以后,改变的不仅是自己的命运,周围的人肯定也会跟着改变,陈汉升不想用以前的老眼光看待"新人"。

"就让那些印象留在过去吧,借鉴也没有多大意思。"陈汉升心里想着。

以前有矛盾,现在就尽量不结仇。

以前是朋友,现在说不定能更好。

这才是正确的重生指南,都重生了,还记着以前的烦心事,简直对不起这宝贵的机会。

第15章　大学必须活力四射

男生宿舍的床位都是报名时提前分好的,床架上面还贴着个人身份信息,陈汉升的床铺没有变化,仍然是靠近阳台的那一张。

这个位置有利有弊,利就是能够俯瞰整个宿舍,室友在做什么他都能看清楚;弊就是男生宿舍的阳台比较脏,夏天的时候味道比较大。

尤其现在阳台上还留着上一届学长没带走的"宝贝",比如啤酒瓶、烟盒、旧书本,还有几条屁股上烂洞的内裤。

陈汉升放下行李,笑呵呵地说道:"我叫陈汉升,苏东省港城人,哥儿几个都是哪里的神仙?"

陈汉升开腔,大家还是很友好地自我介绍。

年纪最大的叫杨世超,辽北人;其次是郭少强,苏东省广陵人;然后是戴振友,荆北人。

陈汉升年纪排第四,下面两个是粤东人李圳南和嘉平本地人金洋明。

互相有了简单了解以后,大家就吹捧一下对方家乡的特产,二本学校就是这么尴尬,想夸夸对方的高考成绩都不行。

聊了一会儿,"老大"杨世超掏出烟挨个散去,郭少强和陈汉升都主动接过,戴振友犹豫了一下,也略显生疏地点上,但李圳南和金洋明都拒绝了。

杨世超看到第一次散烟就被拒绝,面子上过不去,就劝道:"我们都已经是大学生了,抽支烟有什么啊?"

郭少强也跟着说道:"宿舍里已经有四杆烟枪,你俩要是不想抽二手烟,干脆抽一手烟和我们对抗。"

看到两个"小弟"为难的表情,陈汉升笑着不说话。

大学毕业后,他和金洋明基本不联系,不过和李圳南一直延续了大学时代的友情,这小子毕业后回老家先是炒股,再是炒币,赚得盆满钵满。

陈汉升出差,顺便找他,这人已经是娱乐会所的常客了,更遑论抽烟这种小事。

不过现在的李圳南到底稚嫩,经不住劝,还是抽了一根,但马上就被呛得重重咳嗽起来。杨世超和郭少强相视大笑,他们也没有坏心思,只是觉得好玩。

金洋明也在旁边取笑:"这种烟才几块钱一包,肯定呛喉咙,第一次抽烟应该试试中华和苏烟,又醇又香。"

李圳南红着脸点点头,杨世超在旁边有些不高兴,金洋明这就是说自己的烟太差了。

"我老家那边都抽这种，没抽过其他好烟。"杨世超闷声说道。

金洋明也晓得自己口误，转过头不说话了。

宿舍里一下子安静下来，只有陈汉升一个人"吧嗒吧嗒"抽着烟，心想大学生真太可爱了，都能为这点事闹矛盾。

不过他也没劝解，大学里相处难免磕磕碰碰，其实许多时候当事人都没怎么在意，总有些铁憨憨跳出来当好人劝解，结果没事反而变成有事了。

陈汉升站起身，活动一下筋骨，拿起扫把和拖把就走向阳台。

阳台味道太大了，烟味都差点儿掩盖不住那里的臭味，以前整个宿舍硬是拖了一个月才打扫，也不知道当时六个人是怎么忍下来的。

陈汉升动手能力极强，很快就在阳台热火朝天地干起来。室友们看着他一次两次从厕所端水冲洗，就忍不住了。

李圳南率先开口："我们要不要去帮帮陈哥？毕竟是大家的宿舍，总不能让他一个人打扫。"

其他人还没吱声，金洋明就在旁边说道："阳台那么小，我们过去也是添乱，明天请陈哥吃早餐就行了。"

杨世超想了想，也支持李圳南的意见："的确应该一起做。"

辽北人的行动力还是很强的，杨世超这边说，那边他就打开阳台的门："老四，要不要帮忙啊？"

陈汉升正在洗阳台地板上的黑色固体，不知道是哪个浑蛋的"遗留物"，忒难洗了。

"不用了，我一个人能搞定。"陈汉升拒绝道。

"陈哥，我也进去帮忙吧。"李圳南坚持道，他连鞋子都脱了。

陈汉升擦了擦脸上的汗水，不耐烦地说道："说了不用就不用，你去把老杨桌上的烟拿来。"

杨世超还是第一次听到有人叫他"老杨"，他默念两遍，觉得这个绰号挺好听的，于是"老杨"这个称呼就伴随了杨世超大学四年。

陈汉升拿到烟，便把李圳南推了出去，然后哼着二五不着调的歌继续刷。

宿舍里的金洋明就笑着说道："你看，我说得没错吧，陈哥一看就是爽直的老实人。"

郭少强也点头："老四这人的确挺实在，在家里应该是做惯事情的。"

这两个人见面没聊几句，就把"实在"的印象给了陈汉升，这也是大学生的通病，仅凭一两件小事就胡乱给人贴标签。

"那干脆让陈哥当宿舍长好了。"金洋明建议道。

其实大学宿舍长没啥好处，金洋明纯粹是想偷懒，希望陈汉升能把宿舍的卫生全部承包下来。

陈汉升整整洗了一个半小时，阳台才被彻底冲刷干净，他出来时才知道自己被金洋明赋予了宿舍长的重任。

"陈哥，经过我们一致推举，决定让你当宿舍长，带领我们602走向美好的明天。"金洋明得意地说道。

"哪有推举，我们完全可以轮流当宿舍长的。"

又是李圳南，他是唯一开口表示反对的人，其他室友大概都不想劳动。

陈汉升笑了笑，弹飞手里的烟头，说道："没问题，那我就当宿舍长了。"

宿舍长本身的确没啥权力，不过这得看谁当了，有人就能在不起眼的位置上发挥巨大的影响力。

陈汉升打扫完阳台，肚子又开始饿了，不过食堂已经关门，又没有外卖。他揉揉下巴，突然说道："现在也就不到十点，我们去找个大排档吃夜宵吧。"

"啥？"

几个室友纷纷抬起头，有人已经准备上床睡觉了。

"太迟了吧，汉升。"戴振友说道。

"迟啥？这个点就是吃夜宵的，赶快换衣服走人。"陈汉升直接催促。

杨世超和郭少强都有一颗想浪的心，他们对大学总有一种蠢蠢欲动的向往，可是报到的第一天又太平凡了，总觉得缺少些什么。

现在陈汉升一提醒，他们立马反应过来。

缺少了"自由"啊，大学生怎么能过得和高中生似的？杨世超连忙赞同："老四说的是，我们天南海北碰到一起，还是要喝一杯的。"

郭少强都在换衣服了，这两人属于主动派，陈汉升还要搞定其他人。

第一次宿舍聚餐，肯定不能落下任何人，否则他很容易被孤立。

戴振友也好说，只要别人都去，他肯定也去。

至于金洋明，在他反对之前，陈汉升就说道："嘉平是个不夜城，你这个当地人应该没那么早睡吧？"

金洋明一想也对，自己作为优越的省会城市居民，不能被这群外地人小瞧了。

"谁要睡了？我在想要不要叫我表哥开车过来，载我们去'1912'酒吧蹦一蹦。"

金洋明吹起牛一点都不打滑。

"行了行了，咱同学聚会，让你表哥消停点吧。"陈汉升说完，又转向李圳南。

李圳南已经换上了睡衣："陈哥，我真的不去了，首先我不能喝酒，其次我也习惯这个点睡觉，哎呀你干吗……"

原来没等李圳南说完，陈汉升居然爬上床把他抱起来了："你去不去？不去的话我脱了裤子搂着你睡一夜。"

面对这样的威胁，李圳南宁愿喝死在酒桌上，也不能让陈汉升得逞。

其他几个室友都在笑，不过他们都没意识到，面对不同的人，陈汉升劝解的方法也是不同的，而且保留着原汁原味属于陈汉升自己的性格特点。

这就是情商。

第16章　我要当班长

陈汉升搞定了室友，换衣服时，又觉得因为打扫卫生，浑身黏糊糊的。

"我去冲个澡，等我两分钟。"陈汉升皱着眉头说道。

这惹来心急如焚的杨世超和郭少强一顿抱怨："快点吧，就你事多。"

"我是舍长，你们等等怎么了？"陈汉升骂了一句，拿起换洗衣服冲进浴室。

等到花洒的声音响起，杨世超才嘀咕道："我还是宿舍老大呢。"

大概都知道一会儿要出去玩的缘故，不管本来想不想去，现在602的男生们的肾上腺素都下意识地升高，荷尔蒙转化成了兴奋感。

所以宿舍里非常热闹。

陈汉升洗得又慢又仔细，这里是玉欣大学城，什么都缺，就是不缺美女，说不定喝醉了还能来场艳遇什么的。

"虽然可能性比较小，不过还是要做好准备，不能放过一个！"

陈汉升抖动两下身子，突然感觉外面安静下来，他想了想觉得不对劲，穿了条裤衩就走了出来，随后一愣。

只见辅导员郭中云站在宿舍中间，几个室友都像霜打的茄子一样，垂着头不敢吱声。

"你们穿红戴绿的，准备做什么啊？"

郭中云放过头发湿湿的陈汉升，询问其他五个人。

金洋明悄悄看了一眼陈汉升，因为这是陈汉升的提议，不过他还是忍住没有当面告密，所以没人回答老郭的问题。

郭中云有些奇怪，不过没等他再问第二遍，已经穿上T恤的陈汉升走过来说道："郭老师，刚刚我们把阳台打扫了一遍，觉得肚子有点饿，所以我就提议出去吃点夜宵。"

听到陈汉升主动把责任揽下来，几个室友都悄悄松了一口气，不仅如此，陈汉升还大方地把打扫阳台的功劳分了出去。

不过让金洋明等人没想到的是，郭中云的关注点居然不是夜宵，而是阳台。

他走到阳台那边看了看，赞赏地说道："602宿舍做得不错，刚刚我看了所有男生宿舍，只有你们主动打扫了阳台。不耽误你们夜宵了，快去快回，注意安全。"郭中云说完，就准备离开。

除了陈汉升，其他几个室友都没想到辅导员这么轻易地放过了吃夜宵这件事。

他们的思维还停留在高中阶段，那时的老师不仅管学习，还管生活，作息时间都是严格规定的，不过这是大学。

当了几年辅导员的郭中云早就明白这个道理，他才懒得过问一帮成年人的私生活。

就在郭中云要踏出宿舍的时候，陈汉升突然在背后喊道："郭老师，今晚有空一起吧。"

"什么？"

金洋明差点儿叫出声，好不容易送走辅导员，为什么又把他叫回来？再说郭中云肯定不会答应啊。

陈汉升有自己的诉求和考虑，而且他确信郭中云会答应。

果然，郭中云装模作样地犹豫了一下："那可不能喝酒。"

"没问题，您说了算。"陈汉升痛快地答应了，心里想的是到了酒桌上，面对这么多小伙子，哪里还由得了你，再说你专门来"视察"，不就是为了和班级男生打个照面，方便以后的管理嘛。

听到陈汉升和辅导员的交流，其他几个室友对视一眼，如果说陈汉升大胆的邀请让他们吃惊，那辅导员的回答则让他们开始理解大学的生活方式。

相对宽松，并不自由，还需要一定程度的努力，所有行为必须在法律规则约束范围内。

几个人出门后，郭中云看着不远处的605宿舍，犹豫了一下。

605也是公共管理二班的男生宿舍，陈汉升想想就明白了，开口问道："要不要叫上咱们班所有男生，就当是提前开班会了。"

"这不好吧。"

郭中云有些犹豫，虽然陈汉升的提议正中他的下怀。

"有啥不好的？我去喊。"

陈汉升毫不犹豫地走过去。

郭中云还以为需要自己出面，结果不到两分钟，605宿舍里面先是鸡飞狗跳地闹动静，接着就看见陈汉升领着六个男生出来了，其中有人边走边穿衣服，显然是被从床上拉起来的。

接下来也不知道陈汉升用了什么办法，又把其他三个宿舍的同班男生都喊了出来。

"郭老师，公共管理二班的二十七名男生全部到齐！"陈汉升大声说道。

郭中云看了一眼陈汉升，心想这个学生的组织能力真强。要知道，他们都素不相识，陈汉升却能一个不落地叫过来，这里面肯定是动了脑筋。

不过郭中云没纠结细节，大学老师就这一点好，只看结果，很少关注过程，这样才轻松。

"出发！"郭中云意气风发地说道。

于是，一帮男生雄赳赳气昂昂地走在校园里，经过校门口的时候，郭中云主动出示证件。

有辅导员背书，保安也痛快地开了门。

不过临走前，陈汉升走过去给保安递了支烟，然后又说了些什么。

陈汉升返回队伍后，郭中云说："没关系的，我都和他们打过招呼了。"

陈汉升笑嘻嘻地说道："今晚不确定喝到几点，我和他叮嘱换班时记得留门，别把我们锁外面喂蚊子了。"

"这小子真的可以。"

郭中云认真地打量着陈汉升，厚重的镜片反射着路灯昏暗的黄光，心想陈汉升既有组织能力，做事又周全，下午报到的时候也很会说话，综合能力在胡林语之上啊。

本来郭中云打算让积极主动的胡林语当班长，不过现在又觉得陈汉升更合适。

在大学里，班长是个重要角色，可以为辅导员分担很多事情，当然，其自身也有隐形收获。

现在关键是陈汉升有没有这个意向，因为大学班长很累，另外也不知道他能否服众。

"再观察两天。"郭中云暗暗想着。

就这样，陈汉升同学成为辅导员属意的班长候选人之一，这分量可比宿舍长重多了。

陈汉升想在大学里把生意做开，班长是必须拿下的，不然他这么费心表现什么？

第 17 章　千人有千面

玉欣大学城附近有一个易物商品中心，这里的东西便宜又实惠，而且有网吧，有台球室，有饭馆，有咖啡厅，还有一排排宾馆，基本上可以满足大学生吃饭、娱乐、休息的一条龙需求。

陈汉升这帮人也不坐车，吹着牛走到大排档一条街，马上就有服务员大声招呼："同学，我们家啤酒打折，要不要来试试？"

同班男生都看向陈汉升，毕竟是他领头出来的，陈汉升又看向郭中云，这才是值得拍马屁的大佬。

郭中云摇摇头："这家宫保鸡丁味道不好，吃了拉肚子，我们去另一家。"

陈汉升心里笑了笑，老郭当了这么多年大学辅导员，不管哪一届的班级活动都要拉上他，学校周围哪家大排档好吃，他才真是门儿清。

跟着郭中云来到选定的餐馆，二十七个男生整整坐了三桌，老板娘走过来说道："郭老师，这是您的新学生啊？"

郭中云点点头，然后熟门熟路地吩咐道："饭菜还是老规矩，注意干净卫生。"

"郭老师放心，您要喝什么酒？"

这下可把老郭给问住了，刚才他摆谱说不喝酒，但这种场合不喝又不太可能。就在他犹豫的时候，陈汉升在旁边大声说道："每桌一箱啤酒，多退少补，不够再拿，先给我们端点花生米。"

有陈汉升出面圆场，郭中云还能继续维持老师的威严，他点点头说道："那就听汉升的吧，每桌一箱，坚决不能再多了。"

其实有些人不想喝酒，只想见见辅导员和同班同学，不过听到辅导员同意了陈汉升的意见，大家也不能说什么。

刚开始各桌有些冷清，不过啤酒热菜上来以后，气氛马上就不一样了。

大学里的男生能比拼的东西不多，家庭条件算一样，五官身材算一样，换女朋友的速度也算一样，还有最后一样就是酒量了。

现在大家都看不出彼此的家庭条件，相貌也没有帅过吴彦祖的那种，刚开学，更谈不上换女朋友。

所以，酒量就是检验一个男生在宿舍地位的重要标准了，很多人都铆足了劲开始灌。

辅导员郭中云酒量不错，他深信酒品看人品的道理，一边吃菜，一边等着同学敬酒，一边留意班级里的学生。

有些人是真的不能喝，比如李圳南这种一看就是乖孩子的，两杯啤酒下肚，就泪眼蒙眬地想家了。

有些人多少能喝点，但是喜欢偷奸耍滑，比如说金洋明，他明明有半斤的量，非要装作只有三两，谁来碰杯都只喝一半，还要偷摸地倒掉一点。

酒量豪爽的也有不少，杨世超、郭少强、陈汉升至少是一斤半的量。

不过这些能喝酒的学生里，每个人的表现也是有区别的。

杨世超和郭少强这两个家伙仗着自己酒量好，专门找那些不能喝酒的同学碰杯，每当有人喝吐，他们就开心地大叫。

他们习惯以"不喝，是不是看不起我"为理由，搞得别人不喝都不行，就连一个宿舍的金洋明和李圳南都没躲过，一个吐，一个睡。

陈汉升也敬酒，但是他和酒量差的同学碰杯，只是碰一下就完事，从不强求，遇到实在不想喝的，陈汉升也大度地容忍对方端茶。

他把目标对准的是杨世超这些酒量好又爱闹腾的同学。

"老杨，你怎么回事？这才到哪儿呢？"

当陈汉升端起第六杯酒的时候，杨世超实在撑不住了，舌头都开始打结："陈汉升，我、我看出来了，你今晚就专门灌我来着。"

说完"砰"的一声，杨世超埋下头呼呼大睡。

又放倒一个，陈汉升又转向郭少强："少强过来，咱俩谈谈人生理想。"

郭少强一阵心慌，陈汉升正杀得起劲，好几个能喝酒的男生车轮战都没喝过他，而且现在他走路不晃、说话清楚，显然还没到顶。

郭少强马上就认怂了："老四，我看差不多可以了，人生理想随时都能谈，但是我们喝多了没人照顾同学。"

陈汉升看了看墙上的钟表，已经快凌晨一点了，心想：真放倒了郭少强，就没劳动力帮我扶人了。

"这次就先记下来，下次一起算。"

陈汉升故意留点话柄震慑郭少强。

郭中云一直在侧眼观察，他觉得陈汉升这样喝酒的方式真不错，既能维持住酒桌上的热闹气氛，又不欺负酒量小的同学。

最关键的是他喝酒非常理智，说走就走。

本来郭中云要去结账，没想到陈汉升抢先一步付完了。有些没喝多的同学看见这一幕，心里都在犹豫要不要按人头给钱。

不过最后陈汉升没提，他们也就装不知道了。

陈汉升出去找了几辆的士，让郭少强送喝醉酒的同学，他自己陪着郭中云走回学校。

月华如水，安静的马路仿佛镀了一层淡淡的银粉，两人有一搭没一搭地聊着。郭中云说自己有个小女儿，陈汉升也简述了家庭背景，以现在两人的关系，不适合聊得太深。

不过在学校门口告别的时候，郭中云掏出四百块钱，说道："这顿饭没道理让你请，我这个辅导员还是要面子的。"

一开始陈汉升推辞，最后郭中云强行把钱塞在他手里，转身回了教师宿舍。

老郭这人也挺有意思的，其他男生都以为这顿饭是陈汉升付账的，所以人情不明不白留给了陈汉升。

"有机会的话，不如带着老郭发点小财吧。"

本来陈汉升打算在学校里散散步，结果瞥到树丛茂密的阴影处有好几对情侣抱在一起亲吻，情到浓时忘乎所以。

"就不能去酒店吗？"

一瞬间，陈汉升脑袋里闪过很多身影，最后居然停留在萧容鱼身上，想想那天她晨跑的光景，身材是真的好。

　　回到宿舍，其他人都已经熟睡，陈汉升不紧不慢地洗了个澡，才枕着回忆沉沉入梦。

　　第二天一早，陈汉升就被"我宁愿你冷酷到底，让我死心塌地忘记，我宁愿你绝情到底，让我彻底地放弃"的手机铃声吵醒了。

　　"不好意思啊，吵到你们了，这手机铃声太大了。"金洋明连忙道歉，脸上却没一点愧疚的神情。

　　"生怕别人不知道他有手机。"

　　陈汉升摇摇头，从床上爬起来排队洗脸刷牙，准备去吃早餐的时候，李圳南提醒道："陈哥，今天要在操场开新生大会，要穿军训服的。"

　　"差点儿忘了，昨晚老郭还专门提醒来着。"

　　陈汉升换上又丑又宽的军训服，一马当先地走在最前面，李圳南紧紧跟在旁边。

　　戴振友被金洋明的手机吸引，很没骨气地要来玩；杨世超本来都消气了，但是看到金洋明这么出风头，心里又开始不爽；郭少强还没醒酒，无精打采地走在最后面。

　　总之，千人有千面，各有各的精彩。

　　其实金洋明有些遗憾，在他心里，戴振友就是路人甲水平，如果陈汉升能求着他玩手机，那虚荣感才真的爆棚。

　　至于为什么衬托对象是陈汉升，金洋明也说不清楚。

　　"陈哥，为啥走那么快？"

　　李圳南都跟不上陈汉升的脚步了。

　　"去得早，和咱班美女打个招呼啊。"陈汉升笑嘻嘻地说道。

　　后面的室友一想也对啊，财院的美女那么出名，必须看看自己班级里有哪些宝贝。

第18章　宝藏女孩

　　虽然男生们都迫切地想见班里的女生，不过真的来到操场上，远远听到女生们银铃般的笑声，一个个都不好意思上前打招呼。

　　当然女生也是一样的，她们一边说话，一边横着眼睛扫视男生，最终都是以各自宿舍为小群体，泾渭分明地分成几部分。

　　男生窥探有没有漂亮姑娘，女生观察有没有英俊帅哥，当然结果都是让人遗憾的，因为大家都穿着臃肿不堪的军训服，既没有特点，也毫无辨识度。

　　"我们这一届的女生是不是财院质量最差的一届？"郭少强已经醒酒了，一脸担忧地说道。

　　"有可能啊，昨天我报到时看到的学姐那叫一个水灵迷人，现在看看我们班，唉！"杨世超也在唉声叹气。

　　陈汉升忍不住想笑，厚古薄今从来都是存在的。

　　真正的事实是，后来2002级财院女生的相貌水平被公认是质量最高的一届，甚至陈汉升他们班就有一个可以媲美萧容鱼的女生。

　　"我去和她们混个脸熟，你们谁要一起？"陈汉升问道。

几个屌人都在摇头，他们就和王梓博一样，典型的"嘴"强王者。

陈汉升不管他们，简单整理一下头发，笑嘻嘻地走过去和胡林语搭话："胡美女，我们又见面了。"

胡林语正在和室友聊天，其实她们也担心这一届财院男生的胆子和血性，怎么都没人敢大大方方地说话呢？

看到陈汉升走过来，胡林语有些惊喜，然后对周围的女生说道："大家看看，我们班有二十七个男生，可是敢踏出这一步的只有陈帅哥啊。"

其他女生不认识陈汉升，都在好奇地打量。

陈汉升主动介绍自己："我叫陈汉升，港城人，有没有美女和我是老乡的？"

"啊，我是。"

一个女生立马举手。

胡林语就在旁边建议道："谭敏，下次你们可以一起回家了。"

陈汉升早就知道谭敏是自己港城老乡，还是同一个县区的。

当然前世两人没有太多交集，主要原因是虽然谭敏长得不错，但没达到陈汉升的标准，所以两人只维持着同学和老乡的关系。

谭敏的室友也跟着开玩笑："到时回谁的家啊，去敏敏家还是去陈帅哥家啊？"

谭敏害羞，急着要去捂室友的嘴巴，引得周围女生都在笑。

就这样，陈汉升成功打入班级女生群体，他的几个室友看得又酸又羡慕。

"陈汉升这小子，高中一定谈过恋爱，你看他游刃有余的样子，绝对是老手。"杨世超一脸肯定地说道。

"这还用说？女孩子都喜欢他这样的，有点坏，有点痞，可惜我们这种好男孩没有市场了。"

金洋明很赞同杨世超的意见。

杨世超啐了一口，心想：你是好男孩？那我就是神仙了！

胡林语很有当班长的积极性，虽然她考虑问题不够全面，但是莽也有莽的好处，陈汉升还没提，她就积极热情地帮陈汉升介绍其他女生了。

公共管理二班有二十七个男生，二十七个女生，正好一比一。

财经学院是由苏东省干部管理学院和会计学院合并的，虽然是二本，但是在苏东省体制内有些影响力，院领导能够控制学生的男女比例维持在一个平衡点。

胡林语介绍完以后，还以班长的口吻对陈汉升委以重任："汉升，大一的杂事很多，希望你能把男生那边负责起来，我们一起帮助郭老师管理好整个班级。"

陈汉升面上点头，心里想小胡同学对班长很有执念啊，我抢了这个位置，不知道她会不会恨我。

这两人都对班长职务产生了浓厚兴趣，不过一个在明，一个在暗。

胡林语几乎是不掩饰的，不仅辅导员知道，女生们也基本有数。

除了他自己以外，目前还没有别人知道陈汉升的心思。

"胡美女，这个女生是不是我们班的？"

陈汉升指着一个女孩扯开了话题，其实班长的最终归属还是看郭中云，他有一票决定权。

胡林语拍了拍脑门:"差点儿忘记了,她是我们班女生,名叫沈幼楚,也是我的室友。"

沈幼楚身高足有一米七,可惜这么高挑的身材都藏在军训服里了,而且她的自信和个子正好成反比。

胡林语介绍她和陈汉升认识的时候,沈幼楚红着脸微微点头,眼睛一直看着地面,然后一个人默默走远,好像在自我孤立。

"汉升,你不要介意。"胡林语帮沈幼楚解释原因,"昨天登记时,我看了沈幼楚的学籍资料,父母双亡,读大学也是申请了助学贷款,性格有些自卑……"

陈汉升心想:我当然知道了,不然我都有萧容鱼打底了,再差的妹子能低于这个水平?

沈幼楚这个女生呢,家庭是真的惨,也不太合群,大学四年,陈汉升对她的印象就是穿着宽松的旧校服,吃着三毛钱的米饭和免费的汤,图书馆和食堂都有她勤工俭学的身影。

唯一值得称道的事情是她连续四年拿了院里的特等奖学金。

本来成绩好不奇怪,关键她还考上了嘉平大学的研究生。

嘉平大学是苏东省最好的大学,全国排名前五,名次还在明仁大学之上,一个二本学生考上这种学校,真的相当厉害。

直到那时,陈汉升才开始关注这个渺小到主动藏在人群里的女孩。

可惜还是太晚了,毕业典礼那天,大概为了纪念自己的大学生涯,沈幼楚和别人借了套衣服。

于是,惊艳了整个世界!

虽然只是一件普通的及膝雪纺裙,甚至不怎么合身,但是沈幼楚那天露出的肌肤瓷白嫩滑,长发自然微卷,纤细的小腿下踩着一双暗银色细高跟鞋,可能她还不适应这种穿着,更不适应大家震惊的眼神,脸蛋娇艳如桃花,迷茫又有些害羞,几乎激起了每个男人强大的保护欲。

关键她的身材也很好,只不过平时都是藏在旧衣服下面,直到毕业时才展露迷人的光芒。

那一刻,陈汉升才知道原来沈幼楚是财院2002级最漂亮的女生,只不过后来她去了嘉平大学读研,陈汉升沉迷创业不能自拔,便断了联系。

"坚决不能再让明珠蒙尘了啊。"陈汉升心里想着。

这样的宝藏女孩,怎么说呢……

值得填平山海和云端。

第19章 会说话的男生都是骗子

新生大会还是一如既往地无聊,几个领导依次上台讲话,新生们在太阳底下晒得浑身冒汗。

"真热。"陈汉升嘀咕一句。

"老四你抱怨个屁，刚才和妹妹们聊天怎么不说热？"杨世超在旁边酸溜溜地戗道。

"就是。"金洋明也撇着嘴说道，"中午吃饭时陈哥请客，每人一杯雪碧。"

其实这小子最郁闷，刚才班级里的女生都和陈汉升搭话，愣是没人注意他的手机。

新生大会好不容易结束，下面就是各班级的活动，辅导员郭中云领着自己班级的学生走向教学楼。

一路上，男生们在挤眉弄眼，因为班里好几个女生颜值都很高。

女生明知道男同学在窥探她们，仍然装作没看见，但嘴角的微笑和骄傲的表情已经出卖了她们内心的想法。

这里只有沈幼楚例外，她低着头跟在女生后面，似乎很想融入进去，但又在自我孤立。

学生以宿舍为单位在教室里坐下来以后，舍长陈汉升扫了一眼，问道："老六呢？"

"他去上厕所了。"戴振友答道，又抱怨一句，"去厕所还拿手机，我正玩得好好的。"

不过，所有人都低估了金洋明装腔作势的能力，就在郭中云准备开始第一节班会的时候，金洋明出现在了门口。

他一手拿着手机，大声说道："喂？喂？你说的话我听不到，能不能大点声啊？算了，算了，下课再聊吧。"

这个举动立刻吸引了班里所有人的眼球。金洋明挂了电话，还一脸无辜地和郭中云道歉："老师不好意思，刚才我出去接了个电话。"

郭中云带了多少届大学生了，什么套路没见过，只是微微点点头，示意金洋明先进教室。

金洋明坐到位置上，还生气地和戴振友抱怨："信号实在太差了，七千多块钱的手机，结果电话都打不了。"

戴振友也是个马屁精，立马跟着骂了起来。

看着非常入戏的金洋明同学，陈汉升都有些佩服了。

有了金洋明打岔，班级里的气氛热闹起来。郭中云咳嗽一声，开始交代比较重要的事情，大一新生要面临的杂事很多，比如说军训、领书、电子资料录入等。

郭中云说话根本不重复，一件事讲完直接过渡到另一件事。

重复是高中老师的做法，因为要尽量确保每个学生都能理解，大学老师只完成分内的事情，相对不怎么关注学生的反应。

接下来就是学生自我介绍了，大家对这个议程的兴趣明显很大。

"大家好，我叫张小娴，来自苏东省彭城市……"

从最左边的座位开始，每个人轮流上台介绍，形式也差不多，都是"大家好，我是×××，来自×××"。

有些女生对自己的相貌很自信，介绍时脱掉了军训帽，露出一张漂亮的脸蛋。每当这个时候，男生们总要笑嘻嘻地互相推推肩膀，一脸兴奋。

陈汉升对其他人兴趣不大，懒散地仰在椅子上，只有沈幼楚上台的时候，他才坐直身体，微微前倾，目光炯炯地盯着对方。

沈幼楚和其他女生不同，脸蛋完全藏在军训帽下面，也不敢平视前方，声音小得像蚊子哼：

"大、大家好，我叫沈幼楚，来自川渝，谢谢。"

就这么简单的一句话，沈幼楚都结巴了两次，说完就低眉顺眼地下去了。

"看不清样子，只能给个 2.15 分，完全是同情分。"

郭少强好像裁判似的，每个女同学上去，他都要打分，还一定要精确到小数点后面两位，目前商妍妍以 8.85 分傲视群芳。

金洋明沉吟半晌，摇摇头说道："不止 2 分，她个子挺高的，虽然看不清脸，但是头发那么柔顺，至少要打 4 分的。"

陈汉升有些意外，心想：到底是土生土长的嘉平人，审美要比郭少强高几个层次。

其实沈幼楚也是奇葩，大学四年，她因为经济拮据，基本很少沾荤腥，发质也没有枯黄，只能说自古川渝出美女，天生丽质难自弃。

介绍完毕，下面就是确定班长人选了，以前胡林语就是这个时候被委任为班长的，不过现在由于陈汉升的刻意表现，郭中云又开始犹豫了。

经过他观察，陈汉升组织策划、沟通交流、处理事务的能力都要超过胡林语。

不过胡林语也不是没有优点，她热情、积极、主动，还有奉献精神，这些也是大学班长需要具备的属性。

郭中云又看了一眼陈汉升和胡林语。

胡林语眼巴巴的，脸上充满着期待。

陈汉升浑然没在意，正和室友开玩笑。

郭中云心中权衡一下，开口说道："本来今天应该推举班长，不过鉴于大家都比较陌生，所以我把时间定在一周后。一周后，我们选出公共管理二班的班长。"

老郭说完就离开了，教室里立刻乱起来。

杨世超嗓门最大："老四，你得去竞争这个班长啊，以后有什么事你可得罩着我们。"

就连金洋明都非常赞同这一点："你要是班长了，以后签到、逃课、学分这些问题都要帮兄弟们解决。"

杨世超和金洋明也不明白为什么要推举陈汉升，总之他们自己不想当，如果是别人的话，似乎除了陈汉升也没有更合适的。

他们的逻辑很简单，毕竟陈汉升是宿舍长，如果能再当上班长，那班级里的好事自己绝对少不了。

现在大家都还在摸索了解的状态，这时就显现出昨晚陈汉升组织喝酒和请客的效果了，其他男生差不多也是这个心思，既然陈汉升有人支持，自己也不讨厌，那不如就选他。

毕竟大家都在男生宿舍，有什么事也方便沟通，这似乎是"矬子里拔将军"的无奈之举，但是意见却得到了统一。

胡林语听到这些话，万万没想到竞争对手居然是陈汉升，她本来对这个男生还是很有好感的。

"知人知面不知心啊。"胡林语长叹一口气。她的人生目标很明确，那就是从班长这个职务出发，考上学校的选调生，最后进入体制内工作，所以班长对她而言非常重要。

在座位上想了很久，胡林语才站起来准备回去，既然有了挑战者，那只能准备应战了。

她转过头，看到只有沈幼楚还在，这个室友很孤独，往往是最后一个才走。

"幼楚，我和你说，会说话的男生都是骗子，你一定要牢记啊。"

"唔……"沈幼楚抬起头愣了一下，低声应道。

可惜没人看到军训帽下面是一张千娇百媚的脸蛋，竟然丝毫不逊于萧容鱼。

第20章 你压到我头发了

下午就是正式军训了，其实军训是比较容易出事的环节，中暑、贫血、女孩子来例假都需要特殊照顾，没想到公共管理二班也因为头发问题产生了纠纷。

有个名叫朱成龙的男生头发较长，差不多能遮住耳朵，有经验的教官根本不会在意这种小事，偏偏今年带队训练的教官是个年轻的小伙子。

教官批评了朱成龙两句，朱成龙不服气，心想辅导员都没吱声，你凭啥管我，于是就顶撞一句。

年轻的教官觉得朱成龙在挑战自己的权威，于是怒气冲冲地找了把剪刀过来，说要亲自剪掉朱成龙的头发。

事情发生时陈汉升没在现场，他和杨世超去便利店买烟了，回来时争执已经发生了。

班里的同学没经历过这种事，要么傻乎乎地看着，要么同仇敌忾地站在朱成龙那边。眼看着事态扩大，胡林语准备向班主任和教官上级汇报，恰好撞到了回来的陈汉升。

"慌慌张张地去干吗？"陈汉升问道。

胡林语把事情简单说了一下，正要离开的时候，陈汉升伸手拦住了。杨世超这个二百五以为陈汉升在调戏妇女，也学着伸出手，结结实实挡在胡林语前面。

"陈汉升，现在不是开玩笑的时候，赶快让开。"胡林语着急地说道。

"报告老郭和教官上级，说不定朱成龙和那个教官都要背处分，这件事要大事化小，关起门解决。"陈汉升丢下这句话，挤到人群里嚷嚷道："你们在搞什么？"

教官看了一眼，说话的学生穿着军训服，身材高大，嘴里叼着烟，像个痞子一样。

"你是谁？"教官皱着眉头问道。

陈汉升直接扔掉烟头，明显教官对抽烟很反感，既然他来解决问题，就不能让双方有抵触情绪。

"教官您好，我叫陈汉升，公共管理二班的学生。"陈汉升先表明自己的身份，然后说道，"我提个建议，咱说话前能不能放下剪刀，免得到时候无心戳到自己或者别人。"

虽然教官没有伤人的意思，但人在气头上难免情绪失控，陈某人胳膊上的牙印还在呢，谁能想到这是萧容鱼咬的。

教官的自尊心很强，冷冷瞥了一眼陈汉升："军训不许留长头发，我要帮你们剃头！"

朱成龙这个人，大概全身上下最值钱的地方就是头发了，他一听也火了："我就不剪，你能拿我怎么样？"

"你能不能先闭嘴？"陈汉升转过头，不客气地骂了一句朱成龙。

朱成龙很给陈汉升面子，闷着头不吱声。

一是因为陈汉升请他们吃过饭，算是欠了人情；二是陈汉升明显是社会人的作风，朱成龙不一定怕教官，但是对酒量很好、说话带着野性的陈汉升有些发怵。

看到朱成龙安静下来，陈汉升又继续劝教官，不过这次说话多了几分其他味道：

"教官，您是学校请来帮助我们锻炼身体和精神的，有属于自己的任务和职责，如果首长看到您拿着剪刀，他会怎么想？"

陈汉升说完，伸出手指了一下不远处的教官上级。

教官一愣，刚才他的确不太冷静，如果被领导看到这幅场景，百分百要挨批评的。

不过他也没把剪刀递给陈汉升，只是自己默默地放在口袋里。

陈汉升点点头，放在哪里都无所谓，只要别拿在手上就好，事情已经在慢慢平息，因为朱成龙和教官双方都有顾忌，剩下来就是解释长发的合理性了。

陈汉升当然支持留长发了，首先他自己就不是平头，其次沈幼楚也有一头乌黑的长发藏在帽子下面。

以后两人成了情侣，嬉笑时，沈幼楚娇羞地说"你压到我头发了"，听起来多美。

陈汉升心里想着八竿子打不着的事情，面上却一板一眼地对教官讲道："您说不许留长发，可是哪条法律、哪条规定说大学生军训必须平头的？

"如果有白纸黑字的条例，我陈汉升保证第一个贯彻执行！"

陈汉升一把脱下帽子，露出整齐向后翻梳的发型。

教官噎了一下，其实哪有明文规定，本来他也只是说了学生两句，目的是体现一下自己的权威。

陈汉升看到教官不说话，又突然软化了态度，以商量的口气说道："教官，您看这样行不行，我们军训时都把头发藏起来，保证不影响美观和统一，您觉得怎么样？"

直到这时，一直板着脸的教官神色才慢慢放松。陈汉升又趁热打铁，走到朱成龙面前，小声说道："成龙，你去给教官道个歉，这件事就过去了。"

"凭啥我去？又不是我惹的事。"朱成龙不乐意。

面对朱成龙，陈汉升的态度就要随意多了："你哪儿那么多毛病？军训时教官给我们班穿小鞋怎么办？再说你也不用太诚心，大家面子上过得去就行。"

听到他这样说，朱成龙犹豫了一下，走过去，很敷衍地说道："教官，对不起。"

陈汉升把目光转向教官，自己已经做到这种程度，教官的面子里子也都有了，事情的严重性也应该明白，正常人都知道怎么选择。

果然，教官沉默半晌，突然大声叫道："人文社科系公共管理二班，全体列队开始军训！"

这一声也就意味着事情正式揭过，纠纷消弭于无形，大家的长发也保住了。

"陈汉升！"不过，就在陈汉升要归队的时候，教官突然喊住了他。

"你军训时候抽烟，违反学校规定，罚你绕操场跑十圈！"

"……"

陈汉升诧异地转过头，心想：这教官的心眼太小了吧，不罚朱成龙，罚我做什么？

不过陈汉升再抗拒的话，教官的面子肯定被扫到南天门了，到时不知又有什么幺蛾子发生。

"跑十圈不仅能让教官的怒火平息，还能继续维护他的威严，保持班级军训时的稳定，不亏！"

陈汉升心里权衡一下，决定应下来，当然他也不想自己跑。

"报告教官，我举报刚才杨世超也抽烟了，能不能匀出五圈给他？"

杨世超听到陈汉升要被惩罚，正在队伍里嘻嘻哈哈地做鬼脸，听到这句话，瞬间呆滞了。

"不行！"教官一口否决："杨世超出列，你也一同罚跑十圈。"

闷热无风的操场上，两个穿着军训服的男生挥汗如雨地奔跑。

"陈汉升，你为什么要把我拉下水？"

"一个人太无聊了，晚饭请你喝瓶汽水。"

"我不喝汽水，要喝红牛！"

第 21 章　公事和私事

十圈跑完，陈汉升的内裤都湿透了，不过他回来时，好几个男生都悄悄对他竖起了大拇指，这些人未必能理解陈汉升举动里的深意，只是在感谢陈汉升保护了他们的头发。

就连金洋明这小子都悄悄探过来，佩服地说道："陈哥，你硬刚教官的样子太牛了。"

"什么叫硬刚教官？"陈汉升不想加深班级和教官的对立情绪，大咧咧地骂道："朱成龙这家伙，头发长也不知道藏起来，害得我白白跑了十圈！"

陈汉升就是故意说给朱成龙听的，朱成龙转过头嘿嘿一笑："班长，今晚我请你吃饭。"

杨世超听了，连忙说道："可别忘记你家杨叔叔。"

这件事真的就这样揭过去了，在陈汉升的刻意调停下，一点坏影响都没有。

胡林语目睹了这件事，她觉得压力很大，男生那边似乎被陈汉升团结在一起了，看来只能把女生的力量利用起来了。

晚饭后不用军训，胡林语就买了一些汽水、甜点、水果，在女生宿舍之间走动，在拉近关系的过程中，胡林语再次表达了自己想竞选班长的意愿。

其实这种方式略显卑微，而且对这些大一新生来说也过于突兀和现实。

胡林语离开后，有些女同学一边吃着免费的零食，一边说道："胡林语也太想当官了，居然用这种办法来收买人心，难怪有人说大学就是小社会啊。"

"就是啊，其实我觉得陈汉升不错，很有男子汉气概，他和教官据理力争的时候超级帅的。"

"他本来就不丑，但是男生当班长有很多不便啊，班级里有些事情没办法直接沟通，总不能走去那么远的男生宿舍吧。"

"也是,看在这些水果的分儿上,竞选班长的时候,我就投胡林语一票吧。"

胡林语有所动作的时候,陈汉升也不是什么都没做,他也买了个小玩意儿。

两副三块钱的扑克牌。

晚上八九点,陈汉升裸着上身,兜里揣着扑克,踩着拖鞋"吧嗒吧嗒"推开其他男生宿舍的大门,很快就是一阵鸡犬不宁的喧嚣。

"睡什么,起来打牌!"

"打牌打牌!"

"'拖拉机'会不会啊?不会哥教你。"

一开始,响应的人没有那么多,不过牌搭子凑起来以后,在这个电脑、手机并不普及的年代,单身的大学男生很快爱上了这项集体活动。

以至于军训的第二天、第三天,男生们已经期待凑一桌打牌的时光了。

在这个过程中,除了两副扑克,陈汉升一瓶水没带,一盒烟没买,反而混吃混喝了不少土特产,而且一句竞选班长的话都没提,其他男生反而认定他就是班长,还嬉笑着请求陈汉升把班级里的好事多多倾斜给他们。

其实陈汉升和胡林语为了当班长而在各自圈子里运作的效果差不多,因为女生们也有自己的考虑。

但是从人心和尊严来说,陈汉升维护自己形象的同时,也维护了"班长"这个职务的形象。

不过无声的角力还不止于此,辅导员郭中云偶尔会在军训时过来察看,这是学校的硬性要求。

老郭是个懒人,每天打卡似的来点个卯,待不了十几分钟就离开了。

胡林语和陈汉升都知道最后拍板的人物是郭中云,所以在这有限的十几分钟里,胡林语或者帮助同学矫正军姿,或者大声提醒军训服要穿戴整齐,又或者扶着有中暑迹象的同学来到阴凉处。总之她抓住一切表现的机会,充分展示自己的积极性和奉献精神。

陈汉升呢,他笑嘻嘻地和老郭站在树荫底下闲聊,看着满头大汗的胡林语。

"用力过猛,得不偿失啊。"陈汉升心里默默说道。

"最近男生都在宿舍里打扑克?"郭中云突然问道。

陈汉升看了辅导员一眼,脸不红心不慌地答道:"玩玩益智游戏而已。"

老郭差点儿没忍住笑出声,这小子的脸皮也太厚了,居然能大大方方把打牌说成"益智游戏",不过大学生打牌很正常,他也没深究原因。

"听说军训第一天下午,我们班男生差点儿和教官发生冲突?"郭中云又问了第二个问题。

陈汉升默默地点点头,然后简短地说道:"已经没事了。"

"嗯。"

郭中云微微颔首,陈汉升的回答有一种力量让人愿意相信。

陈汉升没有打听老郭为啥知道这么多事，郭中云在财院里当了这么多年老师，有些事情只要他想了解，那就一定是瞒不住的。

"丁零零——"

郭中云正准备叮嘱两句离开的时候，他的手机突然响了起来。郭中云是带编制的大学老师，买得起手机很正常。

"今天是周五，幼儿园放学很早的。"

"今晚学校有个会，系主任亲自参加，我不好请假的。"

"你就不能帮忙接一下吗？整天忙着医院里的事。"

"我都说了请保姆，你又担心虐待孩子。"

从电话内容推断，对面应该是郭中云的老婆，大概因为今晚老郭有个推不掉的会，他老婆的医院里也有任务，两人的女儿放学没人接了。

郭中云挂了电话，满脸愁云，从老郭的个性来看，家庭事务肯定比工作更重要。

"师母的电话？"陈汉升问道。

郭中云皱着眉头点点头。

"要不，我去接一下您女儿？"陈汉升没有绕太多弯子，径直说出自己的想法。

郭中云愣了一下，很惊讶地打量着陈汉升，然后坚决地摇摇头："不行，你还要军训。"

"我可以和教官请个假。"陈汉升答道。

"别瞎说，你对嘉平不熟悉。"郭中云再次拒绝。

"我有个亲戚的家就在嘉平，我报到前在他家待了一暑假，很熟悉这个城市。"陈汉升又找了个理由。

郭中云还是没答应，这时他老婆再次打来电话，两人又吵了一架，最后老郭怒气冲冲地挂了电话。

"让我试试吧，郭老师。"陈汉升很坚持。

老郭严肃地看着陈汉升，突然问道："你知道鼓楼幼儿园在哪里？"

陈汉升收敛起平时吊儿郎当的做派，平静地反问："哪个区的鼓楼幼儿园，闽江路、漓江路还是燕京西路的？"

"燕京西路的。"

听到陈汉升一下子说出几所幼儿园分校，老郭的脸色稍微缓和，这说明陈汉升是真的熟悉这里。

陈汉升回忆了一下，答道："从学校出发搭乘737路公交车，再换乘33路公交车就到了。鼓楼幼儿园附近有一家鸭血粉丝连锁店，对面是一家四星级酒店，附近的梧桐树非常茂密……"

本来陈汉升只是想证明自己的确熟悉这个城市，结果反而沉浸在回忆里，直接把鼓楼幼儿园附近的景观说了个遍，最后郭中云忍不住打断他："你亲戚家是不是住在那附近？"

"嘿嘿，郭老师猜得真准。"陈汉升"坦诚"地答道。

郭中云脸上有些犹豫，他已经相信陈汉升的确熟悉那里的状况，不过仍然担心能不能照顾好自己女儿。

陈汉升抓住机会，继续说道："我到幼儿园以后，您可以和那边老师联系，到时我报学号，保证不会有人冒充。"

这个办法的确好，很多人都说得出家长姓名和工作单位，但是那么长的学号，如果不是陈汉升本人，那谁能记得住？

"手机给你，方便联系，最多不超过七点，会议就结束了。"

最终，郭中云决定试一试，心想以后父母不在的时候坚决要请保姆。

陈汉升沉稳地接过手机，这个时候一定要表现得让郭中云非常放心。

其实郭中云愿意信任陈汉升的理由有三：首先是陈汉升能力很突出；其次是陈汉升的家庭关系比较单纯，父母都是公务员；最后才是陈汉升熟悉城市，不会迷路。

离开前，陈汉升看到仍然为班级事务忙得满头大汗的胡林语，心想：公事完成得再好，老郭最多觉得这个学生很有责任心，可是在私事上帮助老郭，就得了老郭欠下的人情，增进了私人关系。

"对不住了小胡，不仅班长非我莫属，而且我能成为老郭在班级里的代言人，希望这件事能够点拨到你，让你更清楚地认识真实的社会。"

第22章　一天到晚都是戏

陈汉升非常正式地写了请假条，然后找到教官，说道："教官，我有亲戚来嘉平了，所以下午准备请个假，我已经和辅导员打过招呼，现在想请您批准。"

教官接过假条，上面详细地写着请假原因、请假时间、请假当事人，很标准的格式。

"早去早回，注意安全。"教官说道。

"是！"陈汉升装模作样地敬个军礼。

其实即使陈汉升不请假，粗心的教官也未必能看得出来少一个人，不过他不想冒这个险。

这是拉近和老郭距离的关键时刻，他不想因为一点小事产生波折。

至于教官那边，首先陈汉升的请假流程没有任何问题，其次他还和辅导员打过招呼。

最后就是陈汉升这个人，他有着刺儿头的气质，说着刺儿头的话，但是不做刺儿头的事。

军训时，班级里有个别男生太过顽皮，陈汉升还能帮忙维持一下纪律，那些男生一般愿意给陈汉升面子，所以教官对他印象不坏。

陈汉升出了学校，坐了一个半小时公交车才到鼓楼幼儿园，也见到了郭中云的女儿郭佳慧，不过幼儿园老师不确定陈汉升的身份，非常警惕地看着他。

"你打电话给佳慧的父亲，验证一下就好了。"陈汉升对这个有些可爱的大眼睛女幼师建议道。

"我肯定是要验证的，现在请你暂时站在门外等候。"

她先是拨打郭中云的手机，结果发现手机在陈汉升手里，后来改成座机才打通。

女老师一边打电话，一边打量着陈汉升，大概在描述陈汉升的外形。

"佳慧的爸爸让你说出学生证号码。"

相貌对上以后，女老师又进行最后一轮验证。

"020901254813。"陈汉升说出号码后，两边核对无误。

女幼师终于放心了，她把郭佳慧牵过来说道："佳慧，这位哥哥是你爸的学生，是来接你的。"

郭佳慧是个白白嫩嫩的胖丫头，今年才上大班，自身没有任何防范意识，老师怎么说，她就怎么做，乖巧地牵住陈汉升的手。

"刚才不好意思，误会你了。"幼师又对着陈汉升道歉，她感觉刚才态度有点凶。

陈汉升和气地笑笑："没关系，本来就应该严谨一点，佳慧，和老师说再见。"

陈汉升表现得成熟又稳重，倒是让幼师有些诧异。

"小雨老师再见。"

郭佳慧迈着小短腿，上去亲了老师一下。

"佳慧再见。"

老师也亲了郭佳慧肉乎乎的小脸。

陈汉升就在旁边耐心地等着，然后抱起胖乎乎的郭佳慧走出大门。

他估计幼儿园老师还会和郭中云联系，如果这样的举动通过幼儿园老师传递给老郭，对陈汉升的形象更有利。

好在郭佳慧人胖但是不重，看来肉都长在脸上了，她抱着陈汉升的脖子问道："哥哥，现在我们去哪里啊？"

"带你去吃肯德基好不好？"陈汉升问道。

郭佳慧开心地拍了拍手："好啊，我最爱吃肯德基了。"

陈汉升想到刚才的幼儿园老师，问道："佳慧啊，哥哥考你个问题。"

"说吧。"郭佳慧奶声奶气地答道。

"刚才那位老师的全名叫什么？"

"小雨老师。"

"不是昵称，是全名。"

"就是小雨老师呀。"

郭佳慧这个年纪，哪里知道全名是什么玩意儿。

陈汉升没办法，只能说道："那我们换个问题，考考佳慧的记忆力，你知道小雨老师的电话吗？"

"不知道呀。"郭佳慧摇摇头。

"QQ呢？"陈汉升又问道。

"什么叫QQ呀？"

半晌后。

"哥哥，你怎么不抱我了啊？"

"哥哥累了，不想抱。"

幼儿园附近的一家肯德基里，陈汉升为郭佳慧买了汉堡、薯条、鸡翅，他自己就点了杯咖啡，拿着刚买的报纸看起来。

郭佳慧吃完后，又去玩了一会儿滑梯，那里还有别的小朋友，她玩得满头是汗。差不多晚上七点钟，陈汉升手里的手机响了起来。

"汉升，我开完会了，现在你们在哪里呢？"

"郭老师，我带着佳慧在鼓楼广场的这家肯德基里。"

"我知道位置，大概一个小时到，辛苦你了。"

挂了电话后，陈汉升咧嘴笑了笑，在老郭的嘴里，自己终于从"陈汉升"进化为"汉升"了。

晚上七点半左右，陈汉升把郭佳慧喊过来，帮她擦了擦汗，问道："佳慧困不困？"

"我不困。"

郭佳慧挣脱着还想去玩。

"不，我觉得你应该困了。"

陈汉升不放她走，既然电影都有高潮，那今天也得有完美的结局。

陈汉升也不看报纸了，把郭佳慧抱在怀里，把脑海里的儿童故事慢慢讲给她听。

刚才郭佳慧玩得太久，其实已经有些疲惫，再加上有故事可以听，主观上不想睡，眼皮却在打架，终于在郭中云夫妇到来之前睡着了。

于是，老郭和他爱人看到一幅这样的画面：

肯德基的透明玻璃窗前，陈汉升搂着郭佳慧，眼神平和，臂弯轻轻摇摆，尽量让郭佳慧睡得更加舒适。夫妻两人对视一眼，郭中云的老婆说道："没想到佳慧和你这个学生很投缘。"

"他叫陈汉升，能力和性格都挺不错的，今晚我也算欠了他的人情。"郭中云说道。

这时，陈汉升也看到了走过来的郭中云，轻声说道："佳慧乖巧得很，带她一点也不累。"

郭中云老婆很会做人，她看到自己女儿脸色红润，睡得非常安稳，便拿出一袋水果，说道："谢谢小陈，让你跑这么远帮我们带孩子。"

"师母太客气了，我也正好想出来走走，军训太累了。"陈汉升笑着推辞。

"既然你都叫我师母了，那水果就带回去，另外周末抽空来我们家吃顿饭，老郭你要记得这件事。"

郭中云也点点头："把水果拿着，我送你到公交车站，以后在班级里要做好表率。"

陈汉升心里一动，默然应下。

陈汉升又坐了一个多小时的车，终于回到玉欣大学城，本来他想把水果带回宿舍，可是到门口又改变了主意，他来到公共电话亭前拨给了萧容鱼。

"我在你们学校门口，这几天军训很辛苦吧，我特意给你买了点水果，赶快下来拿。"

第23章　我要认真考虑一下

萧容鱼应该刚洗过澡，穿着一件淡雅的过膝睡裙，湿润的头发披在肩上，就是依然有点傻，走出校门好一会儿才看到陈汉升。

"这么晚了还叫我出来，我都准备睡觉了。"萧容鱼噘着嘴抱怨道。

不过注意到陈汉升手里的水果后，她又很高兴："学校便利店的水果都不太新鲜，这些葡萄，还有车厘子，你去哪里买的？"

"我去附近的易物商品中心买的。"陈汉升正在抽烟，扔掉烟头答道。

"小陈，"萧容鱼心里感动，"这些水果挺贵的，以后你不要再买了。"

陈汉升心想：以后也没有了，要不是刚开学不久，我都没机会接近沈幼楚，这些水果也不会送给你。

"只要你喜欢就行了。"陈汉升口是心非地说道。

萧容鱼有些情绪复杂地看着陈汉升，论姿色，萧容鱼比下午的小雨老师漂亮多了，而且刚洗完澡，身上有一股淡淡的清香，闻着很舒服。

不过这时，陈汉升的肚子突然"咕噜"一声，晚上他尽喝咖啡了，还没来得及吃饭。

"你没吃晚饭吗？"

萧容鱼也注意到了。

"本来准备吃的，结果买水果正好花光了钱，你带钱没有？"

陈汉升说谎真是不用打草稿。

萧容鱼听了，觉得当初那个陈汉升又回来了。

"我只有十块钱，准备下楼来买发卡的。"

萧容鱼张开手，果真握着一张十元纸币。

"十块钱也只能吃两张五谷杂粮饼了。"陈汉升摇摇头，感叹道。

晚上六点以后，明大和财院之间的那条马路上有大量商贩出来摆摊，其中以卖吃的居多，为无聊的大学生们解决消夜问题。

陈汉升用十块钱买了两张加蛋和火腿肠的五谷杂粮饼，还从老板那里强行要了一杯果汁，随意找个台阶坐下就吃了起来。

萧容鱼俏生生地站在一边剥葡萄，偶尔还劝两句陈汉升慢点吃。

"萧容鱼同学。"

突然从旁边传来一声惊喜的招呼，只见一个男生快步走过来。

"曾学长，你好。"

萧容鱼客气地打招呼。陈汉升抬起眼皮看了一眼，从他的穿着上看，至少大三了，因为没有哪个大一大二的学生会把白衬衫塞进西装裤里。

打量完他，陈汉升就把注意力继续放在食物上，狼吞虎咽地吃起来。

"我刚刚从所里实习回来，没想到在这里遇到你了。"

男生一边说，一边打量着陈汉升，心里猜测着萧容鱼和陈汉升之间的关系。

"听老师说，曾学长进入嘉平地质研究所工作了，恭喜啊。"萧容鱼笑着说道。她交流的方式很有距离感，这位曾学长聊了一会儿也感觉到了，而且萧容鱼没有介绍陈汉升的意图，他只能直接问道："这是学弟吗？"

陈汉升刚吃完饼，正准备点上一支烟消消食，听到后，摆摆手说道："我是对面学校的，萧容鱼的高中同学，学长要不要来支烟？"

"谢谢，我不会。"

听到陈汉升是财院的学生，曾学长明显松了一口气，他觉得萧容鱼应该看不上这种抽烟、不修边幅，又上二本学校的男生。

"那我先回去了，明天教授要带我们申请一项重要课题，我要帮他拟文件。"曾学长看似平淡又不经意地炫耀道，然后看都不看陈汉升，转身回了学校。

"我们院的大四学长，还没正式毕业就被科研机构看中了，有一次他来我们班找实验室助理。"

萧容鱼说到这里，停顿一下。陈汉升抬头看了她一眼，问道："然后呢？"

"他挑中了我。"萧容鱼说道。

"哦。"

陈汉升淡淡地应了一声。

"不过我没答应。"

萧容鱼突然笑了笑，有些得意。

不过看到陈汉升没有任何表示，她心里又有些不高兴："就知道抽烟，以前你都没这种习惯的。"

"说得好像你很了解我一样。"陈汉升哂笑一声，站起来说道，"走了走了，送你回学校，比我妈还啰唆。"

明仁大学的学习气氛比财院好很多，教学楼的自习室里灯火通明，校园路灯下还有学生在大声朗读英语，人工湖宛若一面镜子倒映着天上的云月，构成一幅色泽鲜明的水墨画。

清风徐来，水波不兴，陈汉升心中异常平静。

"看来曾同学瞧不起我也是有理由的，二本和985的差距不仅在教学质量上，学生的自觉性也不是一个等级，毕竟沈幼楚那种还是少数，说不定现在财院的情侣躲在哪个角落里勘探男女的身体构造呢。"

"你嘀嘀咕咕说什么呢？"

走在前面的萧容鱼突然转过头，直视陈汉升。

皎洁的月光下，萧容鱼长长的睫毛微微颤动，眼眸里倒映着湖水，转动之间好似有流光闪过，瓜子脸上有一种惊心动魄的美丽。

陈汉升看呆了，大概萧容鱼也意识到气氛太过暧昧，她急忙转过头，只留下窈窕的背影。

"咳……"陈汉升咳嗽一声打破宁静，顺便转移话题，"你们宿舍怎么样？"

"就那样呗。"萧容鱼有些落寞地回道，看来大学宿舍关系的复杂性要超过她的预计。

"你呢，最近有什么计划和打算？"萧容鱼问道。

"我啊？"

陈汉升想了想，觉得和萧容鱼谈谈也不错。

"我想认真追一个女孩子。"

萧容鱼背影明显一怔，问道："那女孩子很漂亮吗？"

"这么多年，没有遇到过比她更漂亮的了。"陈汉升说道。

综合沈幼楚的身材、样貌、气质来看，就算萧容鱼也最多打个平手。

"这么多年？"

萧容鱼默默重复了一遍。陈汉升才多大，不就十八年嘛？

她又继续问道："万一那女孩子只想学习，不接受你呢？"

这倒是个问题，沈幼楚能够从财院考上嘉平大学的研究生，背后一定下了很多苦功。

"大不了等她就是了，总之我不会放弃的。"陈汉升斩钉截铁地说道。

"她的父母不同意怎么办？"

萧容鱼说话的声音突然有些发颤。

陈汉升心想：沈幼楚的父母都死了，还怎么不同意？

"不要她父母同意，她愿意就可以了。"

又是一阵很久很久的沉默，即将到萧容鱼宿舍楼下的时候，她突然下定决心说道："小陈，谢谢你的好意，但是我需要认真考虑一下。"

萧容鱼说完后，头也不回地上楼了，徒留陈汉升呆呆地看着她的背影。

"我追沈幼楚，需要她考虑什么啊？"

第 24 章　万里长征的第一步

军训的日子总是很快，没有和漂亮的师姐邂逅，就连与同班女生说话的机会都不多，好在终于熬过了第一个星期。

今天，公共管理二班有项重要活动——选定班长。

会议由辅导员郭中云主持，他既是主持人，又是裁判。

"各位同学，经过一周的熟悉，大家应该对彼此有了比较深入的了解，我们鼓励毛遂自荐，有志为班级服务的同学请主动发表讲话。"

老郭说完后，大家面面相觑，最后女生把目光集中在胡林语身上，男生都看着陈汉升。

郭少强生怕胡林语当了班长，一个劲地怂恿陈汉升："老四赶快上啊，你当班长了，我们才有好日子过，真让一个小妞当老大，以后我还怎么翘课！"

陈汉升倒是不急，微微一笑："Lady first."

金洋明撇撇嘴，其实陈汉升比自己还能装，自己装的都是明面上的玩意儿，而陈汉升隐藏得比较深。

"真能装！"金洋明骂了一句，自从陈汉升在班级里的男生中掀起了打牌这种"益智游戏"的热潮，都没人关心自己这个拥有手机的青年了。

不过，在班长的人选上，金洋明仍然支持陈汉升，他当班长对男生都有好处，金洋明不会和自己过不去。

"哗啦"一声响，这是板凳向后移动的声音。

原来胡林语也想稳重一点，等竞争对手行动后再做打算，不过一直等到郭中云开始皱眉头了，陈汉升仍然倾仰在座位上无动于衷。

胡林语不敢再等了,她担心惹得郭中云心里不快,最后大家都当不了班长。

所以说"五行不定,输个干净",陈汉升心里的想法是,就算今天竞选流产,他也绝对不会第一个上去。

"同学们好,我叫胡林语,相信每个人已经很熟悉了,因为协助大家报到的就是我……"

胡林语上台了,她用9月1日的报到开头,其实这是个不错的策略,因为那时大家对胡林语印象很深,接下来,她又阐述了自己在军训时的付出,还有对班级未来的希冀。

"……我热情开朗、团结同学、拥有爱心,如果能当上班长,一定用旺盛的精力、清醒的头脑做好郭老师的小帮手、同学们的公仆,为公共管理二班创造一个美好的未来。

"谢谢大家!"

胡林语讲完后,在掌声中对着郭中云鞠了个躬。

郭中云点评道:"谢谢胡林语同学的精彩演讲,胡林语同学在报到时的主动帮忙让我记忆犹新,希望大家都能学习她的这种精神,还有哪位同学愿意上台演讲的?"

胡林语下去后的心情一直很紧张,甚至有些颤抖。坐在她身边的沈幼楚默默抬起头,轻轻拍了拍胡林语的后背安慰她。

胡林语勉强笑了笑,突然又是"哗啦"一声凳子响,胡林语的动作瞬间僵硬,余光能看到有个高大的背影走向讲台。

沈幼楚又把头放低了一点,悄悄看着这个说话痞里痞气、笑起来眼眉间都是野性桀骜的男同学,心里有点惧怕。

陈汉升上台后,男生们的热情很高,除了他的舍友,其他宿舍的男生也都在玩命地鼓掌,其中杨世超还流氓似的吹了几声口哨。

"希望男生们矜持一点,我又不是美女。"

陈汉升笑着按了按双手。

"咦……喊……嘘……"

男生们更是欢呼起来。

陈汉升挑了挑眉毛:"朱成龙,你叫得最响,干脆你上来说。"

朱成龙就是那个敢和教官顶嘴的刺儿头,不过陈汉升也是为数不多敢直接拿朱成龙开涮的人。

"嘿嘿……"朱成龙摸了摸自己的三七分头发,嬉皮笑脸地说道,"别人当班长我不服,我当班长其他人又不服,上去做啥子?"

陈汉升不再搭理他,咳嗽一声,说道:"我的话很短,只有几句承诺。

"如果我当班长,考试前我会尽量和任课老师沟通,保证每位同学不会挂科;有奖学金、助学金、入党这些好事,我会尽量争取,保证满足条件的同学不会落选;如果有锻炼个人能力的机会,我也尽量安排,保证大家能够度过有意义的大学生涯。"

陈汉升突然严肃起来:

"同学们,我们和对面的明仁大学差距很大,既然起点比别人低,那就必须在其他地方加以弥补,落后就要上进,迷茫就要学习,无知就要社交,变好就要自律……"

教室里慢慢安静下来，有些人适应不了正经的陈汉升，有些人觉得这些话直指心灵，比胡林语的大话空话要现实得多。

这就是陈汉升一定要后上台的原因，胡林语说了一大串空话套话，陈汉升则有针对性地专挑实际情况说，不管是考试、奖学金，还是个人能力的锻炼。

陈汉升说完下去后，郭中云平静地说道："陈汉升同学的优点很多，组织能力、协调能力和领导能力非常突出，下面还有其他同学上来竞选没有？"

连续问了三遍都没有人上台，郭中云直接关上了这扇大门："现在请大家对陈汉升同学和胡林语同学进行举手表决。"

结果不出意外，胡林语获得的投票都是女生的，但是陈汉升获得了所有男生和部分女生的支持。

至此，公共管理二班的班长终于尘埃落定，陈汉升以偏离历史轨道的黑马之姿成功当选。

郭中云心里也舒缓了一口气，陈汉升这么得人心，他也不需要用辅导员的权力强行促成，免得落人口舌。

男生自然非常高兴，虽然陈汉升这个人像个流氓，但是很有义气，能够服众。

虽然女生那边有人有些遗憾，但是却没有异议。

解散后，胡林语落寞地走在校园里，班长落选，她觉得大学生活毫无意义了。

"胡林语。"

突然，背后有人喊她。

胡林语转过身子，居然是陈汉升，只见他脸上还是挂着那副不羁的笑容。

"你找我做什么，是为了展示成功者的嘴脸吗？"胡林语冷声说道。

陈汉升心想：这又不是二次元日漫，小胡同学身上的戏也忒多了。

"晚上请你吃个饭，我们谈一谈。"陈汉升说道。

胡林语抬起头，诧异地看了一眼陈汉升："你抢了班长的位置，就是为了和我谈恋爱？"

陈汉升愣了一下："看来自我感觉良好的女人不止萧容鱼一个。"

第 25 章　班长姓糖，甜到忧伤

"你有什么事，说吧。"

财院的第一食堂里，胡林语和陈汉升相对而坐。

不过在这张不锈钢饭桌边还有一个高挑的身影，居然是低调得容易让人忽略的沈幼楚。

原来刚才陈汉升解释了很久，表明自己并不是要追求胡林语，只是想和她就班长问题进行一次深入交谈。

胡同学好像不太信任陈汉升，恰好又看到在角落默默吃晚饭的沈幼楚，于是她赶紧让沈幼楚当个旁证人，表示自己和陈汉升是清白的。

"怎么不吱声？"胡林语又催促一遍，因为陈汉升突然有些安静。

陈汉升不说话的原因是看见了沈幼楚的晚餐，一个两毛钱的馒头和免费的紫菜蛋汤，在喧嚣的食堂里远远坐在边上，小口小口地咀嚼。

"幼楚家庭情况不好，你当了班长，可得帮她申请助学贷款和贫困生补助金。"胡林语在旁边惋惜地说道。

当初她第一次看到沈幼楚时也很心酸，没想到还有这样贫穷的家庭。

"胡林语，既然我请你吃饭，那就见者有份，顺便把沈幼楚同学也请了吧。"陈汉升突然说道，还和胡林语使了个眼色。

胡林语反应不算慢，马上应道："那必须见者有份，我和幼楚要好好宰你一次。"

"不，不用。"

沈幼楚连忙小声拒绝。自从胡林语和陈汉升突然坐到自己身边，几乎没有社交能力的她就很不适应。

可惜还有半个馒头没吃完，沈幼楚没有浪费粮食的习惯，而且其他两人都是自己的同学，径直离开也不太礼貌。

不过现在也吃不下了，沈幼楚只能放下筷子，低着头不吭声。

胡林语在旁边语带讽刺地劝道："听说前几天陈班长请了所有男生吃夜宵，请我们吃顿饭又怎么了？安心坐下，不许离开！"

胡林语"霸道"地说完，泄愤地拿走陈汉升的饭卡，估计这顿晚饭不会便宜。

陈汉升却根本没放在心上，他只顾盯着眼前这个宝藏女孩。

其实仔细观察，还是能够从蛛丝马迹中发现沈幼楚是个罕见的美人，比如说光洁的额头，偶尔抬头时露出的桃花眼，惊慌失措时微微张开的红润小嘴，当然还有军训服下面的身材。

"一米七的身高，就算是根竹竿也很漂亮啊。"

陈汉升懊恼地嘀咕一句，想想当年也是够蠢的，这样的宝藏女孩愣是在身边四年都没发现，可见大学生这个群体多浮躁，一味追求一些华而不实的妖艳女子。

沈幼楚可能长这么大没和男生一起吃过饭，尤其陈汉升的目光像透视一样，看得她浑身不自在。

就在她的头都要埋到桌子底下的时候，胡林语端着几碟菜回来了，其中有鱼有虾，有肉有蛋，看来几乎把食堂里最贵的肉食都端回来了。

"一共六十七块。"胡林语骄傲地说道。

沈幼楚非常吃惊，这个数字差不多是她一个多月的伙食费了。

"你们高兴就行。"

陈汉升一点都不在意。

"现在你说吧，找我什么事？"

胡林语这才觉得气消了一点，倒也想认真问问陈汉升的理由。

"胡林语，你想当班长的原因是什么？"陈汉升问道。

胡林语打算用一些"为班级服务"的理由搪塞，陈汉升似乎预料到了，提前说道："如果你真的不想交流，那就安静吃完这顿饭，就当我没有找过你。"

突然，胡林语不说话了，沉默半晌后，说道："以后我想当公务员，班长经历有一定帮助。"

陈汉升心里哂笑一声，胡林语还是没说实话，其实她的目标是选调生，但是那个名额很少，她大概怕有人也去竞争。

不过这个程度已经够了，至少说明胡林语有谈下去的意愿。

陈汉升点点头："难怪你一直很想当班长，原来要走仕途。"

"你呢？别以为我不知道你背后的招数。"胡林语不屑地说道。

这时候她还是不肯放下面子，不过陈汉升是要和她谈条件的，才能够容忍她这种态度。

"以后我不想走仕途，只想赚钱。"陈汉升回道。

以后他要创业，不仅瞒不住学校，而且可能要借用学校的力量，倒不如现在和胡林语坦诚以待，换取交流的信任基础。

"做生意？"胡林语皱了皱眉头，"做生意和当班长没多大联系啊。"

"如果我有个班长身份，很多事情做起来会更加方便，别人对我的认同度也会提升。"陈汉升简单地解释道。

"好啊，原来你把班长当成了一个工具。"胡林语愤愤说道。

陈汉升不介意地笑了笑，反问道："你不也是这样想的？"

"至少我愿意为班级付出。"胡林语戗了一句。

这倒是实话，胡林语的确更有奉献精神，陈汉升也不打算反驳，因为语言毫无意义。

现实里，他才是胜利者，可以提条件的一方。

"最多从大二开始，班长这个职务对我就没有吸引力了，那时你愿不愿意接手？"陈汉升缓缓地说道，这也是他找胡林语的真正目的。

胡林语愣了一下："那时你要辞职？"

"如果经过一年时间，我还需要班长这个学生职务给我加持，那只能说明我混得很失败，理当让贤。"陈汉升笑吟吟地说道，脸上又浮现出那种不羁和轻佻。

"你打算怎么办？"胡林语想了想，问道。陈汉升显然不是专门向自己透露这个消息的，他肯定有自己的意图。

听到这些"机密"谈话，一旁的沈幼楚坐立不安。陈汉升和胡林语都是公共管理二班的风云人物，沈幼楚觉得自己不该掺和他们的事。

"我、我吃饱了，想先回去。"沈幼楚放下半个馒头，小声地准备告辞。

"站住。"陈汉升突然叫住了她。

沈幼楚被吓了一跳，悄悄瞥了一眼陈汉升，然后又飞快地低下头。

"坐下。"陈汉升沉声说道。

沈幼楚没有坐下，只是为难地拧着手臂，看得出非常想离开。

"让你坐下。"陈汉升加重了口气，又命令一次。

沈幼楚这才慢慢坐下来，大概是被吓到的缘故，身子都有些发抖。胡林语都觉得陈汉升的语气太凶了，正要准备帮沈幼楚出头。哪承想，陈汉升突然叹一口气，从碟子里挑出一只最大的虾，亲手剥出虾仁放在沈幼楚碗里，一脸温柔地说道："既然是给你买的，就要吃完啊。"

胡林语呆呆地看着陈汉升，他的风格转变得太快了，眼前的情景好像只在言情小说里见过。

各种版本的霸道总裁男主在胡林语脑海里蠢蠢欲动。

第 26 章　霸道总裁

面对陈汉升这突如其来的温柔，沈幼楚被吓了一跳，紧张地摆手推辞："不用啊，不用啊。"

沈幼楚一边拒绝，一边局促不安地抬起头，正好撞到陈汉升意味深长的眼神，马上又像受到惊吓的小鹿一样转移视线。

陈汉升忍不住叹一口气，沈幼楚的成长环境是她自卑的主要原因，即使她意识到自己可能比其他女孩子更漂亮，但说不定这样的外形条件成了她的心理负担。

沈幼楚努力藏在自己的小世界里，未尝不是出于自我保护的潜意识。

"慢慢来吧，只要她的心能打开一个缺口让我钻进去，即使再闭合起来也无所谓。"

陈汉升心里想着，在他的角度正好能看到沈幼楚长长睫毛下高挺秀直的鼻梁，还有线条分明的唇形。

"不管打开这个缺口需要用什么样的方式！"陈汉升默默地又加上一句。

虽然沈幼楚低着头，但还是能感受到对面有一道炽热的目光在注视自己，她不知道怎么应对，只能悄悄伸出食指，把装着虾仁的饭碗向前面推了推，使其尽量远离自己，掩耳盗铃地与陈汉升划清界限。

"喊，陈班长怎么不给我剥一只？"旁观的胡林语撇撇嘴说道。

"行啊。"陈汉升无所谓地说道。

"算了，一点诚意都没有！"

胡林语不想要这种蹭来的殷勤。

陈汉升也不勉强，嘿嘿一笑，然后感慨似的说道："我还以为班里最好看的女生是商妍妍。"

"哼！"胡林语有些不屑地冷哼一声，这个态度说明她本人并不认同，突然，她又认真起来，"我们宿舍都没几个人发现幼楚的真实样貌，我也是这两天才察觉的，她这么漂亮，性子又软，你可得守住秘密，免得一群色狼盯上她。"

"完全没问题，但是你说色狼的时候，能不能不要盯着我？"陈汉升不满地说道。

"男人都一个德行，你心里清楚就行。"

胡林语一副看破红尘的语气。

陈汉升有些无奈，这些没谈过恋爱的女生总觉得自己看透了天下男人，但是一遇到爱情，她们又飞蛾扑火般奋不顾身，结果往往是遍体鳞伤。

至于那些把恋爱当成喝水的女人就不会有这么多感想，因为她们清楚地知道自己想要什么。

沈幼楚听到这两人的谈话涉及自己，脸颊红得像桃花一样，但又因为害怕陈汉升而不敢离开。

好在陈汉升很快转移了话题:"我们谈谈正事吧。"

"好。"

胡林语也想知道陈汉升葫芦里到底卖的什么药。

"大二的时候,我会从班长的职务上退下来,到时候你接手这个位置,这样就不会影响你以后的规划,你觉得怎么样?"

胡林语想了想,只要能够确保自己申请选调生的时候是班长,其实大二或者大三都没多大关系,但是陈汉升为什么好心让位?

"你怎么能够保证顺利地将班长过渡给我?"胡林语问道。

就在两个人商谈的时候,沈幼楚又伸出手指,再次把装着虾仁的饭碗往外推了推,似乎离得越远,自己就越安全。

陈汉升发现这个举动后,立刻丢下胡林语,转而问沈幼楚:"为什么不吃,嫌弃是我剥的?"

"没、没有,我吃馒头就可以了。"

不知什么时候,沈幼楚又把那半个冷馒头捡起来了,并且已经吃了两口。

看到沈幼楚这种抗拒不合作的态度,不知怎的,陈汉升心头一阵火起。

"馒头这么好吃吗?我尝尝!"

说完这句话,陈汉升突然把沈幼楚手里的半个冷馒头抢过去,在她震惊的眼光中,直接塞在嘴里吞下去。

三两口吞完,陈汉升抹抹嘴,流氓似的说道:"味道也一般嘛。"

"你、你……"

沈幼楚愣了很久才反应过来,震惊地张开小嘴,看着陈汉升,结结巴巴地说。

"怎么说话呢?咱们可是在谈合作呢。"

陈汉升又把话题扯回来,伸出食指关节轻轻敲击桌面,发出"咚咚"的声响。

"如何把班长职务过渡到你手里,我这里有个方法。大一你可以做班委,尽量把班级里的日常事务承担起来,逐渐树立在同学们和老郭心中的形象,大二我辞职后,你就可以顺利接手了。"

"而且,做班委能帮助你提升素质,对你的职业规划有很大帮助。"陈汉升又补充一句。

虽然胡林语考虑问题不够全面,但不是傻子,马上就大声说道:"我明白了,你是想让我承担班长的职责,自己跑去做别的事,最后成绩都归你,劳苦都是我的。哪有这么好的事?"

胡林语很生气,她觉得陈汉升占着茅坑不拉屎。

陈汉升笑了笑:"成绩是大家的,现在是我的,以后是你的,最终还是你的。"这句话说得好像绕口令,但是认真理解还有一股哲学道理,他又继续说道,"我也不是什么事都不做,小事你来安排,大事我才出面。"

"那什么是大事,什么是小事?"

胡林语要弄清楚这个概念。

"你解决不了的就是大事。"陈汉升自信地说道。

胡林语有些不高兴,陈汉升这意思是说他的能力比自己强,虽然这是实话。

沈幼楚只觉得脑袋里"嗡嗡"的,一是完全没想到陈汉升吃了沾着自己口水的馒头,二是他居然把班长职务当成筹码进行交易。

她看了一眼胡林语,发现室友还在认真考虑这条建议,沈幼楚觉得陈汉升实在太危险了,居然把胡林语引上了歧途。

趁着胡林语思考的空当,"危险人物"陈汉升又开口了,不过这次很平和:"虾肉高蛋白,又不像肉类那么油腻,你多吃一点没关系的。"看到沈幼楚依然没吃,陈汉升干脆夹起一个虾仁递到她嘴边,说道,"来,我喂你。"

沈幼楚涨红了脸,紧紧闭着嘴巴,扭头要躲避。

陈汉升咧嘴一笑,很无赖地说道:"你要不吃,那我就一直举着。"

食堂里人来人往,说不定能碰到同班同学,而且以陈汉升的决心和脸皮,他是真的能一直举下去。

沈幼楚眼睛里早有泪花泛起,可是她又担心被其他人看到,最后只好像吃毒药一样,张口吃掉了陈汉升喂来的虾仁。

"如果我不答应呢?"

这时,不甘心的胡林语仍然想挣扎一下。

"那我最多辛苦一点,一边顾着班级的事情,一边做生意,而且可以寻求其他合作者,但是你就完全没机会了,大学是很少换班长的。"陈汉升不紧不慢地说道,然后又加了一把火,"我可以先帮你当上班级委员,至于你做不做,那就随意了。"

第 27 章　现在我是班长

其实安排胡林语当上班级委员一点也不难,一个班级总是要有班长和班级委员的,虽然胡林语在竞争班长时输给了陈汉升,但也证明了她拥有一定的同学基础。

所以陈汉升向郭中云提出让胡林语当班级委员,老郭百分百会答应的,甚至不需要开班会选举。

就在两个"权谋家"进行交易的时候,沈幼楚不敢再让陈汉升喂食,自己动手"听话"地吃掉几只大虾,然后惴惴不安地放下筷子:"我、我吃饱了。"

陈汉升"嗯"了一声,他要慢慢引导沈幼楚摄入肉食,增强身体素质,不过暂时只能从鱼虾入手,其他荤腥太过油腻,沈幼楚的肠胃未必受得了。

本来胡林语准备大"宰"一顿陈汉升,没想到被他忽悠得一点胃口也没有,而且最终还是没抵住选调生的诱惑,答应的同时还认真警告:"陈汉升,你可不要骗我。"

"怎么可能?我对你一直是真心的。"陈汉升笑嘻嘻地回答。

与这种不要脸的家伙打交道,胡林语忍不住败退,拉着沈幼楚飞快离开,徒留一桌丰盛的饭菜。

陈汉升不会把自己局限在班长的职务上,这只是一个台阶,最后还是要留给最合适的人。

当然胡林语也不算亏，她在和陈汉升接触的过程中，如果能学到半分所谓的"流氓"精神，以后也不会处处碰壁。

今晚陈汉升心情不错，他去食堂买了两瓶啤酒，优哉游哉地把桌上的菜解决掉，走出食堂时已经晚上八点了。

财院的夏日夜晚还是很热闹的，许多穿着热裤露着长腿的师姐走在校园里，经过校园人工湖的时候，他发现树丛里又有几对影影绰绰的身影，突然起了捉弄人的心思，吐掉牙签，猛地喊道："督察处老师来了，快跑啊！"

"唰——唰——唰——"

看到野鸳鸯们狼狈站起来的样子，陈汉升哈哈大笑，不顾背后的咒骂，大步走在温柔的月光下。

回到宿舍，陈汉升发现不少男生聚在这里，有几个人甚至在争吵。

其中以郭少强和朱成龙闹得最凶，郭少强看到陈汉升回来了，连忙把他拉过来说道："老四，你给我们评评理，朱成龙非说白咏姗比商妍妍分数高，但是从身材、气质、打扮综合评定，商妍妍还是以 0.73 分的优势胜出。"

朱成龙也不相让，喷着口水说道："商妍妍的确漂亮，但白咏姗是走可爱路线的，这一点绝对可以加分。"

"我这套评分系统是有科学依据的，不能随意更改！"

"什么叫科学依据？只是你自己胡乱编造的而已！"

两人吵得脸红脖子粗，双方各有支持者，还硬要陈汉升给个公正的判决。

"可爱和漂亮在性感面前一文不值。"陈汉升说完，笑嘻嘻地推开他们，端着水盆走向浴室。

大学生的思维总是很跳跃，陈汉升洗完澡回来，他们已经放弃争论哪个女生分数最高，聚在一起认真地打"拖拉机"了。

第二天一早又是军训，这种日复一日的生活终于在一周后结束了，新生军训在二十公里徒步行走后正式结束，这也标志着真正的大学生涯拉开帷幕。

陈汉升也没有食言，果真把胡林语顶上了班级委员的位置。

本来胡林语觉得应该感谢他几句，但是又觉得始终是自己比较吃亏，干脆默默负责起班级的日常事务。

苏东省各所大学的军训时间几乎差不多，财院的军训结束后，明大、理工大学、航空航天学院等院校的军训也基本结束了。

这中间留有两天的假期，大家一般会寻找以前的高中同学，说说军训的感想，吐槽一下奇葩室友，分享新的生活体验。

港城的这帮学生也是一样，王梓博和高嘉良还有其他几个仙宁大学城的同学相约来到易物商品中心，负责接待的是陈汉升和萧容鱼等人。

流程还是老一套，聊天、吃饭、逛学校。

王梓博见到好朋友，心里很高兴，也不顾陈汉升嫌弃的表情，强行要了个爱的抱抱，更高兴的是，大家经过军训后都黑了一点，就连萧容鱼的皮肤也泛着一点小麦色的光泽。

不过在财经学院草地上闲坐的时候，王梓博的情绪突然很低落。

陈汉升吓一跳，问道："你哭丧个脸做什么？莫名其妙的。"

王梓博憋了半天，说道："小陈你是饱汉子不是饿汉子饥，我们班六十二个学生，只有两个女生，进了大学就好像进了和尚庙一样，早知道，我也考财院了。"

"那两个女生质量怎么样？"陈汉升问道。

王梓博想了想，然后一脸纠结地看着陈汉升。

陈汉升瞬间明白了，拍了拍他的肩膀以示鼓励。

高嘉良始终没忘记在萧容鱼面前表现，这时找到机会，又装圣人说道："梓博你可不要这么说，我们进大学是学习的，不应该考虑这些东西。"

这小子的航空航天学院设有空姐专业，那些小妞一个个贼漂亮，高嘉良是不缺眼福的。

王梓博撇撇嘴，不想搭理高嘉良。

没想到高嘉良还来劲了，打压了王梓博，又批评陈汉升："陈汉升，你能不能坐好一点？这样把脚跷起来，有没有考虑到萧容鱼也在这里？"

陈汉升一般是怎么舒服怎么坐，他习惯性地把脚放在石头上，没想到又给了高嘉良口实。

萧容鱼正在考虑要不要暂时尝试接受陈汉升，所以她倒觉得没什么。

没想到陈汉升斜睨一眼高嘉良，"吧嗒、吧嗒"两声，不仅没有把脚收回去，还把鞋子都脱了，大脚趾一伸一缩地挑衅。

王梓博看得心头暗爽，自己什么时候能像小陈这样做事毫无顾忌就好了。

"真是放肆。"高嘉良没办法，只能腹诽一句。

萧容鱼想笑又觉得不合适，打圆场说道："大家好不容易聚到一起，不如谈谈各自的收获吧。"

高嘉良眼前一亮，陈汉升这种性格肯定很不受同学喜欢，能有什么收获？他赶紧提议道："我们来到财院，干脆就让地主先说，汉升，你抛砖引玉。"

陈汉升正在点烟，听到这句话，悠闲地吐出一个烟圈：

"现在我是班长。"

第28章　谢谢你肯为我上进

"啥，你是班长？"

最先惊讶得叫出声的居然是王梓博，他和陈汉升实在太熟悉了，从小一起玩到大的朋友，陈汉升身上哪一点有当班长的样子？

高嘉良和其他同学也是不相信的，高嘉良还嘲笑道："陈汉升，你小子除了谈恋爱、抽烟打架哪样不会？别人怎么可能会选你当班长？"

萧容鱼漂亮的脸蛋微微一红，心说那是以前的陈汉升，现在的陈汉升可会谈恋爱了。

想想自己也被陈汉升戏弄了好几次，萧容鱼有些不好意思，当然她也不信陈汉升能当班长。

大学班长一般是竞选制，需要得到辅导员和班级同学的双重信任，而且很多杂事需要班长跑腿，以陈汉升的性格也不像是静下心做 Excel 表格的人。

"好了好了，梓博，谈谈你们的大学吧。"

尽管陈汉升在"吹牛"，可萧容鱼也不乐意他被高嘉良挖苦，就想转移话题。

陈汉升也不辩解，听王梓博谈嘉平理工大学，这小子说得很仔细，食堂、宿舍、校内风景都说了一遍，关键是其他人听得很仔细。

"一群可爱的憨憨。"

陈汉升笑了笑，又觉得这样的气氛不错。萧容鱼看到陈汉升目光游移，经常在路过的漂亮学姐身上逗留，心里有些不高兴。

高嘉良的注意力都在萧容鱼身上，发现她瘦了一点，皮肤的颜色也被晒得更健康了一点，依然是那么迷人，航空航天学院里美女也不少，但鲜有比得过萧容鱼的。

王梓博讲完后，高嘉良马上准备发言，他已经有一套完整的计划，将学校描述得尽量完美，然后水到渠成地邀请萧容鱼过去玩。

"喀……"

高嘉良正迫不及待要发言的时候，突然听到有人叫道："陈汉升。"

这群人转过头，发现走过来的是个短发女生，五官和身材都很一般，但脸上有种风风火火的莽撞。

本来胡林语准备去男生宿舍找陈汉升商量事情，没想到半路上看见他正和一群大学生模样的男男女女坐在湖边的草地上。

胡林语很熟悉这样的情景，因为她也刚刚和高中同学见过面。

"陈汉升，正式开学后，班级要举办各种活动，我们需不需要把大家集中起来，商讨一下收取多少班费？"胡林语开口问道。

来自港城的大学生都愣了一下，尤其高嘉良听着觉得不太对。

陈汉升摇摇头："集体商讨不合适，总有人会觉得收高了，影响班级的团结和事情的落实，我们直接定下标准，你就按照每个人五十元的标准收取。"

"五十元会不会多了？"

胡林语有些迟疑。

"不多，就这个数。"陈汉升一边说，一边从兜里掏出一百元递给胡林语。

"现在我可没钱找给你啊。"胡林语皱着眉头说道。

陈汉升嘿嘿一笑，压低声音说道："我帮沈幼楚交了。"

胡林语认真打量着陈汉升，然后瞥了一眼人群里的萧容鱼，这个女孩的姿色在美女如云的财院里依然惊艳，胡林语意有所指地提醒道："希望陈班长不要吃着碗里的，瞧着锅里的。"

胡林语说完，拿过钱就走了。陈汉升看着她的背影，嘀咕一句："关你什么事？"

再次回到高中同学的队伍里，每个人看陈汉升的眼神都不一样了。

"小陈，你真的当了班长啊？"王梓博难以置信地问道。

高嘉良更是过分，直接说道："你这样的人怎么能当班长呢？"

陈汉升咧嘴笑了笑："不服？咬我啊！"

不过萧容鱼好像挺高兴的，主动提出晚上她请客。

胡林语好像一个给力的群演，帮助男主角陈汉升扳回一局后就离开了，这样一来也打乱了高嘉良的节奏。

面对入学两周就当了班长的陈汉升，高嘉良也没兴致介绍自己的学校了，酸溜溜地说道："其实大学里班长只是服务人群，学生会干部才是重要位置，我回去后打算竞选学生会干部了。"

"那么巧？我也有这个想法。"陈汉升也跟着说道。

这次所有人更吃惊了，对于莫名其妙正经起来的陈汉升，大家都很不适应啊。

晚上吃饭的时候，王梓博把陈汉升提溜出来，一脸担心地说道："小陈，我以为你已经不喜欢萧容鱼了，没想到你只是换了一种追求方式，将外向的喜欢变成深沉的热爱。"

陈汉升睁大眼睛看着自己的好友，半晌才骂了一句："今晚也没几个菜啊，你怎么净说醉话？"

王梓博很不高兴："我们是多少年的朋友了，你这点心思能瞒得过我？"

"我什么心思？"

陈汉升也有些迷糊。

"你当班长，竞选学生会干部，难道不是为了吸引萧容鱼的注意？谁都知道她成绩好，自然也喜欢上进的男生！"

王梓博黝黑的面庞上闪着自信的光芒，不过他说完后，发现陈汉升四处张望，好像在寻找东西。

"你找啥？"

"没事，你说你的，我找把刀。"

"找刀做啥？"

"把你砍死在这里，谁让你乱说话了？"

王梓博一听，饭都不吃撒腿就跑，陈汉升砍人是不可能的，但是自己至少要吃点苦。

不过这小子跑到一个安全距离以外，胆子又肥起来，大声叫道："小陈，我劝你不要这样勉强，还是要做自己开心的事，当班长不适合你，学生会也不适合你！"

好不容易打发走这群铁憨憨，陈汉升送萧容鱼回校，实际上也不是专门送，而是两人的学校就是对门。

一路上，陈汉升闷闷不乐的，毕竟谁被冤枉都不太爽，但是萧容鱼却很欢喜，一张瓜子脸含笑带俏，微微翘起的嘴角流露出满心喜悦，两侧梨涡浅浅隐现，旁边好多男生被吸引得频频回头。

"莫名其妙的女人。"陈汉升摇摇头，嘀咕一句。

到了学校门口，陈汉升也不打算送萧容鱼回宿舍，挥挥手准备告别。

"小陈。"萧容鱼突然喊道。

"什么事？"

陈汉升有些不耐烦。

"你肯为我这样上进，我很高兴，谢谢你，但一定要坚持啊。"

萧容鱼说完也有些害羞，踏着轻盈的脚步回校了。

"……"

陈汉升突然觉得胸口闷得厉害，一个人在门口抽了好几支烟才缓过来。

"我明明是渣男啊，为什么总是把我想得这么痴情？"

第 29 章　第一次逃课

第二天便是正式上课的日子，公共管理号称"万金油"专业，学的东西也是包罗万象，有管理学原理、西方经济学、组织行为学、应用统计学等。

刚开始的几节课，除了陈汉升以外，所有人都听得很认真，就连杨世超都买了新笔记本，鼻梁上架着副眼镜，认认真真在纸上列出一二三四。

不过两三天后，大家熟悉了大学课堂的节奏，很多人的心思就放松下来，陈汉升依然在睡觉。

"陈哥，你咋不听呢？"

坐在旁边的李圳南看到陈汉升不是睡觉就是画图，就想提醒他注意学习。

"年纪大了，学啥都记不住。"陈汉升懒散地回道。他有过和杨世超类似的经历，当初新买的笔记本第一页和第二页记满了内容，不过从第三页开始，笔迹就变得潦草，第五页往后就是一片空白了。

"孺子不可教也，老四你好歹听听，否则期末考试你肯定要找我辅导的。"

杨世超摆出宿舍老大的谱，顺便炫耀一下自己工整规范的课堂笔记。

陈汉升撇撇嘴，心想：到期末考试时，沈幼楚都是我女朋友了，需要你个三脚猫辅导？不过他也看不得杨世超这猪八戒装读书人的德行，推了一下他的肩膀，说道："走吧，一网打尽，CS 沙漠灰。"

"不去不去，不要妨碍我学习。"杨世超很坚定地拒绝了。

"中午一顿鸡腿饭，我请客。"陈汉升继续说道。

"不是鸡腿饭的问题，我想学习。"杨世超仍然不答应。

"外加一瓶汽水。"

"老四你别这样，父母送我们进来是要学习的……"

"网费我也包了。走吧，去晚了可能没机了。少强你也别装了，老师都讲到第五页了，你还在第三页磨洋工。"

就这样，三人开始了大学的第一次逃课，打算课间休息时就撤离课堂。

好孩子李圳南肯定是不去的，金洋明本质上也是个学渣，他想去，可惜没人理他。

与金洋明关系最近的只有戴振友，还是因为手机。

虽然金洋明嘴上不承认，但心里很想和陈汉升一起混，总觉得他们才是"高端圈子"，不过又放不下嘉平本地人的优越感，于是就纠结起来。

这一纠结，心态就出了问题，就在陈汉升三人打算悄摸离开的时候，突然，金洋明大吼一声："报告老师！"

教课的是个小老头儿，差点儿被这一嗓子吓到，他推了推老花镜，问道："同学，什么事？"

陈汉升三个人也被吓了一跳，赶紧坐回原位。这堂课是大课，公共管理三个班级一起上，所以一百多名同学都看着金洋明。

金洋明警告地看了一眼三个人，这才朗声说道："老师，您忘记布置作业了。"

没等陈汉升他们说什么，其他学生都不答应了，心想这是个傻子吧，哪有专门提醒老师留作业的？

好在老师摆摆手说道："谢谢这位同学提醒，我们以课后自学为主。"

"老六，你是不是贱啊，故意的吧？"重新回到位置上的郭少强闷声问道。

金洋明冷哼一声，摆弄自己的手机，不说话。

陈汉升心想金洋明这小子够虚伪的，摇摇头说道："老六一起吧？人多热闹。"

金洋明假装犹豫一下，这才勉强说道："那你们不能和我抢狙击。"

"行行行，都依你。"

于是"三人行"变成了"四大金刚"，大学第一次逃课的心情既有些兴奋又有些忐忑，不像大二的时候，逃课差点儿成为生活习惯。

不过在校门口，有个保安拦住他们，硬要他们签字才肯放行，陈汉升估计是哪个院领导的命令，用这种方式恐吓新生不许逃课。

"签就签吧，总之也没啥用。"

陈汉升潇洒地签完名就离开了。

金洋明是第二个，不过他马上看到前面写着"人文社科系公共管理二班，李圳南"一行字，抬头看了看陈汉升的背影，暗骂一句，然后飞快地写下"人文社科系公共管理二班，戴振友"。

杨世超和郭少强也如法炮制，总之大家都成功地走出了校园，不过进网吧之前，陈汉升又让他们先玩，说自己有点事，一会儿就回来。

"神神秘秘的。"

虽然其他三个人觉得奇怪，不过很快就沉浸在"fire the hole"的枪火里了。

陈汉升出了网吧，掏出在开水房撕下的那张"深通快递招收校园代理"兼职单，上面的地址在天元东路附近，离易物商品中心不远，走个十来分钟就到了。

这是一排两层的临街商铺，不过2002年实在冷清，没有地铁，小区人流量不大，大学生的消费能力也很有限，所以这些临街商铺生意一般，远远比不上易物商品中心。

目前只有深通快递玉欣分公司这一家开着，门口不少快递员正在搬运和整理包裹。

"没有统一制服，粗暴地挑拣，不安全的保管方式，现在的深通从上到下都是草台班子。"

陈汉升心里想了想，走过去递了一支烟给快递员："大哥，你们经理在不在？"

快递员看到这是一根红金陵，比自己常抽的烟要高一个档次，于是把烟夹在耳朵上，痛快地指路道："钟经理在二楼。"

陈汉升道了声谢，径直走上二楼，一路上看到包裹被随意放置，快递单据更是东一张西一张乱塞，这种粗放的企业管理方式正好说明了当前快递行业的整体状况。

推开二楼的办公室门，里面的情景和一楼差不多，不过多了两套积尘的办公桌椅和一台饮水机。

有个四十岁左右的男人坐在椅子上，一手夹着烟，一手在填写快递单，看到陈汉升进来，他只是看了一眼，嘴里问道："找谁？"

"我在学校里看到了这张兼职单。"陈汉升拿出那张招聘广告，说道。

"噢。"这个人看了一眼，漫不经心地问道，"你是哪个学校的？"

"财院。"

"那迟了，你们学校已经有代理了，你只能做他的下线。"

中年人说完，又继续填写资料，不过他总觉得光线好像不如刚才明亮，一抬头发现陈汉升还在门口。

"不是让你回去吗？你们学校已经有总代理了。"中年人弹弹烟灰，不耐烦地说道。

陈汉升依然没动，看着中年人，说道："我想多问一句，怎么才能取代那个总代理？"

第30章　恋爱不如游戏

听到陈汉升直言想当深通快递在财院的总代理，二楼办公室的中年人愣了一下，放下笔，认真打量着陈汉升，然后说道："你想挖墙脚？"

这话好说不好听，陈汉升笑嘻嘻地不搭理，拿起一沓报纸扇了扇凳子上的灰尘，一点不拘束地坐下去。

"都是为了赚钱，哪有什么挖不挖墙脚的？"

中年人听了，颇为认同地点点头："你这个学生有些怪，看年纪是大一的吧？"

陈汉升也不隐瞒，大方地承认。

"看你的穿着，家庭条件应该不差，哪里需要做兼职？"

也许这个中年人没什么学历，不过他长期和人打交道，眼光很毒辣，一眼就把陈汉升估摸得差不多了。

"做个兼职而已，哪里要想这么多？你这儿还要查祖孙三代？"

陈汉升嘴里漫无边际地敷衍，手上掏出烟，扔了一支过去。

中年人接过烟，看了一眼牌子才点燃："所以我说你有些怪，年纪小，做事这么油，不过你说换代理的事，我也不能随意答应，其实你们学校好几个学生找过我了。"

说到这里，中年人抬头看了一眼，发现陈汉升不吭声，只是在抽烟，脸上倒是看不出什么变化。

他又继续说道："现在财院的代理是我从他们中挑了一个最合适的，业务开展得不错，每天平均下来有六十件包裹，以一个大学校园来说已经不错了。"

"嗯，所以你没有换代理的打算？"陈汉升瞟了一眼中年人，挑挑眉说道。

"也不是，如果你能稳定做到每天一百件，我就考虑换代理，不过我建议你先做下线，熟悉业务。"中年人说道。

陈汉升心想有条件就好办，然后问道："你有没有名片？"

中年人递过来一张灰乎乎的名片，上面写着"深通快递嘉平市玉欣区总经理钟建成"。

陈汉升将名片放进口袋里径直离开，没有一点废话。

"真是有点意思。"钟建成嘀咕一句，继续刚才的工作。

陈汉升是个做生意的老手，他很清楚买卖的本质就是资源交换，现在自己拿不出太有吸引力的东西，留在那里谈来谈去是空对空，说不定还耽误彼此的时间。

回到网吧后，陈汉升痛痛快快和室友玩了几局 CS，中午请杨世超和郭少强吃五元钱的鸡腿饭。金洋明嫌弃鸡腿不够新鲜，自己买了八块钱的牛肉饭。

下午三点有辅导员郭中云的课，几个人都是不敢逃的，尤其陈汉升还是班长。

上课前，胡林语找到陈汉升，让他和同学说一下收班费的事情。

陈汉升心里哂笑一声，胡林语是觉得五十元的班费太多，她担心说出去会被人埋怨，就把陈汉升顶在前面，总之是他提出来的。

"芝麻大的心眼。"

陈汉升摇摇头，然后走到讲台前大声说道："各位同学，高中时我们都要交班费，大学也不能例外，以后班级要定期举行各种活动和聚餐，所以每个人收五十元当班费，这个钱全部用在班级活动上，账目也随时可查。"

说这句话的时候，陈汉升有意看了一眼沈幼楚，果不其然，她正小心翼翼地看着自己，两人目光短暂接触后，沈幼楚又像以前那样低下了头。

陈汉升心里笑了笑，看来沈幼楚知道自己帮她交班费的事情了。

这时，辅导员郭中云也走进教室，陈汉升看了一眼，又继续说道："今天有钱的就可以先交上来了，没有的明天上课时别忘了，胡林语负责收取。"

陈汉升说完就下去了，他也不问大家意见，直接当成命令一样布置。

这个金额偏高了，本来胡林语还担心有人会提出不同意见，不过看到大家都默然答应，心想陈汉升好高的威信。

其实并不是陈汉升威信高，即使辅导员郭中云把班费问题拿出来公开讨论，那肯定也是七嘴八舌各人都有意见，反而不好统一。

如果直接给个标准，纵然有人心里不同意，但是看大部分人没吱声，最后也只能硬着头皮答应。

陈汉升为班费的事情定了调子，顺便把收取和记录的工作扔给了胡林语，看来这就是两人以后"搭班子"的常态了，陈汉升出面搞定框架，胡林语做一些琐事。

郭中云微微点头，两人在班干部的平台上发挥了各自的优势，陈汉升豁达直爽，但是能控制分寸，胡林语认真热情还有奉献精神，看来这四年自己可以省心不少。

课间休息时，陈汉升一如既往地和室友吹牛，突然察觉金洋明和杨世超两个话痨都不吱声了，眼神看着自己背后，鼻子里也有阵阵香风袭来。

陈汉升回头，只见公共管理二班第一美女商妍妍站在桌旁。

"有事？"

陈汉升和商妍妍不太熟悉，光凭姿色，虽然商妍妍拔尖，但不是顶尖，萧容鱼比她更精致，沈幼楚比她更漂亮。

不过商妍妍对自己的容貌很有自信，自我介绍时，她就故意把头发散开来披在肩上，一颦一笑更是增添妩媚。

她笑吟吟地对陈汉升说道："班长，我来交班费。"

"不是让交给胡林语吗？"陈汉升问道。

商妍妍弯着眼睛不说话，顺手把钱放在桌上就离开了。

陈汉升心里明白了，大学女生之间有矛盾很正常，这里可能也就是沈幼楚不会和人发生纠纷了。

下课后，602 的几个人闲聊着走去食堂，金洋明突然问陈汉升："陈哥，你觉得商妍妍怎么样？"

"她？"

陈汉升看了一眼金洋明，这小子不会动了春心吧？

大家都很关心这种八卦问题，只听郭少强怂恿道："商妍妍是我们班最漂亮的女生，老六，我支持你追她，如果把商妍妍拿下，那也是 602 的荣耀。"

杨世超也挺喜欢商妍妍的，毕竟长得好看，不过他知道自己条件一般，所以只打算孤独地单恋，听到金洋明有追求的打算，他既妒忌，又心酸，说话透着一股醋味。

"老六你可要好好想想，商妍妍那么漂亮，家里又是不缺钱的沪城人，所以我不建议你追她，还是换个目标吧。"杨世超佯装公正地说道，他不敢表白，但也不希望商妍妍被别人追到，最好的办法就是在自己找到女朋友之前，大家都是单身，那样还有点盼头。

"四哥你说呢？"

杨世超和郭少强的意见不同，金洋明就想听听陈汉升的观点。

其实陈汉升也不建议追，从商妍妍打扮和说话的成熟度来说，应该有几次恋爱经验了，她适合比她年长的大叔型男人。

金洋明长得像根豆芽菜，商妍妍未必拿正眼瞧他，除非陈汉升肯下决心去追。

"有时间打打 CS 多好，打游戏还显示血量，追个妹子连进度条都没有。"陈汉升嬉笑着说道。

听到陈汉升也不赞成，金洋明有些落寞，不过陈汉升话锋一转，又鼓励道："不过你可以试试，憋在心里也是真的屁。"

看到金洋明有些动心，陈汉升心想：现在他有多积极，后面就有多难过。

第 31 章　忍一时越想越气

深通快递玉欣区总经理钟建成暂时不愿意更换财院的总代理，不过他也提出了每天揽收一百件包裹的条件。

陈汉升不想只是单纯地完成这个数字，和人谈合作，哪里能一直按照对方的思路走下去？必须有自己的想法。

军训正式结束后，学校里的各个社团开始招收新人，不过班级里的事情也比较多，于是陈汉升就和胡林语商量："最近我想去学生会竞选，日常工作你多担待点。"

胡林语有些迷糊："以后你不是要做生意吗，为什么对这些事情很积极？"

为了打消胡林语的顾虑，陈汉升倒是认真解释："做生意讲究一个平衡，现在我一没钱，二没资源，如果要提高自己，只能先通过这些给自己加分，最后量变引起质变，才有讨价还价的可能。"

"可是我也想进学生会啊。"胡林语不满地说道。

"别闹，你安心把班级工作搞好。"

陈汉升说完就拍拍屁股走人了。胡林语气得牙痒痒，但是没一点办法。

学生会这种组织，院里和系里都有，但院里的难度更大，于是他决定先进系里的学生会。

他对外联部兴趣最大，这个部门比较适合发挥陈汉升的特长，对以后的创业也更有利。

人文社科系在财院这种文科学校算是大系，所以当陈汉升中午顶着太阳来到教学楼，外联部招聘教室外面已经有很多大一新生在排队等候了。

没想到还有自己班级的同学，不过都是女生，而老乡谭敏也在里面，她们看到陈汉升，都惊讶地过来打招呼。

"陈班长，你也要进学生会吗？"

"是啊，为了咱们公共管理二班的前途和未来，必须有人进学生会。"陈汉升笑嘻嘻地说道。

几个女生笑着啐了一口，互相商量后，居然准备离开："陈班长，我们去别的部门看看，咱们自己人不能互相厮杀，要团结起来。"

陈汉升晓得她们是主动减少自己的竞争压力，也不说破，笑着挥手说道："好的，明天早上不要买早餐，我请客。"

谭敏临走前还给陈汉升打气："老乡加油啊，争取个副部长当当。"

这时，正好有个不知是大三还是大四的学长经过，听到"副部长"三个字，转头看了看陈汉升，冷笑一声，走进了面试教室。

今天只是初试，对有意向的大一新生进行初步筛选，所以每个人的发言时间很短，不一会儿就轮到陈汉升了。

陈汉升走进去，发现下面坐着一女两男，女的坐在中间，男的坐在两边。从座次来看，女的应该是正部长，两个男的是副部长。

他们面前都摆着水牌，部长叫戚薇，副部长一个叫周晓，一个叫姚庆国。

其中，周晓就是刚才看了一眼陈汉升的学长。

陈汉升笑着走进去，先向三位学姐学长点头致意。戚薇和姚庆国也微微颔首，示意陈汉升可以开始自我介绍了。

就在这时，周晓突然莫名其妙地打断："你不用介绍了，现在外联部想招个女生，你不符合条件。"

"啥？"

陈汉升愣了一下，心想：这是什么理由，就算最后我落选也无所谓，但是故意不让我开口是怎么回事？

戚薇和姚庆国也很吃惊，明显他们也没料到这件事。

周晓凑过去对戚薇说道："不好意思，忘记提前和你商量了，咱们外联部经常要和商家打交道和拉赞助，我觉得女生更有优势。"

也没等戚薇回答，周晓转过身子对陈汉升说道："同学，你可以离开了，不要耽误其他人的时间。"

这间教室内外有很多大一新生，他们向陈汉升投去同情的目光，也对周晓的举动有些畏惧。

周晓正襟危坐，他对自己手中权力的使用非常满意。

不过等了半天，看到这个大一新生居然还在讲台上面，周晓"啪"的一声把手中的笔放下，怒斥道："同样的话还需要我讲第三遍吗？"

戚薇和姚庆国不知道周晓为什么要这样做，但这样对待一个新生总归不合适，正想出面缓解一下局势。不过，陈汉升自己先开口了：

"当个芝麻大的小官，真把你牛坏了，需要帮你叉会儿腰不？"

"哗……"

陈汉升这句话说完，外联部面试教室里外一片惊叹。

新生挑衅副部长，这可真是开了眼界。

戚薇和姚庆国都迷糊了，心想今天是不是日子不对啊，先是周晓无缘无故给大一新生立规矩，不过这个新生好像也是个超级刺儿头，马上就予以反击。

陈汉升当然不会忍让，此处不留爷，自有留爷处，不过就算要走，这个脸也一定要打完。

忍一时越想越气，退一步越想越亏，陈汉升不是忍不下这种侮辱，只是得分人。

二本院校人文社科系学生会外联部的学生副部长哪里需要陈汉升赔笑脸？

周晓可能从来没遇到过这种情况，这时才蓦然发现，讲台上的大一新生眉梢眼角都是桀骜，还有一股混不吝的野性。

陈汉升目光阴鸷地盯着周晓。周晓这类人除了在学生会里装模作样，真的遇到事反而不知道怎么解决了，被陈汉升看得一阵胆寒。

不过他又不想失去面子，只能假装不和陈汉升一般见识，说道："现在的新生真是越来越没规矩了。"

"同学，我是外联部部长戚薇，请你先冷静，有误会我们可以沟通的。"

最后还是戚薇主动站出来。

不过陈汉升这种百无禁忌的坏脾气一旦上来，除了老陈和梁美娟以外，基本不怕任何人。他看着戚薇，说道："我很冷静，就是有几句话要和周部长谈谈。"

说完他就走向周晓。姚庆国担心周晓被打，连忙站在中间想拦住。陈汉升胳膊一甩，姚庆国差点儿被掀翻了。

"你要干吗？"

这时周晓也开始怕了，陈汉升比自己高一头，长得又壮，关键还气势凶狠。

"要是其他条件不合适就算了，可性别是怎么回事，学生会选拔也有男女歧视吗？"

陈汉升根本没打算动手，一旦打人，有理也变成没理了。

周晓赶紧向后退了几步，等到戚薇再次站到两人中间，他才壮着胆子说道："外联部需要沟通和协调，当然是女生比较好。"

"完成任务才算好，这和性别有什么关系？"陈汉升不屑地盯着周晓，"再说，如果真的需要女生，你怎么不先滚呢？"

第32章 赌上副部长的名义

外联部招聘现场乱哄哄的，很快吸引了其他部门的学长来围观。周晓的人缘很一般，大部分人只是看着，根本没有上前劝架的意思。

事情也很容易就打听清楚了，现场还有很多大一男生，周晓用这样的理由拒绝陈汉升，同样把他们进入外联部的希望打碎了。

所以在他们口中，陈汉升成了"权力"的受害者，周晓是欺凌新生的"恶霸"，只不过这个恶霸比较惨而已，差点儿被陈汉升训得头都不敢抬。

最后就连人文社科系学生会副主席左小力都过来了，他了解情况后，皱着眉头走进教室，沉声说道："够了，好好的社团招新变成现在这个样子。那个大一新生，如果你再这样，我就叫保安处了。"

周晓一看来"大哥"了，立马有了底气，快步走到左小力身边，激昂地讲述陈汉升的种种过分行为。

陈汉升不认识这个人，开口问道："你是谁？"

"我是学生会副主席左小力。"

事情到这种地步，陈汉升也不管左小力还是右小力，总之都是和周晓一样的货色，陈汉升点点头说道："那你去吧。"

"什么去吧？"

左小力愣了一下。

"你不是说要去保安处？去啊。"陈汉升无所谓地说道。

左小力噎了一下，保安处是学校的正式行政机构，他算哪根葱能叫得动，只是吓唬人而已。

哪承想陈汉升经得住吓，也根本不给系学生会副主席面子。

"你是哪个班的，辅导员是谁？"

左小力没办法，终于开始放大招了，一般新生遇到这种情况百分百就胆怯了。

不过陈汉升却挺直胸膛，中气十足地说道："我是公共管理二班的班长陈汉升，辅导员是郭中云，要不要把他的手机号码给你？"

"这……"

左小力话都接不下去了，心想这是什么新生，怎么眼里没一点规矩和惧怕，还有，他居然还是班长？

至于找辅导员更不可能，郭中云哪里会管学生会的小事，估计听一半就能挂掉。

正在这时，谭敏几个女生也被人群吸引回来，看到这样的情况，二话不说就声援道："你们是不是仗着人多啊？小敏，赶快打男生宿舍电话，就说咱班长被人欺负了。"

左小力本来没当回事，因为他习惯了拿鸡毛当令箭，以为这也是唬人的架势，可后来不断有男生会聚在教室门外，他便开始慌了。

朱成龙和杨世超几个男生直接堵在门口，就连李圳南都来了，可见陈汉升在男生中间的确很有威望。

"同学，你看这样好不好？你已经通过了初面，现在回去，等我们二面的通知。"

戚薇不想把事情闹大，更不想惹出群体事件，她想通过这种方式平息事态。

陈汉升看了一眼戚薇，这个女生长得落落大方，说话稳重中又带着利索。

既然有人给了台阶，陈汉升也不打算纠缠，事情到此结束，就当为大学生活增添一点回忆。

不过，有些人为什么是傻子，因为他始终拎不清事实。

周晓看到陈汉升偃旗息鼓，首先是脆弱的自尊心令他咽不下这口气，再加上副主席左小力还在旁边，他一定要放几句狠话：

"这一届的新生真不懂规矩，而且眼高手低，居然让我退出外联部，我退出去了，难道你来做副部长？"

陈汉升本来不打算计较了，听到周晓的话，心想看来他的脸还不够肿，于是转过身反问道："我做怎么了？谁规定大一新生不能当副部长了，嗯？"陈汉升厉声问道。

看到自家班长这么有血性，朱成龙也怪叫着帮腔："当然是谁有能力谁当啊，现在的学生会副主席和副部长除了欺负新生，还有什么用？"

这顶帽子有些大，左小力不敢接下来，上一届学生会主席已经毕业，三个副主席都在竞争那个位置，左小力担心造成坏影响。

"同学，外联部是学生会的重要部门，副部长更是承担着为系活动拉赞助的职责，周晓和附近商家都很熟悉，你能保证每次活动时都能拉到赞助吗？"

左小力看强硬不成、恐吓不成，又开始讲道理。

"那周部长能保证每次都能拉到赞助吗？"陈汉升反问道。

"他可以的。"

这种情况，左小力肯定要死挺周晓了。

"那我也可以。"陈汉升毫不犹豫地说道。

"你……"

左小力还是首次遇到这种软硬不吃的大一新生，尤其围观的同学越来越多，自己要不帮周晓找回面子，以后他在学生会里很难再有威信了。

"这样吧，"左小力沉吟半晌，说道，"系里很快要筹备新生晚会了，横幅、礼服、小礼品都需要赞助，既然陈汉升同学觉得能比周晓做得更好，不如就来比试一下。比一比谁能够为新生晚会拉到更多赞助。"

这个提议看似公平，实际上周晓占了很多便宜，陈汉升刚刚上大学，和周围的商家没啥往来，但是周晓已经在外联部混了一年多了。

围观的同学也都明白这个道理，朱成龙直接大声讽刺道："你怎么不直接把钱塞给周晓呢，这样的比试有公平可言吗？"

左小力假装没听到，心想这也是陈汉升主动吹出去的，只能说年轻人脾气太冲，话说得太满，不晓得给自己留后路。

陈汉升挥挥手让朱成龙他们别起哄，转过头认真问道："要是我赢了这场比试怎么办？"

听到这句话，在场的学生会干部，从左小力到戚薇，从姚庆国到周晓本人，还有其他部门的学长师姐，都觉得这个新生的脑回路很奇怪，真是一点没把周晓放在眼里啊。

周晓也觉得受到了很大侮辱，脱口说道："要是你赢了我，我这副部长让给你当。"

这明显是气话，不过陈汉升却很干脆地应道："这么多人做证，希望你说话别不算数。"

第33章　当套路不管用的时候

对财院的人文社科系学生会来说，今天的事件可能是个多少年没遇到过的大新闻。

简单概述如下：

当事人：大一新生、公共管理二班的班长陈汉升和外联部副部长周晓。

事件：公开比拼为新生晚会拉赞助。

地点：玉欣大学城易物商品中心。

裁判：左小力、戚薇等人文社科系学生会干部，还有大量旁观的新生。

这场比拼有些机缘巧合，它是在起哄的新生、周晓的自尊心、陈汉升的逼迫，还有语言上的话赶话等诸多因素作用下才促成的，既在意料之外，又是情理之中。

周晓很明显是跟着左小力的，但是其他部门的干部未必，他们只是抱着"事不关己，高高挂起"的态度看热闹。

不过围观新生们异常团结，哪里有压迫，哪里就有反抗，真是一点没错。

"人文系拉赞助的商家都在易物商品中心，我看也不需要每家都问，这样浪费时间浪费精力，干脆每人随机分配一个商家，看谁能够拉到更多赞助。"

易物商品中心的广场上，人文系副主席左小力宣布规则。

周晓肯定是同意的，虽然说是"随机"，但他在外联部，很清楚哪个商家好协调、哪个商家根本不给机会，而左小力也一定会安排好。

果不其然，周晓分到的是一家刚开业不久的理发店，门口的鞭炮纸屑都没扫净，老板是个二十多岁的青年；陈汉升分到的是一家文具店，老板是个四十多岁的中年人。

周晓看到这样的结果，心想这还比什么，刚开店肯定需要宣传，年轻人又好说话，随便谈一谈都能拉来几百块钱赞助。

至于那个文具店老板，有钱是有钱，但是也抠搜，而且他做的是批发生意，对零售兴趣不大，不需要过分宣传。

"给我等着！"

周晓看了陈汉升一眼，心想刚才丢掉的面子，现在正好拿回来。

周晓精神振奋地推开"我型我show"理发店的玻璃门，本来老板看到有生意上门很高兴,尤其门外还站着很多学生,不过听周晓说明来意后,脸色就逐渐冷淡下来了。

"我们刚开业,生意也不太好啊。"

理发店老板很不情愿,易物商品中心是玉欣大学城所有大学外联部关注的重点,有时候一个月连续有好几拨学生来打秋风。

"正是因为你们刚开业,所以才需要宣传啊,我们系正准备开新生晚会,你赞助个横幅,再落个尾款,到时系里所有新生都能看到,如果再赞助一点小礼品,这家店在我们系里就出名了。"

这种拉赞助都是有套路的,复制起来不需要太多脑筋,不过效果也不会太好,大钱不会有,但小钱多少能要到一点。

陈汉升也在店里,他一言不发地点上烟,静静地看着周晓和理发店的"托尼老师"商谈。

谈到最后,周晓的语气已经有些讨好了。

戚薇就站在陈汉升旁边,她摇摇头,叹道:"这就是我们外联部的现状,拉赞助就像乞讨一样,但也挺锻炼人的,这家还算好说话的,文具店那家态度会更恶劣。"

周晓仗着背后有副主席左小力,根本不把部长戚薇放在眼里,像中午这件事根本就是周晓自作主张的结果,现在却要整个外联部跟着丢脸。

面对戚薇透露的信息,陈汉升默默吐着烟圈,不说话。

半个小时后,年轻的"托尼老师"终于松口了,答应赞助一条价值两百元的横幅,还有三百元的剪发优惠券,在新生晚会上当作奖品。

"谢谢,谢谢。"

在学校里尾巴要翘上天的周晓不住地鞠躬感谢,不过人家"托尼老师"脸色冷淡,没有太多回应。

"真是不容易,不过好歹有些成果。"

周晓长呼一口气,表情也从刚才的低头折节变成了沾沾自喜,然后挑衅似的看着陈汉升。

陈汉升扔掉烟头,直接走向那家文具店,没想到刚开始就出现了意外。

本来那个文具店老板正在门口和邻居说话,看清楚左小力和戚薇以后,他二话不说就掩住了玻璃门。

吃了闭门羹,戚薇脸上有些不好意思,也有些愤然,左小力故意挑这种商家给陈汉升,欺负人的意思太明显了。

至于周晓心里,别谈多痛快了,只恨自己不是文具店老板,不然真的要陈汉升跪下叫爹。

"我去帮你开个头,剩下的就看你自己了。"

戚薇丢下这句话,主动走过去推开玻璃门,说道:"冯老板您好,又来打扰您了。"

"要是真觉得打扰了,那就别来啊。"

文具店老板叫冯继华,四十多岁,谢顶,戴着眼镜,颧骨有点高,面相上属于不好打交道的那类人。

听到冯继华的奚落,戚薇一脸尴尬地说道:"我们系要开新生晚会,想请您赞助……"

"嘭"的一声响。冯继华直接把厚厚的账本拿出来放在柜台上，戚薇说话的声音也戛然而止。

"不是不支持，我也有很多外债没有收回来，没有钱赞助你们啊。"冯继华一边翻动着账本，一边拿出欠条说道。

人群里就有学生会干部低声抱怨："又是这一套，每次要赞助，他就拿出欠条挖苦我们。"

站在生意人的立场，陈汉升倒是挺理解的，毕竟谁的钱也不是大风刮来的，既然没有用，又何必赞助。

可从今天比拼的角度来说，陈汉升心想左小力真会下套，冯继华这类人基本上是不会掏钱的。

"我还是那句话，你们大学生都是有本事的人，谁能帮我把外债要回来，这钱就当赞助了。"

冯继华说完，就盯着财院的这群大学生，他们都没啥社会经验，当拉赞助套路不管用的时候，只能束手无策。

这里周晓是最开心的，示意左小力赶快宣布比试结果，他已经按捺不住准备360度全天候螺旋打击陈汉升了。

看到周晓兴奋的表情，陈汉升突然走出去问道："冯老板，附近有没有欠您钱的商家？"

冯继华正在欣赏大学生们的窘态，听到这话突然一愣，以往自己抛出这个撒手锏，大学生都知难而退，今天难得有人敢问。

"你打算帮我要账？"

"太远的不行，下午我就要出结果。"陈汉升说道。

冯继华打量着陈汉升，高高大大，还真是不丑，不过眉梢眼角总有一点掩饰不住的轻佻，说话时又挺稳重。

"附近倒是有一家。"文具店老板冯继华翻了翻账本，抬头说道，"就是对面的水果店。"

"借据呢？"陈汉升问道。

"问题就在这里，当时借据是一式两份，但是我保留的这一份丢了，他知道后直接不承认，不然这么近，有借据我早要回来了。"冯继华说道。

陈汉升心想，这还是一笔没有借据的无头欠款，然后又问道："他欠你多少钱？"

"两千五。"

陈汉升点点头，沉吟一会儿，突然喊道："老杨、少强、朱成龙，和我去要债，敢不敢？"

"有什么不敢的？"

"老四，你莫小瞧人！"

"班长，我全听你的！"

陈汉升也不客气，带上三个家伙直接去了对面的水果店，围观的学生也"哗啦"一下全部跟上，只留下周晓傻傻地对左小力说道："不是应该我赢了吗？"

本来左小力也以为十拿九稳，现在莫名出了个岔子，很不耐烦地说道："你问我，我问谁？"

第34章　一波又三折

周德顺是易物商品中心周记水果摊的老板，下午他正在店里给水果洒水，突然看到对面有四个男生快步走来。

周德顺以为来生意了，笑容满面地迎上去："几位帅哥，要点什么？"

"我不要水果，要钱。"领头的陈汉升笑嘻嘻地答道。

周德顺这才意识到眼前的几个人来者不善，他不动声色地拿起水果刀，搬起一个西瓜"咔嚓"一刀切成两半，任由鲜红的汁水流到地上，然后抬头问道："要什么钱？"

看到周顺德拿刀警告的动作，杨世超和郭少强对视一眼，眼皮都有些跳。

陈汉升哂笑一声，居然搬起门口的小马扎，专门坐到周德顺旁边，离明晃晃的水果刀只有二十厘米。

"我舅是对面文具店的冯继华，听说你欠他三千五百块钱没还？"

陈汉升一边说，一边拿起切好的西瓜，当着周德顺的面就吃起来。

低头时露出的脖颈就这么悬在锋利的西瓜刀下面。

周德顺听了，先是一愣，心想冯继华什么时候有这么大的外甥，然后又勃然大怒：这才半年的工夫，两千五居然变成了三千五，这比高利贷还狠啊！

其实不只周德顺，杨世超三个人听到两千五变成了三千五，也是一阵迷糊，不过他们以为陈汉升故意多收一千块"手续费"，所以都没吱声。

相对于冯继华，其实陈汉升更愿意和周德顺打交道，因为冯继华愿不愿意赞助全看他自己，陈汉升还真没办法强迫，不过周德顺这边漏洞太大了，陈汉升很容易就能找到切入点。

"小伙子，我和你讲，我没有欠你舅舅三千五百块钱。"周德顺严肃地说道。

陈汉升吃完西瓜，随意掀起衣服抹抹嘴，笑着说道："这我不管，我舅是这样说的，我只负责要钱。"

就在周德顺阴晴不定地打量这四个人的时候，看热闹的财院学生也逐渐围到了水果店门口。

"他们都是谁？"周德顺问道。

这些人都有很明显的大学生气质，陈汉升也不隐瞒："这些都是我的大学同学，你不把三千五百块钱还给我，我就让他们搬水果，一直到搬满三千五百块钱为止。"

"你敢！"周德顺"当"的一声敲了下水果刀，然后大声骂道："冯继华，两千五百块钱的债故意说成三千五，还让一群大学生来骚扰我做生意，你给我等着！"

说完，周德顺就走到后面的小仓库里，一阵翻箱倒柜的声音后，他拿出一张皱巴巴的借据，往陈汉升脸上一贴："你仔细看看，我是不是只借了两千五百块钱？你那缺德舅舅是在骗你啊！"

陈汉升取下借据，上面果然清楚地写着："周德顺由于个人财务紧张借到冯继华2500元人民币，约定一个月内归还……"
周德顺一直等陈汉升看完，这才说道："你看清楚没有？"
"看清楚了。"陈汉升点点头。
"那把借据还我吧。"周德顺伸出手说道。
陈汉升笑了笑，直接把借据折叠好放进自己口袋里："刚才是我听错了，我舅说的是两千五百块钱，现在人证物证都在，周老板还钱吧。"
周德顺呆了半晌，好不容易才反应过来，原来这个人在诓自己的借据。
"你敢诈我？我祝冯继华你们这对舅甥不得好死！"
"随便，反正我和冯老板也不是很熟。"

文具店内，看着眼前的二十五张一百元纸币，冯继华笑得像朵花一样。
"真没想到啊，我对这钱都死心了，没想到你居然能要回来。"冯继华一边说，一边就要伸手把钱归拢起来。
"啪！"
陈汉升直接用打火机压住了钱。
"同学，你什么意思？"冯继华抬起头问道。
"没有什么意思，就是提醒冯老板，这是我的钱。"陈汉升笑呵呵地说。
"这可太过了啊，你可以拿五百块钱当红利，但是全收下不合情理吧。"冯继华沉着脸说道。
刚刚还处在合作状态的两个人，瞬间就因为钱而闹崩了，不过陈汉升明显更不讲道理，他也没打算讲道理。
朱成龙也在旁边嗤笑一声："冯老板是不是忘记刚才说的话了？你说谁把债要回来，这钱就归谁。"
"这……"冯继华顿了一下，心想谁知道这帮小子还真能要回来，他推了推眼镜，讪笑道，"我就是说说而已。"
"你说归你说，但是我当真了。"
陈汉升把两千五百块钱放进口袋。冯继华直咽唾沫，但是一点办法都没有。
钱在冯继华手里的时候，陈汉升是真的没什么办法，但是一旦被陈汉升拿到了，那凭冯继华是拿不回的。

"周部长且慢，刚才你好像拉到了五百元赞助吧？"
此时，左小力和周晓正打算悄无声息地离开，不承想陈汉升又狡猾又凶，不仅骗到了周德顺的借据，而且当着冯继华的面，直接把钱拿下了。
现在周晓只想做个小透明，奈何陈汉升根本不放过他。
"这样吧，我拿出五百零一块钱当作新生晚会的赞助，小小地压周部长一头。"
陈汉升抽出五百块纸币，然后又向李圳南借了一枚硬币，一起递给了戚薇。
戚薇愣愣的，不知道是收还是拒绝。

"怎么，看不上？"陈汉升笑着问道。

戚薇咬咬牙，假装没看见副主席左小力阴沉的眼神，直接把钱收下了。

"好！"郭少强猛地大叫一声。周围的新生都开始欢呼，他们也不知道原因，但是总觉得这应该是一场胜利吧，而且是亲自参与的。

杨世超还嫌不够乱，他冲着左小力和周晓的背影喊道："说好把副部长的位置让出来的呢，现在怎么反悔了？"

"算了，他不会让出来的。"陈汉升无所谓地说道。

虽然周晓当着那么多人发誓，但只要他脸皮足够厚，左小力再给他撑腰，那么副部长一样可以当下去。

"晚上喝酒，我请客！"

陈汉升把班级里专门来商品中心撑场面的同学都喊上。下午陈汉升又向他们展示了另外一副面孔，这远比学生要复杂。

不过幸好他是他们的班长。

杨世超几个人一边喝，一边骂骂咧咧，纷纷说周晓不要脸，输了还不认。朱成龙还专门询问道："怎么让周晓乖乖退出外联部？"

当时陈汉升正在喝酒，也没有往深处想，就答道："除非他面子摔到地上捡不起来，下午这件事的力度还不够。"

朱成龙"噢"了一声，没说话，继续喝酒。

晚上回去后，陈汉升正在和人打牌，突然，郭少强慌慌张张地跑进来说道："不好了，朱成龙把周晓给打了！"

第 35 章　还好没太严重

陈汉升一听"朱成龙打了周晓"，就知道情况不好。

"现在两人在哪里？"陈汉升一边换衣服，一边问道。

"周晓的宿舍。"

大二和大三的宿舍就在隔壁楼，陈汉升跑到那边的时候，周晓的宿舍已经挤满了人，其中还有穿着制服的学校保安。

更要命的是，公共管理二班的辅导员郭中云和周晓他们班的辅导员也在。

"净添乱！"陈汉升心里忍不住骂道，也终于明白了晚上喝酒时朱成龙问那些话的意思。

他打周晓一顿，一是帮陈汉升出气，二是扫周晓的面子，让他没脸再赖在外联部副部长的位置上，没想到学校保安和双方辅导员都被惊动了。

周晓的宿舍满地狼藉，洗脸盆和椅子摔得满地都是，他捂着脸坐在床上，朱成龙头上也肿了个包，正被学校保安按住。

"没有流血，不幸中的万幸。"

陈汉升微微松了一口气。

这时，周晓也看到了陈汉升，满眼都是怨恨。

陈汉升没放在心上，主动打招呼道："郭老师。"

郭中云正和周晓的辅导员说话，看到陈汉升过来了，马上说道："我正要去找你，我不想管下午学生会的事情，现在我就问你，你知不知道今晚的事？"

老郭难得这么严肃。

陈汉升反应很快，马上意识到周晓诬陷了自己，他很可能说朱成龙是在自己的唆使之下动手的。

不过对陈汉升来说，这件事却不只阐述事实这么简单，因为一旦他说"不知道"，自己是被择出来了，但朱成龙肯定要背上全责。

"说话，你知不知道？"周晓的辅导员也在询问。

朱成龙不是尿货，他做的事不会让陈汉升承担，刚要开口争辩，陈汉升瞪了他一眼，抢在前面说道："我知道。"

"啪！"

郭中云狠狠地拍了一下桌子："陈汉升，你还是班长呢，居然涉及打架斗殴，必须做深刻的检查！"

陈汉升默默点头："我今晚就写。"

"不行，现在就写，必须马上给周晓同学一个说法！"郭中云大声说道。

陈汉升看了一眼郭中云，当场写检查，当场给说法，这是要当场结束啊，原来老郭打算尽快平息这场风波。

陈汉升和朱成龙两人当场各写了一份检查，这是陈汉升根据现场情况一瞬间做出的选择判断。

周晓没见血，那事情应该有兜住的可能，如果自己站出来帮忙承担，朱成龙身上的压力就不会那么大。

这时，学校医务室的护士也过来了，她检查了一下周晓和朱成龙的伤口，摇摇头说道："没什么大碍，消炎药都不用吃。"

"周晓就差把校长都喊来了。"陈汉升心里说道。周晓玩的把戏他心知肚明，就是故意把事情闹大。

"这件事你们先写检查，然后向周晓道歉，最后经系里研究后，再通报最后的处罚结果。"郭中云瞪着眼睛说道。

陈汉升面沉似水，朱成龙惴惴不安，他没想到事情闹得这么大，高中时他打架比这次还要狠，但也没产生过这样的影响。

朱成龙被郭中云表面上的雷霆之怒吓住了，他看不透自己辅导员"雷声大，雨点小"的意图。

学校保安看到事情已经控制住，双方辅导员又都在，就和护士一起离开了。

从本质上说，这只是一件打架的小事，保安也不清楚为什么那个叫周晓的学生在已经通知辅导员的情况下，又是打电话给医务室，又是打电话给保安室。

"对不起，周晓学长，今天是我们一时糊涂，现在已经认识到错误，请你原谅……"陈汉升和朱成龙公开道歉，周晓一声不吭。

"对不起，周晓学长……"陈汉升再次大声道歉，周晓始终不说话。郭中云和周晓的辅导员对视一眼，开口说道："既然现在周晓不原谅你们，那就不要在这里碍事了，先回宿舍等待处理结果吧。"

他们说完打着哈欠就离开了。周晓在电话里说得好像他马上要被杀了一样，老郭吓得内裤都没来得及穿，结果周晓连皮都没破。

两个辅导员走到老师宿舍楼下，互相挡着风把烟点着，抽着抽着，周晓的辅导员突然说道："真没想到啊。"

"你也看出来了？"郭中云反问道。

"这不是废话嘛，你们班那个班长明显是帮人背锅的。"

郭中云叹一口气："我也刚听说下午学生会的事情，你的学生心眼太小，我的班长性格太野。"

周晓的辅导员点点头："周晓这学生挺聪明的，就是心思有些歪，这个挫折未必是坏事，希望他能学到点东西，不然以后走上社会要吃亏。"

郭中云"嗯"了一声，走上社会的问题就不在他们的考虑范围之内了。分别时，老郭突然说道："刚才我学生的检查呢？"

"怎么，担心我悄悄交上去？"

郭中云笑着抢过来："主任已经很忙了，这点小事还是不要麻烦他了。"

陈汉升和周晓还不清楚自己的辅导员已经达成了"和平协议"，周晓只觉得很可惜，早知道就不反抗了，如果真的受伤，至少能让陈汉升稳稳地背一个处分。现在这样不痛不痒挨了几下，最后这两个浑蛋可能连通报批评都没有。

"你先回去吧。"陈汉升突然对朱成龙说道。

朱成龙想说什么又忍住了。等他离开后，陈汉升开始帮忙收拾周晓的宿舍。

周晓冷笑一声："不用你来假好心。"

陈汉升懒得搭理他，直到收拾得七七八八，临走时，才对周晓说道："你要不是大学生，死在我面前我都不会多看一眼。"

周晓听得一阵心惊，陈汉升的意思很明显，如果已经走上社会，陈汉升根本不会有任何愧疚。

回到宿舍后，班里的男生都围在走廊上，他们也知道了整件事的缘由。

朱成龙已经认识到了错误，他畏畏缩缩地说道："汉升，我没想这样的。"

"砰！"

陈汉升突然伸脚踹出去，朱成龙结结实实挨了一下，然后陈汉升一言不发地走回宿舍。

男生们扶起朱成龙，他抗击打能力不错，龇着牙揉揉被踹的地方，还犹豫着要不要再进去道歉。

周围男生也不知道如何处理，最后还是金洋明站出来了。

他用中指推了下眼镜框，分析道："我觉得这是好事，既然陈哥踹了这一脚，说明他已经原谅你了。"

朱成龙一听有道理，推开门，一瘸一拐地走进宿舍，发现陈汉升正在抽烟。

"班长，真不好意思，我酒后鲁莽了，还让你帮我背锅。"

陈汉升转过身子，看着满脸愧疚的朱成龙，摇摇头，扔了一支烟给他："也不能说完全没作用，周晓这副部长是真的做不下去了。"

第36章 新生副部长

果然不出陈汉升所料，两天后，周晓辞职了。

不仅如此，所谓墙倒众人推，以前周晓在外联部的许多"黑材料"都被挖了出来。

什么利用职务之便约女孩子吃饭，拉赞助时有中饱私囊的嫌疑，仗着背后有人不把部长戚薇放在眼里……

脏水好像长了眼睛，全部往周晓身上泼过去，不仅有周晓本身手脚不干净的缘故，有人推波助澜也是一个原因。

最后就连左小力都劝不动，周晓铁定心思要离开学生会这个伤心地了。

"小力，周晓离开外联部，我们得递补一个副部长啊，不然戚薇怎么忙得过来？"某天的会议后，学生会的另一个副主席胡修平突然提道。

左小力正被周晓的事情搞得焦头烂额，很警惕地说道："外联部还有姚庆国，戚薇能力也很强，我觉得这件事不急。"

不过，唯一的女副主席穆文玲也持同样观点：

"系新生晚会已经开始筹备，外联部要尽快拉到足够赞助，这时候就应该特事特办，尽早提拔有能力的新人。"

最近左小力对"新人"和"新生"这两个词特别敏感，看着胡修平和穆文玲默契的眼神，他突然意识到什么了。

"你们准备提拔谁当副部长？"左小力问道。

胡修平和穆文玲对视一眼，胡修平咳嗽一声，说道："对于这个人选，我们这边也是从公平公正，还有新生舆论的角度考虑的。"

"不要说这些废话，我想知道是谁！"左小力大声打断。

"人文社科系公共管理二班，陈汉升。"穆文玲平静地说道。

左小力对这个答案没有太多意外，只是冷笑两声："既然你们两人都决定了，二比一，又何必问我？"

胡修平和穆文玲两人都不说话，主席的位置只有一个，既能够削减其他竞争者的实力，又能安插一颗"钉子"，何乐而不为？

"按照惯例，新的副部长都要进行谈话，你要不要参加？"胡修平问道。

"自然要的。"左小力恨恨地说道。

这是陈汉升第二次参加学生会的面试，不过第一次是面试外联部的普通社员，第二次面试的却已经是外联部副部长了。

前后相隔不到一周，所以说这人世间的际遇真是奇怪。

人文社科系在大学生活动中心有一间空余的活动室，面试的地点就在这里，陈汉升推门进入后，发现里面又是两男一女。

其中一人就是左小力，他正阴沉着脸盯着陈汉升。

两位副主席先介绍了自己的身份，然后讲了一些学生会的内部管理条例，陈汉升漫不经心地听着。就在履职程序即将完成的时候，左小力突然说道："陈汉升，你觉得自己能当好学生会干部吗？我劝你认真想想！"

本来周晓辞职后，陈汉升都决定到此为止了，没想到左小力又跳出来了。

陈汉升根本不介意，他这样性格的人一定会有敌人，但朋友一定比敌人多。

"不用想了，感谢组织信任，我一定不辜负领导们的栽培。"陈汉升挑了挑眉，不客气地答应下来。

看着左小力和陈汉升一见面就掐，胡修平觉得走了一步妙招，相当于给竞争者下了绊子，只有穆文玲不易察觉地皱了皱眉头。

有两位副主席的支持，陈汉升当上外联部副部长几乎成了定局。左小力临走前怒气冲冲地甩出一句话："胡修平、穆文玲，我亲眼看见了易物商品中心发生的事情，这个人骨子里就坏，以后你们一定会后悔的！"

左小力走后，胡修平和穆文玲都有些尴尬，他们本想说些恭喜和勉励的话，结果陈汉升拍拍屁股站起来："两位领导，还有事吗？"

"没、没了。"穆文玲愣了一下，说道。

"好，那就有空再见了。"

陈汉升摆摆手，下楼离开。

胡修平和穆文玲面面相觑，半晌，胡修平才说道："我以为他会感谢我们呢。"

穆文玲心说：这本来就是互相利用的关系，陈汉升能够从冯继华那种葛朗台手里挖出两千五百块钱，怎么可能被我们忽悠住？说不定早就看穿了我们。

"真不知道小薇是怎么想的，居然让我支持陈汉升当副部长，也不知道能不能驾驭他。"

谁都没想到，陈汉升能够当上外联部副部长，居然是戚薇在背后推动的。

但是不管怎么说，开学这一个月以来，其他学生还在努力适应大学生活节奏的时候，陈汉升已经是班长和人文社科系外联部副部长了。

10月1日上午，陈汉升、萧容鱼、王梓博和高嘉良几个人带着行李站在明大门口。

"都说了不用你爸来接，要是我们昨晚坐大巴，现在早就到家了。"陈汉升一边擦汗，一边说道。这都10月了，嘉平的"秋老虎"依然发着雌威。

"你不乐意搭顺风车，现在也可以坐大巴啊。"萧容鱼噘着嘴说道。

这个国庆假期，陈汉升本来不打算回去，但是受不了梁美娟电话里的唠叨，最终还是准备回家见老娘，不过时间还没定。

正好萧容鱼她爸亲自从港城来嘉平接女儿，也就顺便把陈汉升几个人捎回去了。

"行了行了，那辆港城牌照的七座车应该就是萧叔叔的了，汉升你要成熟点，不要忘记绅士风度，现在咱们已经是大学生了。"

高嘉良不放过一切衬托自己的机会，尤其踩着陈汉升。

"马屁精！"陈汉升吐了口唾沫，骂道。

萧容鱼她爸也看到了这群人，缓缓地将车靠近路边。

这时，刚才还提出绅士风度的高嘉良已经是冲刺状态了，陈汉升瞄了一眼就明白他的意图。

七座车最舒服的就是中间的两个位置，萧容鱼不用说，肯定要占据一个，那剩下的另一个就成了"宝座"。

理由很简单，离萧容鱼最近，还最宽敞。

车停好以后，高嘉良果真要往上冲，陈汉升一把拦住了他："让我先上，我要坐最后一排。"

高嘉良顿了一下，虽然不知道陈汉升为什么要主动坐在最后面，但这种七座车本来就是后排先上的。

就在他愣神的工夫，陈汉升已经轻松上了车，却在中间安安稳稳坐了下来。

高嘉良傻眼了，呆呆地问道："陈汉升，你不是说坐最后面吗？"

"噢，刚才我突然改主意了。"陈汉升云淡风轻地说道。

王梓博看到这种情况，马上拉开副驾驶的车门坐了上去，那留给高嘉良的只有最后一排了。

"你不要挡路，人家萧容鱼还在后面晒太阳呢。"

陈汉升"好心"示意高嘉良赶快上车。

高嘉良没办法，只能咬着牙骂道："陈汉升，以后再信你一句话，我就不姓高！"

第37章　迷人的误会

萧宏伟坐在前面的驾驶座上，陈汉升和高嘉良之间的小动作都被他看在眼里，再联想起那天包子铺的事情，他心里忍不住好笑。

陈兆军那么厚道的一个人，生出来的儿子却这么皮。

萧宏伟干刑侦出身，下意识地就会观察身边人的一举一动，这几个年轻人的状态各不相同。

大概是因为坐在副驾驶，王梓博毕恭毕敬的最老实。

虽然高嘉良坐在最后一排，但时刻没忘记对萧容鱼献殷勤。

萧容鱼呢，有时候玩手机，有时候也和高嘉良聊聊学校里的事情，表面上看不出什么，但她的膝盖总是对着陈汉升的方向，这种微观动作反映了她内心的潜意识。

大概陈汉升是最没有拘束感的，他直接把椅背调整到160度倾斜，还在加油站买了份报纸，一路上不是看新闻，就是睡觉，偶尔还兴致十足地打听警队里的八卦新闻，只是很少参与高嘉良和萧容鱼的话题。

"这个浑小子，居然还嫌小鱼儿幼稚。"

萧宏伟从陈汉升的细微举动里捕捉到这个信息。

关于学校的话题很容易就涉及学生会，因为军训后是社团招新的大潮，高嘉良自矜道："放假前我刚刚通过了宣传部的初试，回校后就进行二面，应该没太大问题。"

王梓博一脸羡慕："那不错啊，我去了组织部面试，被刷掉了，都没办法进二面。"

"你们居然都去了学生会，我都没想好要不要去呢。"

萧容鱼有些苦恼，现在她就已经吸引了班上的同学、学长甚至外校男生的注意，如果再进学生会，可以想象整天被各种告白包围着。

"小陈，你呢？"萧容鱼看到陈汉升悠闲地看报纸，就主动问道。

"现在我是外联部副部长。"陈汉升视线都没离开报纸，随口说道。

"噗——"听到这句话，高嘉良马上做夸张的喷水状，然后嘲笑道，"汉升，你当了班长，尾巴都翘上天了，说话一点都不切实际，你要是副部长，我就把港城体育馆厕所的屎全吃光！"

萧容鱼和王梓博也不信，不过萧宏伟透过后视镜看了一眼，发现陈汉升说话时肢体动作的幅度很小，不像撒谎的样子，于是问道："大一学生当副部长很少见吗？"

"基本不可能的。"高嘉良大声说道，"谁会让大一新生当副部长，真当他是拯救世界的超人啊，陈汉升，你说是不是？"

"我不想和骗吃骗喝的人说话。"

陈汉升不搭理高嘉良，把头向后一仰，不一会儿就打起了呼噜。

"喊。"高嘉良不屑地撇撇嘴。

只有老萧心里有数，基本不可能，那也就是还有一点可能。

嘉平到港城私家车要开四个小时，不过快到家的时候，萧宏伟突然接到一个电话，挂掉后说道："局里临时有任务，到前面十字路口我把你们放下来。"

"我还有挺多行李呢。"

萧容鱼指了指后备厢。她报到的时候有五六个箱子，回来的时候也有两三个，真不知道女生哪里有这么多东西可装。

"没关系，萧叔叔，我可以帮容鱼搬一下。"高嘉良马上举手说道。

"我也可以帮忙的。"

王梓博觉得坐了别人的车，肯定不能袖手旁观。

只有陈汉升假装没听见，反正又不是没劳动力。

"那就让陈汉升帮我搬一下吧。"

偏偏萧容鱼不让他如愿，点将似的点到了陈汉升。

陈汉升没办法，心想早知道我昨天就回来了，都怪王梓博，非要省这一百块钱车费。现在正是下午四点左右，港城这个时候的天气最舒服了。

初秋扫去了夏末最后一丝燥热，只留下清爽和惬意，阳光温暖而宁静，路边有几个穿着单衣的大爷正在下象棋，自行车缓慢地擦身而过，偶尔带起一片片翻飞的树叶。

萧容鱼俏生生地走在前面，秀发扎成的马尾辫随着动作在摇摆，将近一米七的个子高挑玲珑，有这样背影的女生肯定不会丑。

陈汉升正暗自欣赏，没想到萧容鱼走着走着，突然转过身，一张娇艳如花的瓜子脸正对着陈汉升。

"干吗？"

陈汉升吓了一跳。

"刚才为什么不想帮我搬行李？以前你肯定会第一个冲上来。"

萧容鱼黑白分明的眼眸有些不高兴。

陈汉升心想多大的事，谁帮你搬不都一样，不过张口又变成："我也想说来着，但是被梓博和高嘉良抢先了。"

"真的？"萧容鱼狐疑地问道。

"千真万确，我只是不好意思和他们抢罢了。"陈汉升一脸诚恳地说道。

"下次遇到这种情况，你可不能再谦让了。"萧容鱼皱着细细的柳眉教训陈汉升。

现在陈汉升只想送完萧容鱼，然后回家躺着，所以萧容鱼有什么奇怪的要求他都会尽量满足。

比如说，在路边看到卖糖葫芦的，萧容鱼让陈汉升去买。

陈汉升摇摇头："我身上没零钱了。"

他的确没零钱了，除了整张一百元的纸币。

不过那也好办，萧容鱼从兜里掏出一元钱递给陈汉升："我这里有，你去买吧。"

陈汉升睁大眼睛，心想女人的脑回路是三角形吗，直路不走，偏要拐弯，有钱自己买就行了啊。

不过为了早点回家，陈汉升还是照做了。拿到糖葫芦以后，萧容鱼的心情这才好起来，眯着长而媚的眼睛吃掉一颗裹着糖衣的山楂，嘴唇染得亮晶晶的。

"你要不要吃一颗？"萧容鱼问道。

"不要。"

陈汉升摇头，他对这些甜食没多大兴趣，不过他越是拒绝，萧容鱼越是执拗地要陈汉升吃。

"好，好，好，我吃。"

陈汉升无奈地叹一口气，心里也默默发誓：以后再和萧容鱼一起回家，我就不姓陈。

萧容鱼将糖葫芦举到陈汉升嘴边，陈汉升不情不愿地刚张开口，突然愣了一下，原来老头子陈兆军和一群人从对面走了过来。

陈兆军也很诧异，没想到在这里碰到了陈汉升，更想不到的是，居然有个女孩子正给他喂糖葫芦。

不过两父子谁都没主动打招呼，就这样把画面定格在心里。

陈汉升把萧容鱼安全送达后，拒绝了她妈妈一起吃饭的邀请，回到自己家里。

梁美娟也刚下班不久，一边抱怨陈汉升不知道提前通知自己，一边把冰箱里的吃食拿出来解冻，就连下班回家的陈兆军都受到了牵连。

"陈兆军，现在你儿子本事大了，放假都不知道先打个电话，什么时候悄悄地给你带个儿媳妇回来，看你吃不吃惊！"

说者无心，听者有意，梁美娟喋喋不休，陈兆军和陈汉升却默契地对视一眼。

眼神交会的一刹那，这对无聊的父子又同时别过头去。

第 38 章　伤了心的女人

晚上十一点半，一向不怎么熬夜的陈兆军依然守在电视机前，不断变换的彩色画面将墙壁投映得五彩斑斓。

"爸。"

大概收到了老陈发出的无声信号，陈汉升也来到客厅沙发上坐下。

"这么晚还没睡？"

陈兆军看了一眼儿子，脑海里还保存着陈汉升小时候的顽皮形象，一眨眼已经是个十八岁的大小伙子了，居然还有女孩给他喂糖葫芦。

"爸，我想说，下午——"

陈汉升打算向陈兆军公开，因为他本来就和萧容鱼没什么，两人之间清白得很。

没想到陈兆军很大气地摆摆手："不用解释，我又不像你妈那么封建，只要女孩子人品好，可以处着看的。"

"不是，爸，我和萧容鱼真的——"

陈汉升一定要解释清楚。

"咦，萧容鱼这个名字挺耳熟的。"

陈兆军再次打断，他皱着眉头仔细回想。

"公安局刑侦队萧队长的女儿。"

陈汉升只能先说明萧容鱼的身份。

"原来是萧宏伟的闺女啊。"陈兆军恍然大悟，然后笑着说道，"你萧叔叔年轻时可是港城公安系统第一美男，难怪女孩那么漂亮，不错！"

"爸，我和萧容鱼只是正常的同学关系，不是您想的那样。"

陈汉升终于找到机会阐述这个事实。

没想到陈兆军居然笑了笑："怎么现在的年轻人比我们那时还要胆小，都什么年代了，还用同学关系当幌子，真当我平时不看电视剧啊？"

看着沉浸在自己想象里不能自拔的老陈，陈汉升突然不想解释了，总之最后都会水落石出的。

"爸，刚才您弄清楚那女孩的身份之前，是不是还有点担心啊？"陈汉升又换了个话题问道。

"怎么可能？"老陈矢口否认，"我一直都在看电视呢，哪有担心？"

"噢。"

陈汉升点点头，陪着老陈看了一会儿电视，准备回卧室休息时，才拍了拍老陈的后背："拿着空调的遥控器能给电视换台吗？"

陈兆军定睛一瞧，手里果然拿的是空调遥控器，难怪按到现在，电视一点变化都没有。

"我先睡了。小老头儿一个，别整天乱操心，实在闲得无聊，就和我妈吵个架。"陈汉升挥挥手，说道。

老陈嘴上说不担心，可心里一直在猜测女孩的身份，直到听见是萧宏伟的女儿才放心。

陈兆军摇摇头，看着自家儿子的背影，嘀咕一句："臭小子。"

国庆七天假期有些长，看完外公外婆以后，陈汉升就找不到事情做了。

其间接到过萧容鱼打来的电话，邀请陈汉升去冷饮店里闲聊，还有其他几个高中同学一起，不过被陈汉升找理由拒绝了。

一是陈汉升和他们的共同话题不多，二是他不想老被人误会和萧容鱼有点什么。

"梓博，晚上去打台球？"

陈汉升打电话给王梓博。

王梓博立刻就答应了，他这种没啥交际圈的宅男，要是没有陈汉升带他出去玩，就只能在家陪着他妈温习《还珠格格》了。

陈汉升对港城的网吧、迪厅、KTV非常熟悉，他带着王梓博来到一家一楼是迪厅、二楼是台球室的娱乐场所。

他们一边喝着啤酒，一边打着台球，感受着楼下"轰隆隆"的震动感，王梓博黝黑的脸上充斥着兴奋。

"小陈，没想到港城还有这么好玩的地方。"王梓博大声喊道，音量尽量压过震耳欲聋的音乐。

陈汉升嚼着口香糖，笑笑不吱声，只顾瞄准桌台上的号码球。

今天王梓博明显不在状态，老是偷看从一楼上来的女孩，她们穿着露脐装和渔网丝袜，化着浓妆，经过身边时能闻到香水和酒精混合的味道。

陈汉升也不催，耐心等待王梓博把目光转移回来。

王梓博还有些不好意思："这都10月了，她们就不冷吗？"

"你懂啥？这叫美丽'冻'人。"陈汉升笑着回答。

有几个女孩看到陈汉升，觉得眼前一亮，这个年轻人脸上的笑容让人感觉相处起来应该会很有意思。

不过陈汉升兴趣不大，有时候厌烦了，还会拍拍身边女孩们的细腰："对面的小黑哥还是处男，你们去逗逗他。"

本来王梓博一脸羡慕地看着陈汉升和这些性感女郎调情，但是轮到他自己时，却又红着脸不晓得如何应对。

晚上十点，陈汉升和王梓博离开这家娱乐场所，但王梓博还不太想走。

陈汉升一边点烟，一边告诫道："常去夜店的女孩子，不管多漂亮，偶尔接触一下无所谓，不要太认真……"

"还有呢？"

王梓博听到一半，发现陈汉升突然不吱声了，顺着视线看过去，只见不远处的马路边上，萧容鱼和两个女同学静静地看着这边。

她们应该是刚从冷饮店里出来准备回家，萧容鱼手里还拿着一杯冷饮。

王梓博立刻转身假装不认识，陈汉升没办法这样傻乎乎地掩耳盗铃，心想这也太尴尬了，哪里想到这么巧就碰上了？

"晚上好啊，聚会这么快就结束了吗？萧容鱼，你家好像不是这个方向吧？"

陈汉升尽量让自己的语调和语速保持正常，心里也在不断暗示自己：我和萧容鱼没什么关系，所以去酒吧是正常的。

就是不知道为什么，总有一种抹不去的歉疚感。

"你不是说今晚去外婆家吗？"

萧容鱼开口说话了，不过声音比秋风还要冷。

陈汉升不知道怎么回答，他不想参加晚上的聚会，所以用这个理由搪塞萧容鱼，现在谎言被当面戳穿了。

此时，萧容鱼白皙的脸蛋上布满了一种叫伤心的情绪。

"陈汉升，刚刚我们聊天时，小鱼儿还说可以尝试接受你——"

有个女同学看不下去，结果刚说两句，就被萧容鱼冷声打断。

"没了！"她把手中的饮料放在地上，吸了吸鼻子，说道，"走吧。"

萧容鱼转身的背影毅然决然，秋风吹拂，她柔顺的头发在路灯下如缱绻情丝。

远远地还能听到女同学的声音传来：

"陈汉升，今天冷饮店刚出了一种好喝的果饮，小鱼儿特意买了准备送到你家的，你却瞒着她来这种地方鬼混！"

"渣男！"

…………

陈汉升恍然大悟，原来萧容鱼走这条路是要来给自己送饮料。

"小陈，你好像真的把萧容鱼追到了。"王梓博一脸忐忑，"然后，好像又丢了。"

第39章 蠢蠢欲动的家长们

"嘟——嘟——嘟——"

"喂？我是萧宏伟。"

"萧叔叔您好，我是陈汉升，想找一下萧容鱼。"

"汉升啊，小鱼儿休息了，你明天再打来吧。"

"嘟——嘟——嘟——"

"喂，哪位？"

"萧叔叔早上好，我是陈汉升啊，麻烦您让萧容鱼接电话。"

"小鱼儿出去了，不好意思啊。"

"嘟——嘟——嘟——"

"萧叔叔，我是陈汉升，想找一下萧容鱼。"

"小鱼儿还没回来，你晚上再打来吧。"

"没事，那麻烦您转告她一下，就说我今天回学校了。"

听到这句话，电话那端突然安静下来，似乎有人捂住了话筒，陈汉升耳力不错，依稀能辨认出萧宏伟模模糊糊的声音:"他今天就回学校了……"

陈汉升听不到谁在回答,过了好一会儿,萧宏伟才拿起话筒说道:"汉升,我会转达的,那你注意安全,到学校和你父母报个平安。"

挂了电话,萧宏伟忧心忡忡地看着萧容鱼,心疼地说道:"到底为什么事情吵架了,和爸爸说啊?"

萧容鱼穿着一件乳白色的吊带睡衣,随意散着头发,抱着膝盖坐在沙发上,神色憔悴,眼睛还有些红肿,精致的瓜子脸都显得尖了一点。

她也不说话,就是呆呆地坐着。

昨晚萧容鱼回来后直接把卧室门反锁起来,不一会儿,陈汉升的电话就打来了。

不说从职业敏感性来分析,就是站在父亲的立场判断,萧宏伟也知道这件事必然和陈汉升有关。

"你妈就要回来了,她看到你这样的状态肯定要追问的。"萧宏伟叹口气,说道。

这句话终于起了作用,看来萧容鱼并不想让自己母亲发现什么,终于站起来去洗漱。

"小鱼儿。"萧宏伟喊住她,"你和陈汉升是不是在谈恋爱?"

萧容鱼霍然转身,斩钉截铁地说道:"没有。以前没有,现在没有,以后也绝不会!"

萧宏伟叹一口气,他是过来人,又是刑侦专家,自家女儿有没有说谎还是看得出来的。

中午的时候,萧容鱼的母亲吕玉清下班回家,看到丈夫在厨房里洗菜,脱下外套也去帮忙。

"小鱼儿呢?"吕玉清问道。

"刚刚起床,在洗漱呢。"

萧宏伟主动帮女儿圆谎。

吕玉清有些奇怪:"以前她很少这么迟醒的。"

"放假了,多睡几小时很正常。"

萧宏伟假装有些不耐烦,吕玉清就没有接着问下去了。

过了一会儿,萧宏伟才假装不经意地说道:"我记得你和陈兆军的老婆挺熟的吧。"

"梁美娟?"吕玉清说道,"以前挺熟的,最近联系有些少。"

"那有空约出来吃顿饭,朋友之间还是要多来往的。"萧宏伟一边择菜,一边说道。

"怎么,陈兆军要提拔吗?"

吕玉清马上想到了这个可能。

萧宏伟啼笑皆非:"我们都这把年纪了,还想着提拔什么?就是约出来坐坐而已。"

看到丈夫不说实话,吕玉清也不再问,萧宏伟的工作经常涉及保密原则,家属也不能多问。

"那行,我去帮小鱼儿扎头发,有空我就约一下。"

等到吕玉清离开厨房后,萧宏伟擦擦手上的水渍,感叹道:"我们已经差不多到顶了,现在需要早为儿女做打算。"

类似的场景也在陈汉升家里发生了，不过却是截然不同的气氛。

"我这命咋这么苦啊？嫁到陈家后一天好日子没过，好容易盼到儿子长大了，结果也是个没良心的东西。"

陈汉升没等放假结束就要回学校，梁美娟劝不动，就在旁边唠叨。

"现在我是班长，时间不属于自己，它属于公共管理二班的所有同学，妈，我也身不由己啊。"

陈汉升一边收拾行李，一边胡扯。

"呸！真不晓得班主任怎么选你当班长的。"

梁美娟是知道自己儿子的，他不想说真话时，嘴里都能跑火车。

陈汉升从来都是自己整理行李，陈兆军和梁美娟也不会插手，这是多年形成的习惯，不过看到包裹里有两只港城特产风鹅，梁美娟问道："带给宿舍同学的？"

"不是，是给班主任的。"陈汉升说道。

这次陈汉升专门为郭中云带家乡土特产，一是感谢他上次帮忙平息打人风波，二是继续维持和他的私人关系。

陈汉升是一毛钱红包都不能送给郭中云的，先不谈他会不会收，一旦赤裸裸地涉及金钱，这种相对单纯的师生关系马上就会变质。

临行前，梁美娟又拿出一千块钱让陈汉升带着，陈汉升根本不要："现在我不缺钱。"

"开学时带的两千块钱生活费还有多少？"梁美娟不放心，一定要问清楚。

"干掉一半了。"陈汉升实话实说道。

梁美娟愣了一下："这才一个月啊，你是怎么用的？"

以前陈汉升在家读书时，三口之家一个月的生活费也就一千块钱左右，现在陈汉升出去上大学了，梁美娟和陈兆军每个月的日常开支只需几百块钱。

"吃饭、喝酒、买杂物，男人总要应酬的嘛。"陈汉升无所谓地说道。

"你连女朋友都没有，还学人家应酬？"梁美娟差点儿被气笑，不过也有点奇怪，"那你还不要这一千块钱？"

"我又在其他地方赚到了，总归不缺钱就是了。"陈汉升不想解释太多，推开门说道，"老陈、老妈，我先走了，你们在家多保重身体，没事就吵吵架，别打架就行。"

看着陈汉升离去的背影，梁美娟突然有些落寞。

"老陈，我们是不是老了？"

"怎么这样说？"

"我感觉汉升都不需要我们了，钱也不要，事情也不说，他有自己的世界了。"

陈兆军笑了笑，温柔地搂住发妻的肩膀："这不是挺好的？以后我们也可以少操心了。"

"这可不行！"突然，梁美娟柳眉倒竖，"我还要给这家伙带孩子呢！你有没有哪个同事朋友有合适的女儿？大学一毕业就让他们结婚。"

"也许……有吧。"

陈兆军还不知道陈汉升和萧容鱼已经"掰"了，脑海里不禁浮现出那个娇俏的身影。

第 40 章　空瘪的破旧小钱包

　　这次回嘉平，陈汉升也没叫王梓博，独自搭乘了五个多小时的长途车，到达学校时已经傍晚六点多了。

　　天空落着细雨，虽然不大，但是浑身黏糊糊的，很难受。

　　陈汉升心里骂了一句，嘉平就是这样，一到下雨天，那种古都的历史气息就充斥在空气里，既抓不着，也看不见，但是总能感觉得到。

　　心情好时，还可以赋诗一首；心情不佳时，只能增添落寞。

　　陈汉升顶着小雨往宿舍跑，不过经过图书馆的时候，他突然看到了一个熟悉的人影，大喝一声："站住！"

　　沈幼楚刚刚结束在图书馆的兼职工作，一天下来，摆书摆得胳膊都酸了，她正准备去食堂吃饭，然后回宿舍复习功课，突然听到一个凶巴巴的声音传来。

　　好像是个男人，还有些熟悉。

　　沈幼楚小心翼翼地转过头，看到陈汉升就站在自己身后，吓得差点儿把伞扔了。

　　"我又不会吃了你，干吗做出这样的表情？"

　　看着一脸防备的沈幼楚，陈汉升更加不开心了。

　　"没、没有啊。"

　　沈幼楚不敢正对着陈汉升，转过半个身子。

　　陈汉升冷哼一声，盯着沈幼楚瞧了瞧，突然说道："晚上我不想一个人吃饭，你陪我吧。"

　　"啊？"

　　沈幼楚慌张地抬起头，上次和陈汉升同桌吃饭的经历对她来说成噩梦了。

　　"怎么，不愿意？"

　　陈汉升的态度霸道又有点恶劣。

　　沈幼楚不吭声，雨伞下的桃花眼里已经有了点点湿痕，红润的嘴唇紧紧抿着。

　　陈汉升好不容易把视线从沈幼楚嘴巴上转移开，一本正经地说道："咱们是同学嘛，应该彼此帮助的，今天我心情不好，你请我吃顿饭，咋样？"

　　沈幼楚委屈地抬了一下头，想说什么又没敢说，犹豫了一下，最后才小声地说道："那、那你想吃什么啊？"

　　沈幼楚大概有还人情的心思，因为陈汉升帮她交了班费，本来她准备等兼职的收入拿到后再还钱的。

　　不过对陈汉升来说，这些都无所谓，总之以后都是男女朋友了，于是他就提议道："最近二食堂新出了小火锅，我们去涮一下？"

　　"噢，那个多少钱啊？"

　　这是沈幼楚最关心的问题。

　　"羊肉和虾一起，五十多块钱吧。"

　　陈汉升抛出一个"天文数字"。

　　沈幼楚愣了一下，半响后才说道："我想先回宿舍一下，可以吗？"

陈汉升以为她要换衣服，沈幼楚还穿着图书馆陈旧宽松的工服。

"行，快去快回。"

不一会儿，沈幼楚就小跑着回来了，不过手上没拿伞，发丝上落满了雨滴，衣服也没有换。

"你的伞呢？"陈汉升问道。

"室友要去易物商品中心，我把伞借给她了。"沈幼楚轻声解释。

"你自己不用吗？"

陈汉升不知道怎么了，看到这样的沈幼楚就特别生气，声音不知不觉大了起来。

"我就在学校里，没关系的。"沈幼楚被吓了一跳，摆动着小手解释。

"过来一起撑。"

陈汉升板着脸，把伞挪过去一些。

沈幼楚假装没听见，快步走在小雨里，看来她是宁愿浑身湿透，都不想和陈汉升撑同一把伞。

"你走那么快，我背这么多行李，怎么跟得上啊？"陈汉升突然喊道。

"哦。"

沈幼楚乖乖地放慢脚步，突然感觉头上没雨了，陈汉升已经把伞偏了过来。

她刚想走出去，不过被陈汉升瞪了一眼，只能缩着身子走在伞底下。

放假时学生很少，校园里到处湿漉漉的，空气中夹杂着绿植与泥土的味道，清新而湿润，幽静而凉爽，不时也有同撑一把伞的情侣擦肩而过，一如现在的陈汉升和沈幼楚。

到了二食堂，陈汉升抑郁的心情居然有了好转，可以用一个不恰当的比喻来形容，忘记一段感情最好的办法就是开启另一段感情。

两人找了个靠窗的位置坐下。点菜时，沈幼楚从口袋里掏出一只破旧的小钱包，仔仔细细地把里面的钱拿出来，就连硬币都排成一列。

这顿丰盛的学校火锅一共五十三元，几乎掏空了沈幼楚的全部身家，那个破旧的小钱包变成了空瘪的破旧小钱包。

"刚才你回宿舍就是去拿钱的？"陈汉升反应过来，问道。

"嗯。"沈幼楚低声应了一句，然后端起餐盘走向座位。

"傻子嘛……"陈汉升愣了一下，自言自语道。

虽然二食堂的小火锅是新推出的菜品，但是一直很受欢迎，尤其这样的天气，听着细雨打在窗户上的声音，看着肉片在沸水里翻滚，实在是一种享受。

中午陈汉升在车上没怎么吃饭，肚子早就饿了，端了碗米饭就吃起来，可过了一会儿，他又放下了筷子。

"你不饿吗？"陈汉升问道。

沈幼楚一口肉也没吃，手里捧着三毛钱的米饭，偶尔夹点青菜涮一下，陈汉升面前已经堆了一堆虾壳和骨头，她碗边还是干干净净的。

沈幼楚摇摇头，不说话。

"真是稀奇了。"

陈汉升摇摇头，又拿起筷子，脑袋里却闪过一个念头，目光炯炯地盯着沈幼楚。

"你是在等我先吃饱，然后自己再吃，是不是？"

沈幼楚被看穿了，红着脸不回应，不过连青菜也不夹了。

雨一直在下，好像变成一股暖流淌进陈汉升心窝里：昨天大老远为自己送饮料的萧容鱼、今天要等自己吃完才动筷子的沈幼楚。

陈汉升叹一口气，问道："这顿火锅花了你的生活费，以后你怎么办？"

他心里早有计较，不过想听听沈幼楚是怎么想的。

"我还有一百块缝在书包里，在图书馆整理书架也会有收入，晚上还可以来食堂兼职，那样吃饭的钱也可以省下来。"沈幼楚细声细语地说道，倒是把自己安排得妥妥当当，只是很辛苦罢了。

"那你会不会怪我吃光你所有的积蓄？"陈汉升又问道。

沈幼楚睁大眼睛摇摇头，桃花眼单纯又魅惑。她长着一张美人鹅蛋脸，食堂里微黄的灯光打在洁白无瑕的皮肤上，有一种雕塑的凝固美感。

陈汉升心中一动，没忍住说道："要不，你做我女朋友吧？"

"哗啦"一声响。

沈幼楚吓得打翻了自己的饭碗，汤汁溅到皮肤上，她也差点儿哭出声。

"我、我就吃了两根青菜，能不能不要逼我谈朋友啊？"

第41章 登门拜访

看到沈幼楚反应这么大，关键她还想哭又不敢，只是在眼泪溢出来的时候，才飞快地用手背擦一下，其间还要看一眼陈汉升，生怕他又发火，委屈得像个受气包似的。

"行了行了，那就先不谈朋友了，我喜欢讲道理，从来不强迫人的。"

陈汉升没办法，只能先放下这件事，总之沈幼楚是逃不掉的，他心里这样想着，顺手剥了两只虾放在她的碗里。

沈幼楚看了一眼"从来不强迫人"的陈班长，生怕他又像以前那样夹到自己嘴边，只能默默地"享受"陈汉升的服务。

吃了几只虾以后，沈幼楚轻轻地说道："我饱了。"

陈汉升这才重新端起碗，将剩余的火锅一扫而光。

外面的雨还在下，陈汉升看着窗外，不知道在想些什么。

看到陈汉升的注意力都在外面，沈幼楚才抬起头，悄悄打量着这个要当自己男朋友的"恶霸"，脑海里还闪过室友胡林语的告诫：

"一般同学玩不过陈汉升的，你看才开学一个月，陈汉升又是班长，又是外联部副部长的，我都莫名其妙地帮他做事。"

"陈汉升似乎对你有意思，你要是不想恋爱，以后要避着他一点。"

沈幼楚呆呆地想着，其实她只想知道陈汉升为什么老是凶自己。

过了一会儿，沈幼楚总觉得哪里不对劲，仔细一看，原来食堂窗户是反光的，陈汉升正通过玻璃盯着自己。

"我、我先回去了。"

沈幼楚慌忙站起来准备离开。

陈汉升没阻拦，他也拿起行李说道："二食堂离男生宿舍比较近，伞就留给你了，另外注意把桌上的东西收拾一下。"

然后陈汉升拎着行李，掀开食堂的橡胶门帘，直接回了宿舍。

沈幼楚来不及推辞，不过收拾桌面时却发现上面有一个信封，明显是陈汉升落下的，但已经看不见他的身影了。

602宿舍的几大金刚不是回家，就是去网吧了，陈汉升先给老妈报了个平安，洗完澡，看了一会儿书，困意上来，直接睡到第二天。

看来长时间睡觉是大学生的被动技能，就连陈汉升都没能躲过，早上一睁眼，发现郭少强和金洋明刚刚通宵回来。

"陈哥，给你带了包子，等我洗完澡，一起吃早餐。"金洋明指着桌上两袋热腾腾的早餐说道。

陈汉升撇撇嘴："哼！我还不了解你？无利不起早的玩意儿。"

"陈哥，你这么说就没意思了，咱们可是一个宿舍的好兄弟。"金洋明一脸委屈地说道。

陈汉升根本不给他演戏的机会："我一会儿就要出去，你要再不说，只能等我回来了。"

金洋明马上放弃，有些忸怩地说道："其实也没啥大事，就是我打算追商妍妍，但是竞争太激烈，所以想请你帮帮忙。"

这事不算大，陈汉升问道："那需要我怎么配合？"

"暂时还没想好，但你是班长，总有机会创造机会的。"金洋明小小奉承一下。

陈汉升想了想："我答应了，不过你真是太小气了，居然只用一袋包子收买我？"

这时，刚刚洗完澡的郭少强走进宿舍，金洋明马上闭口不谈。

郭少强看到桌上有食物，不客气地抓起来塞进嘴里："也不知道你今天为啥拍老四马屁，居然给他买早餐。"

金洋明连忙护住食物："你不是在食堂吃过了吗？"

"就不兴我再饿啊？"郭少强振振有词地说道，又要伸手去拿包子。

金洋明准备去洗澡，又担心早餐被郭少强偷吃，当着郭少强的面吐了几口唾沫在包子上，然后才得意扬扬地端着盆去浴室。

"傻货！"陈汉升和郭少强同时骂道。

"老四，你的给我吃几个。"

郭少强看到陈汉升这里还有一袋包子，又开始打主意了。

陈汉升不答应："我还没吃呢，再说，老六那里不是也有包子？"

"外面有口水，你吃啊？"郭少强生气地说道。

陈汉升咳嗽一声："外面有口水，但里面又没有。"

郭少强愣了一下才反应过来，伸出大拇指给陈汉升点了个赞。

"狗头军师"陈汉升吃完就下楼了，走到一楼的时候，听到602传来金洋明撕心裂肺的吼声：

"郭少强！包子里的馅呢？"

陈汉升来到一楼，找了个公共电话亭给郭中云打电话。

"郭老师，我从老家带了几只特产风鹅，想送给佳慧和师母尝尝。"

这种事不方便在宿舍讲，陈汉升要面子，郭中云也要形象。

至于港城特产风鹅最好放在冰箱里保存，宿舍里没这个条件，陈汉升也没说专门送给郭中云，反而把郭佳慧和郭师母搬出来，降低老郭拒绝的可能性。

不过尽管这样，老郭还是客气地说道："不用啦，你在嘉平不是有亲戚吗？送给他们就好了。"

"我已经给了亲戚两只。"陈汉升在电话里说道，当然这亲戚也是虚构的。

郭中云想了想："那行吧，谢谢你了，顺便来我们家吃中午饭。"

挂了电话，郭师母在旁边问道："谁啊？"

"陈汉升，他带了点港城土特产给我。"

"你这学生有些殷勤啊，会不会图啥？"郭师母这样怀疑也是人之常情。

郭中云宽和地笑了笑："我就是一个大学辅导员，手里又没什么资源，陈汉升本身已经是班长了，现在又是外联部副部长，我还能给他什么？"

老郭的社会资源的确有限，不过在财院里还是有几分薄面的，陈汉升想在财院里舒舒服服过完四年，还真的需要老郭的这几分薄面。

郭师母很是吃惊："他已经是社团的副部长了吗，不会是校办公室那边有人支持他吧？"

郭中云摇摇头："据我了解的信息，不是那边的关系，这个副部长来得有点误打误撞。不过这些都不重要，你去买点菜，中午我和他喝几杯。"

根据郭中云电话里的地址，陈汉升来到他家门口，如果从人际交往上说，登门吃饭已经是比较亲密的关系了，尤其郭佳慧对陈汉升这个小哥哥印象很深刻。

一见面，郭佳慧就大声说道："哥哥，我知道小雨老师的QQ啦！"

"什么QQ？"

郭中云夫妇都没理解。

陈汉升听了，也有些尴尬，心想小胖丫头话都说不清楚，居然还记得这件事。

下次再过来时，哥哥从新华书店给你买一箱加减法运算练习册和新概念英语听力题，保证让你赢在起跑线上。

第42章 缘，妙不可言

好在郭中云夫妇没怎么在意，因为郭佳慧这个年纪经常说一些别人听不懂的童言稚语，老郭反而批评陈汉升："带一只就可以了，两只都吃不完。"

"好事成双嘛。"

陈汉升憨厚地笑笑。

郭中云和陈汉升坐到沙发上闲聊，可能因为在家庭这种私人场所，今天他们的谈话深入许多，这时郭中云才发现陈汉升颇有见识，而且对大学生活有自己的规划。

"想做点生意，甚至创业？"

郭中云还是首次听到大一新生有这种想法，一般来说，现在的毕业生想去国企、政府部门、外企工作的比较多。

单干的当然也有，但要先积累一定经验。

"我就准备在学校里搞点小买卖，到时还需要郭老师来指点指点。"陈汉升谦虚地说道。

郭中云以为这是客气话，点点头没说什么，他哪里知道陈汉升已经在埋伏笔了。

"准备吃饭啦！"郭师母在厨房里叫道。

陈汉升主动过去帮忙端菜，一点也不见外。

老郭从壁橱里拿出一瓶五粮液，笑着问道："汉升，中午喝几杯？"

"我听郭老师安排。"

郭师母担心陈汉升不能喝白酒，郭中云摆摆手："这小子的酒量比我好，一瓶白酒没啥问题。"

郭师母的手艺不错，陈汉升也没客气，酒足饭饱后，又和老郭去阳台抽了几支烟，下午三点多才准备离开。

在玄关换鞋子时，郭中云突然喊住他："咱们班上有个叫沈幼楚的女生，你知道不？"

"知道。"陈汉升点点头说道，心想何止知道，以后还要睡一张床的。

"她的家庭情况不太好，放假前，胡林语帮她申请贫困生助学金没成功，好像被卡在校办公室那里了，你帮忙看看，如果学校里有合适的兼职也帮她留意一下。"

郭中云讲完，看到陈汉升有些发愣，就说道："有问题吗？"

"没有一点问题，郭老师，那我先回去了。"

陈汉升没想到老郭居然把"尚方宝剑"送来了，这样他便有理由直接插手甚至安排沈幼楚的日常生活了，就算胡林语悄悄打小报告都不怕。

回到学校后，恰好初雨方霁，天边的晚霞晕晕染染，好像一条明媚的红绸挂在空中，陈汉升突然很想把萧容鱼和沈幼楚都喊出来，然后指着天空说道："再美的景色也没有你们漂亮。"

不过，当黄昏收起缠满忧伤的长线，睁着黑色瞳仁注视大地的时候，陈汉升又回到了现实。

萧容鱼不搭理自己，沈幼楚对自己有防备，迎接自己的居然只有602宿舍的一帮光棍。

他们有些人带了家乡特产，陈汉升的风鹅已经拿去"贿赂"老郭了，于是他就专门去楼下买了一箱啤酒，大家吃着特产，喝着啤酒，吹着牛，还把其他宿舍的男同学吸引来了。

他们觉得602最热闹，干脆回宿舍拿来特产混在一起吃，最后居然开起了公共管理二班所有男生的茶话会。

这个时候是最热闹的，也是最单纯的，每个男生都无拘无束地讲着自己或者其他人的故事，肆无忌惮地评价班级里的女生，一种叫集体感的东西在悄悄产生。

直到把查房阿姨吸引过来，这些大男生才恋恋不舍地离开了602。

熄灯后，茶话会的余韵还在继续。由于黑夜中看不清表情，不知道谁起的头，谈论的话题越来越放开。

这时，金洋明问道："咱们中间有没有谁上过女人的床？"

这句话问得暧昧不已，但是把气氛推向了高潮，漆黑的宿舍里安静了一下，杨世超马上说道："这得问老四，他肯定不是处男了。"

陈汉升笑着不承认："凭啥怀疑我？"

郭少强也接口道："承认吧老四，咱们又不会到处说。"

就连李圳南都笑着说道："陈哥，看你和班上女孩子说话的口气，你肯定是个老手了。"

金洋明也在一边怂恿："四哥，给咱讲讲呗？"

"咯……"

陈汉升推辞不了，突然咳嗽一声，整个宿舍都安静下来，每个人的心跳居然莫名地有些快。

"我真的是处男啊，女孩子的手都没牵过，只是有一点感触。"

陈汉升先把自己撇干净，这引得大家很不满："快点说吧，我们正听着呢。"

"这种感觉吧，我觉得可以用五个字来形容。"陈汉升停顿一下，然后才缓慢地说道，"缘，妙不可言。"

只有这个？

郭少强不死心，忍不住问道："具体多妙呢？"

"妙是妙不可言的妙，言是妙不可言的言，大家自己体会吧。"

陈汉升暧昧地笑了笑。

这一笑也带动了602的其他人，每个人都跟着嘿嘿笑起来，虽然不知道在笑什么，但就是觉得心里痒痒的，想笑。

这是一种带着私密念头的遐想，也包含着对大学生活的憧憬，很快，602里的几个人就睡着了，嘴角都挂着笑。

第二天清早，宿舍全员又在《冷酷到底》的背景音乐中起床。

"老六，你能不能换个手机闹铃？整天都是这首歌，烦死了。"杨世超揉着眼睛说道。

"换啥？你说一首，看看合不合我的心意。"金洋明说道。

李圳南憨憨一笑："换《缘，妙不可言》。"

"嘿嘿、嘿嘿……"

602的几个人我望你、你望我，起床气都被一阵骚气的笑容取代，朝阳的金光洒在宿舍的地面上，预示着新一天的开始。

第43章　虎妞

国庆假期回来后，经过前一个月的适应和磨合，每个新生看上去都有点大学生的样子了。

教西方经济学课的老师是个中年女人，在10月的嘉平还穿着露小腿的棉布裙子，陈汉升桌上摊着书，心思早就飞到九霄云外了。

这学期陈汉升要做的事情很多，不过兼职那一块依然没到合适的洽谈时机，现在他是班长和外联部的副部长，这个身份已经有点影响力了，但是还缺一个压轴的戏码。

不过这种事也急不得，需要在正常生活中寻求这样一个机会。

有心，这个机会迟早会出现的。

"丁零零——"

下课铃声终于响起，不只是陈汉升，教室里很多人都忍不住趴下休息，放假在家那么久，生物钟早就紊乱了。

"陈汉升，你跟我出来一趟。"有人走过来说道。

陈汉升愣了一下，心想：这是谁，没搞清楚自己定位吧，不知道公共管理二班除了老郭就是我最大？

一抬头发现是胡林语，她手上还拿着一个信封，这是那天陈汉升留给沈幼楚的，不知怎么又到胡林语手上了。

"小胡的面子要给啊，不然以后没人帮我办事了。"陈汉升嘀咕一句，乖乖跟着胡林语走出教室，半道上，他突然转过头看了一眼沈幼楚，她果然慌慌张张地低下头。

"哼，川渝的小妮子。"

到了教室外面，胡林语一脸严肃地盯着陈汉升，眼神锐利得像刀子。

陈汉升有些无奈地说道："咱俩之间就别搞这一套了，大家彼此了解长短和深浅，知根知底的，就好像没穿衣服一样。"

"胡说！"

胡林语酝酿一节课的情绪瞬间破功了，她也逐渐发现陈汉升的脸皮之厚远远超过预计，在这种人面前玩什么花活意义都不大。

"这是幼楚让我转交给你的。"胡林语递上信封说道。

陈汉升接过来，看了一眼，问道："她打开了？"

"她没动，这是我打开的！"胡林语双手叉腰，仰着下巴骄傲地说道。

陈汉升摇摇头，他也不能和胡林语计较这些："打开就打开吧，找我什么事？"

没想到胡林语还不放过他："说真的，你这样的人追哪个女孩不行啊？商妍妍、白咏姗也很漂亮，要不你那个高中同学也可以啊，能不能别祸害沈幼楚了？"

陈汉升一听就笑了："我怎么就祸害沈幼楚了？"

胡林语指了指信封："你把五百块钱给沈幼楚，这是追她吗？这是在侮辱她！还好她不敢打开。"

陈汉升撇撇嘴："就你勇敢。"

大概沈幼楚不敢把信封直接还给自己，所以委托室友胡林语转交，胡林语这个虎妞

105

不清楚那天的情况，还以为陈汉升拿这个钱有其他意思。

这里面有点误会，不过看在胡林语真的关心沈幼楚的分儿上，陈汉升做了个保证："总之你相信我不会害她就是了，她不同意，我也不会强迫。"

"真的？"胡林语抬起头，她也没办法对陈汉升要求太多，毕竟自己还受他胁迫呢，只能苦口婆心地劝道，"咱们班男生都服你，大部分女生也很信任你，你一定要对得起这份职责啊。"

"小胡你也太啰唆了吧。"陈汉升上下打量着胡林语，直到把她看毛了，才突然说道，"胡同学应该没谈过恋爱吧，我给你介绍一个室友吧，拥有手机的追风少年金洋明，他口齿伶俐，乐于助人……"

陈汉升话都没说完，胡林语就红着脸离开了。他咧嘴笑笑，对付虎妞就得用这种办法。

不过，胡林语走到一半又回来了。

"还有事？"陈汉升问道。

"班上的女生觉得和男生不太熟悉，有人建议搞个同班男女生联谊，一是熟悉面孔，二是增强集体凝聚力。"

陈汉升心想这个提议倒不错，于公于私都值得推行。

从公事的角度来说，总不能大学四年毕业后，同学们连名字都对不上，那也的确是班干部的失职；从私人的立场来讲，这也是增加接触沈幼楚的机会，还有602那帮家伙，天天晚上在宿舍打嘴炮也不是长久之计。

"你有什么想法？"

陈汉升先听听胡林语的意见。

"无非就是召集大家吃吃饭、唱唱歌。"胡林语说道。

陈汉升想了想："唱歌和吃饭都太老套了，而且到时女生又是以宿舍为圈子活动，如果真的要产生效果，就得想办法打散这些宿舍小团体。"

胡林语觉得陈汉升说得挺有道理，但她经验太少，不知道如何打散，只能问道："你有什么法子？"

陈汉升心里有主意，嘴上却卖个关子："等我回宿舍想想，到时给你信息。"

胡林语点点头，准备回去，不过陈汉升却叫住了她。

"你找我的事谈完了，我这里有件事还想找你谈谈。"

"什么事？"

胡林语心说我坦荡做人，为班级呕心沥血，你一个撒手不管事的班长能找我谈啥？

"放假前你给沈幼楚申请贫困生助学金，卡在校办公室那里，为什么不告诉我？"

陈汉升脸色突然沉下来。

"我……"

胡林语张了张嘴想解释，但是又不知道从何说起，她只和郭中云求助过这件事，显然老郭又把任务派到了陈汉升这里。

"辅导员这么信任陈汉升吗，难道他觉得我解决不了的事情，陈汉升就一定能解决？"

这样一想，胡林语心里又有些委屈，她始终觉得自己的能力不比陈汉升差多少，就是手腕不如他。

陈汉升在旁边不客气地敲打："当时咱们约定好的，你解决不了的问题，交给我来落实，你有自尊心和上进心是好的，但不能因为私人情绪而耽误了重要事情。"

胡林语仍然嘴硬："谁说我解决不了的？本来下课后我打算再去找负责老师的，说不定这次就成功了。"

陈汉升心想：这是典型的不见黄河不死心了，看来有必要通过这件事让胡林语这个虎妞知道，陈英俊永远是你陈哥。

"这样吧，下课后我和你们一起去找负责老师，我也要了解一下情况。"

"随便。"胡林语甩出一句，快步走回教室。

教室里的学生都不以为意，班长和班委有话要谈很正常，只是胡林语回去对沈幼楚把这个情况说了。

沈幼楚没想到"坏人"陈汉升居然也要插手，小脸一垮，闷闷不乐地趴在桌上。

第44章　半道接手

下课后，陈汉升跟着胡林语来到办公楼，沈幼楚默默地跟在后面，她看到陈汉升脸色不悦，更是不敢开口说话。

"咚咚咚……"

在一间单人办公室门口，胡林语敲了敲门，打招呼道："于老师，又来打扰您了。"

陈汉升看了看贴在墙上的信息：财经学院于跃平。

于跃平四十岁左右，戴着一副乌金边眼镜，大概是长时间坐办公室的原因，身体略有些胖。

他正在拟文件，看到胡林语，有点不耐烦："你怎么又来了？我都说了，申请贫困生助学金需要流程，再说那位沈幼楚同学的证明材料也不充分，我们还要和当地政府部门好好核实。"

"那还需要多久啊，于老师？"胡林语赶紧问道。

于跃平再次埋下头："这个时间不好定，可长可短，总之我们核实清楚后，这个贫困生的助学金肯定会发的。"

胡林语一听仍然没个准信，就开始着急："我从放假前就提交了材料，您也早就说开始审核了，怎么到现在还是未定呢？"

于跃平慢条斯理地答道："学校有学校的规矩，财务有财务的制度，同学你也要理解的嘛。"

说完，于跃平不再搭理胡林语，也无视陈汉升和沈幼楚，自顾自地埋头写材料，房间里只有空调"呼呼"的声音。

"又是这样。"

胡林语已经连续几次遇到这样的情况了，这就好像拳头打在棉花上，卡在这里进退不得。

她转过头看了看，班长陈汉升冷眼旁观，当事人沈幼楚小心翼翼地站在门口，漂亮的桃花眼里同时存在着希冀和失望。

"呼！"

胡林语重重地呼出一口气，前几次遇到这样的冷落，自己就会手足无措地离开，不过这次陈汉升也在这里，千万不能被他小瞧了。

"于老师，沈幼楚家庭贫困已经是众所周知的事情了，现在她每天只吃三毛钱的米饭和免费的紫菜蛋汤。

"沈幼楚在图书馆打零工，每天都要忙到晚上十点。

"现在她又准备在食堂做兼职，只为了省下一顿晚餐钱，于老师，这些都是可以看到的情况啊！"

胡林语认真又动情地解释，奈何于跃平根本不回应，好像没听见一般。

面对这种软钉子的刁难，还有几次碰壁累积下来的怒火，胡林语再也忍不住了，"啪"的一声重重拍在桌子上。

几个人都被吓了一跳，于跃平甚至把笔都扔了。

"你这样配当一个老师吗？！"胡林语大声喝问道，短发都随着这股气势竖立起来。

陈汉升一看不好，赶紧走上去拉回胡林语，没想到于跃平也生气了，他从抽屉里掏出公章摔在桌上："既然你这样说，那干脆把公章给你，你来负责审批好了。"

胡林语也是莽撞，二话不说就要走过去，陈汉升连忙拦住她："胡林语，别做傻事。"

"陈汉升你别拦着我，你不是喜欢沈幼楚吗？那应该站在我们这边啊！"

胡林语说话已经带着哭腔。

陈汉升心想：这种事哪里能单纯地分成"这边"和"那边"，真的想申请成功，就必须把自己和学校当成"一边"。

钱是小事，关键这个名额很珍贵，沈幼楚确定贫困生身份后，在其他各项申请中都有隐形优势。

最后，陈汉升终于把胡林语劝出去了，还顺手把于跃平的公章和办公桌收拾好。

走出办公楼，胡林语终于忍不住哭起来："幼楚的各项条件已经符合了，可他就是不批，为什么啊？"

沈幼楚伸出自己的衣袖，她穿的应该还是高中时的旧校服，宽宽松松，有些地方已经洗得发白了。她轻轻帮胡林语擦干眼泪，然后轻声说道："那就不申请了吧，我们不要再来了。"

"那以后你怎么办？"胡林语擦擦眼泪问道。她这个性格，情绪来得快，去得也快。

"没关系啊，我没问题的。"

沈幼楚说话一如既往地小声，不过语气里却透着坚强。

刚开始陈汉升都有些惊讶，不过发现沈幼楚依然不敢看自己，他才突然醒悟过来，这种坚强不是蕴在性格里的，而是藏在心里的。

沈幼楚依然单纯，依然善良，依然胆小自卑，甚至在陈汉升面前依然是"受气包"，不过由于艰苦成长环境的影响，她早已做好了默默面对一切生活困难的准备。

陈汉升叹了一口气，突然对胡林语说道："你把沈幼楚的申请材料给我吧。"

"你能搞定吗？"胡林语泪眼婆娑地问道。

陈汉升摇摇头："我也不确定，但是如果你提前让我介入，应该会简单一点。"

"你提前介入也没用啊，关键那个老师他不懂制度！"胡林语仍然很生气。

"不是他不懂制度，而是你不懂人情世故啊，胡同学。"

陈汉升随意翻了翻申请材料："你们回去吧，这件事我接手了。"

"你打算怎么做？"胡林语不甘地问道。

"我有我的办法，一是给你擦屁股，二是为我自己牵线搭桥。"陈汉升说道。

胡林语有些愧疚，她也醒悟过来刚才的冲动增加了这件事的难度，不过"牵线搭桥"是什么意思？听陈汉升的语气，好像还有积极的一面。

看到胡林语一脸迷糊，今天难得正经的陈汉升解释道："祸兮福之所倚嘛，有时候问题看似山重水复，其实也蕴藏着柳暗花明的机会。

"比如说虽然你得罪了负责的老师，但是如果我能平息这件纠纷，其实就是增加和负责老师交流的机会。"

"有失必有得，是不是这个道理？"胡林语醒悟过来，说道。

"没错，说不定这件事完成后，我还能获得爱情。"陈汉升笑嘻嘻地说道，还看了一眼沈幼楚，她马上红着脸低下头，盯着自己的脚尖。

胡林语啐了一口，拉着沈幼楚准备离开，顺便评价一句："班长，其实你认真起来挺帅的。"

"小胡，劝你不要痴心妄想，我们是不可能的，你好好考虑一下金洋明吧。"

"呸！"

第45章　以柔克刚，水滴石穿

胡林语和沈幼楚离开后，陈汉升在办公楼外面安静地抽了一支烟，然后收敛表情，再次返回于跃平的办公室。

"于主任，我是人文社科系公共管理二班的班长陈汉升，刚才那位女生是我们班的，她没有搞清楚状况，一时心急说错了话，请您别放在心上。"

于跃平听了，有些意外地抬起头看了一眼，轻轻"嗯"了一声算作回应。

因为陈汉升没叫"于老师"，而是叫"于主任"。

平时过来办事的学生包括胡林语全部是"于老师，于老师"地叫着，于跃平恨不得把"学校办公室副主任"的名牌贴到自己的大脑门上。

另外，陈汉升说自己是班长，大学里的班长还是有点分量的，相当于辅导员的小助手和代言人，最后他又知趣地把所有责任揽下来，这个开头算是过关了。

其实在贫困生助学金这件事情上，申请人必须把自己的立场和学校统一起来，胡林语就是因为站错了位置，搞得事情也偏离了方向。

陈汉升打完招呼，没有像胡林语那样直接提起贫困生助学金的事，也没有找话题闲聊，于跃平明显没拿正眼瞧自己，自言自语也尴尬。

他看到办公室的报刊栏乱糟糟的，干脆走过去整理报刊。

于跃平注意到陈汉升的举动，停下笔，皱了皱眉头，他很清楚陈汉升的动机，无非是为了贫困生助学金。

不过这种方式倒是有些新颖，不像有些同学要么哭，要么闹，要么吵，没一点大学生的样子。

陈汉升整理完报刊栏，看见地面上有些脏，二话不说就拿来拖把打扫起来。

"好了，好了，我们这里有阿姨打扫。"于跃平忍不住阻止道。

"没事，于主任，我不累。"

陈汉升转过头，露出一个憨厚纯朴的微笑。

于跃平翻翻白眼，心想我又没问你累不累，不过你要做就做吧，总之我这边还是要按程序办事的。

陈汉升拖完地也到了中午吃饭时间，于跃平站起来说道："同学，我要去吃饭了。"

"哎，好的。"

陈汉升麻利地走出办公室。于跃平关门后一句话也没多讲，自顾自走向教师食堂。

下午，于跃平刚来到办公室，屁股都没坐热，陈汉升也准点到了。

"于主任。"陈汉升拎个袋子，笑呵呵地打招呼。

"你怎么又来了，不上课吗？"于跃平问道。

"下午我们没课。"陈汉升答道，当然有课没课只有他自己最清楚。

于跃平不想再让陈汉升待在这里，于是说道："已经可以了，上午你把我的办公室打扫得很干净，没课的话就回宿舍吧。"

陈汉升不答应："上午只是打扫了地面，柜子还没擦呢。"

他一边说，一边从袋子里掏出毛巾，也不等于跃平答应，扑上去就开始擦文件柜。

于跃平摇摇头，心道我不管了，就看你能坚持到什么时候吧。

陈汉升的动手能力还是很强的，这与老陈的刻意培养有很大关系，他擦柜子很仔细也很有节奏感，有时候于跃平都会停下手里的工作看着。

当然看归看，他也不嚷嚷喝口水什么的。

不过陈汉升也根本不需要别人招呼，他觉得累了，就自己从袋子里摸出一个陶瓷大茶杯，从水房打了热水，坐在会客沙发上，边喝边歇息。

于跃平心想好家伙，装备还挺齐全，看来是做好打持久战的准备了。

这一下午，陈汉升都耗在这里了，有些过来办事的同学还挺好奇。陈汉升不仅不在意，还主动上去帮于跃平统计这些学生的个人资料。

下午五点半准备下班的时候，于跃平很认真地对陈汉升说道："明天不用再来了，我这里地也扫了，柜子也擦了，已经没有死角了。"

"还是有死角的。"陈汉升腼腆地一笑，"下午擦的只是柜子外面，里面还没清理。"

于跃平一阵无语，他都怀疑陈汉升是不是故意留下这一块位置的。

第二天上午，陈汉升"仍然没课"，他准时踩着上班的点来到校办公室，和于跃平打个招呼后，就开始清理办公柜。

于跃平的工作应该很烦琐，办公柜里的文件乱糟糟的，不同时间的文件都混在一起，陈汉升还在里面看到一份今年5月发布的《财经学院关于大学生创业的扶持意见》。

每年5月是大四学生即将毕业的时候，看来这份文件是针对他们的，陈汉升很想读一遍，不过又担心不合规矩，他想了想，问道："于主任，这些文件是按照时间整理，还是类型整理？"

"按照时间整理吧。"于跃平说道。

"哦，好。"

有这句话在，陈汉升阅读起来就不会有问题了，他可以说自己在检查文件的落款时间，也借此机会将财院这两年的公开文件读了一遍。

其实这些文件本来都贴在学校的公示栏里，不过大学生谁没事去看这玩意儿，倒是错过了不少机会。因为有些文件明显对本校学生很有利，可惜没人申请。

校办公室的气氛有些怪异，于跃平在写材料，陈汉升在整理文件，两人都一言不发，有些路过的老师还开玩笑说道："老于，这是你的小秘书吗？"

于跃平也只能跟着笑，不过第二天上午去吃饭的时候，于跃平倒是认真地又问了一句："你叫什么名字？"

"于主任，我叫陈汉升，人文社科系公共管理二班。"

于跃平"嗯"了一声，不过他也没说让陈汉升下午别过来了，大概是知道劝不住。

下午，陈汉升准时出现在办公室，房间依然只有写字的"沙沙"声和整理文件的纸张摩擦声。于跃平休息的时候问道："小陈，你抽烟不？"

"偶尔抽。"陈汉升说道。

于跃平扔一支烟过去，嘴里还提醒道："注意不要把文件烧着了。"

陈汉升帮于跃平点燃，两人就在房间里吞云吐雾起来。

抽着抽着，突然，于跃平问道："那个沈幼楚的家庭情况真的很贫困？"

"的确是，她父母早早去世，从小跟着年迈的婆婆长大，老人家没有赚钱能力，身体也不好，于是沈幼楚就尽量节省生活费，每天只吃米饭不吃菜，最多喝点免费的汤水，一个月生活费不超过五十元。"

于跃平点点头不说话。其实说来也怪，胡林语讲得情深意切，把自己都感动哭了，愣是没感动于跃平，不过在这种抽烟时的闲聊中，于跃平居然相信了陈汉升的话。

第46章　烟别太淡

第三天早上，陈汉升依然不请自到，不过今天他给于跃平带了早餐。

这里包含着一种试探，如果于跃平拒绝这顿早餐，那说明要走的路还很长。

庆幸的是，于跃平接过去说道："那我就不客气了，这顿饭多少钱？一会儿给你。"

陈汉升也没有惺惺作态，如果想用一顿早餐收买于跃平，那自己的心眼就和金洋明差不多大了，于跃平不会在意这几块钱的，他在乎的是一种尊重的态度。

上午，陈汉升依然在整理文件，中午快吃饭的时候，外面突然下起了大雨。于跃平大概是昨天把伞带回家了，盯着窗外飘泼的雨势，皱起了眉头。

陈汉升发现后，假装去厕所，其实跑回宿舍拿了把伞过来。于跃平看到裤腿湿了一半的陈汉升和其手上的伞，心里也明白怎么回事，第一次招呼陈汉升自己泡茶喝。

下午，陈汉升差不多把柜子里的文件整理好了，于跃平还检查了一遍，他发现这些文件不仅按年份归纳清楚，而且专门做了标签，写清楚"发文"和"收文"类型，这样查找起来一目了然。

于跃平一般很少关注杂乱的文件柜，不过看到这样有条理，心情瞬间好了不少。又扔了支烟给陈汉升。

陈汉升抽着烟，拿过一份文件问道："于主任，我看这里有份鼓励大学生创业的文件，没想到学校还有这种好政策啊。"

于跃平拿过去看了看，不以为意地说道："只是做给上面看的，学校没有太多资源支持学生创业，最多就是把教学楼底层那几间空房让出去。"

"那里位置挺好啊，人来人往的。"陈汉升说道。

于跃平摇摇头："现在大学生创业都是直接奔着上市目标，好高骛远的，哪里看得上这些玩意儿？"

陈汉升点点头没说话，其实这条信息挺关键的，有明确的文件规定，也有实际的资源支持。

至于那几间废弃空房，一开始没有成果，学校的支持力度当然很小了，等尝到甜头，趋利性会让学校主动把资源向这边倾斜的。

下午五点半快下班的时候，陈汉升正准备回宿舍，于跃平突然叫住了他："从明天开始，你不用来了，顺便把这份表格让你们班的沈幼楚填一下。"

陈汉升接过来一看，是《嘉平财经学院贫困生助学金资格登记表》。

"于主任……"

其实陈汉升挺意外的，他以为至少要一个星期，没想到三天就拿到了。

"昨晚我和老郭沟通了一下，她的情况基本属实，填好以后交给我，如果时间快，下周贫困生助学金就能到账。"于跃平笑着说道。

不过陈汉升又想起一件事："沈幼楚家乡政府的证明材料还需要递交吗？"

"不用了。"于跃平摆摆手，"这些都是辅助材料罢了，真的假的我知道就行了，也没人会说三道四。"

这些曾经卡住胡林语的理由，现在居然都不存在了。

其实这些助学金给哪个贫困生都可以，总之于跃平自己是拿不到的，既然不能揣到兜里，那自然按照关系亲疏来分配了。

所以，胡林语说于跃平不懂制度，陈汉升说胡林语不懂世故。

第四天上午，陈汉升依然准时出现在于跃平办公室。

"不是让你不用过来了吗，还是填写表格出了问题？"于跃平奇怪地问道。

"都不是。"陈汉升笑着说道，"我就是习惯了往于老师这边走，自己都控制不住这双脚。"

"哈哈哈。"明知道陈汉升这是在说好听的话，于跃平依然笑得很开心，然后说道，"这样吧，你一个月抽空来帮我整理一次文件，其他时候真的不用再来了。"

听到于跃平这样说，陈汉升才准备暂停来"上班"，他不能一拿到《贫困生助学金资格表》，就立刻不过来了，这样难免显得功利心太强，吃相太难看。

如果以后不打交道就算了，而以后陈汉升要借助学校力量的地方明显很多。

这香火还得烧着。

下午，陈汉升终于去上课了，阔别三天半的陈班长重新回到教室，引得602的室友们一个个邀功。

"老四，今天是我帮你答到的。"

"陈哥，昨天是我帮你答到的。"

"班长，前天是我帮你答到的。"

他们都晓得陈汉升这几天在办事，但是答到的好处费也是不能少的。

陈汉升自然不能让他们如意，他扬起下巴点了支烟，环顾四周，说道："最近啊，班级里准备搞一场男女生联谊活动。"

这句话刚出来，几个单身狗的注意力立刻就转移了。

"胡林语提出吃吃饭、唱唱歌。"陈汉升继续说道。

杨世超"嘿嘿"一笑："胡林语也有做好事的时候。"

"不过被我否决了。"

陈汉升扔下一枚炸弹。

金洋明一听就急了："陈哥你是不是糊涂了？为啥要否决啊？"

炫富少年一直心心念念要追商妍妍，现在好不容易有这样一个绝佳的机会，居然还被陈汉升否决了。

陈汉升轻蔑地哼了一声："所以说你们too young，也不想想吃饭唱歌能有什么效果，最后还是变成了宿舍活动，你们最多就是敬杯酒、认个脸，能有什么进展？"

这群人一想也是，刚才太激动，都忽略了这一点。

"老四，你有什么好办法就赶紧说，不要吊胃口了。"郭少强忍不住说道。

陈汉升笑了笑："每周五晚上，大学生活动中心都放电影，门票三块钱一张，也不贵，我打算用班费买五十四张，班里每人一张，到时男女混坐，这样才得劲。"

"妙啊！"

陈汉升刚说完，金洋明就忍不住大叫一声，如果这样，陈汉升完全可以把自己和商妍妍安排在邻座。

黑灯瞎火的电影院里，男女坐在一起，这的确比集体吃饭唱歌要激动人心。

其他几个人也反应过来了，眼睛都开始放光。

金洋明是最兴奋的，他马上就说道："陈哥，我觉得——"

"欸？烟没了……"陈汉升打断他，"这烟没了，思绪就跟不上，万一到时调配错了，不小心把朱成龙和商妍妍分到一起……"

金洋明反应也很快："我现在就下楼去买，陈哥你稍等片刻，一定要保证思维的清晰。"

这小子转身就要出去，陈汉升又在背后喊住了他："老六，别买太好的啊，那种烟太淡了，我担心抽不惯。"

金洋明嘴角动了动，勉强挤出一个笑容，说道："抽不惯才要多试试嘛，我现在就去买一包。"

第47章 观影会

好不容易安抚了602的这群单身狗，陈汉升拿起《贫困生助学金资格表》走到沈幼楚面前，一言不发地坐下。

沈幼楚正在复习功课，她以为是自己的室友，一抬头居然是陈汉升。

陈汉升也没个坐相，他侧身靠在桌上，手撑着下巴，眼睛直勾勾盯着沈幼楚："好几天没来上课，有没有想我啊？"

沈幼楚哪里想到陈汉升这么大胆，当着班级同学的面都敢这样说，红着脸小声说道："你能不能正经点？"

"我哪里不正经了？这就是最正经的话。"

陈汉升伸手拿过沈幼楚的课本，看到上面密密麻麻都是笔记和重点，于是说道："如果我考试前需要辅导，你可得帮我。"

沈幼楚转过脸不吭声。

"听到没有啊？"陈汉升又问了一遍。

"知、知道了。"

沈幼楚担心引起其他人注意，慌忙点头答应。

正在走廊休息的胡林语看到这一幕，还以为陈汉升又去欺负沈幼楚了，赶紧走进来主持公道，没想到陈汉升也很高兴："小胡来了正好，我拿到助学金资格表了，你指导沈幼楚填一下。"

胡林语拿过去看了看，兴奋地对沈幼楚说道："这个……班长真的帮你搞定了贫困生助学金资格！"

沈幼楚也很感激，不过她性格低调内敛，再加上陈汉升凑得越来越近，她只能缩在墙角，一边求助地看向胡林语，一边用蚊子般的声音说道："谢谢你……"

"不客气，有空请我吃饭。"陈汉升大咧咧地说道。

胡林语一看她再不出声，沈幼楚都要被欺负到桌子底下去了，赶紧拍了拍桌子说道："班长，差不多可以了啊，这个钱什么时候能到账？"

陈汉升不满地看了一眼仗义出手的"胡大侠"，坐直身体说道："这个暂时不好说，我还要去沟通一下。"

虽然于跃平说下周可能到账，不过拨款的变数太大，陈汉升不会给一个明确的答复。另外，他还想以此来"胁迫"沈幼楚。

"对了，咱们班男女生联谊，干脆组织在大学生活动中心看电影算了。"陈汉升说道。

"看电影？"

以前胡林语都没想到过。

陈汉升点点头："每周五晚上，大学生活动中心都放电影，我用班费去买五十四张电影票，每两张相邻的算一组，到时安排男生女生分别抽签，抽到同一组就一起去看电影。

"这种方式既新颖，又能打散宿舍小团体，而且不到开场的那一刻，谁都不知道身边是哪位异性同学，是不是很有参与感和期待感？"

胡林语恍然大悟地点点头，这听起来似乎挺有道理，操作起来也不是很麻烦。

"你不反对，那就这样定了，我先回座位上课。"

不过离开前，陈汉升突然对沈幼楚说道："这可是班级的集体活动，谁都不许请假，不然……哼哼……"

胡林语有些同情地看着沈幼楚，这个班长的意思很明显，沈幼楚一定要参加这项活动，而且肯定坐在他身边。

"去就去吧，看个电影而已，为了助学金，幼楚你就先忍一忍吧。"胡林语想了想，还是劝沈幼楚暂时屈服，"虽然陈汉升没说，但我知道他在校办公室擦了三天柜子，这才换来你手里的这张表。

"你也知道他这种人有多狂，肯放下面子去做这种事，至少说明他对你还是有良心的。另外，如果看电影时他敢碰你，你大喊非礼就行了！"……

面对喋喋不休的胡林语，沈幼楚脸蛋红红地答应下来，她长这么大都没进过电影院，没想到首次看电影就要和一个经常欺负自己的男生坐一起。

沈幼楚抬起头看了一眼陈汉升，他正享受金洋明卑躬屈膝的点烟服务，她只能垂下头，幽幽地叹了一口气。

下课后，陈汉升就去安排买票这件事，这时学生会干部的身份就很管用了。

听说买家是人文系外联部副部长，而且一次性买这么多张电影票，组织播放电影的社团很痛快地答应了陈汉升提出的附加要求。

周五上午课间，陈汉升走上讲台说道："各位同学，为了丰富大家的课余活动，增进同学之间的友谊，增强班级的集体凝聚力，今晚我们组织一场周五观影会。"

接下来，陈汉升解说了观影会的规则，班级里大部分人没想到还有这样一场活动，这的确比唱歌和吃饭有趣多了，尤其要通过抽签来决定身边的异性是谁。

想想真是刺激呢。

陈汉升主持了这场抽签活动，男生女生依次上台。拿到电影票的男生们脸上的笑容根本藏不住，恨不得天马上黑下来。女生们要矜持一点，不过也都在和室友们嬉笑。

不过谁都没有注意到一直低调的沈幼楚并没有上台抽签，因为上课前陈汉升就把电影票给她了："你是706，我是707，我们不需要抽签。"

沈幼楚悄悄打开手掌心，那是一张被攥得出汗的电影票。

抽完签，公共管理二班的气氛就不太一样了，就连任课老师都感觉到有些奇怪，春天明明还有好几个月才来，怎么猫咪现在就开始发情了？

下课后，陈汉升正准备回去，班里公认的第一美女商妍妍走过来，笑着问道："班长，你是几排几座啊？"

陈汉升不愿意回答："看了就没意思了，这与古代结婚一样，进屋关了门才知道对方是谁，那多有趣。"

"讨厌！"

商妍妍娇羞地捶了一下陈汉升。单论姿色，她拍马都赶不上萧容鱼和沈幼楚，不过商妍妍会打扮，眼线、口红和粉底都用得恰到好处，掩盖了五官的缺点，再加上谈过男朋友，大概能摸清男生的喜好，所以也有属于自己的魅力。

陈汉升笑着承受商妍妍的粉拳，他虽然对商妍妍没多大兴趣，但是该调戏一样调戏,还"不小心"被商妍妍抢到了电影票。

商妍妍看了一眼陈汉升的座位号,稍微有些失望,不过没说什么,笑着离开了。

"以后不许调戏我女朋友!"一直在旁边"监视"的金洋明走过来恶狠狠地警告道。

这小子也是走后门的,陈汉升刚把他和商妍妍安排在一起,他已经开始考虑以后两人的小孩在哪里上学了。

不过看到商妍妍脸上的细微表情,陈汉升默默摇头,这小子未必能如意啊。

第48章 一个渣男的自述

受到商妍妍抢票一事的影响,下午上课前,陈汉升重申,不许打听别人的座位号码,他要让这种期待和紧张感一直保持到电影开幕前。

其实陈汉升是最平静的一个,女伴早已确定,就是他亲自安排的。

晚饭以后,大家终于迎来了期待已久的夜色,月亮在云中悄悄展露迷人的身姿,学校主道上的路灯一排排亮起,吸引飞蛾上下飞舞,晚风已经有些凉意,但恰好舒畅。

大学生都十分期待周五,虽然平时学业负担也不重,但今天单身狗们可以肆无忌惮地通宵和撸串,晚上情侣可以不回宿舍,学校广播站也很应景地播放着信乐团的《死了都要爱》。

"死了都要爱——不淋漓尽致不痛快——感情多深,只有这样,才足够表白……"

602的男生们,甚至可以说整个公共管理二班的男生们,此刻好像出征的战士,一个个紧张得有些严肃,李圳南甚至打算临阵脱逃。

"公共管理二班既不欢迎退堂鼓表演艺术家,也不欢迎尿包!"

陈汉升强行把李圳南拖出宿舍,又抬头看了看哥儿几个,他们个个"把头发梳成大人模样",就差"穿上一身帅气西装"了。

"出发!"陈汉升大吼一声,吹响了今晚战斗的号角。

不过到了楼下,大家都自觉地分头行动,这也很正常,每个人对这次活动的期待都不同,可能李圳南只当去看一场普通的电影,金洋明却认为这是恋爱的开端。

由于陈汉升提前知晓女伴,所以其他人都去放映厅忐忑等候的时候,他直接来到了女生宿舍楼下。

这里人不少,不过他是最悠闲的。别人家的男朋友要么捧着花,要么拎着零食,只有陈汉升手里夹着烟,还是自己抽的。

漂亮女生一个接一个从宿舍里出来,陈汉升还看到了不少女同学,今晚她们明显打扮了一下,薄施脂粉,穿着合身的衣服,脸上带着一丝期待和憧憬,快步走向大学生活动中心。

"看来效果还是不错的,今晚能成几对先放在一边,至少不会像以前一样,同班的男生女生见面都不知道打招呼。"

陈汉升心里想着,不过左等右等还是不见沈幼楚的身影,他正准备打宿舍电话时,一个高挑的身影慌慌张张跑下来。

旧校服、洗得发白的帆布鞋、偶尔抬头时才露出的桃花眼,不是沈幼楚又是谁?

她大概也明白要迟到了，正要加快速度跑过去，没想到陈汉升居然就在楼下。

"我、我看书忘记了。"沈幼楚气喘吁吁，低着头小声地解释。

"哦。"

陈汉升面无表情地走在前面。

"对不起啊……"

沈幼楚稍稍落后两步，她不敢和陈汉升一起走，一边道歉，一边观察陈汉升有没有生气。

陈汉升不搭理她，快走到大学生活动中心的时候，才突然问道："你要不要喝水？"

"不用，不用。"沈幼楚伸出小手摆动着拒绝。

陈汉升点点头，去便利店买了两瓶饮料。

"话梅呢？"陈汉升又问道。

"不用，不用。"沈幼楚再次伸出小手摆动着拒绝。

陈汉升点点头，又买了话梅和口香糖等零食。

大学生活动中心门口还有卖爆米花的，一股奶油的香甜飘浮在鼻间。

"这个吃不吃？"陈汉升指着爆米花说道。

沈幼楚看了一眼，不说话。

"吃不吃啊？"陈汉升又问了一遍。

沈幼楚没办法，只能说道："我、我也不知道要不要吃啊。"

陈汉升心说这是个傻姑娘嘛，吃就点头，不吃就摇头，咱又不是那种喜欢强迫他人的人。

"那就不吃了，你先进去。"陈汉升不耐烦地说道。

沈幼楚不敢耽误，赶紧走进大学生活动中心。

财院大学生活动中心的大厅是阶梯式的，放电影的时候漆黑一片，不熟悉环境的人很容易跌倒。

陈汉升跟在沈幼楚后面，边走边把水和零食揣进兜里，悄悄伸开双手，心里默数："一、二、三……"

沈幼楚从没进来过这里，又担心走得慢被凶，一步不稳果然踩空了，整个身子向后倒去，正好稳稳当当地跌入陈汉升怀里。

"要小心啊。"陈汉升轻声在沈幼楚耳边说道。

沈幼楚连忙挣扎着站起来，陈汉升也没有强留，但是一把牵住了她的手腕："我带着你走吧。"

沈幼楚挣脱了几次，没想到陈汉升越攥越紧。

"就算你浑身是铁，又能经得住我几颗铆钉？早点当我女朋友，早点完事呗。"

今晚播放的电影是《狮子王》，一部1998年的迪士尼动画电影。

当然不能对学校里这种电影社团抱有太大期望，他们拿不到2002年最新的电影胶片，甚至从严格意义上说，他们组织这样的收费观影活动就是违法的。

不过大学生看电影，谁会特意关注电影内容啊，不信问问公共管理二班的男生们，他们很多人回去后未必记得电影情节，大概全程在暧昧又有些局促的情绪中度过了。

其实陈汉升也一样，他对电影内容没有太多感觉，只是这种氛围很吸引他，甚至让他的思绪不知不觉回到了 2019 年。

那个时候的渣男陈汉升有时候同一部电影甚至要看五六遍，他身边莺莺燕燕太多了，每个人陪着看一遍，可不就是好几次了？

其实这也是一种折磨，因为他对电影情节都倒背如流了，还不得不装作第一次观影的样子，跟着别人一起受惊、一起捧腹大笑、一起伤心难过。

"这辈子可不能再做这种事了，一部电影最多看一次……"

陈汉升刚想发誓，突然又想起小鱼儿，现在她还处于气头上，看电影倒是一个道歉的好办法。

"一部电影最多只能看两次……算了，三次或者四次吧。"

陈汉升默默安慰自己，做计划一定要留有余地，这样才能不慌不忙地应对人生的每一次风浪。

第 49 章　有酒没故事

面前放着电影，陈汉升却沉浸在对自己渣男生涯的回忆里，不过沈幼楚手上的动作把他重新带回了现实。

她正在想办法挣脱陈汉升的束缚。

要是别人发现身边的女伴这么勉强，估计早就不好意思继续抓着了，但是陈汉升不管那一套，追到手里才是成功的。

"不许动，安心看电影！"陈汉升虎着脸，低声训斥。

沈幼楚被凶得很委屈，她也不知道应不应该喊非礼，可陈汉升为了给自己申请贫困生助学金都没去上课，正如胡林语所说，陈汉升对自己还是有良心的。

"那你能不能松开一点？"沈幼楚眼里含着泪花，小声地请求道。

这时陈汉升才反应过来，刚才为了防止沈幼楚挣扎，可能捏痛了她。

他放轻了动作，不过还是没松手，防备着沈幼楚突然不让牵。

其实沈幼楚根本没那么多花花肠子，只是在黑暗中看了一眼陈汉升，知道挣脱不了，就默默看电影了。

电影票三块钱，对沈幼楚来说相当于一天半的生活费了。

沈幼楚从来没有看过电影，家里唯一的电视机还是村里人淘汰下来送给婆婆的，她对这种大银幕有些好奇，再加上《狮子王》这部电影的确老少皆宜，既有娱乐元素，也有心灵鸡汤，所以她不知不觉就看得入迷了。

辛巴遇到危险时，她全身紧张地绷直；

辛巴化险为夷时，她眼里明显有喜悦。

电影院里很暗，只有微弱的光线投射在沈幼楚脸上，勾勒出她幽静生动的侧影，长长的睫毛，挺直的鼻梁，红润丰泽的嘴唇。

其实陈汉升挺想笑的，如果不是牵到了沈幼楚的手，哪里会想到她的手腕居然圆乎乎得有些可爱。

"要是让于跃平知道了，沈幼楚这贫困生助学金申请还真是够呛。"

陈汉升心里哂笑一声。

很难想象少沾荤腥的沈幼楚有这样的身材，这样的女人天生就有风韵。

简单地用一句话概括：先天条件比较好，后天条件差点儿也没关系。

这时，沈幼楚大概也察觉到陈汉升一直在盯着自己，两人对视了一眼，沈幼楚的眼神里有些迷茫、戒备、委屈和疑惑。

她从没考虑过爱情这玩意儿，但陈汉升就这么突兀地闯入她安静的生活里，甚至还不打算离开，沈幼楚不晓得如何处理。

陈汉升温柔地笑笑，示意她继续看电影。

两个多小时的电影很快就结束了，大学生活动中心的灯光亮起来的时候，沈幼楚也准备跟着人群离开，陈汉升拍了拍她的手背："再等等，一会儿我们去湖边散散步。"

现在沈幼楚是不敢挣扎的，因为说不定电影院里就能碰到同学。

财院也有人工湖，不过很小，就像镜面一样镶在大地上，倒映着月光的清华，偶尔有一两条红鱼露头呼吸，漾起一圈圈涟漪，慢悠悠地扩散至岸边。

夜风乍起，陈汉升和沈幼楚就在鹅卵石铺成的小道上散步，脚边就是湖水，偶尔也有情侣从对面走过来，双方都侧着身子让行。

"电影好看吗？"陈汉升突然问道。

"嗯。"沈幼楚轻轻应答。

"下次还带你看，好不好？"陈汉升继续问道。

沈幼楚不吱声。

"怎么，不愿意？"

陈汉升突然转过身子。

沈幼楚慌忙低下头，月光照在她的额头上，泛起一种瓷器般的光泽。

陈汉升没忍住，凑过去亲了一下。

"你、你干吗？"

沈幼楚突然抬起头，她被陈汉升这一吻吓得不轻。

"对不起，我没忍住……哎呀！"

陈汉升刚想找个理由解释，但是沈幼楚的反应比他想象中激烈，她一把推开陈汉升，就向宿舍跑去。

陈汉升没站稳，一个趔趄，居然跌进了人工湖里。

"哗啦"一声溅起了巨大的水花，惊得周围亲热的情侣纷纷站起来观望。

好在人工湖不深，只有一米左右，跌下去也没有危险，只是浑身上下湿透了。

有些看热闹的男生还在岸边取笑："兄弟，常在河边走，哪能不湿身啊？"

陈汉升抹了一把脸上的水珠，混不吝地反驳道："胡说！我这是沐浴爱河！"

沈幼楚这小妮子也没想到居然把陈汉升推下水了，赶紧跑回来查看情况，听到陈汉升中气十足地和别人吵嘴，才稍微舒一口气。

"你、你没事吧？"沈幼楚半蹲在岸边，小心翼翼地问道。

"你觉得我有没有事？"

陈汉升翻翻白眼，然后伸出手看着沈幼楚。

沈幼楚没反应过来，桃花眼眨巴眨巴，无动于衷地呆呆看着陈汉升。

"拉我啊！笨死了！"陈汉升瞪着眼说道。

"噢、噢、噢，你莫凶我呀……"

沈幼楚今晚的经历也是异常丰富，看电影、牵手、被吻、推人下河，她心里慌慌的，现在被这一吼，吓得哭腔都出来了。

陈汉升上岸后，湿透的衣裤紧紧贴在身上，连头发丝儿都在滴水，沈幼楚手足无措地站在旁边。

在这种情况下，陈汉升也没办法再散步了，只能不耐烦地说道："回去了！回去了！就是亲你一下，这么大反应干吗？"

说完，他就摇摇头走回宿舍了，鞋子像湿透的海绵，"咯吱咯吱"作响，拖着一路湿答答的水迹，非常狼狈。

沈幼楚在背后默默看着，突然忍不住笑了一下，云开雾散，灿若星辰。

可惜的是，陈汉升没看到。

陈汉升回到宿舍，几个室友看到他这副样子，一个个都过来问原因。陈汉升当然不会讲实话，直说自己不小心掉河里了。

郭少强撇撇嘴："我们还以为你有故事呢。"

"什么意思？"陈汉升问道。

杨世超解释道："回来得越晚，说明和女伴越有故事，你看老六这浑蛋到现在都没回来，说不定和商妍妍好事成了。"

老杨话里一股子酸味，他也喜欢商妍妍，奈何金洋明出手更果断。

陈汉升一想还挺有道理，洗完澡后，他喊人过来打牌，不过奇怪的是，左等右等也不见金洋明的身影。

"这小子不会开房去了吧？"郭少强嘀咕一声。

杨世超一听，牌都不想打了，一想到金洋明抱着商妍妍亲嘴的场景，他就心痛得厉害。

"按理说应该不会啊，难道我想岔了？"陈汉升心里说着，但是没讲出来。

将近夜里十二点的时候，602几个人又在开茶话会讨论班级女生，此时，金洋明终于醉醺醺地回来了。

"老六，快给大家说说你的故事。"郭少强兴奋地说道。

"故事？"金洋明吐着酒气，冷笑一声，"我看是事故吧。"

602的几个人面面相觑，陈汉升从床上爬下来，认真问道："老六，怎么回事？"

金洋明再也忍不住，抱住陈汉升大声哭起来："陈哥，我被女人耍了啊！商妍妍把票送人了，我和宿管站阿姨看了一晚上电影！"

第 50 章　扛着项目谈合作

金洋明没想到大学第一次约会居然是和宿管站阿姨，杨世超和郭少强两人憋笑憋得脸通红。

也就李圳南看不过去，愤愤地说道："陈哥已经说了，班级活动必须全部参加，商妍妍真是太没有集体观念了。"

陈汉升心知肚明，商妍妍家庭条件不错，有些条条框框能够限制沈幼楚，但对商妍妍未必管用。

下课前，商妍妍专门看了看陈汉升的电影票号，如果身边是陈汉升，她就会选择去电影院，换作班里其他任何一个男生，那都是和宿管站阿姨看电影的命，只不过今晚恰好被金洋明撞上了。

"这种人藐视集体，以后咱不带她玩了。"陈汉升拍了拍金洋明的头顶安慰道，"我也早劝过你，恋爱不如打游戏，到底是知识的海洋不够宽广，还是电脑里的游戏不够益智？实在不行，打打牌也行啊，为什么要去恋爱呢？"

金洋明脸上还带着伤心的泪水，现在又不服气地抬起头："陈哥你这人太浪了，根本不懂什么叫作爱情。"

"行行行，我不懂。"陈汉升也不抬杠，还说道，"那明天去网吧 CS 吧，叫上老杨和少强陪着你。"

大学里安慰失恋的男生无非是烟、酒和游戏，其实作用都不太大，冷静下来依然会难受。

"我不去！"金洋明坚定地拒绝了这个提议，咬着牙说道，"明天我要去图书馆，用两个月时间完成本年度课程，再去报一个英语补习班，争取明年雅思考到 6 分以上，我要出国留学！"

金洋明这股慷慨激昂的情绪甚至震撼了杨世超和郭少强两个老油条，没想到一个失恋的男人居然可以爆发出这么大的潜力。

陈汉升笑了笑，心想年轻真好，什么牛都敢吹。

其实抛开金洋明这件意外，今晚公共管理二班的观影会活动还是很有作用的，捅破那张纸，至少班级男生女生之间的拘束感和距离感小了很多。

第二天上午，陈汉升正在床上睡觉，金洋明走过来推他："陈哥，时间不早了，赶快起来去上网了。"

陈汉升迷迷糊糊睁开眼，嘟哝道："你不是要去图书馆吗？"

"今天周六，说不定图书馆闭馆了。"金洋明一边推醒杨世超和郭少强，一边说道。

陈汉升点点头，突然又觉得不对劲，哪有大学图书馆在双休日闭馆的？金洋明想去打游戏还要给自己找一个冠冕堂皇的理由。

"你怎么不说学校倒闭了？"陈汉升骂了一句。他也正好要出去办点事，几个人收拾好，就直奔易物商品中心。

杨世超、郭少强和金洋明三个人自然又奔向了网吧，陈汉升直接去找深通快递玉欣区总经理钟建成。

这几天在校办公室打杂，陈汉升意外发现了谈判的重要筹码。

分公司这里依然忙乱，陈汉升轻车熟路地来到二楼，敲门打招呼："钟经理。"

没想到钟建成这里有客人，看年纪和穿着，好像也是个大学生，此人抬头打量着陈汉升。

钟建成有些意外，然后直接对那个大学生说道："孟学东，这就是想取代你成为财院总代理的大一新生。"

"这么巧？"

陈汉升也一愣，冤家路窄，居然在这里碰面了。当然钟建成也是个坏蛋，他这样介绍，十有八九存着看热闹的心思。

"陈学弟，我知道你。"孟学东率先出声，他高高瘦瘦的，戴副眼镜，看起来有些文静，只听他意味深长地说道，"我和周晓是相邻宿舍的。"

这样一说，陈汉升就明白了，周晓被打动静不小，围观的学生也挺多，估计孟学东就是那时看到陈汉升的。

陈汉升不想这样绕圈子，他的发展思路很清晰，其实说穿了，从学生会到快递总代理都是跳板，但又必不可少。

"原来是孟师兄，那我们就一回生二回熟了，熟人之间不说客气话，这次我找钟经理准备商谈合作的事项，你要不要回避一下？"陈汉升一点不客气地说道。

孟学东脸色瞬间难看起来，这个师弟的作风太凶悍了，倒是和传闻中有点相似。

本来钟建成还想坐山观虎斗，没想到陈汉升上来一棒子直接把人打蒙，他在玉欣大学城这么久，遇到的大学生不管能力怎么样，至少说话都温文尔雅，哪有像陈汉升这样不讲理的？

人都有同情弱者的心理，钟建成看到孟学东脸色通红，一句话也说不出，于是帮腔道："这个星期，小孟做到了每天七十件快递揽收，业务数量实现了新高，陈汉升，你要是没有一百件的收揽能力，就不要谈了。"

陈汉升笑了笑："我们学校玉欣校区差不多有六千名学生，每天七十件的揽收数量，钟经理真的满意吗？"

钟建成被噎了一下，相对于整体基数来说，七十件肯定偏少，但是目前深通的主要业务不在大学校园，所以他也没放在心上。

这时孟学东终于反应过来，语带讽刺地说道："陈师弟有什么好办法能做到一百件呢？"

陈汉升对孟学东语气里的情绪不怎么在意，本来就是他先挑衅的，别人反撑一两句也很正常。

他一脸平静地反问："现在我是班长和系外联部副部长，孟师兄有什么职务吗？"

孟学东不屑地说道："这些又没什么用。"

陈汉升笑了笑："谁说没用？至少我在班级和系里能更好地进行宣传，而且有一个优势。我在校办公室那里申请了一个大学生创业扶持项目，一旦开展起来，很有可能垄断整个财院的快递业务，孟学长你有这种资源吗？"

孟学东不相信，轻蔑地说了一句"吹牛"。

陈汉升也不向他解释，反而看着钟建成说道："既然我来到这里，怎么可能是假的？就看钟经理愿不愿意抽出五分钟听听我的想法了。"

本来钟建成是想看热闹的，没想到陈汉升丢出一个大学生创业扶持项目，这个名字听起来高大上，他觉得听听又不会损失什么，于是对孟学东说道："小孟你先回去吧，到时我们再联系。"

孟学东没想到钟建成居然真的信了，但自己又没办法反驳，因为他在校办公室那里一个人都不认识。

看着孟学东无奈下楼的背影，陈汉升突然说道："其实孟学长的能力也不错，到时财院的业务仍然可以让他负责。"

钟建成正准备点烟，听了他的话，放下打火机问道："那你呢？"

"我都拿出这样一个项目和钟经理谈了，当然不能只负责一所学校，至少要以点带面，明大、财院、医学院，还有工程学院，这四所院校的业务都要包给我。"

第51章　拿错了剧本

其实从知道孟学东的身份开始，陈汉升嘴里就没一句实话了。

他并没有真正申请财院的大学生创业扶持项目，只是在校办公室整理文件时了解到有这么一回事，具体还没来得及操作，今天原本是来和钟建成商讨沟通的。

没想到在这里遇到了孟学东，本着"生意可以失败，气势不能倒下"的观念，陈汉升迅速改变计划，直接胡吹一通。

关键他真的看过原文，所以说起来头头是道，钟建成的兴趣还真的蛮大的。

"你的意思是在财院建立一个据点，在拿下财院市场的同时辐射周边院校？"钟建成问道。

陈汉升点点头："因为这个项目是学校扶持的，所以他们会无偿提供给我们几间交通便利、人流量大、面积宽敞的门面。"

在他的口中，教学楼底下那几间废弃教室马上变成了宝贝，反正钟建成也不知道，所以陈汉升面不红心不跳地忽悠。

当然钟建成也有自己的考虑，他想了想，说道："这样说来，项目还挺大的，我能去你们学校看看吗？"

陈汉升毫不犹豫地答应："不仅要考察，而且要和校办公室的领导好好商量一下，具体怎么推动才能更好地落实。"

听到陈汉升这样回答，钟建成基本相信了，陈汉升居然敢让自己和校办公室领导面谈，那项目十有八九是真的。

钟建成哪里晓得陈汉升就是在画饼，他先在这里画张饼，然后去于跃平那里画张饼，到时再居中斡旋，这个项目"无中生有"也要造出来。

"那什么时候去你们学校？"

钟建成觉得前景不错，就想多了解点信息。

"这得看校办公室领导什么时候有空了。"陈汉升笑着说道,"你也知道,他们整天文山会海的。"

其实这个时间主要看陈汉升的协调进度,纵然失败了也不要紧,就是浪费点口水和脚力而已。

至于面子,谈生意还要这玩意儿吗?

钟建成点点头,看了看时间,说道:"吃饭时间到了,小陈留下来吃顿饭吧?"

"不了不了,我还要回学校。"陈汉升客气地推辞道。

"是不是瞧不起我们深通快递?"

钟建成硬拉着陈汉升去旁边的酒馆吃了一顿,当然价格也不贵,就是表达一点心意。

吃完饭,陈汉升不回学校,也不去找室友打游戏,而是直接来到明大的女生宿舍楼下,对宿管阿姨说道:"麻烦一下,我找303的萧容鱼。"

宿管阿姨问道:"你叫什么名字?"

"我叫萧宏伟。"陈汉升说道。

宿管阿姨做好记录,果然打电话给303宿舍:"萧容鱼,萧宏伟在楼下找你。"

陈汉升和萧容鱼两人的冷战从港城一直持续到现在,其间陈汉升打过几次电话,无一例外全部被挂掉了。

仍然是处男的"情感专家"王梓博分析,小鱼儿本来准备要接纳这段感情了,但关键时刻,陈汉升又跑去鬼混,她心里得多失望。

陈汉升也不能争辩去酒吧不算鬼混,那就和孔乙己的"窃书不能算作偷"一样了。

"这次见到萧容鱼,还是要把话讲清楚,至少要继续做朋友吧。"

其实陈汉升心里不觉得去酒吧有什么错,现在自己是单身啊。

有错吗?

不一会儿,穿着睡衣的萧容鱼匆匆忙忙跑下来,左顾右盼,她也在纳闷儿,老爸怎么一声不吭就来了嘉平?

区别于沈幼楚圆润的鹅蛋脸,萧容鱼是精致的瓜子脸,虽然睡衣是长袖长裤,但脖颈露出的肌肤赛雪欺霜,秋风拂过,柔软的棉质睡衣贴在身上,显衬出萧容鱼修长玲珑的身段。

那些在宿舍楼下等女朋友的男生马上就被这抹绝色所吸引,眼神根本挪不开。

"到底是高中的女神啊,上了大学也没给咱港城一中丢脸。"陈汉升笑嘻嘻地走过去,"别找了,我借一下萧叔叔的名字而已。"

萧容鱼看到陈汉升,立马明白怎么回事,转身就准备回宿舍。

陈汉升跳到她前面拦住:"咱们总不能一直这样吧,有什么误会先说开好不好?"

"你和酒吧里的小姐说吧,我不想听。"

萧容鱼眼角眉梢还带着火气,清清冷冷的。

"行啊,那你上去吧,明天我就去打印一条横幅挂在你们楼下。"陈汉升干脆直接放大招了,他指着女生宿舍楼下的几棵树说道,"到时我就把横幅挂在这里,上面写:303的萧容鱼,你安心读大学吧,我会一个人把孩子抚养长大的!"

听到这样不要脸的诬陷，萧容鱼的脸"唰"的一下就红了："陈汉升，你是不是无赖？"

"我本来就是无赖啊！"

陈汉升根本就不反驳。

面对这样的人，萧容鱼突然生出一种无力感，本来打算再也不见他，现在居然又被忽悠下来了。

"那你说吧，说完我再上去。"

萧容鱼转过身子，背对着陈汉升。

对陈汉升这种人来说，如果萧容鱼执意要上楼，那他一点办法也没有。

不过只要她留下来，那基本预示着矛盾已经解决了。

"这几天我一直在打你的电话，可是你一次都不接。"

陈汉升先卖个惨，他的确每天都打电话，虽然每次都被挂掉了。

这并不是无意义的坚持，因为萧容鱼听了这话，紧绷的肩膀开始放松，气氛也没有刚才那么冷峻了。

"果然有戏。"

陈汉升看到这样的情况，继续说道："那天晚上，梓博和他妈吵架了，于是找到我，说想找个地方放松一下……"

还是老办法，有福同享，有难兄弟当。

"你的意思是，那晚是王梓博喊你去酒吧的？"

萧容鱼转过头，眼里满是怀疑。

陈汉升平静地回道："事情是他提起的，但地方是我带着去的，我也有错，不该带他去那种场合。"

陈汉升把责任分成一半一半，他和王梓博各占 50%。

这样划分，萧容鱼居然信了一些，因为这符合她对两人的认知。

王梓博这个宅男经常和家里人闹别扭，高中时陈汉升就不安分，知道这些地方也很正常。

"那你们去那里到底玩了什么？"

萧容鱼最担心陈汉升去接触那些妖艳的"小姐"。

"我们只是打了台球。"陈汉升说道。

"真的？"

陈汉升干脆拿过萧容鱼的手机，当面拨通王梓博的宿舍电话。

"喂，我是陈汉升。"

"小陈，你好久没联系我了啊，这周我去找你玩……"

"不要废话，现在我和萧容鱼在一起，你和她说说，那晚我们在酒吧做了什么？"

"我们在打台球啊——你和小鱼儿和好了吗？那现在我去找你们玩……"

"没空。"陈汉升直接挂掉电话，然后一脸真诚地对萧容鱼说道，"你看，我们真的只打了台球。"

事件到这里逐渐清晰起来：王梓博和家里人吵架，于是找陈汉升去酒吧打台球散心，恰巧被萧容鱼看到，那晚也正是她准备接受陈汉升的时候，所以才异常生气。

"那你为什么到现在才找我？"

听到萧容鱼问出这种问题，陈汉升知道自己涉险过关了。

他装作无奈地说道："这几天学生会事情比较多，我既是班长，又是副部长，每天都累得够呛，原来想每晚和你倾吐一下压力，没想到你根本不接电话……"

陈汉升就这样把锅悄悄地转移到萧容鱼身上，她也很自觉地背了起来。

"小陈……"

萧容鱼都觉得有些不好意思了。

陈汉升先卖惨，再推责任，最后又甩个锅，萧容鱼已经开始消气了，她本就有点任性和傲娇。

"没事，都过去了，本来我们都差点儿是情侣了，真的很可惜。"陈汉升大度地说道，表达了自己对错失爱情的惋惜。

萧容鱼盯着陈汉升看了看，突然说道："陈汉升，明天你陪我去图书馆上自习吧。"

"？"

一个大大的问号出现在陈汉升心里。

正常来讲，两人不是应该友好地拥抱一下，然后忘掉过去而成为朋友，电视剧里都是这么演的，怎么感觉剧本拿错了？

看到陈汉升没回答，萧容鱼又问道："明天你有事吗？"

"可能，也许没事吧。"

"那我先回宿舍了，明天早点来，我带你去明大食堂吃早餐。"

第52章　唇膏

第二天，陈汉升起了个大早，正在刷牙洗脸，郭少强睡眼惺忪地起来撒尿："老四，起这么早去哪里浪啊？"

"我去对面明大图书馆看书。"

"哼……"郭少强突然冷哼一声。

陈汉升转过头，发现郭少强一脸不满。

"老四，你是不是觉得我很好骗？"郭少强敲着自己的脑袋说道，"我的大脑壳里装的可都是智慧，你连自己学校图书馆门朝哪里开都不知道，还去明大图书馆看书，不怕迷路吗？"

在郭少强心中，陈汉升和自己是一类人，都是上课只管睡觉、一睁眼老师就知道该下课的人才。

陈汉升叹口气："真是瞒不过机智的你，我去泡妞来着。"

郭少强这才满意地点点头："好好发挥，晚上回来给兄弟们汇报下战绩。"

玉欣大学城位于嘉平郊区，过往车辆不多，也没有大型工业厂房，所以早晨的空气不仅格外清新，还有一点点来自秋天的寒意。陈汉升张张嘴，呼出一口白气，手插在兜里，向明大跑去。

两所学校相隔一条马路，陈汉升来到明大女生宿舍楼下也就用了十几分钟，此时这里已经有好几个在等女朋友的男生了。还有人手里拿着买好的早餐，一脸期待地看着女生宿舍门口。

其实，这男女之间的关系很好分辨。

两手空空等在这里的多半是已经确定关系的情侣，两人相约一起吃早餐而已。

提着早餐等在这里的应该还在追求的路上。

当然陈汉升这种是例外，他没确定关系也跑来吃早餐。

陈汉升和萧容鱼约好的时间是早上七点半，七点二十分左右，萧容鱼就和一群女生说笑着走下楼来。

今天她穿着一件灰白色的耐克连帽衫，石磨蓝的牛仔裤将腿型绷得笔直纤细，头发梳成马尾，皮肤白皙，面容精致，笑起来梨涡浅浅的。按照通常的评判标准，萧容鱼差不多满足了大学男生对女朋友的所有幻想。

"嗬，还真有点谈恋爱的感觉了。"

陈汉升刚要走上去打招呼，没想到拎着早餐的那哥们儿居然抢先一步。

"萧容鱼，我又给你送早餐来了。"

看到这个男生，那些和萧容鱼一起下来的女生都已经习以为常了。

"少华，谢谢你，我正要去吃早餐，所以你拿回去吧，而且以后你也不要再给我带早餐了。"萧容鱼礼貌地拒绝道。

论拒绝男生，萧容鱼肯定是一把好手，当年在港城一中，那些自以为混得不错敢去表白的男生基本上被她拒绝过。

这男生看样子还挺倔，他看萧容鱼不要，就将早餐放在石台上，气势汹汹地说道："我把早餐放在这里，随便谁吃都无所谓，虽然现在你不接受我，但是我相信总有一天……哎，你干吗吃我包子啊？"

"你自己不是说谁吃都无所谓吗？"陈汉升一边说，一边又把一个包子塞进嘴里。

还别说，明大的包子肉馅挺足。

"不是……"这个男生明显没反应过来，这是哪里来的人？他愣愣地说道，"你吃之前能不能先和我打个招呼？"

"可以，没问题。"陈汉升咽下嘴里的食物，指着袋子里的豆浆说道，"请问，我能喝一口豆浆吗？"

萧容鱼再也忍不住了，赶紧推着陈汉升离开这里："快走，快走，我的脸都要被你丢光了！"

临走时，她又掏出五块钱放在早餐旁边："林少华，这是今天的早餐钱，不好意思啊。"

明大的食堂和财院差不多，都是清一色的不锈钢桌椅，乱哄哄的一片。陈汉升只顾埋头吃饭，坐在对面的萧容鱼有些不乐意了。

"你就不问问那个男生是谁？"

陈汉升心想：他是谁关我屁事，最多算是你的追求者之一。

不过昨天两人刚和好，陈汉升倒也不想过分刺激萧容鱼，于是问道："刚刚那个男生是谁？"

"你一点都不诚心，我不想讲了。"萧容鱼放下筷子说道。

"不讲拉倒。"

陈汉升心里说道，不过他又想起今天过来"约会"的真实目的，擦擦嘴问道："其实谈别人没多大意思，我就想问，现在咱们是什么关系？"

萧容鱼抬起头，挽了一下鬓角的头发，笑着反问："你觉得我们是什么关系呢？"

陈汉升倒也直接："如果是情侣关系，那你让我亲一口；如果是朋友关系，那我宿舍里还有点事，吃完早餐就回去了。"

"讨厌！"

萧容鱼啐了一口，抓起手包就离开了。陈汉升也没真的回宿舍，不然昨天的功夫就白费了。

明大图书馆里要比外面暖和很多，当然空气质量也不太好，因为人太多，温度都是靠呼出的二氧化碳堆上去的。

大学图书馆基本都这样，尤其冬天，不过讲真的，陈汉升挺喜欢书本纸张的味道，还有大学生埋头看书的专注。

因为到得比较早，所以萧容鱼找到了一张靠窗户的桌子，她从包里掏出一个粉色的水杯，说道："我去打水和找书，你帮忙看一下位置。"

陈汉升点点头，他坐下来时还不小心碰翻了萧容鱼的手包，里面的化妆镜、唇膏、指甲刀、手机、钥匙串掉了一地，还有一小包女士专用的棉柔护垫。

"简直比哆啦A梦的口袋还牛。"陈汉升一边嘀咕，一边捡起这些零零碎碎的东西。

萧容鱼回来了，手里拿着几本书："帮你拿了一些管理类的书，大概和你的专业有关系。"

陈汉升摇头："我不看这些，一会儿去找找有没有法律书籍。"

"你又不是法学专业，看那些做什么？"萧容鱼问道。

"我说了大学要自己赚钱，创业可以不懂管理，但是不能不懂法律。"陈汉升也觉得有些麻烦，"其实我都没耐心读，到时请一个法律专业的漂亮学姐当指导。"

"喊。"

萧容鱼不再搭理陈汉升，自己默默背起书来。

萧容鱼是国贸专业，英语水平在专八以上才有更广阔的就业平台，所以需要死记硬背的东西比较多。

陈汉升看了一会儿就想睡觉了，他动手能力和社交能力很强，擅长处理突发和紧急的重大事件，但是对文字实在没兴趣。

陈汉升睡着的时候，萧容鱼翻了翻陈汉升借的法律书。

"《商务法律》。"

萧容鱼悄悄记在心里，然后把注意力专注在自己的课本上，陈汉升的呼噜声太大，她推了推他的胳膊。

"几点了？"陈汉升揉揉眼睛问道。有时候人真的比较贱，在宿舍的时候就是不想睡觉，偏偏喜欢在图书馆睡得肩颈一片酸痛。

"快十一点了，再过半个小时去吃午饭。"

一上午，萧容鱼看了几十页书。

陈汉升听了也很高兴，伸个懒腰说道："一觉睡醒又有饭吃，真爽。"

大概是图书馆开着空调的原因，陈汉升觉得嘴巴有些干，指着萧容鱼的水杯说道："能不能喝一口？我用杯盖。"

萧容鱼正在默背，瞟了一眼水杯，没说话。

陈汉升不客气地拿过来。这时有几个男生走进图书馆，不像是来看书的，远远看了一眼陈汉升这边就离开了。

"专门看你的？"陈汉升皱着眉头问道。

"专门看你的。"萧容鱼答道。

虽然是同一句话，但是语调不同，含义也天差地别。

陈汉升的脑子转速多快，马上就嚼出味道了。

"最近，你们学校是不是有很多人在追你？"

"嗯，不少。"

"所以你就把哥拉过来当挡箭牌，就连早上也是？"

"嗯，没错。"

萧容鱼就像小狐狸一样狡黠，眼睛笑得都要眯起来了，涂着唇膏的嘴巴红润有光泽。

不过陈汉升到底不是吃亏的主，你拿我当挡箭牌，那我得收点利息。

"嘭！"

陈汉升放下水杯，解放双手。

"嗯……"

萧容鱼的尾音突然拉得很长。

唇膏真好吃。

第53章 事后表达显真诚

周日，财院的男生宿舍602一般比较安静。

杨世超和郭少强，再加上一个刚经历失恋阵痛的金洋明，三个人几乎住在了网吧。

戴振友自带路人甲属性，不是租那种厚厚的网络小说看，就是躺在床上睡觉。

只有李圳南一个人在宿舍学习。

中午，李圳南刚去食堂把饭打包回来，还没动筷子，就听见"咯吱"一声门响，早上出去的陈汉升居然回来了。

"咦，陈哥你的事忙完了？"

一向健谈的陈汉升这次却低着头，敷衍地说道："忙完了。"

然后他走进卫生间，不一会儿就听到了流水的声音。

李圳南有些担心，他很佩服这个兼任舍长、班长和副部长的老哥，虽然陈汉升几乎不学习，但其他方面几乎是满分，就连女人缘也是。

"陈哥，你没事吧？"

李圳南推开浴室的门，看到陈汉升正在漱口，盥洗盆里居然还有血迹。

"你的嘴巴破了吗？"李圳南问道。

"嗯，不小心自己咬到了。"陈汉升说话都有些不利索了。

李圳南不以为意，咬到嘴巴很正常。

这时，宿舍的电话"丁零零"响起来，李圳南刚要去接，陈汉升跑出来抢过话筒："应该是找我的。"

"你好，我找陈汉升。"一个清脆的女声在电话里说道。

"我就是。"

"你的嘴巴怎么样啊？"

李圳南的位置离电话最近，也听到了这句话，他不动声色地想多听几句，没想到脑袋上突然挨了一下，陈汉升正用口型告诉他："g——u——n——滚——"

李圳南摸摸脑袋离开了，但内心十分渴望能听到新闻内幕。

"听声音应该很漂亮，不知道和商妍妍比起来怎么样。"

老实的李圳南正在心里疯狂猜测，他也不认识其他美女，只能把商妍妍拿出来做参照对象。

"萧容鱼你真好意思，这一口下去，我得吃半个月面条。"陈汉升嘟囔着。

电话里的女孩子笑得特别开心："谁让你不经过我同意就亲的？我们都不是情侣。"

陈汉升不耐烦煲这个电话粥，小弟都在旁边看着呢，实在太糗了。

"还有事没？没事我挂了。"陈汉升说道。

"哼，下周我想去嘉平市中心逛一逛，你陪我吧。"电话里好听的女声说道。

"没空！"陈汉升毫不犹豫地回答。

"那今晚我就和我爸讲这件事，还要告诉梁姨和陈叔。"

"等等，其实时间就像海绵里的水，挤一挤总会有的，下周什么时候？"

挂了电话，陈汉升就皱着眉头坐在那里，一失足成千古恨啊。

"也怪我自己太浪，萧容鱼的嘴巴是随便亲的吗？我们的父母都认识啊。"

陈汉升忧心忡忡，这种情况是最可能刚毕业就结婚的，两家知根知底，子女是恋爱关系，又都是大学生，在港城那种小地方，简直就是完美的结婚模型。

可是陈汉升不想结婚啊，沈幼楚怎么办？以后其他姐妹团怎么办？

"好在没真正确定关系，以后我再找个机会和她分一次手就是了。"

这样想，陈汉升才觉得心里好受一点，一转头正好和李圳南的眼神撞在一起，这小子的眼睛里流露出对八卦的极度渴望。

"听到了？"陈汉升看着李圳南问道。

"听到一点点。"

李圳南不敢说听到很多，于是打了个折扣。

陈汉升叹一口气，默默点上一支烟："女人都是老虎，阿南我建议你以后出家当和尚吧。"

"陈哥，我还是处男呢，当和尚太浪费了。"

李圳南有些不好意思。

"不听老人言，吃亏在眼前，《倚天屠龙记》里的殷素素是怎么告诫张无忌的？越漂亮的女人越是骗子，这话我也转述给你。"陈汉升恨铁不成钢，又突然想起一件事，虎着脸对李圳南说道，"如果你把今天的事泄露出去给我们班任何人，我就把你阉了！"

李圳南吓了一跳："那要是别人泄露的呢？"

"一样把你阉了！"

第二天又是新的一周，陈汉升的事情还挺多。

首先要撮合大学生创业扶持项目，钟建成这边的大饼已经画好，就看什么时候拿下校办公室于跃平这边了。

其次就是陈汉升接到通知，学生会那边开始筹办这一级的新生晚会了，晚上，学生会的领导干部要开碰头会。

学生会那边的事情倒还好，陈汉升又不是正部长，戚薇分配什么工作，他就完成什么工作。

只是和于跃平的沟通有些困难，因为直接请他帮忙落实创业项目，两人的关系暂时又不够密切。

要是能有件事情突然推动一下，那就完美了。

就在陈汉升思考如何创造这个机会时，他突然接到辅导员郭中云的电话，说是沈幼楚的贫困生补助金发下来了。

看来于跃平果然没骗人，这笔钱就在学校里，只要校办公室这边审批没意见，就立马到位。

不过对陈汉升来说，增进关系的机会也来了。

第二天课间，陈汉升把胡林语还有沈幼楚喊出来，通报了一下助学金的事情。

"那太好了，今年幼楚的生活费没问题了！"

胡林语是真心为这个极度漂亮、极度自卑又极度善良的室友高兴。

"谢谢你啊。"沈幼楚也小声对陈汉升道谢。

陈汉升笑了笑，调皮地对着空气"叭"了一下。

这个声音很熟悉，沈幼楚立马想起那晚在学校湖边的月下一吻，脸蛋映上了一层灿烂的红霞。

"你在干吗？"

胡林语不明白什么意思。

"我在练习口语，准备以后去考个普通话等级证书。"陈汉升胡诌一句，然后就说道，"沈幼楚的助学金这件事能够又快又好地完成，我有一点功劳，但是胡同学前期的工作也很有效果。"

胡林语有些不好意思，她做的事产生了负面效果，最后还要陈汉升去弥补。

"不过我们不能居安思危，还要继续维持和学校办公室那边的良好关系，所以我打算以班级名义给于主任送点东西，表达一下感激之情。"

胡林语不理解："这不是于老师的分内职责吗，再说助学金已经拿到手了，我们为什么还要费这个功夫？"

"事后表达才显得更真诚嘛，知道什么叫交情吗？就是先麻烦，再感谢，这样一来一往才能加深感情。"

第54章 芥菜辣子嘎嘣脆

自从陈汉升插手并完成了沈幼楚贫困生助学金申请，胡林语从中得到了一些启发，在对外交往的事情上，她也愿意听取陈汉升的意见。

"那你说要买什么？"胡林语问道。

陈汉升想了想："既然是以班级的名义送给校办公室，那就不能太贵重或者太庸俗，否则于跃平是不会收的。那几天我在校办公室打扫卫生的时候，觉得他办公室缺少整理归纳的工具，胡林语你去易物买一些质量好点的文件夹。"

胡林语点点头，文件夹价格不贵，本身的寓意也积极，于跃平应该不会推辞。

陈汉升又转过头，看着沈幼楚说道："文件夹是以班级名义赠送的，你还要个人表达一下。"

"那我要买什么东西啊？"沈幼楚小声地问道。她对这些关系的处理更是一窍不通，陈汉升怎么说，她就怎么做。

"你不能花钱买，否则贫困生助学金的意义就变了，你老家的特产是什么？"

"特产？"

沈幼楚疑惑地抬起头，不明所以地看了一眼陈汉升。

"就是你们经常吃的东西。"陈汉升耐心解释道。

"经常吃的东西……辣、辣子算吗？"沈幼楚柔柔地说道。

陈汉升有些吃惊："你居然能吃辣？"

沈幼楚不好意思地点点头，胡林语在旁边补充道："说出来你可能不信，幼楚在宿舍里放了一包干辣椒，我尝了尝，哎哟那个辣！"胡林语伸出舌头，又做出扇风的动作，"不过幼楚就厉害了，晚餐经常是一个白馒头就着小辣椒。她还在宿舍楼下的绿植花园里发现了一片野生芥菜，经常摘着回来拌辣椒……"

胡林语絮絮叨叨说了一大堆，都是沈幼楚在宿舍的事情，当事人羞得脖颈晕红一片，偏偏陈汉升听得津津有味。

胡林语讲着讲着突然停下来了，陈汉升还在催促："怎么不说了？"

"我觉得好像跑题了。"胡林语愣愣地说道。

陈汉升心想明明这才是正事，不过嘴上说道："芥菜拌辣椒不错，沈幼楚，你找个干净点的瓶子，装满送给于主任。这点东西不值钱，但是恰好能表达你的心意。"

"噢。"

沈幼楚听话地点点头。

"也不知道芥菜拌辣椒什么味道，估计班里很多人都没尝过，你有空就多做一点好了。"

回座位上课前，陈汉升还开了个玩笑。

两天后的早上第一节课，602宿舍除了李圳南，剩下的"迟到天团"不慌不忙地走向教室，还在门口碰到了胡林语。

陈汉升笑嘻嘻地说道："小胡，在这里等金洋明吗？"

胡林语摇摇头："刚才幼楚哭了。"

陈汉升愣了一下："什么原因？"

"那天你让她带点芥菜拌辣椒给班级里的同学尝尝，我都听出来是开玩笑的，偏偏她当真了。

"为了摘芥菜，她胳膊被虫子咬了好几个包。

"幼楚担心辣椒味熏到我们，晚上一个人端着辣椒去宿舍阳台腌制。

"今天早上，终于把成果端到教室了。"

"然后呢？"陈汉升听完后问道。

"没人吃，还有人抱怨味道太大了。"

胡林语指了指教室讲台上的一个红色塑料袋，袋子口已经打开，鲜嫩的芥菜翠色欲滴，火红的辣椒油裹在上面，其实看起来让人挺有食欲。

金洋明转过脸看了一眼，摇摇头说道："换了我也不想吃，因为已经吃过早餐了，再说也不知道这个干不干净。"

陈汉升听了没吱声，这可能也是其他同学的想法，沈幼楚一直不怎么合群，他们存疑也能理解，只是辜负了沈幼楚这个憨厚实诚傻姑娘的心意。

有些人只是性格不合群，但他们对这个世界一样很有爱。

沈幼楚依然坐在教室靠墙的位置，双臂整齐地摆放在桌上，坐姿像一个小学生，不过单薄的旧校服袖口湿了一片。

察觉到陈汉升走过来，她抬头看了一眼，原来晶莹剔透的桃花眼红彤彤的，圆润的下巴上还挂着一颗泪珠，发现陈汉升身后还有其他人，她又像以往那样低下头。

金洋明就站在陈汉升后面，突然低声说了一句："以前我是眼瞎了吗？商妍妍和她比起来，真是提鞋都不配啊。"

这时，恰好组织行为学课的任课老师陶立松走进门，他看到桌上的袋子也有些疑惑，这时陈汉升开口说道："陶老师，能不能耽误您一会儿？"

陶立松知道陈汉升是班长，点点头同意了。

陈汉升走上讲台，班级里慢慢安静下来，他扫视一眼班里的每个人，然后拿起一根芥菜拌辣椒塞进嘴里。"咔嚓咔嚓——"清脆的咀嚼声在教室里回荡。

吃完后，陈汉升也不解释，直接开始点名："老杨，你也上来尝尝味道。"

"好嘞。"

杨世超二话不说就要上去，不料金洋明突然抢着上前。

"这么好吃的小菜，真担心老杨控制不住吃光了，我先吃两根。"

刚才金洋明无意中看到了沈幼楚的真容，这才发现原来班里藏着这样一个仙女，哭的时候都比所谓的"第一美女"商妍妍要漂亮。

"趁着现在没人察觉到这个秘密,我悄悄把公共管理二班或者说是人文社科系,甚至财院最迷人的女生拿下!"

金洋明决定通过这件事在沈幼楚心里留下一个伟岸的深刻印象,他拿起芥菜,心里大吼一句:"沈幼楚,this is for you!"

"咯咯咯……"

不过现实有些残酷,金同学不怎么能吃辣,在鼻涕和咳嗽中直接被辣哭了,还搭上一句杨世超的讽刺:"老六,你除了银行不抢,还有啥不抢的?"

杨世超对辣味的承受能力不错,他捏起一根芥菜吃掉,咂咂嘴后,又拿起一根,这才下去。

"少强。"陈汉升又叫道。

"阿南。"

"老戴。"

"朱成龙。"

…………

陈汉升用这种办法"强迫"每个男生都吃了一根,胡林语也在旁边和任课老师讲清了情况。

男生全部吃完后,陈汉升又看向女生:"有没有哪位女同学想来试一下的?"

胡林语当仁不让地拿起一根吃掉,没想到商妍妍是第二个。

"班长的面子一定要给。"

商妍妍冲着陈汉升笑了笑。

有陈汉升坐镇,又有胡林语带头,女生全部尝了一下这袋川渝小菜,吃多吃少暂时不说,不过目的已经达到了。

陈汉升低头看了看,还剩最后一根芥菜孤零零地躺在辣椒汁里,他刚要收尾,陶立松笑眯眯地走了过来:"我看得很有感触,也来尝尝味道吧。"

第55章 晚安是一首小情歌

陶立松吃完最后一根芥菜,回味无穷地说道:"很多年没吃到家乡的小吃了,谢谢提供这袋美食的同学。"

陈汉升这才知道陶立松也是川渝人。

"现在开始上课,虽然已经耽误了二十分钟。"陶立松看了一眼陈汉升,"但是我觉得这二十分钟很值得,因为实际行为比书本理论更具有教育意义,今天我们要讲的是如何增强团队的凝聚力。"

下面陶立松就开始上课,这个老师很有意思,他把刚刚发生的事情当成了实例,比如:

"影响企业凝聚力的因素有哪些?成员的一致性、群体内的地位、核心领导的行为模式……

"成员的一致性——刚才大家都吃了这袋芥菜,你们感觉胃里火辣辣的同时,是不是也感觉心里暖洋洋的?如果刚才有人没吃,他就属于被排斥的对象了,因为他的行为和大家不一致。

"群体内的地位——班长和班级委员负责协调组织所有班级活动,其他人对他们的领导能力是信任的,不然恐怕这一袋芥菜要剩下不少了。

"至于核心领导的行为模式,班长这种直接解决问题的方式正是高效团队追求的公平公正制度,可以保证组织内每个人的基本权利不受损害。"

…………

陈汉升自己都有些不好意思了,虽然换成班级里的其他人,他一样会做出这样的安排,不过对沈幼楚总归有一些偏爱。

下课后,其他同学准备返回宿舍,陈汉升对沈幼楚说道:"你在这里等一下,我去买点东西。"

上午,沈幼楚的心情就像坐过山车一样。

同学嫌弃自己亲手做的小菜,那时是委屈的。

陈汉升"强迫"其他人品尝,又变成了感动。

最后,陶立松用理论结合实际剖析这个问题,她在恍然大悟的同时又有些茫然。

那个身影在自己的世界里站得越来越稳了。

不一会儿,陈汉升就回来了,手里还拿着一瓶花露水。

"把袖子挽起来。"陈汉升说道。

沈幼楚有些不好意思。

陈汉升眉头一皱,喝道:"快点!"

"噢、噢、噢……"

沈幼楚被凶怕了,只能慢吞吞地卷起校服袖子。

陈汉升觉得她动作太慢,干脆牵过她的手,顺着手腕将袖子往上一推,一条嫩藕似的胳膊露了出来。

只是上面有几个突兀的红疙瘩,非常影响美观,陈汉升也有些心疼。

沈幼楚挣扎着想缩回去,不过被陈汉升瞪了一眼,她就不敢动了,仅仅是口头微弱反抗:"可、可以让我自己涂吗?"

陈汉升根本不搭理她,他把花露水倒在手心,低下头轻轻敷在那些红疙瘩上面。

沈幼楚看着陈汉升的头顶,这个男生正在帮自己涂药,认真、仔细还霸道。

"这边好了,另外一边。"陈汉升低着头说道。

沈幼楚似习惯了,她默默地挽起另一边袖子,将胳膊伸到陈汉升面前让他牵住。

"真傻。"

陈汉升心里笑了笑,也不知道是说沈幼楚为了自己一句玩笑话愣是忙了两天,还是说她这种受气包的性格。

两条胳膊全部涂好药后,陈汉升又问道:"小腿上有红疙瘩吗?"

沈幼楚点点头。

"那就脱裤子吧。"陈汉升面无表情地说道。

沈幼楚听了，马上紧张起来，请求道："我自己涂。"

陈汉升虎着脸不说话。

"求求你了……"

沈幼楚的桃花眼又是湿润润的。

陈汉升这才不逗她了："把花露水带回去，痒的时候不要用手抓。"

沈幼楚用手背擦擦眼泪，默默地点点头。

"于主任的那瓶芥菜拌辣椒在哪里？"

陈汉升想起了这件事，别不小心把他的那份吃光了。

沈幼楚从自己的小布袋里掏出一个玻璃罐，里面盛的都是芥菜拌辣椒，陈汉升正要拿过去，没想到沈幼楚又掏出一瓶。

"给我的？"陈汉升指着自己问道。

沈幼楚红着脸"嗯"了一声。

教室里安静下来，只有秋风在外面呼呼地吹着。

过了半晌，陈汉升才开口问道："中午要一起吃饭吗？"

"不了，不了。"

沈幼楚还是很不好意思，对她来说，一起吃饭大概有些难。

陈汉升也不勉强，不过两人分别时，陈汉升突然问道："你为什么老是低着头？"

沈幼楚忸怩着不想回答。

"我都不能知道？"陈汉升挑挑眉问道。

沈幼楚低下头看着自己灰白色帆布鞋的脚尖，小声说道："婆婆说我长得漂亮，不让我多抬头。"

陈汉升恍然大悟，这大概是弱小群体的一种自我保护手段。

"长得漂亮的都不太安全，我也是深有体会的。"陈汉升赞同地说道。

回到宿舍，陈汉升发现金洋明又恢复了往日装模作样的姿态，一会儿嫌弃杨世超脚太臭，一会儿指责郭少强在宿舍抽烟，还埋怨戴振友把内裤挂在床上，影响宿舍的风水。

杨世超忍不住了："老六你失恋了还这么精神！"

金洋明冷哼一声，不屑地说道："上帝为我关起一扇窗，必然要为我打开一扇门，现在我不要那扇窗了，我想从门进出。"

李圳南听出了其中的味道："你又找到新目标啦？"

"大人说话小孩不要插嘴，安心看你的书。"

金洋明压根儿不想搭理李圳南，这就是一个只知道学习的小处男。

陈汉升想了想，决定把那扇门也关上。

他把金洋明叫到阳台，递过去一支烟。

金洋明拒绝了："陈哥你懂我的，不抽烟、不酗酒、不赌博的好青年。"

"你拿着，一会儿用得上。"

陈汉升自己点燃烟，抽了两口，说道："老六，你知道沈幼楚吗？"

金洋明愣了一下，他以为自己的心思被看穿了："四哥，你也见过她真正的样子吗？以前都被她骗过去了，论容貌，商妍妍最多给沈幼楚当丫鬟，没想到身边也有这个级别的女孩……"

金洋明喋喋不休地说着，还要顺带打击商妍妍。陈汉升听得烦了，突然打断道："她是我的。"

"你、你的？"

金洋明张大嘴巴，愣愣地看着陈汉升，直到明确这个答案后，才长叹一口气："陈哥，借个火。"

你看，我就说了你用得上。

晚上快休息的时候，602的电话突然响起来。

李圳南拿起电话："喂，喂？怎么没人说话？"

陈汉升心中一动，走过去拿起话筒："我是陈汉升。"

"晚、晚安。"

沈幼楚小心翼翼的声音从话筒里传来，她可能有些话想说，但最后只汇聚成这两个字。

陈汉升笑了笑，人和人之间的"晚安"是不一样的。

沈幼楚的"晚安"可能包含了她清晨见到的阳光、中午看见的白云、傍晚遇见的微风，也包含了她每一句想说的话。

"晚安，宝藏女孩。"

第56章　总之都是画饼

嘉平的初秋有些凉意，但阳光照在人身上又镀上了一层温暖，天高云淡，恬静温馨。

一个没有课的下午，陈汉升带着沈幼楚和胡林语去找于跃平。

沈幼楚是表达感谢，胡林语是为之前的冲动道歉，陈汉升则是为了获得创业项目扶持。

"你一直穿着旧衣服，会不会冷？"

看到沈幼楚又穿着宽松的高中校服，陈汉升在考虑要不要给她买点衣服。

"不会的。"沈幼楚摇摇头，还小声补充一句，"川渝比嘉平还冷，我都不怕。"

胡林语有些奇怪地看了一眼沈幼楚，按照她的印象，沈幼楚不应该和陈汉升这样说话才对。

于跃平正在办公室，突然看到门口出现三个学生，他当然记得陈汉升，对拍桌子的胡林语也有印象。

"下午没课吗？"于跃平对着陈汉升说道。

"下午我们班没有。"陈汉升笑着回答，然后解释了胡林语和沈幼楚过来的原因，"胡林语同学认识到上次在您办公室吵架是不对的，特意过来道歉。"

胡林语一脸诚恳地说道："于老师，上次我不了解情况，在这里发了脾气，经过陈汉升解释，我终于明白校办公室的工作有全局性和统筹性，我为那天的鲁莽向您道歉。"

于跃平愣了一下，然后对胡林语说道："不要这样，你们都是大一新生，有时候发点脾气，我们当老师的也能包容。"他又指责陈汉升："一点小事我早就忘了，你还让人郑重其事地来道歉。"

陈汉升笑了笑，说道："感谢于老师百忙中给予的支持。"

一开始于跃平想拒绝："不用这么客气，我都没有照顾过你们班。"

"沈幼楚同学的贫困生助学金已经落地，这就是您对我们班的照顾。"陈汉升说道。

于跃平打量一下沈幼楚，最显眼的就是旧校服了，从款式上看还是几年之前的高中校服，有些地方已经洗得掉色，脚上的小布鞋底色本该是白的，不过因为穿得太久，已经变成了乳灰色。

她一直害羞地低着头，于跃平明白这是贫困生的常见特征，自卑感影响正常的社会交往。

所以，于跃平很早就判断陈汉升的家庭条件应该不错，他第一次来办公室就没有拘束，现在更是混得溜熟。

陈汉升也注意到沈幼楚晃动的手臂，站起来接过玻璃瓶："莫慌，稳一点。"

陈汉升又介绍沈幼楚："这是沈幼楚同学。"于跃平在后面笑了一下，陈汉升这小子脸皮是不薄，不过对班级同学似乎不错，难怪能够当上班长。

"你们一起整理书柜吧。"陈汉升对两个女生吩咐一声。

于跃平心情很不错，有一种存在的意义叫作"被需要"，公共管理二班这种感恩行为让于跃平心里挺满足的。

虽然于跃平这个人作风有些官僚，不过陈汉升已经成功走进了他的心里。

"于老师，学校的贫困生应该不少吧？"陈汉升搭话。

于跃平没有隐瞒："正常来说，都是拨款金额少于贫困生数量，所以每年都会有不少遗漏的人选。"

"学校的压力也很大，其实完全可以提供更多渠道让他们自己赚取生活费。"陈汉升建议道。

于跃平还以为陈汉升说的是勤工俭学："我们在食堂、图书馆、大学生活动中心都设了兼职岗位，只是做的学生没有多少罢了。"

陈汉升说道："我的意思是可以多提供一些渠道。"

"小陈你有什么意见可以直说的。"

于跃平反应过来，陈汉升大概有些想法。

"真是瞒不过于主任。"陈汉升嘿嘿一笑，"自从看到那份大学生创业扶持计划后，我就一直有留意，正好听说深通快递玉欣区负责人正准备开拓大学校园业务，我就在想能不能和大学生创业计划结合起来。"

他这又是在画饼了，因为钟建成根本没有开拓学校业务的心思。

于跃平想了想："那天我也解释了，学校暂时没有太多资源扶持，最多只能提供教学楼一层那几间废弃杂物房。"

"这就够了，于老师。"陈汉升谦虚地说道，"我们才多大盘子？也不需要校办公室的关注，那样压力太大了，只需要于主任您抽空指导一下就可以了。"

于跃平听了就笑："你小子不要给我灌迷魂汤，以前也有学生想把那几间空房拿来用，只是不符合规定，被我否决了。"

于跃平摸了摸下巴，边想边说道："如果以扶持大学生创业的名义拿去使用，那基本上能站得住脚了；到时再聘用一两个贫困生，舆论上也没有问题了；再有实实在在的经济效益，那校领导也会赞成的。"

"专家啊，这就是校园问题专家。"陈汉升心里说道。于跃平对各种诀窍早就摸得滚瓜烂熟，甚至连可能遇到的困难都能提前预测。

现在就看于跃平的想法了。

于跃平仰在办公椅上，看了看正在帮自己认真整理文件柜的胡林语和沈幼楚，又看了看把这里当成家的陈汉升，心里思考着审批这个项目可能的风险。

其实对财院来说，这份文件没有落到实处，迄今为止，也没有大学生找学院商谈关于创业扶持的事情，一是本来学校就没资源，二是很少有学生关注这些。

既然没资源，那就没利益，所以关注的人就少，通过或者不通过只是于跃平一个念头的问题。

如果是其他学生，嫌麻烦的于跃平早就懒得搭理了，不过这是陈汉升。

于跃平犹豫了一下："我也听说过深通快递，要是能见见那个玉欣区的负责人就好了。"

第57章　不如支持一部手机

听到于跃平的要求，陈汉升一口答应下来。

于跃平愿意和钟建成见面，倾向已经很明显了，可能他还想听听钟建成对大学生创业活动的想法，也可能有别的意思。

胡林语和沈幼楚打扫完整个办公室后，陈汉升也跟着站起来告辞。

"陈汉升，这就是你的创业计划吗？"出了行政楼，胡林语好奇地问道。

"没错，如果最后能成功，还需要胡同学的帮衬呀。"陈汉升笑嘻嘻地说道，到时自己肯定要抛头露面拉业务，甚至会用班长和学生会的身份扩大影响力，所以根本没想着隐瞒。

胡林语倒也爽快："没问题，以后我大学四年的快递就交给你了！"

"不仅仅是你个人，还要说服整个宿舍。"陈汉升得寸进尺地说道，然后他又转身看着沈幼楚，一点不客气地吩咐："到时你要过来帮忙。"

"噢。"

沈幼楚点点头，也没问具体要做什么。

胡林语打量陈汉升和沈幼楚几眼，不过没说什么。

陈汉升要去校外找钟建成，胡林语和沈幼楚两人准备去图书馆自习。

走着走着，胡林语突然说道："幼楚，你男朋友的能力很强啊，我们在校办公室说话都小心翼翼，陈汉升却能和老师一起谈项目。"

沈幼楚吓了一跳，红着脸说道："他、他还不是啊。"

139

"还不是？哼！"胡林语冷笑一声，"看来陈汉升已经走在正确的道路上了。"

沈幼楚不会撒谎，被胡林语看穿了心思，她也连掩饰一下都不会，手足无措地站在原地："我、我现在不会谈朋友的，婆婆见过才行。"

胡林语叹一口气："你那么憨厚，陈汉升性格那么野，我担心他骗你、欺负你。"

沈幼楚默然无语，陈汉升早就开始"欺负"她了。

"只是，他不会骗我吧。"

陈汉升那边谈得很顺利，在他的口中，财院全体"热烈欢迎"钟经理前来会谈。

钟建成觉得财院很有诚意，一定要去见见。

第二天早上，钟建成开车来到财院门口。陈汉升已经和门卫打好招呼，他说家里人帮忙搬宿舍，所以签字后，很轻松地门卫就放行了。

陈汉升先带钟建成去了教学楼一楼的杂物房。

"这种地方只用来堆放桌椅和杂物可惜了啊。"钟建成看完，心疼地说道。他是生意人，理解事物的角度和学校有很大区别。

这些一楼的空房间紧挨着停车场，学生们骑的自行车都摆放在旁边，吵吵闹闹，根本没办法承担教学任务，索性当成杂物房使用。

不过在钟建成看来，这些房间就在教学楼下面，又临近财院西门，不远处还有一个食堂，停车场更是人流量大的体现。

"就算在这里卖豆浆，一天都能赚一千块钱。"钟建成很肯定地说道。

陈汉升摇摇头："这里肯定不能做早餐摊，就连开超市也不行，大学要有大学的样子。"

正在这时，系外联部部长戚薇准备去上课，她看到陈汉升，就提醒道："晚上七点，大学生活动中心开会，这是你作为外联部副部长第一次参会，不要迟到了。"

陈汉升点头答应，表示自己会准时到达。

"你又是班长，又是副部长，会不会对你创业有影响？"钟建成有些担心地问道。他很看好这块地方，但执行人似乎只能是陈汉升。

陈汉升笑了笑："有影响也是好的影响，如果我不是学生会副部长和班长，校领导会和我谈这个项目吗？"

钟建成一想也有道理，现在看来，陈汉升在学校里的身份的确很有作用。

实地考察完，陈汉升又带着钟建成来到校办公室。

于跃平同意拿出两间空房支持这个项目。

在填写《大学生创业扶持项目申请表》的时候，于跃平提醒道："这里需要一个指导老师，我是不能充当的，你得另外找一个。"

"我的辅导员郭中云可以不？"陈汉升问道。

"可以是可以，但是他能答应吗？"

"没事，他一早就表态支持我了。"

陈汉升早先已经把伏笔埋下来了，当然还要去解释一下。

随着申请表的递交，于跃平一个印章盖下去，教学楼两间废弃杂物房的一年使用权也拿到了手。

钟建成还有些不敢相信，这么好的地方居然属于自己了，他知道过程并不简单，有些困难肯定是陈汉升悄悄解决掉了。

中午，钟建华邀请于跃平去校外的酒楼吃饭，这是应有之礼，于跃平也没推辞。

午宴散后，钟建成拿出两千块钱递给陈汉升。

陈汉升笑着拒绝道："我不是单纯为了项目，也为了我自己。"

看到陈汉升推辞得很坚定，钟建成只能说道："我总要支持一下吧，不然显得多没存在感。"

"钟经理说得挺有道理。"陈汉升也点头同意，"那不如支持一部手机吧。"

第58章　我能单手操作手机

陈汉升开口要手机，钟建成也不吃惊，陈汉升本就不是一般的大学生，提出什么要求都不奇怪。

钟建成打量了陈汉升一会儿："你不要两千块钱，大概就是为了这手机吧？"

深通快递属于加盟制，钟建成能够成为深通快递玉欣区的总经理，一部手机在他的承受范围内。

尤其刚才陈汉升在学校里故意把人情让给自己，钟建成觉得这真是个妙招。

陈汉升笑嘻嘻地说道："意义是不一样的，手机是为了项目的发展，现在我应该算学校业务的大代理商吧，申请一部手机不过分。"

钟建成想了想，陈汉升在财院里有地方（两间人流量大的废弃杂物房）、有关系（和校领导那边相处得很融洽）、有身份（学生会副部长和班长），综合来看——钟建成点点头说道："不算过分。"

"先回门店吧，中午刚吃完饭，我们喝杯茶消消食。"

钟建成没答应，但也没拒绝，他准备和陈汉升谈谈代理价格。

在天元东路的二楼办公室，钟建成一边给陈汉升泡茶，一边拿出价格协议说道："这是孟学东的代理价格，每收一件他提成五毛，不过你条件不同，每收一件赚八毛怎么样？"

陈汉升没吱声，他先仔细看完整份协议，然后问道："之前我说想做财院、明大、医学院和工程学院的总代理，钟经理觉得怎么样？"

"这没问题，到时你是总代理，他们都是你的下线，你们怎么分配上下线之间的利润我不管，总之你的提成就是一件八毛。"

钟建成毫不犹豫地答应了，陈汉升表现出来的潜力和能力远超其他校园代理，当然具体的事情他也不想参与。

比如钟建成给陈汉升的揽收提成是八毛一件，如果陈汉升发展下线，他就要把这八毛利润分割出去，可能最后到手的提成只有两毛一件，但好处是不需要自己动手。

看到钟建成这么坚持，陈汉升抿了口茶，说道："钟经理有些固执了。"

"怎么，你对这个价格有异议吗？"钟建成皱着眉头问道。以前没有哪个大学生对提成有意见，陈汉升是第一个。

陈汉升摆摆手："我没有异议，只是有个更好的建议。"

"那你说。"

"我觉得不如设定一条标准线，比如说一周内达到某个揽收数量，就可以把提成从八毛提到一块二，这样以此类推，可以激发下线的积极性……钟经理，您一直看我做什么？"

陈汉升话都没说完，就看见钟建成吃惊地盯着自己。

"你小子在家是不是做过生意？"

"没有啊。"

"那你怎么懂这么多？"

"我学的是管理学，书上有类似的例子。"

上课就睡觉的陈汉升又把书本拿出来做挡箭牌了，不过钟建成相信了："难怪都说书中自有黄金屋啊，陈经理，你只是提一嘴而已，但我怎么都想不到。"

乍听"陈经理"这个称呼，陈汉升也有点恍神：我终于又变成"陈经理"了。

"陈经理这个提议非常好，到时我核算出标准后就告诉你，而且先从你这里开始推广。还有没有其他想法？"钟建成认真地问道。

"不知道以前钟经理是怎么揽收校园快件的？"陈汉升又问道。

"因为学校业务量不大，所以我们都是两三天收一次，从这里派车过去，几所学校一起收。"

陈汉升想了想："如果以后揽收数量也达到一个标准，我要雇一个常驻学校的揽收员，这样尽量一天收一次，提高工作效率。"

钟建成点点头："没问题，只要你们利润做到了，大不了多聘一个人罢了。"

陈汉升扔了支烟过去，笑呵呵地说道："我来发这个人的工资，您只管帮忙寻找有经验的员工就行了。"

"你来发？"钟建成沉吟了一会儿，意味深长地看着陈汉升，"年轻人心思好重，这样四所学校的业务不都被你牢牢控住了？"

"难道钟经理还想当皇帝？管理者只要躺好赚钱就行，小事就要适当分权给下属。"陈汉升不以为然地说道。

"这一条我也可以答应，到时派个老实有经验的揽收员过去，而且明确告诉他，陈经理才是发工资的老板。"钟建成假装生气地说道，其实他心里倒是挺高兴的，陈汉升表现得越成熟，他对学校这方面的市场就越看好。

"好了，那我就没问题了，钟经理确定标准后，我再来签协议，现在我先回去了。"

陈汉升嘴里说着回去，屁股却没挪动位置。

"还有事吗？"钟建成奇怪地问道。

陈汉升笑嘻嘻地说道："我在想，如果以后有新的想法，怎么才能迅速联系上钟经理。"

钟建成"哼"了一声站起来，走到办公桌前打开抽屉，拿出一部还没拆封的手机："我准备换的手机，先给你用了。"

陈汉升接过来看了看，诺基亚5210，很经典的款型，他随手拆开包装扔在地上。

钟建成看得一愣一愣的："这是你的第一部手机吗？"

"没错。"陈汉升答道。

钟建成的眼神有些复杂："以前我买第一部手机的时候，里面的英文说明书看不懂也舍不得扔掉。"

"那也太矫情了。"

陈汉升站起身拍拍屁股，这次他是真的走了，顺便去易物商品中心办了张移动电话卡。

晚上，陈汉升准时去学生会开会，活动室里的人还不少，都是各部门的部长和副部长，会议还没正式开始，学生干部们都松松散散地站在一起聊天。

由于本次会议的主要议题是筹办新生晚会，所以外联部的位置比较重要，三个副主席都在和戚薇、姚庆国交流。

戚薇看到陈汉升过来了，招呼道："陈汉升，来拿你的学生会名牌。"

这一声叫出去，活动室的声音突然小了很多，很多人已经听过陈汉升的大名，他们对这位掀翻原副部长周晓然后自己上位的新生刺儿头很好奇。

陈汉升不管不顾，笑眯眯地走过去接过名牌，上面写着："人文社科系外联部副部长，陈汉升"。

"这个不需要整天挂在脖子上吧？"陈汉升对戚薇说道。

戚薇还没回答，眼神阴沉的副主席左小力就开口训斥道："你最好是别戴，真担心你丢了学生会的脸！"

"你有完没完？"

陈汉升不耐烦地转过头。戚薇赶紧拦在中间，她生怕陈汉升一个不爽，把左小力给打了。

不过陈汉升没动手，他看到左小力腰里别着一部黑色的BB机，尾端还有根金属链子和套壳连在一起，形成一个弧度挂在皮带上。

"没事，我就是问问。"

突然，陈汉升从口袋里把崭新的诺基亚5210掏出来，"啪"的一声放在桌上："我就是问问，戴学生会名牌影不影响我单手操作手机？"

第59章 青春就是贩卖情话呀

2002年的大学生没几个有手机，否则金洋明也不会想方设法炫耀了。今天陈汉升也炫耀了一把，不过还别说，真的挺爽。

这种打击来自另一个维度，无关职务和资历，左小力一句反驳的话都说不出。

另一个学生会副主席穆文玲赶紧打圆场，让大家调整情绪准备开会。左小力一边走向座位，一边把原来塞在裤子里的白衬衫拎出来，悄悄遮住腰间的BB机。

"今天把大家召集过来主要是想商量一下新生晚会筹备的事情。"副主席胡修平说道,"新生晚会是人文社科系历来的传统,尤其今年还是建校五十周年,说不定到时还有校领导来观摩,大家更要认真筹办。"

陈汉升真不知道建校五十周年的事,难怪这一阵子学校在增加绿化面积,修葺假山石块,清理人工湖,到时可能还有教育系统的领导来参观。

"既然是建校五十周年,学校肯定也有庆典活动吧。"陈汉升悄悄和戚薇说话,"会不会和新生晚会冲突?"

"肯定冲突啊,说不定我们刚在大学生活动中心举办完新生晚会,建校庆典就要接上了。"戚薇郁闷地说道。

这时,左小力很严厉地说道:"外联部那边怎么回事?我们在上面开大会,你们在下面开小会,还有没有一点组织纪律观念?"

戚薇是个做事稳重的女大学生,这种人一般有自己的想法,她抿抿嘴,站起来说道:"刚刚我和陈副部长在讨论这样一个问题:建校五十周年,学校肯定有庆典活动,会不会和我们的晚会冲突?"

"你的意思是要暂停今年的新生晚会吗?"胡修平有些不快地问道。

戚薇摇摇头:"我觉得今年系里的新生晚会应该一切从简,不要浪费太多时间,因为到时学校的庆典活动说不定还要我们出力。"

三个副主席对视一眼,他们心中各有想法。

穆文玲赞成戚薇的意见,胡修平觉得最好还是维持原来的标准,左小力看了看陈汉升,发现他一脸无所谓地在拨弄手机。

左小力冷笑一声:"我觉得不仅不能从简,还得提高标准,如果马虎了事,校领导看到了会怎么评价我们系?"

戚薇默默摇头,左小力这是公报私仇,他轻巧的一句"提高标准",到时苦的是外联部,又要出去当乞丐了。

她看了一眼陈汉升,如果这个刺儿头能站出来当面反驳,说不定有奇效,奈何陈汉升好像没接到这个眼神。

其实陈汉升已经察觉到了,不过他有自己的考虑,从创业项目落地开始,他就不是单纯的大学生了。

胡修平本来就在犹豫,现在听到左小力这样支持,马上说道:"即使标准不提高,那至少不能降低,现在我们分配一下各部门的职责,外联部主要负责拉赞助……"

下面的内容陈汉升就没怎么听了,外联部的任务是拉到赞助三千五百元,而且要实打实的,不是像周晓那样二百元横幅加三百元优惠券。

会议散场后,戚薇对陈汉升说道:"现在外联部的新人干事都招满了,你要不要见个面?"

虽然陈汉升是副部长,不过戚薇招聘新人并没有让陈汉升去帮忙面试,当然他也不在意,耸耸肩说道:"见见也好。"

外联部一般是学生会人数最多的部门,这一届有十一个人,除了部长和副部长以外,还有三个大二学生、五个大一新生。

他们都听过陈汉升的大名,但从来没见过,其实也不难辨认,活动室里唯一仰着椅子、跷着腿的男生应该就是他了。

"陈部长，这些就是我们外联部的所有干事。"戚薇走过来介绍道。

陈汉升点头致意，他的形象倒能和那些事迹对应起来。

下面戚薇就说起正事："此次学生会给我们外联部的任务是三千五百元的赞助，我是部长，负责一千五百元，两名副部长每人认领一千元，其他人协助，大家有没有问题？"

姚庆国苦着一张脸说道："有问题也没办法啊，外联部就是这个命。"

戚薇不搭理姚庆国的抱怨，转向陈汉升："陈部长呢？"

陈汉升轻飘飘地吐个烟圈："三千五百元我一个人都没问题。"

姚庆国嘴角动了动，本来他想说吹牛，可是又因为目睹过陈汉升要钱的手段，又把话咽下去了。

戚薇点点头，其实她的感受也差不多。

明明自己连一千五百元的任务都没什么把握完成，偏偏对陈汉升有一种莫名的信心，这大概也是当初她极力推荐陈汉升当外联部副部长的原因所在。

"下面我们来分配协助的干事，以自愿为原则，大家愿意协助哪位都可以。"戚薇调整了一下情绪，说道。

令人没想到的是，大二的两个跟了姚庆国，一个跟了戚薇，剩下的五个大一新生都想跟着陈汉升。

陈汉升也很惊讶，本来他以为自己会是"光杆司令"。

最后还是一个新生有些不好意思，重新选择了戚薇，所以陈汉升的队伍里有四个新生，两男两女。

戚薇分配完毕，也不啰嗦，提醒各支队伍及早完成任务，就散会了。

"陈部长，明天我们要去商家要钱吗？"一个叫聂小雨的女生问道。

"明天？"陈汉升还有事，摆摆手说道，"明天是双休，大家睡觉、上网、约会正常进行，有什么问题下周一再说。"

几个新生面面相觑，不过陈副部长都这样决定了，他们也不能说什么。

回宿舍的路上，陈汉升掏出手机给老妈打电话。

"喂，哪位？"梁美娟的声音从听筒里传来。

"你儿子。最近我新买了手机，号码是133×××××××，以后有事打我这个电话。"

梁美娟一听就急了："手机多少钱？你哪里来的钱买手机？最近做了什么事？"

面对梁美娟的"灵魂三问"，陈汉升撇撇嘴，把手机拿远了一点，大声说道："喂？妈，您听得到吗？喂？信号不好啊，我先挂了……"

"嘟——嘟——嘟——"

另一端的梁美娟听着忙音怔怔发呆。

陈兆军正在洗碗，察觉到动静，走过来问道："谁的电话？"

"还不是你儿子！他说新买了手机，又不讲哪里来的钱，最后还挂了我的电话。"

梁美娟越说越担心，最后一拍大腿："不行，我这心里七上八下的，一定要去嘉平看看这小子。"

陈兆军也有些不放心,现在一部手机要好几千块钱,自己和梁美娟还在用小灵通,结果儿子先用上了手机。

"虽然汉升性格野,但他做事还是有杆秤的,违法的事情应该不会触及。"陈兆军正在慢慢分析,不过看到妻子梁美娟不善的目光,连忙改口说道,"但是我也同意去看看,毕竟我们还不知道他的大学在哪里,但是也不能明天就去,我们计划一下,干脆请个年假,好好在嘉平玩一下。"

梁美娟觉得这主意不错,也不用匆匆忙忙地来回。

陈汉升浑然不知自己爹妈已经计划"突击检查",他还优哉游哉地给沈幼楚打了个电话。

"这是我的手机号码133××××××××,以后你打这个电话找我。"

"说、说慢一点,我去拿张纸。"

"快去,快去。"陈汉升不耐烦地说道。

"噢,噢,你等一下。"

沈幼楚说完就跑去拿纸了,可能担心动作太慢又被凶,还不小心撞翻了什么东西,话筒里"当啷当啷"作响。

过了好一会儿,沈幼楚的声音从话筒里传来:"你、你还在吗?"

"刚刚是不是撞到东西了?"陈汉升问道。

"嗯……"

沈幼楚小声地承认。

陈汉升叹了一口气:"笨死了,有没有撞疼?"

"没、没事,只是澡盆翻了。"沈幼楚结结巴巴地解释道。

陈汉升放下心,又把号码复述一遍,并叮嘱她记在心里。

挂了电话,沈幼楚先把纸上的号码默诵三遍,然后折叠起来夹进书里,端着澡盆去浴室了。

不过放水之前,她拿出字条背诵一遍;脱衣服之前,又拿出字条背诵一遍;洗完澡头发还是湿漉漉的,赶紧拿出字条再背诵一遍。

直到完全记住以后,她才放心地把字条夹进书里放好。

至于陈汉升和萧容鱼的通话内容就欢脱多了。

"小陈,你真的买手机了吗?"

"这有什么稀奇的?"陈汉升不以为意地说道。

"那你明天带给我看看。"

"明天啊……"陈汉升正想和萧容鱼说这个事,"明天我想去辅导员家里,有些事和他商量一下。"

陈汉升把郭中云当成项目指导老师,他准备带点水果去沟通一下,虽然郭中云肯定不会反对的。

萧容鱼有些不高兴:"你都答应陪我逛街了。"

"我有事情嘛,就这样说定了。"

陈汉升准备挂电话。

"那一会儿我打电话给我爸和梁姨,就说你亲我。"

陈汉升叹一口气:"要不要一起去?"

"可以啊,明早见。"萧容鱼开心地说道,不过她又想起了一件事,"小陈,你有了手机,第一个电话是打给我的吗?"

"那当然了,我都没来得及给我妈打电话……好了好了,先不说了,我要向我妈汇报一下。"

按掉通话键以后,陈汉升嘀咕一句:"女人真是麻烦。"

萧容鱼心情不错,她打开衣柜准备搭配明天逛街的衣服,室友在旁边问道:"小鱼儿,你确定选修课了吗?"

"确定了,商务法律。"

"为什么选商务法律啊?国贸专业应该选小语种才对。"

萧容鱼一笑:"没关系啊,我想多了解一点。"

第60章　大的甜,小的萌,陪着的最苦

周六早上,陈汉升先给辅导员郭中云打了个电话,询问今天过去拜访有没有问题。

老郭听了很高兴:"那你赶快过来,今天我和你师母都有事,正愁没人带佳慧呢。"

确定以后,陈汉升又给萧容鱼打电话,她早就准备好了:"小陈,我想去尝尝你们学校的早餐。"

"我刚刚都吃过了。"还没刷牙的陈汉升胡扯道,"下次吧,再说我们学校的早餐一点都不好吃。"

陈汉升已经在下意识地避免"王见王"了。

"最好一个在财院,一个在明大,井水不犯河水。再说,这么多学生,也不会那么凑巧就能碰到吧?"

一切准备就绪,陈汉升在明大门口等到了萧容鱼,她身材本就好,又穿着淡粉色的PUMA运动服,显得清秀卓立,背着一个小巧的双肩包,走在早晨的秋风中就是一道引人注目的风景线。

"好冷呀,小陈。"

萧容鱼轻轻跺着脚。

"要不你先回宿舍?"

陈汉升给出一个好建议。

"不回。"

萧容鱼抬起头瞪了一眼陈汉升,直接把右手揣进陈汉升的衣兜里。

"你这样很容易让别人误会的。"陈汉升无奈地说道。

萧容鱼甜甜地一笑:"误会就误会吧,反正我也没准备在大学里谈男朋友。"

"可是我想谈啊,你去祸害高嘉良好不好?……啊!你干吗掐我?"

"谁让你狗嘴里吐不出象牙?"

虽然外面的天气冷，不过公交车里比较暖和，甚至有些气闷，好在玉欣是737路公交车的始发站，陈汉升挑了一个靠窗的座位给萧容鱼。

"给我看看你的手机，应该不是梁姨给你钱买的吧？"

萧容鱼刚坐稳，就迫不及待地想听故事。

"我妈那抠搜的，以前带我出去玩，都舍不得去人均消费超过二十块钱的地方。"陈汉升撇撇嘴说道。

萧容鱼娇笑着打了一下陈汉升的肩膀："那你真的自己赚钱啦？"

陈汉升也没隐瞒，说不定到时开拓明大的学生市场要萧容鱼帮忙，于是就从水房撕掉深通快递的兼职广告开始，包括拜访钟建成、和校办公室搞好关系这些事情都简单说了一遍。

当然，沈幼楚被略去了。

萧容鱼听了，嚓着红唇说道："你做了这么多事，我一件都不知道。"

"没办法，我们红领巾做好事从来不留姓名。"

陈汉升又开始胡扯，顺便把辅导员郭中云的家庭介绍了一下。萧容鱼对郭佳慧很感兴趣，还在问要不要买点水果。

"水果是要买的，方便的话，再买点习题册给她，小胖丫头喜欢数学。"陈汉升负责任地说道。

两人聊着聊着，萧容鱼在晃荡的公交车中有些想睡觉。

"小陈，我想借一下你的肩膀。"

"你那边不是靠着窗户吗？"

座位上一阵骚动，最后的结果是萧容鱼美美地枕在陈汉升肩膀上。陈汉升推了两下，发现没效果，就算了。

中间转了两趟车才来到郭中云家，老郭对漂亮的萧容鱼很好奇。

陈汉升担心老郭误会，出声解释道："这是我的高中同学，现在是对门明大的学生，我准备带她领略一下咱古都的人文气息。"

萧容鱼先礼貌地和郭中云打个招呼，又去逗弄胖乎乎的郭佳慧，看到她的头发还是散乱的，顺手帮她扎起了头发。

"汉升，小萧很漂亮啊。"郭中云笑着说道。

陈汉升也没多解释，他担心越描越黑，索性跳过这个话题，说道："郭老师，我想在学校里开展大学生创业活动，指导老师那一栏准备写您的名字。"

郭中云没多想："没问题，但是我都不懂这些，你要是觉得方便就随便挂吧。"

今天老郭要陪父母体检，收拾一阵子就准备出去，他扭头一看自家女儿，衣服鞋子已经穿戴整齐，头发也扎好了，身后还背着个小包，手里拿着卡通茶壶正在喝水。

"谢谢你啊，小萧。"郭中云挺感激的，然后对陈汉升说道："今天你们随便玩，我请客。"

老郭离开后，陈汉升和萧容鱼也牵着郭佳慧出门。走着走着，萧容鱼突然问道："小雨是谁？"

不用说，这肯定是小胖丫头告的密。

"什么？天要下雨吗？"陈汉升假装听不懂，"手搭凉棚"看了看远处的天空，"天气预报没说今天要下雨啊？"

"哥哥，小雨就是小雨老师啊，我已经知道她的QQ了。"郭佳慧仰着小脸，献宝似的说道。

陈汉升："呵呵……"

萧容鱼："呵呵……"

郭佳慧这小胖丫头嘴快话多，还有些懒，走到半路就要人抱。萧容鱼力气小，抱着她走了一会儿就没力气了。

"陈汉升，你来抱吧。"

陈汉升不想抱，但是郭佳慧赖着不走，他就蹲下去哄道："佳慧乖，一会儿带你去麦当劳好不好啊？"

"好，谢谢小陈哥哥。"

郭佳慧很高兴。

"那我们自己走好不好啊？"

"不好。"

陈汉升想了想，又换了一种方式："那咱俩数到三，哥哥就抱你走，行不行？"

郭佳慧对三以内的数学很有自信，站起来说道："没问题！"

然后就听陈汉升大声喊道："齐步走！一二、一二一、一二一……"

郭佳慧背着书包，扭着小屁股，一路丁零当啷地跟在陈汉升后面。

萧容鱼愣愣地看着，半晌摇摇头："果然还是撒谎精。"

两大一小从秣陵路出发，转到中山南路，接着逛到了新市口。一路上，萧容鱼要进出大大小小的商场，其中衣服是最吸引她眼球的。

陈汉升是最累的，他担心郭佳慧走丢了，最后不得不抱起她。

好不容易在新市口的一家麦当劳坐下来，陈汉升默默骂自己，学校的瓦罐汤它不香吗，为什么要陪女人这种生物逛街呢？

这家麦当劳新推出了一种草莓圣代冰淇淋，郭佳慧眼巴巴地看着别人吃，然后转过头对萧容鱼说道："姐姐，我想吃冰淇淋。"

萧容鱼累得不想动，懒散地坐在椅子上，双手托着下巴，一脸向往地看着陈汉升："姐姐也想吃啊。"

第61章 情侣装

萧容鱼甜美，郭佳慧呆萌，面对大小美少女期待的眼神，陈汉升没办法，只能甩下一句："真服了你们。"

看到陈汉升乖乖去排队买冰淇淋，萧容鱼笑吟吟地和郭佳慧击了个掌。

"耶！"

陈汉升顺便吃了汉堡当午饭，萧容鱼在旁边问道："下午我们去哪里？"

"就在麦当劳里待着好了，外面人又多又挤。"

陈汉升肯定不想再逛了，宁愿在麦当劳里吹空调。

萧容鱼不搭理他，转过头问郭佳慧："佳慧，下午逛街好不好啊？姐姐给你买新衣服。"

"好啊。"

郭佳慧举着双手赞成。

投票结果是二比一，陈汉升不得不继续自己的"三陪"生涯，在逛新市口百货商场时，萧容鱼看中了一款羽绒服。

"这件羽绒服男女款式都有，我们一人一件怎么样？"萧容鱼问道。

陈汉升不太乐意："我又不缺衣服，你买自己的就行。"

售货小姐看到有生意上门哪里会放弃，赶紧劝道："最近有一股冷空气就要来了，到时嘉平全城的温度要降到10摄氏度以下，早晚的气温更低。

"您女朋友这么漂亮，身材也好，我卖衣服这么久，第一次见到这种画里的仙女，要是穿上这件羽绒服，还不得下凡喽？再说，你们各买一件，穿出去就是情侣装，多般配啊。"

售货员抓住萧容鱼就是一顿吹捧，当然关键还是萧容鱼本身底子好，经得住吹。

"原来冷空气要来了。"陈汉升心里也在默默地想着。

对萧容鱼来说，夸她漂亮她基本免疫，但是在公共场合和陈汉升被人当成情侣，这让她既不适应，又有点莫名的期待。

萧容鱼不再犹豫，她推了推陈汉升："你说哪个颜色好看？"

售货员非常礼貌，这时又站出来展现她的专业性了："您是瓜子脸，皮肤嫩白，笑起来梨涡又甜，淡粉色最适合您。"

"那他呢？"萧容鱼指着陈汉升问道。

"我黑色就行了。"陈汉升无所谓地说道。

售货员打量一下陈汉升，也赞成地说道："您男朋友穿黑色非常潇洒。"

"那我先去试衣服了，你看住佳慧。"

萧容鱼拿着粉色的羽绒服走向试衣间，售货员还在喋喋不休地夸赞："您女朋友长得比明星还漂亮，气质又好——"

听着听着，陈汉升突然打断道："你们这里的衣服可以帮忙寄送吗？"

售货员愣了一下："可以是可以，但是您要先买单。"

"买单没问题。"陈汉升咳嗽一声，说道，"我觉得那件宝蓝色的也不错，想照这个大小再买一件，不过想悄悄地……"

"我明白了，您是想给女朋友一个惊喜，所以打算瞒着她？"

售货员好像发现新大陆一样反应过来。

陈汉升心想我都没找到理由，你却帮我圆上了，果断点点头说道："以后会说话就多说点，我觉得不出三年你肯定能当上楼层经理。"

"哪里哪里！"

微胖的售货员笑得像一朵花，也顺着说道："看您年纪不大，却这么浪漫，谁当您女朋友真幸福呢。"

这时，萧容鱼换好衣服走出来，有些害羞地问道："小陈，你觉得怎么样？"

陈汉升看过去，这羽绒服的确不错，束腰的款式衬出萧容鱼的身材曲线，白皙的脸蛋被淡粉色的羽绒衬得娇柔妩媚。

"哎哟，这可真是仙女下凡了，羽绒服应该找您做代言人才对啊。"售货员赶紧走上去恭维。

萧容鱼不想听售货员的话，看着陈汉升。

陈汉升笑嘻嘻地说道："漂亮是漂亮，我也希望是仙女，而不是《聊斋》里的妖精转世。"

"哼。"

萧容鱼骄傲地抬起下巴，回试衣间准备换下来买走。

"买单吧。"陈汉升转过头对售货员说道，"一件黑色，一件淡粉色，一件宝蓝色，不过宝蓝色要邮寄。"

售货员送出一个"我了解"的眼神，麻利地帮陈汉升去柜台开发票。

萧容鱼换好衣服出来，发现陈汉升已经把账结了，她也没说什么，只是问道："黑色的你不要试一下吗？"

"这么着急和我穿情侣装？"陈汉升嬉皮笑脸地反问。

"随便你。"

萧容鱼啐了一口，"情侣装"这三个字老是晃得她心跳加快。

接着他们又在几家商场里逛了逛，萧容鱼给郭佳慧买了双鞋子，晚上先送小胖丫头回家，等返回玉欣大学城已经晚上十点多了。

百货商场的效率不错，三天后宝蓝色的羽绒服寄到了陈汉升手里。

陈汉升拿着羽绒服来到女生宿舍楼下，打电话把沈幼楚喊下来，她依然穿着那件宽松的旧校服。

陈汉升伸手想摸一下面料的厚度，沈幼楚红着脸蛋往后面退了几步。

"干吗？"陈汉升虎着脸说道。

沈幼楚扭了一下身子，小声说道："人多。"

陈汉升笑了笑，沈幼楚还以为自己要做什么呢，不过他一会儿还有事，就把羽绒服直接递到沈幼楚手里："过两天冷空气要来了，记得穿这件厚的。"如果我发现你没穿，那你课都不要上了。

说完他就离开了，沈幼楚想推辞都来不及。

这款羽绒服是大品牌，款式还很新颖，看上去就不便宜。

沈幼楚默默地在原地站了好一会儿，然后走到楼下的小店里，轻声问道："你好，有没有织围巾和手套的毛线？"

11月初，冷空气果然光临了嘉平，晚上的气温直接降到7摄氏度左右，呼呼的风声已经带着冬天的冷冽，陈汉升缩在宿舍里不想出去。

"丁零零——"

手机突然响起来，电话是萧容鱼打来的，刚接通，她就很惊讶地说道："小陈，今天我发现了一件很巧的事情。"

"什么事？"陈汉升打个哈欠，问道。

"下午我在学校北门看到一个女生，她居然也穿着那天我们在新市口百货商场买的那款羽绒服，不过是宝蓝色的。"

陈汉升吓了一个激灵，马上困意全无，不动声色地套问："她长得没有你漂亮吧？"

"她一直低着头，没看清长相，但是身材挺好的，模样肯定不丑。"萧容鱼在电话里谆谆叮嘱，"你在学校里注意点，不要随便和人家走在一起，否则容易被误会是情侣装……"

第62章 这就是生意

聂小雨是人文社科系工商管理专业的大一新生，也是外联部的新干事。

其实她本来没准备去外联部，只是被那天的风波吸引，也跟着去了易物商品中心，目瞪口呆地看着陈汉升压倒外联部原副部长周晓。

后来聂小雨就去竞选了外联部，经过戚薇两轮严格的面试，成功晋级，并且在这次新生晚会的经费筹集活动中如愿以偿跟着陈汉升。

不过这个副部长似乎不太管事，戚薇和姚庆国整天在易物商品中心拉赞助，陈汉升连个人影都看不见。

聂小雨进外联部是想锻炼自身能力，其他几个新人也是一样的心思，如果能力得不到锻炼，还不如在组织部里享福呢。

11月的一天上午，下课后聂小雨正准备去吃午饭，正好看到陈汉升从校办公室里出来，手上还拿着一串钥匙。

她赶紧大声招呼："陈汉升副部长。"

陈汉升听到有人叫自己名字，转过头看了看。

一个小个子女生，短发垂耳，气质上有点胡林语的感觉，不过又比胡林语文静，五官也要漂亮一点。

"你是谁？"陈汉升觉得她有点面熟，但是又想不起来，索性直接问了。

"我是聂小雨啊，外联部新干事，你的组员！"小个子女生有些生气地说道。

"噢……"陈汉升这才恍然大悟，"难怪有些眼熟呢，吃饭了吗？"

"没有。"聂小雨闷闷不乐地回答。

"那行，我请你吃饭。"陈汉升大方地说道。

聂小雨摇摇头，急切地说道："吃饭是小事呀，我就想问问什么时候去拉赞助，听说戚薇学姐和姚庆国学长那边已经快筹齐了。"

"什么赞助？"陈汉升愣愣地看着聂小雨，半晌才反应过来，"我把这事忘得一干二净了。"

聂小雨一听都快哭了："那怎么办啊？一千块钱呢，新生晚会的时间都快到了！"

"急什么？"陈汉升笑嘻嘻地说道，"有我在呢。"

聂小雨看到陈汉升胸有成竹的模样，想起来这位副部长有过瞬间筹齐两千五百块钱的光辉业绩，心里才稍微放松。

"小雨同学，我这边还有点其他事，既然不吃饭，那就回见了。"

陈汉升拍拍屁股准备走人。

聂小雨一看陈汉升又想丢下自己，连忙说道："我也正闲着，跟在陈部长身边打打下手吧。"

陈汉升也不管她，自顾自来到教学楼F栋的一楼。这里杂草比较多，有些地方草有半人高，不远处横七竖八停着一大片自行车，都是上课的学生骑过来的。

校办公室分配的那两间废弃杂物房就在自行车和杂草后面，陈汉升打开门，立马就有一股久不通风的霉味窜入鼻中。

每间杂物房的面积有七十平方米左右，地面上积满了厚厚的灰尘，还有一些破旧的桌椅和教学器材，墙角散落着扫帚拖把。

陈汉升掏出烟默默地点上，半晌对聂小雨说道："你把其他三个干事都喊过来，我把手机借给你，会用吧？"

"会的，我家里人也有手机。"聂小雨接过手机走出去，不一会儿又进来说道，"已经全部通知了。"

陈汉升抬头看了看："你记了他们宿舍的电话号码？"

聂小雨掏出一个小本子，说道："戚薇部长说每个人要互留宿舍电话和QQ，方便有事情通知，我都记在上面了。"

陈汉升"嗯"了一声拿回手机，如果这是领导对下属的第一步考验，聂小雨已经过关了。

其他三个人很快就过来了，分别是应用英语专业的许梦竹、汉语言文学专业的何兵、新闻学专业的王岩松。

何兵应该正在吃午饭，前襟上还沾着饭粒。三个人气喘吁吁地跑过来，脸上也没有任何不满。

陈汉升就是人文社科系学生会最大的刺儿头，跟着这种副部长，没点觉悟是不行的。

"大家进外联部的初衷是什么？"陈汉升打完招呼后问道。

"当然是锻炼能力了，面试时戚部长就告诉我们，外联部是学生会最辛苦的部门。"聂小雨说道，其他人的答案也差不多。

陈汉升点点头："外联部的确很能锻炼能力，不过你们跟着我，这个愿望很可能要落空了。"

几个新干事面面相觑，陈汉升也不解释，准备带着他们出去"见见世面"。

陈汉升等人来到天元东路的深通快递玉欣分公司，总经理钟建成应该刚应酬完，满脸通红地喝茶解酒。

他在楼上看到陈汉升，招招手大声说道："陈经理你过来，提成标准已经定下来了。"

陈汉升对聂小雨他们说道："你们在楼下等我。"

钟建成懒得问其他人是谁，直接从抽屉里拿出文件递过去："你看一看内容。"

陈汉升打开协议，大意是初始的提成是八毛一件，如果在每所学校的日揽收数量达到两百件，那提成就是一元一件。

孟学东在财院的日揽收数量也就是六十件左右，这相当于三倍以上，钟建成这心真够黑的。

陈汉升默不作声地看完，又把协议递给了钟建成。

钟建成眉头一皱，喷着酒气说道："陈经理对协议价格不满意吗？"

陈汉升摇摇头："我想价格是不可能更改的，就是对这个形式有些疑问。"

"什么疑问？"

"既然我作为财院、医学院、明大、工程学院的总代理，那就没道理把四所学校割裂开来，不如钟经理把这些学校打包到一起，定个总体标准吧。"

钟建成在协议里玩了个文字游戏，要求在每所学校的日揽收数量达到两百件，但是每所学校的人数不同，揽收难度也是不一样的。

比如说财院的玉欣校区只有六七千人；明大的分校区差不多有一万五千人；医学院因为是研究生分部，所以只有不到两千人；工程学院只有这一个校区，全校师生加起来超过两万人。

各所学校的情况也不一样，比如说明大现在的校园代理一心只想着考研，日揽收数量只有三十多件。

所以，如果按照学校来划分，平均每所学校每天两百件的揽收量很难实现。

"要不要我先回去，等钟经理再拿出一份新的协议？"陈汉升问道。

钟建成盯着陈汉升看了一会儿，突然笑嘻嘻地说道："不用了，其实我本来也核算了两份，另一份就是四所学校的总体揽收标准，只是一喝酒，脑袋就糊涂了。"

钟建成又从抽屉里拿出一份文件递过来。

如果陈汉升没发现这个问题，那估计要按照八毛一件的标准做到死。

可陈汉升发现了，钟建成又假装喝醉忘记了。

这就是生意。

钟建成把手机送给陈汉升是生意，在协议里玩个文字游戏也是生意。

第63章 F栋101的《金庸群侠传》

陈汉升接过新的协议，上面清清楚楚地写着，四所学校每天的揽收总量达到一千件，提成就是一元一件。

虽然标准又被提高了，不过陈汉升心里有数，爽快地在协议上签字。

协议一式两份，钟建成也要签字，他边签边问："你们学校的废弃房间能用了吗？"

"已经拿到钥匙了，这两天打扫一下就行。"陈汉升回道。

钟建成满意地点点头。随着协议的签署，钟建成和陈汉升在某种程度上就是利益共同体了。

陈汉升的平台和能力都不错，尤其附近的大学有好几万名学生，钟建成越来越看好这一块市场了。

"还需要我这边提供什么支持？"钟建成出于关心，又多客气了一句。

陈汉升一点也不谦虚："我想申请一笔宣传经费，深通在这四所学校的推广很差，需要重新宣传。"

"你打算申请多少？"钟建成问道。

"五千块左右。"

陈汉升说出大概的数字，这笔宣传经费的用场包括制作横幅、印发传单，还有购买短距离运输工具等。

不过，钟建成没有答应。

"陈经理，如果你是我的直接下属，五千块钱肯定就下拨了，但是你这种经营方式太过独立，以后我除了收钱，根本插不进去。"

陈汉升强调道："钟经理，我始终还是您的下属。"

钟建成摇摇头："这只能算是名义上的，你更像是自负盈亏的独立下线，不过这五千块钱我可以借给你，甚至不需要借条，只是要还的。"

陈汉升想了想："那行吧，我借了。"

钟建成直接取出五千块现金放在桌上，嘴里又说道："孟学东准备辞职了，他要去刚成立不久的仲通快递当校园代理。"

"随便。"陈汉升无所谓地说道，"他去哪里都不打紧，但是谁抢我的市场，我就把谁的饭碗砸碎。"

聂小雨三个人正在楼下等待，他们商量后得出一个结论：陈副部长应该是去拉赞助了。

不过大家都对数额不怎么看好，许梦竹撇撇嘴说道："这家公司破破烂烂的，我觉得能赞助两百就不错了。"

王岩松与何兵都在讨论下一家去哪里，不一会儿，陈汉升拎着一个袋子走了下来。

他们围上去问道："陈部长，你筹集到多少赞助？下面我们还要去哪里？"

陈汉升有些莫名其妙："当然是回学校了。"

"那一千块钱的赞助费怎么办？"聂小雨赶紧问道。

陈汉升"唰"的一下把布袋打开，露出一堆票子："这里有五千，够不够？"

"够了，够了……"聂小雨惊得嘴巴都合不拢，"居然拉到这么多赞助！"

"就说你们在学生会里学不到什么东西，因为我一出手，问题就解决了。"

陈汉升这句话听起来挺欠揍的，但事实不会说谎，五千块钱还在袋子里安静地躺着呢。

回学校的路上，几个新干事心情很复杂。

一方面是沮丧，由于陈汉升的表现太突出，衬得外联部其他人都过于平庸了，明明戚薇学姐和姚庆国学长他们也很努力。另一方面是兴奋，年轻人对超出自己理解范围的事物总是充满好奇，他们很想知道陈汉升是怎么和商家交流的。

多种情绪交织下，气氛一直有些沉默。

陈汉升走在后面，觉得差不多了，突然开口说道："其实除了学生会以外，兼职打工更能锻炼人，而且学生会算是义务劳动，而兼职还有钱赚。"

许梦竹看了一眼陈汉升："可去哪里找兼职的岗位呢？我不想去图书馆和食堂这些地方，总感觉擦桌子和摆书架有些放不开手脚。"

何兵也同意这个观点，还加上一条："图书馆和食堂接触面太窄了，我想通过交流锻炼自己的社交能力。"

"其实在哪里做事都可以锻炼能力，最重要的还是摆正心态。"陈汉升不同意这个看法，但是也没有深入争辩，"我这边正好有一份兼职岗位，不仅不用擦桌子，而且有大量对外交流的机会。"

"什么岗位？"何兵好奇地问道。

这时，他们已经走回刚才的教学楼F栋一楼，陈汉升指着两间废弃的杂物房说道："有个快递公司准备在这里设立一个营业站点，我是站长，现在手底下极其缺人，正要招兵买马做一番事情。

"谁先进来谁就是元老，不仅可以锻炼能力，福利也不错，达到一定成绩后还配备'小灵通'，甚至手机。"陈汉升一边说，一边把手机掏出来，不经意地擦了擦屏幕。

"陈部长，那我们具体要做什么呢？"王岩松看着手机，羡慕地问道。

"发传单、跑宿舍、谈项目，总之目的就是扩大F栋101在学校里的知名度，让全校师生都晓得在这里可以寄快递。

"这是校办公室支持的创业项目，不然我也拿不到这两间房。

"那时，我们既是学生会的同事，又是兼职创业道路上的伙伴。

"你们没有任何风险，因为风险都由我来承担，但是要服从团队命令，强化合作意识。"

…………

在陈汉升循循善诱的规劝下，颇有冒险精神的聂小雨决定试一试。

"陈部长，如果我在这里兼职，戚薇学姐会不会有意见？"

陈汉升翻翻白眼："她能有什么意见？实在不行，我把她也'招安'了，到时外联部就是F栋101，F栋101就是外联部。"

"那行，我就在你这里兼职了。"

聂小雨马上答应下来。其他人看见聂小雨都答应了，也都觉得尝试一下无可厚非。

"那我就感谢大家的信任了，F栋101的名声一定会在我们手上响彻财院！"

年轻的大一新生没有社会经验，如果钟建成在这里，一定能察觉陈汉升正在淡化深通公司的品牌影响力，取而代之的是"F栋101"。

"以后我们的团队规模会越来越大，为了增加趣味性和识别性，我们大家都取一个绰号或者花名。"陈汉升指定了范围，"就从金庸小说的人物名字里选，我是张无忌，剩下的随便你们挑。"

聂小雨很好奇："陈部长，你为什么选张无忌啊？"

"我觉得他太傻了，明明周芷若和小昭都那么漂亮，为什么一定只娶赵敏呢？我要改一改他犹豫不决的性格，成年人不做选择题。"陈汉升笑着说道。

"陈部长还是个风流人物！"

"以后我要告诉你女朋友！"

"赶紧用一杯奶茶堵住我们的嘴！"

陈汉升这样一说，立刻拉近了几个干事之间的距离，聂小雨大声说道："那我叫黄蓉。"

许梦竹不甘示弱："我叫穆念慈，当初看《射雕英雄传》时，最喜欢她了。"

"我叫段誉。"

王岩松也占据了一个经典人物。

何兵调皮地喊道："那我叫段正淳！"

"不许你当我爹！"

第64章　最傻的傻子

虽然教学楼F栋101和102的创业基地拿到手了，但是里面破旧的桌椅、外面半人高的杂草、附近不规则摆放的自行车都是需要解决的问题。

仅凭目前几位"金庸群侠"整理起来效率太低，尤其个别"大侠"兼职的心思不是很迫切，陈汉升也心知肚明。

这个时候就要利用班长的资源了，尤其陈汉升这种挺有威信的班长。

在班级里，他坦言自己的创业基地需要帮手，希望同学们施以援手。在他的号召下，公共管理二班的同学基本都去帮忙或者看热闹了。

当然也不是没有附加条件，男生们都要求陈汉升尽快再组织一次班级活动。

上次别出心裁的男女抽签搭配看电影后，明显可以看出来集体凝聚力增强了，以前男生群体和女生群体交集很少，现在大家能嘻嘻哈哈坐在一起聊天了。

"聚会有什么难呢？"站在F栋101和102外面，陈汉升大声说道，"这两个房间打扫完以后，我可以辟出半间当成班级活动室，大家可以在这里休息、聊天、打牌，咱天天都聚会！"

男生们一听就拍手叫好。大学和高中最明显的区别就是没有固定活动场所，最后不得不形成以宿舍为单位的小群体，班级名存实亡。

现在陈汉升提出的建议符合大家的共同需求，响应的人多，干活就一点不勉强了。

胡林语看了看男生们的反应，摇摇头对沈幼楚说道："看你男朋友多有本事，明明大家都知道是为他私人做事，可还是心甘情愿，真是一群傻子。"

沈幼楚已经被胡林语戏谑得习惯了，都不知道怎么解释，只是小声说道："林语，我想先回宿舍一下。"

"这是你男朋友的门店，没准儿以后还是你家的财产，你还想着偷懒呀？"胡林语惊讶地说道。

"不、不是。"这次胡林语说得太露骨，沈幼楚羞得跺了一下脚，"我要回去换身衣服再过来。"

沈幼楚身上正是那件宝蓝色的羽绒服，她舍不得穿着它干活，所以要回去换旧衣服。

看着沈幼楚小跑回去的背影，胡林语莫名地叹了一口气："这才是最傻的傻子。"

几十个人打扫起来就很有效率了，破桌破椅都被抬到了外面，杂草也被拔光，铺着青石板的地面错落有致，不远处就是种满簇簇不知名绿植的园圃。

肃杀晚秋，恰有几枝雏菊迎风摇摆。

陈汉升也没有小气，买了几箱矿泉水和零食糖果任大家吃。杨世超和朱成龙这些人抬柜子，李圳南他们摆自行车，女生们要么扫地，要么擦墙壁。

不过也有偷懒的，金洋明干活嫌累，就想回去上网。

郭少强发现了，拦住不让他走："老六你上辈子是一根网线吗？这可是老四的家当，不许回去，认真打扫！"

集体归属感就是在汗水和欢笑中逐渐养成的。陈汉升正在喝水，商妍妍带着香风走过来，笑着说道："没想到你真的创业了，不过我一点都不吃惊。"

对商妍妍，陈汉升始终有些奇怪，这种女孩子一般喜欢老男人才对，难道自己被她看穿了？

"我自己都很纳闷儿，怎么莫名其妙就创业了？"陈汉升半敷衍半认真地说道。

商妍妍笑了笑，涂着口红的嘴唇有些性感。她递过来一瓶矿泉水："能帮我开一下吗？"

陈汉升也没推辞，"咔嚓"一声拧开后递给她。这个过程中，两人的手指轻微触碰了一下。

商妍妍有些娇羞，陈汉升的表情没什么变化。

"你前期投资多少钱？"商妍妍仰起白嫩的脖颈喝了两口水，又继续问道。

"也没多少，不过现在我穷得都快卖身了。"陈汉升笑着说道。

商妍妍应对这种玩笑很有经验，马上拿出钱包："班长多少钱卖身，我看看现金够不够？"

"哈哈哈……"陈汉升忍不住笑起来，周围还有看热闹起哄的同学。

胡林语正在擦窗户，看到正在"调情"的陈汉升和商妍妍，嘀咕一句："不知羞耻！"

骂完，她又转过头看向沈幼楚，对方好像没听见嬉笑声，穿着旧校服半跪在地上，睁着扑闪闪的桃花眼，仔仔细细、一点一点地擦拭墙角的绿苔。

突然，胡林语有些心酸，陈汉升实在太浪了，沈幼楚又憨得有些可怕。

"渣男！"

差不多忙活了一下午，打扫的任务才基本完成，剩下的就是一些细化装饰的工程了，这些都要陈汉升慢慢琢磨。

同学也都一个个回去了，他们有些疲惫，但精神上比较满足。

尤其男生，干活的时候可以和女生聊天拌嘴，差不多算是班级集体活动了，他们心里居然还有些留恋，而且想着以后这里可以当成班级活动室，还有一种亲手打造的自豪感。

陈汉升坐在台阶上抽烟，他脑海里想着下一步发展的规划，偶尔回头能看到沈幼楚的身影。

几个沾满蜘蛛网的墙角最脏，其他女同学都比较嫌弃，都是她跪着打扫的。

不一会儿，沈幼楚听到背后的脚步声，陈汉升问道："打扫干净了？"

"嗯。"沈幼楚轻轻地应道。

陈汉升抬起头，发现沈幼楚头发上沾着一些蛛丝，裤子的膝盖处全是泥土。

此时夕阳晚照，殷红的霞光映在沈幼楚温柔的侧脸上，有一种镌刻在时光里的安静。

陈汉升欣赏完毕，熄灭烟头，说道："晚上一起吃饭吧。"

沈幼楚不吱声。

陈汉升以为沈幼楚不愿意，他也不打算勉强，没想到沈幼楚居然小声地主动说话了："上、上次的助学金有一千五百块钱，我拿出一千块钱寄给了婆婆，还剩下四百七十五。"

陈汉升不知道沈幼楚什么意思，不动声色地听着。

沈幼楚半蹲下身子，不让自己高过坐在地上的陈汉升，然后拿出那个熟悉的破旧小钱包。

她先从里面取出四百块钱，想了想，又拿出五十，对沈幼楚来说，四百五十块钱几乎是一笔巨款。

沈幼楚抬起头，桃花眼清澈单纯，小心翼翼地把钱递到陈汉升面前。

"干吗？"

陈汉升很奇怪。

"你、你莫要去卖身好不好？"

第65章　QQ爱

"谁说我要卖身的？"

陈汉升心想：连商妍妍本人都知道我在开玩笑，偏偏你却当真了。

沈幼楚呆呆地看着陈汉升，看到他没收钱，又把"巨款"向前递了一下，既有些倔强，又有些可爱。

陈汉升笑了笑，伸手捏了一下沈幼楚的脸蛋。

沈幼楚刚刚打扫得很卖力，脸蛋和鼻尖上都是汗水，脸蛋也红扑扑的，陈汉升还稍微用了点力。

"嗯……"

沈幼楚不知道陈汉升为什么用力捏自己，睁着泪目看着陈汉升，也不晓得要往后退缩或者躲避。

"太憨了。"

陈汉升忍不住叹一口气。

就在这时，胡林语又返回了F栋101："幼楚，我以为你回去了，问了室友才知道你还在这里打扫。"

她刚走过来就看到这一幕：陈汉升把沈幼楚捏哭了。胡林语气得大声说道："陈汉升，你还是个人吗？连沈幼楚都好意思欺负！"她一把拉起沈幼楚就往外走："幼楚，以后不要和这种人见面了，他不是好东西！"

沈幼楚边走边转头看了陈汉升一眼，发现陈汉升正对着她笑，这才安心地离开。

本来晚上计划着一起吃饭的，结果让胡林语搅和了，陈汉升又变成了孤身一人。

"祝你大学四年都打光棍！"

陈汉升诅咒胡林语一句，不过恰好晚上外联部部长戚薇联系聚餐，陈汉升索性和这帮人一起吃。

这几天戚薇和姚庆国也在筹款，但是不同于陈汉升一次性搞定，他们是这家凑两百，那家凑三百，甚至有时候一天做的都是无用功，戚薇的嗓子都哑了。

"咳，我们说一下各自的成果吧。"戚薇清了清嗓子说道，"我这边一千五百块钱的任务已经完成，姚部长那边呢？"

"我们组的一千元任务也在上午完成了。"姚庆国说道。

"陈部长那边呢？"戚薇又看向陈汉升。

陈汉升掏出一千块现金放在桌上，意思很明显。

戚薇眼神动了动，笑着说道："我在易物商品中心碰到了好几次姚部长，但是从没见过陈部长。"

陈汉升淡定地吐着烟雾，没有回应。

虽然说是外联部聚餐，其实只是几个人在食堂打了菜然后拼在一起，最近每个人的压力都有点大，估计真正聚餐要到新生晚会落幕以后。

在吃饭的过程中，戚薇分配了三千五百块钱的用场：做横幅、订 Logo 衫、买小礼品、做牌匾。

戚薇问陈汉升赞助商家的要求时，陈汉升说道："四条显眼的横幅。"

这种注明活动赞助商的横幅，格式通常是"×××商家祝贺人文社科系新生晚会圆满开幕"，既宣传了新生晚会，又扩大了商家在校园的影响力。

戚薇点点头："没问题，明天我们就各自把横幅打印出来，这周五就是新生晚会了，希望大家再坚持一下。"

第二天是计算机课，公共管理专业有文秘属性，所以计算机操作员证是必考的证书之一，否则毕不了业。

上课前，陈汉升特意拐去 F 栋 101 和 102 看了看，昨晚他没有锁门，打算尽可能地散走霉味。

不过刚走进去，陈汉升就感觉好像有一丝不同，但是又说不出哪里不同。

虽然环境干净了不少，但门还是门，墙壁还是墙壁，窗户还是窗户。

等等，问题就在窗户上。

陈汉升走到玻璃窗边，那里蓦然多了一盆茂盛的绿萝，细碎的阳光打在青绿色的叶子上，似乎能看清背面的茎干和支脉。

深秋的气氛里，这抹不起眼的柔弱绿色让整个房间多了几分温暖。

陈汉升伸出手指拨弄几下叶子："也不知道是哪个小可爱把你摆在这里的。"

大学里的计算机课一般是老师在上面讲知识，学生在下面聊 QQ，杨世超和金洋明几个男生更是把 CS 都下载好了，准备局域网联机，来一场男生寝室之间的 PK。

陈汉升也和其他人一样，麻利地登录了自己的QQ。

"陈英俊"是他的昵称，打开好友栏就看见几个熟悉的傻乎乎的网名。

"年少不懂轻狂"是王梓博，还装模作样地用金城武的照片当头像。

"北岛的雪"是高嘉良，VIP红名时时刻刻彰显他的贵族身份。

还有几个"心梦无痕""往事如烟""水晶女孩"这一类的名字，当时大家丝毫不觉得中二。

"嘀嘀嘀——"

陈汉升有段时间没上QQ了，还收到一个好友申请，验证消息写着："哥哥，我是妹妹。"

"没想到现在就有性骚扰广告了。"陈汉升吐槽一句，随手回道，"我不喜欢妹妹，喜欢少妇。"

没过五分钟，梁美娟的电话就打来了。

"舅妈家的表妹明年中考，她有些题目不会，加你QQ想问一下，你回答了什么乱七八糟的？"

陈汉升连忙解释："妈，这是个误会，您听我说……"

"我不听，你上了大学就开始飘了，你给我等着！"

梁美娟恶狠狠地挂了电话，其实陈汉升也没当回事。

等着就等着，您还能来找我怎的？

"嘀嘀嘀——"

一个好友发来信息，原来是王梓博。

"年少不懂轻狂"："小陈，这周末我去找你玩啊？"

"陈英俊"："没空。"

"年少不懂轻狂"："每次找你都说没空，是不是兄弟都没的做了？"

"陈英俊"："嗯。"

"年少不懂轻狂"："（生气的表情）"

陈汉升懒得回复，直接关掉了和"年少不懂轻狂"的聊天页面。

这时，屏幕右下方的QQ图标又在"嘀嘀嘀"跳动了。

陈汉升不耐烦地刚要点"退出"，结果发现是"躲在海底吐泡泡的鱼"发来的。

这是萧容鱼，陈汉升只能暗叹下次务必隐身上线。

"躲在海底吐泡泡的鱼"："小陈，今晚我去找你啊？我想看看你的新店面。"

"陈英俊"："这几天准备新生晚会，一直忙得不可开交。"

"躲在海底吐泡泡的鱼"："那你怎么有空上网的？"

"陈英俊"："我来查资料，顺便上QQ提醒你，这两天冷空气又要来了，注意保暖（玫瑰花）。"

"躲在海底吐泡泡的鱼"："（害羞的表情）知道了，那我周末去找你吧，这几天上选修课，一直很忙，不说了，我要去上课了。"

不一会儿，"躲在海底吐泡泡的鱼"的头像就变成灰色了。

陈汉升怔怔地看着，萧容鱼一个人过来，没准儿要出事，必须找几个"电灯泡"陪着。

他想了想，主动点开了"年少不懂轻狂"和"北岛的雪"的 QQ 页面。

"梓博、嘉良，周末来财院玩啊？我这边风景秀丽，美女如云，热茶一壶，候君到来。"

第 66 章　猫巷少女

王梓博和高嘉良都很容易勾搭，一个混在理工大学的"和尚"堆里，一个心心念念的女神在玉欣。

所以，陈汉升给他们发信息，王梓博受宠若惊地回道："我大学附近有一家非常有名的烤鸭店，到时带点给你和小鱼儿尝尝。"

陈汉升知道这家百年烤鸭店，对王梓博的行为予以口头嘉奖。

他又喊了其他高中同学，两个在玉欣读大学的女生也会过来玩。

有这么多人打掩护，陈汉升觉得再加上自己机智的应变能力，基本上不会翻船了。

想到这里，他的心情才放松下来，抬头看了一眼沈幼楚。

沈幼楚上课的状态和其他同学不太一样，别人都在玩 QQ、打游戏，偏偏她一直盯着老师。

如果是其他课程，那还可以说她认真，不过这是计算机课，以沈幼楚这种状态，只说明她根本没有实操基础。

陈汉升稍微想想就明白了，估计沈幼楚从小到大没摸过几回键盘，能正确地开关机已经不错了。

他悄悄绕到沈幼楚旁边的电脑桌，低声问道："那盆绿萝是你放的吗？"

沈幼楚没想到陈汉升上课时敢走动，还当着老师和同学的面，她不敢说话，点点头默认了。

其实老师看到了也不会管，计算机课上换机很正常，因为有些电脑的硬件或者软件是坏的。

金洋明还主动跑到胡林语旁边坐下，谁都会怀疑他们有什么。

"绿萝不错，很有精神。"陈汉升夸赞一句，又问道，"你有没有 QQ？"

沈幼楚摇摇头。

"那我帮你申请一个。"陈汉升打开网页，几分钟就帮沈幼楚注册了一个账号，接着把一串数字写在纸上，"这是账号和密码，你有没有什么想用的昵称？"

沈幼楚没说话，盯着密码发呆。

"瞅啥？密码是我的生日。"陈汉升理直气壮地说道，"我担心太复杂你记不住，索性就用我的生日了，有问题吗？"

沈幼楚看了一眼陈汉升，默默地摇摇头。

"另外，以后不要随便换密码，因为 QQ 的账号和密码都是绑定的，换了密码，账号也就失效了。"

陈汉升认真地忽悠，沈幼楚也认真地听着，听到账号有可能失效，小脸绷得很严肃。

"记住我的生日了吗？"

沈幼楚"嗯"了一声。

陈汉升这才满意地说道："那现在我们想个昵称，你喜欢什么小动物？"

沈幼楚在纸上写道："猫。"

"最近有没有想做的事？"

"想家。"

"家里有什么？"

"婆婆、猫和小巷子。"

陈汉升想了想，在纸上写道："猫巷少女沈幼楚，这个昵称怎么样？"

沈幼楚点点头，她本身就像一只小橘猫，任由陈汉升摆弄。

"那就先加好友，以后你可以发 QQ 信息给我了。"

就这样，陈汉升成为沈幼楚的第一个 QQ 好友。

"陈英俊"："（玫瑰）（爱心）"

沈幼楚看到这些表情，脸蛋红了一下，她不熟悉键盘打字，只能笨拙地伸出食指一个字母一个字母按着，一分钟才打几个字，最后想了想还删除了。

"嘀嘀嘀——"

陈汉升看了一下 QQ 信息，忍不住笑了，沈幼楚忙活半天，只回复了一个表情。

"猫巷少女沈幼楚"："（微笑）"

"陈英俊"："（微笑）"

下课后，陈汉升直接去易物商品中心打印了宣传横幅，然后来到大学生活动中心。

新生晚会临近，这里内外都是乱哄哄的。

外联部只负责拉赞助，那现场就是宣传部的任务了，他们正安排表演者进行彩排，陈汉升还看到了公共管理二班表演诗歌朗诵和群舞的同学。

系学生会的人都聚集在下面，有人正在调整灯光，有人挽着袖子装饰气球，有人在一边背台词，一边体验现场气氛。

人站在礼堂中央闷得冒汗，一点都不觉得这是嘉平的深秋。

戚薇和外联部的人正在看彩排，陈汉升走过去问道："横幅准备挂在哪里？"

"大学生活动中心下面挂一条，一食堂和二食堂各挂一条，体育场那边再挂一条。"

戚薇已经安排好了位置。

陈汉升点点头，正准备带着何兵和王岩松去挂横幅，学生会副主席左小力突然走过来。

"打开横幅让我看一下。"左小力皱着眉头说道。

陈汉升根本不搭理他，左小力没办法，只能对胡修平和穆文玲说道："陈汉升的横幅有些问题，挂出去有损我们系的形象。"

胡修平和穆文玲两人对视一眼，陈汉升觉得这人真烦，主动把横幅展开："哪个字丢我们系的脸了？"

横幅上写着"教学楼 F 栋 101 热烈祝贺人文社科系新生晚会圆满开幕"。

穆文玲看完，说道："内容没问题啊。"

左小力摇摇头："这四条都是一样的内容。"

穆文玲这才发现，四条横幅居然都写的是"教学楼F栋101 热烈祝贺人文社科系新生晚会圆满开幕"。

"我找了一个商家赞助的，一千块钱都是同一家出的，难道不可以吗？"陈汉升反问道。

这种情况比较少见，但也不是不行，既然别人给的钱多，那多挂几条问题也不大。

左小力又指着"教学楼F栋101"几个字说道："这也不合规矩，其他横幅上都是商家的名字，这里写的是地址。挂出去的话，别人会觉得我们格式不统一，对待晚会的态度不够庄重。"

穆文玲听完，觉得左小力在故意找碴儿，正事都快开始了，居然还想着内斗。

"小力，我们要把注意力放在节目上，不要对细枝末节抓住不放。"穆文玲委婉地提醒道。

左小力冷笑一声，穆文玲因为戚薇的关系，肯定是站在外联部那一边的，于是他就对胡修平说道："你知道这个F栋101的老板是谁吗？"

"不要故弄玄虚了，F栋101的负责人是我，我在兼职创业。"陈汉升直接承认，说完就出去挂横幅，根本不看左小力的脸色。

学生会里的其他人都挺惊讶，没想到大一新生就敢创业。

穆文玲也不再搭理左小力，转过身去继续看彩排。

左小力盯着陈汉升的背影，对胡修平说道："他在利用学生会资源为私事做宣传。"

胡修平听了不吭声。

"他不适合待在学生会了，至少副部长的位置不适合他。"

胡修平摇摇头说道："副部长已经报送校办公室备案了。"

左小力笑了笑："前一阵子，校办公室负责管理学生会的关淑曼老师出去学习了，听说刚刚回来。"

"她不了解情况，到时我们再提交一份请示说明就行了，就说这个学生没有做好当副部长的准备。"左小力看着胡修平，"反正他也不是很尊重你。"

胡修平默然半响："的确。"

第67章　说谎不是男人的本性

横幅挂上去以后，趁着人文社科系新生晚会的热潮，学生们不管是去食堂吃饭，还是路过活动中心，都看到了"教学楼F栋101"这个地址。

F栋101隶属教学楼，紧挨停车场，毗邻学校西门和食堂，学生们都知道这么一个地方，广告效果比易物商品中心的商家要好不少。

周五晚上七点，人文社科系的新生晚会正式开始，大概是校庆五十周年的原因，财院的副院长兼校办公室主任"一把手"陆恭超也受邀莅临了会场。

陈汉升还看到了于跃平，他正有事想请，走过去打招呼道："于主任。"

"汉升啊，晚会筹备得不错。"

今晚于跃平心情挺好，拍了拍陈汉升的肩膀，也顺道介绍给陆恭超。

"陆院长，这就是之前说过的创业新生，很有冲劲的一个小伙子。"

陆恭超和陈汉升握了握手，人文社科系主任庞文亮有些诧异，他都不知道自己系里还有个创业的大学生。

趁着这个机会，陈汉升悄悄地对于跃平说道："于主任，这周六我想搬几张教室的桌椅放进 F 栋 101 和 102，不然空荡荡的，难看。"

于跃平毫不犹豫就答应了："没问题，我和 F 栋的管理员打个招呼，让他帮忙协调一下。"

陈汉升一边说，一边陪着院系领导走进活动中心坐下。

在走廊里还看到了系学生会副主席胡修平，他站在那里笑得像个迎宾小姐，不过这群人走过去以后，胡修平的脸色马上阴沉下来。

穆文玲看到这一幕，马上对戚薇说道："陈汉升得罪了胡修平。"

戚薇很惊讶："胡修平热衷官场文化，陈汉升明显对创业更感兴趣，他俩怎么搞对立了？"

穆文玲指着陈汉升坐的地方："那是胡修平留给自己的宝座。"

戚薇有些无语，一个位置有什么大不了的？

新生晚会的主持人很亮眼，男的英俊帅气，女的妩媚漂亮，很难想象大一新生就有这样的谈吐气质，财院别的不好说，平均颜值吊打周边学校是一点问题都没有的。

晚会内容都是宣传部安排的，人文社科系是财院的大系，在人力资源丰富的情况下，节目水平也不错，公共管理二班出了诗歌朗诵和群舞节目。

这两个节目表演时，陈汉升大声鼓掌，陆恭超和庞文亮都有些奇怪，陈汉升笑着解释："我是公共管理二班的班长，这是我们班的同学，看到他们的精彩演出，我也由衷地高兴。"

陆恭超和庞文亮相视而笑。

平心而论，整场晚会两个半小时，陈汉升和这些院系领导的交流只有这么一句，如果知道这都能得罪胡修平，估计陈汉升不想惹这个无缘无故的麻烦。

当然，如果麻烦主动找上门，他也不怕。

九点半晚会结束，院系领导和新生逐渐散去，学生会的人要打扫完会场才能离开，陈汉升先找到了沈幼楚："一会儿我去楼下找你，有事说。"

旁边的胡林语蛮横地插嘴道："一会儿太晚了，有什么事明天说吧。"

陈汉升心想：管得也太宽了，我找她，又不是找你。

"小胡，你知道单身的人每天都在忙什么吗？"

"忙什么？"

"忙着给有对象的人提供感情上的建议。"

陈汉升说完，就潇洒地离开了。胡林语愣了半响才反应过来，可又不知道回什么好，只能冲着陈汉升的背影骂了一句："渣男！"

会场清理干净后，陈汉升来到女生宿舍楼下，等沈幼楚出来，两人就在小花园的走廊里散步。

月光穿过藤蔓之间的空隙，漏下了一地闪闪烁烁的碎玉，嘉平的深秋真是处处弥漫着撩人的情怀。

"明天我的同学来财院，他们想去看看F栋101，你想见吗？"陈汉升问道。

沈幼楚本来打算周末认真把101和102打扫一遍，现在听了这消息，就很犹豫。

"我是希望你来的，因为他们都是我高中的同学，大家认识一下也好。"陈汉升突然皱了皱眉，"就是可能会传到我父母耳朵里。"

沈幼楚本来就在犹豫，听到陈汉升的父母可能知晓，马上摇着头说道："太、太快了，明天我去图书馆。"

"这样啊。"陈汉升叹了一口气，最终还是答应了，"那我就不勉强了，总之以后还有机会。"

"嗯。"沈幼楚小声回答，然后停下了脚步。

前面那一段走廊上有石凳，晚上时，不知道有多少对情侣在黑暗里调情。

"那你回去吧，外面冷。"

今晚的陈汉升似乎特别通情达理。

目送沈幼楚离去后，陈汉升心想刚才发挥得应该不错。

陈汉升既期待沈幼楚见一见自己的高中同学，又理解她心里的担忧，最后还尊重她的选择，三种不同情绪同时在脸上展现，演技有点登峰造极的意思。

解决了这件事，陈汉升终于彻底放心，吹着口哨踏进这段充满荷尔蒙的走廊。

这里每隔三五米就有情侣抱在一起，最神奇的是，他们都自顾自亲热，在不影响其他人的同时，也不被其他人影响，完全沉浸在甜蜜的爱情中。

路过大学生活动中心的时候，陈汉升顺便收起"F栋101"的横幅，没想到中心里面还有人。

大灯已经关了，只亮着一些小灯，影影绰绰地看到一个女生在台上调试投影设备。

"同学，还不走吗？"陈汉升大声问道。

"我在调试设备，没想到卡壳了。"

这女生一头披肩长发，戴着眼镜，身高有一米六五的样子。

要是平时，陈汉升肯定懒得过问，不过今晚摆平了沈幼楚和萧容鱼"王见王"的问题，他居然大发善心地看了看："这种投影仪很容易出问题，我帮你调一下。"

陈汉升一边调试，一边调戏："女生这么晚来礼堂，不怕有鬼吗？"

长发女生平静地笑了笑："学校里怎么会有鬼？"

"我说的是色中饿鬼，比如我这样的。"

不一会儿，投影仪修好了，女生问道："同学，你是哪个专业的？"

陈汉升刚想报自己的大名，蓦然一抬头，发现昏暗灯光下女生的眼神过于成熟。

他心中一动，嘴边的话就改成："我是人文社科系公共管理二班的李圳南。"

回去的路上，陈汉升越想越不对劲，这好像是个老师啊。

于是，陈汉升在楼下便利店买了一瓶可乐带回宿舍。

"阿南，给你的。"

李圳南很惊喜："陈哥咋对我这么好？"

"嗯，最近看你比较顺眼。"

第 68 章　梁美娟来校

第二天快中午时，几个高中同学才姗姗来迟地出现在财院门口。高嘉良刚见到陈汉升，就抱怨道："你们财院真是太偏僻了，整个玉欣就是一个大农村，还好我去了仙宁大学城……"

高嘉良话没说完，突然看到萧容鱼走过来了，便直接抛下陈汉升迎过去。

"小鱼儿，上次我来玉欣都没来得及好好看看，这次静心观察，突然觉得玉欣真是世外桃源，超级后悔当初没来这里读大学啊。"

陈汉升和王梓博摇摇头，同时啐了一口。

萧容鱼对这类马屁听得多了，她只顾着和两个高中女同学聊天，一转头发现今天陈汉升只穿着夹棉卫衣。

"你不冷吗？"

萧容鱼是一身淡粉色羽绒服，她这样问的意思很明显。

"昨天刚刚洗了羽绒服，现在还没干呢。"陈汉升老实巴交地回道，其实羽绒服就挂在宿舍的衣橱里，但今天他无论如何不会穿。

"噢。"萧容鱼脸上有些失望，但还是好心地提醒道，"羽绒服不能经常洗的，否则不保暖了。"

"知道了。"陈汉升不想在这个事情上多纠缠，笑嘻嘻地转移话题道，"这都快到吃饭的时间了，要不要先去点评一下财院的伙食？"

王梓博也高高举起手里的袋子："还有我特意带来的烤鸭。"

百年老店的产品果然比大学食堂千篇一律的饭菜更吸引人的目光，陈汉升看着喷香的烤鸭，忍不住咽了一下口水。

"你们可能不知道烤鸭的正确吃法，我先教你们一下吧。"

陈汉升边说边动手，夹起鸭肉片、葱丝和黄瓜条，再蘸着黏稠的面酱，卷在薄饼里，一口吃下去。

舌尖上的肉香、酱香、果蔬香浑然天成，鸭肉肥而不腻，配菜又爽口。

半响，萧容鱼呆呆地推了一下陈汉升。

"小陈，你都教了我们半只鸭子了。"

陈汉升嘴里还塞着薄饼，嘟哝着回道："这不是怕你们学不会嘛。"

"不要。"萧容鱼娇笑着把陈汉升推到一边，"走开走开，我们可以自学的。"

看着几个人吃着剩下的半只鸭子，陈汉升遗憾地摇摇头，要不是萧容鱼反应快，整只鸭子都得进自己的肚子了。

突然，有人在背后轻轻拍了一下陈汉升。

"陈班长，这是你的同学吗？"

陈汉升转过头，原来是商妍妍，她依然是红唇眼影，脚下踩着一双高跟鞋，有一种异于大学生的成熟感。

"没错，这些都是我的高中同学。"

陈汉升假装转身，不经意地避开商妍妍搭在自己身上的手臂。

要是换个场合，说不定陈汉升能好好和这个成熟的女大学生沟通一下人生理想，可惜萧容鱼就在旁边。

萧容鱼从小到大成绩好、长得美、家境优渥，享受了所有的关爱和资源，所以性格可爱甜美中又有些任性霸道。

就算现在她喜欢陈汉升，也憋着不主动表达。

她等着陈汉升像以前一样先开口，然后两人确定关系。

可惜现在陈汉升不是装糊涂看不懂暗示，就是一心只想着占便宜。

看到商妍妍把手搭在陈汉升肩上的亲密动作，萧容鱼顾不得吃饭，嘴上还沾着巧克力颜色的面酱，眼睛瞪着陈汉升。

商妍妍是过来人，一看女孩子的眼神就恍然大悟了，她也知道自己的动作犯了忌，笑道："班长，你高中的女同学真好看，比我漂亮多了。"

夸赞完，她就去吃饭了。整个过程商妍妍拿捏的尺度都很好，相比之下，萧容鱼就青涩多了，也太容易流露情绪。

不过对陈汉升来说，他当然更喜欢小鱼儿啦。

有句话怎么说的来着？若他情窦初开，你就宽衣解带；若他阅人无数，你就炉边灶台。

陈汉升这种人，你宽衣解带，他能顺着宽衣解带，但是心仍然在那个炉边灶台的女人身上。

"她是我的大学同学，我们班级气氛比较好，所以大家都很随意。"陈汉升解释道。

萧容鱼不搭理他，带着其他两个女同学去了隔壁桌。

看到萧容鱼离开了，高嘉良才悄悄地对陈汉升说道："汉升，有个事和你商量。"

"你说。"

"最近我有个室友失恋了，想重新谈一个女朋友，走出伤心事，我也一直在帮他物色。"

"然后呢？"

陈汉升打量着高嘉良。

高嘉良咳嗽一声："我想帮室友问问刚才那个女生的电话。当然，QQ也行的。"高嘉良满是期盼。

王梓博一脸鄙视："那个室友就是你自己吧。"

高嘉良不想和王梓博废话，只顾看着陈汉升。

陈汉升犹豫了一下，把金洋明的手机号码给他了："建议你在学校里不要联系，回宿舍后躲被窝里给这个号码发点情话勾搭一下。"

"好嘞，谢谢汉升。"

高嘉良要到了联系方式，不一会儿又忘记了刚才拍马屁的样子，肆意评价财院的饭菜有多难吃。

与此同时，财院西门口站着一对中年夫妻，正是从港城来的陈兆军和梁美娟。

看着进进出出的大学生，梁美娟感慨道："还记得以前送他去幼儿园的场景，没想到一转眼就读大学了。"

陈兆军听了，温和地笑笑。

"老陈，你说那小子见到我们的第一反应会是什么？"

陈兆军想了想："虽然汉升外向，但我们没提前告诉他，估计他会很惊讶吧。"

"就是先别告诉他，我要看看真实情况！"梁美娟生气地说道，不过又满怀希冀，"我倒希望他冲过来抱住我，他现在长大了，一点都不如小时候乖巧。"

两人边走边说，看到食堂开饭就决定进去考察一下伙食。

陈汉升正在埋着头吃饭，突然听王梓博说道："小陈，你妈。"

"你骂我做什么？"

陈汉升伸手要打人，王梓博一边躲避，一边大喊冤枉："真是你妈啊！"

这时，旁边桌上的萧容鱼也站起来了："梁姨、陈叔，你们怎么来了？"

陈汉升抬起头，自己的爹妈果然站在不远处，甚至梁美娟伸出双手，真的做好了和陈汉升拥抱的准备。

"老陈，老妈。"陈汉升讷讷地开口，"你俩回去的车票买了吗？"

第 69 章　风生水起

"妈，我劝您冷静！

"这么多同学都在呢，能不能留点面子给我？

"老陈，拦下你老婆啊！"

…………

本来梁美娟期待儿子能给自己一个久未谋面的拥抱，最不济也有几句关心的话，哪里想到这小子开口就催自己回家。

"梁太后"也不是吃素的，二话不说，就准备给陈英俊"some color see see."

陈汉升这狗脾气，目前来讲，能够一点不打折扣地治住他的也只有梁美娟了。

高嘉良站起来假装劝架，其实准备悄悄堵住陈汉升，看到陈汉升出糗，他也异常畅快。

最后，还是萧容鱼的话起了作用：

"梁姨，小陈的意思是问您买票没，如果没买票，那就不着急买票，在嘉平多玩几天。"萧容鱼看着陈汉升："是吧？"

陈汉升向萧容鱼投去感激的一瞥，连忙点头："我就是这个意思，你们还没吃午饭吧？我去打饭。"

梁美娟这才冷哼一声："今天给小鱼儿一个面子，这顿打先挂在账上。"

陈汉升打完饭回来，梁美娟已经和几个同学融洽地交流起来。

梁美娟和他们的父母就算不熟悉，基本也见过面，而且大家都是港城人，交流时也用港城方言，在说惯普通话的大学校园里，有一种别样的温馨。

此时梁美娟充当大家长的角色，一会儿关心曾燕（高中女同学）咳嗽要去医院，一会儿提醒王梓博多给家里打电话,还夸萧容鱼漂亮体贴。

吃完饭,一行人说说笑笑地去了F栋101的创业基地。

不过谁都没有注意到,食堂拐角一个不起眼的座位上,沈幼楚正坐在那里。

这是一次普通的偶遇,但她没有上去打招呼。

只有在这个没有人打扰也没有人注意的地方,沈幼楚才敢抬起头看着陈汉升和他的家人朋友们,桃花眼纯净安宁,安静得像一汪深不见底的湖水。

看到陈汉升要被打,她蹙着眉头有些担心,后来纠纷消除了,她又悄悄笑了一下。

只是沈幼楚有些奇怪,人群里有个像公主一样被簇拥着的漂亮女生,羽绒服的款式为什么和自己的一样?

不过她过于单纯,想不通也就不再想了。

在教学楼F栋101,陈兆军夫妇终于见识了陈汉升的创业基地。陈汉升向他们解释,手机是公司配备的,两间空房是学校支持的。

高嘉良倒不觉得有什么,王梓博除了羡慕手机以外,也浑然没当回事。

大学里空着的房间太多了,他们自然想不到陈汉升拿下101和102不仅需要运作和协调,还要有一定的运气机缘。

陈兆军和梁美娟就成熟多了,知道一年之内这两间空房属于陈汉升的时候,就明白自家儿子真的搞出了一点名堂。

"小陈,这盆绿萝好漂亮啊。"

萧容鱼听过这些事情,所以注意力在其他方面,一眼就看到了窗边的绿萝。

"是吧?我也觉得很漂亮。"陈汉升心不跳面不红地回答。

"女孩子送给你的?"

突然,萧容鱼抬起头,长而媚的眼眸盈盈如水。

陈汉升镇定地摆摆手,义正词严地反问道:"怎么可能是刚才那个女生送的?你觉得她的气质像养得出绿萝的人吗?"

商妍妍的气质偏向浮躁外向,的确不像沉下心打理植物的女生,萧容鱼这才稍微放心。

可是她想想又觉得不对,明明自己问的是这株绿萝是不是女生送的,又没问是不是刚才那个女生送的。

这时,F栋的管理员走过来,打听这里是不是要一些桌椅,这样一打岔,萧容鱼就没有继续追究了。

陈汉升带着高嘉良和王梓博去搬东西,这些桌椅当然不是全新的,上面多少有一些涂抹痕迹。

不过陈汉升也有办法,到时买一些台布盖上去就行。

一是节约成本,现在陈汉升只有四千元经费,自然要省着点花。

二是F栋101和102既是创业基地,又是交流中心,再加上停车场的人流量本就大,太豪华的装饰也不合适,有几张桌子能够坐一坐、聊聊天、办办公就行了。

校办公室副主任于跃平的招呼很到位,管理员的意思是桌椅管够,陈汉升也没客气，又看到楼下正在更换半人高的盆栽，他就问道："这些养得枝繁叶茂的盆栽怎么说换就换？"

管理员掏出烟准备点上："这是院领导的意思，五十周年校庆就要来了，全部要换新的。"

陈汉升点点头，这种庆典果然都是认认真真搞形式、踏踏实实走过场，他也顺手掏出自己的交际烟。

陈汉升一般带着两包烟，一包是自己常抽的红金陵，一包是交际用的硬中华，现在这包硬中华还没有开封。

"来，抽我的。"陈汉升招呼道。

管理员看到陈汉升掏出中华，知道这是好烟，就等着分给自己一支。

不过陈汉升撕开包装后，自己叼了一支在嘴里，把剩下的连烟带盒塞给了管理员。

"哎、哎、哎！"

管理员还有些不好意思。

陈汉升又帮管理员点了火，这才说道："这些换下来的盆栽能搬走吗？当然，我也不拿回去，就放在101和102那里。"

管理员有些犹豫，不过掂量着手里的中华烟想了想，说道："如果你不是校办公室的学生干部，我真不会答应，你可不能对别人说。"

"那当然了，谢谢阿伯。"

其实陈汉升并不是校办公室的学生干部，不过管理员以为既然是于跃平亲自打的招呼，那陈汉升肯定是校办公室的人了。

"其实去校办公室里混个身份倒也不错。"

突然，陈汉升萌生了这样一个想法，不过校办公室算是学生会的上级部门，进入学生会，部长同意就行，但是参加校办公室的面试需要老师批准。

管理员这里的工具还挺多的，陈汉升借了辆小推车，挑了一些好看的盆栽直接运到101和102摆上。

不仅如此，陈汉升觉得有些假山石块也不错，索性一起搬到车上。

高嘉良不乐意了："你是不是把我们忽悠过来帮你干活了？"

"你也看到我们学校女生的质量了。"陈汉升拍拍高嘉良的肩膀，"你帮我搬东西，我也帮你失恋的室友介绍一个女朋友。"

"我是那种人吗？"高嘉良很不屑地甩开陈汉升，然后走到一块蜡石面前，"这块卖相也不错，咱们一起搬回去吧。"

101和102本来空荡荡的，但是桌椅和盆栽放进去以后，立马有了一股人气。

尤其那些假山石块，在外面的青石板地上一摆，搭衬着本来就有的园圃，愣是营造出了公园的氛围。

梁美娟有些发愣："不是说搬桌子吗，怎么搞这么多东西回来？"

老陈悠闲地抽着烟，看着自家儿子凭借混不吝的性格特点和超乎年纪的协调能力，逐渐在大学这个小社会中混得风生水起。

第70章 躲不掉的总会相见

晚上，梁美娟在易物商品中心请这帮大学生吃了饭，然后仙宁校区的王梓博和高嘉良坐车先回去了。

陈汉升和萧容鱼走得最晚，他们一直在酒店房间聊到九点多才回去，顺便把明天的行程定下来。

其实陈汉升很想偷懒，不过这是自己的亲爹亲妈，不上课的时候肯定要一路陪同，而萧容鱼纯粹是蹭吃蹭玩的。

"老陈，你有没有发现一件事？"房间里只剩夫妻两人的时候，梁美娟突然神神秘秘地说道。

"什么？"

"小鱼儿是不是在和咱家那小子谈朋友？"

陈兆军亲眼见过这两人在街头吃糖葫芦的画面，但是他比较稳重，除非陈汉升亲自说已经和萧容鱼确定关系，否则他不会多讲。

"这我哪里知道？你也别多想，说不定两个人只是同学而已。"陈兆军认真地劝道。

梁美娟白了一眼自己的丈夫："我的眼睛又不瞎，吃饭时小鱼儿还让汉升帮她夹菜，同学关系能这么亲密吗？再说……"梁美娟又想起一件事，"前一阵子，萧宏伟和吕玉清突然请我们吃饭，但云里雾里的又没说具体事情，当时我还有些纳闷儿，今天终于有点眉目了。"

陈兆军不想跟着八卦，翻个身说道："关灯睡觉吧，明天还要早起。"

"自己去关。"梁美娟哼哼着说道，"好不容易伺候小的读了大学，老的还想让我伺候。"

第二天，陈汉升早早起床，他要先去打印一些兼职宣传单，再去陪父母吃饭。

宿舍里其他人都睡得沉，唯独金洋明侧躺在床上，顶着黑眼圈在发信息。

"老六，你一夜没睡吗？"陈汉升奇怪地问道。

金洋明点点头，神色还有些兴奋："陈哥，我发现自己的魅力还是可以的，商妍妍拒绝我，完全是拒绝了一个宝藏男孩。"

"此话怎讲？"

"昨晚，突然有个叫阿良的女生给我发信息，说自从在食堂见过我一面，就很想和我做朋友，我们聊了一宿，发现在爱好和兴趣上有不少相似的地方。"

陈汉升不动声色地换好衣服："那你好好把握，我出门办点事。"

在易物商品中心，陈汉升和印刷店老板说明了自己的要求，便急匆匆赶往父母下榻的酒店。

萧容鱼已经提前到了，她心里有些不高兴，因为早上陈汉升没有在学校门口等她。

不过见面时看到陈汉升穿着黑色羽绒服，自己穿着淡粉色这一款，萧容鱼甜甜地一笑，马上就忘记了这些小事。

今天的计划很紧凑，上午先去夫子庙秦淮河一带观光，中午在那里吃一顿特色小吃，下午去中山陵，晚上返回玉欣。

不过，计划永远赶不上变化，谁能想到梁美娟和萧容鱼直接被夫子庙街上琳琅满目的首饰店吸引住了。

最后，四个人愣是分成了两组，陈兆军拿着梁美娟的呢子大褂，陈汉升拿着萧容鱼的羽绒服走在后面，梁美娟和萧容鱼手挽着手走在前面。

萧容鱼羽绒服里面穿着一件白色紧身棉毛衫，脚上踩着一双咖啡色小短靴，再配上古典精致的瓜子脸和一米六八的身高，秦淮河上的外国佬都频频向她投来欣赏的目光。

几个混在夫子庙一带的流氓想去搭讪，不过又看到了跟在后面的陈兆军和陈汉升。

陈兆军还好一些，普通的办公室中年大叔而已。

而陈汉升的气质就不一样了，单手叉腰，肆无忌惮地敞着衣襟，看着熙熙攘攘的人群满脸的不耐烦，眼角还跳动着几分桀骜。

陈汉升注意到几个混混，居然冲着他们无所谓地笑笑。

这些流氓也是尿，商量后，居然放弃了。

中年妇女和青春美少女凑在一起的战斗力是惊人的，她们一直逛到下午三点，终于被饿到实在撑不住的陈汉升拉去吃饭。

这样来看，中山陵的旅游计划肯定要泡汤了，索性这一天在夫子庙玩个痛快。

听到陈汉升沉痛地宣布这个决定，梁美娟和萧容鱼笑着拍手叫好。

晚上的夫子庙更加热闹，"秦淮人家"的照壁上，一溜红红的灯笼垂挂着，古色古香的游船满载着南来北往的游客，琴声茶韵，古色古香。

这种热闹的气氛深深感染了梁美娟，返回酒店后，她仍然有些兴奋："老陈，出去走走吧。"

陈兆军看了看时间："这都九点半了。"

梁美娟拖着陈兆军："我们再去学校看看，以后说不定什么时候才能再来呢。"

陈兆军一听，的确是这个理，于是两人换好衣服就出门了。

深秋的财院满地都是梧桐叶，踩在上面"咯吱咯吱"作响，陈兆军夫妇不知不觉就走到了F栋101，没想到这里居然还亮着灯。

"今天汉升也挺累的，怎么又来这个基地了？"

梁美娟很心疼，也有些后悔，早知道就不玩到这么晚了。

两人走进101，不过没有看到陈汉升，却在桌子底下看到了另一个背影。

她正跪坐在地上仔细擦拭桌子的锈迹，从背影柔韧优美的弧度来看，应该是个女生。

"你好……"

本来梁美娟只想打个招呼，没想到却吓到了这个女孩，只听"咣当"一声响，女孩抬头的瞬间撞到了桌面的铁板。

"没事吧？小心点，先出来。"陈兆军关心地说道。

女生弯着身子慢慢出来，梁美娟仔细地打量着她。

她的个子居然比小鱼儿还要高一点，穿着老式的高中校服，裤脚都起了毛边，膝盖和袖口沾染着厚厚的灰尘，这说明刚才自己在夫子庙玩乐的时候，她就一直在这里打扫了。

乌黑的青丝扎成一个适合干活的丸子头，鬓角的汗水晶莹透亮，灯影斑驳之下，身影看上去柔柔弱弱，还有些惹人心疼的娇憨。

只是女生一直低头看着脚尖，梁美娟看不清她的样貌。

"你叫什么名字呀？"

梁美娟准备牵起女生的手，没想到她稍微犹豫了一下。

"有、有灰尘。"女生小声地说道。

不过梁美娟还是把她的手牵住了："有灰尘也没关系，你是来帮陈汉升打扫的这里？"

说完，梁美娟也没有要求女生抬起头，而是主动蹲下去，两人对视的一瞬间，梁美娟倒抽一口凉气："陈兆军，好俊俏的闺女啊！"

第71章　对穿

陈兆军一瞅，嚯，果然很漂亮。

女孩长着一张圆润温柔的鹅蛋脸，在白炽灯的映照下如玉色琉璃，可能在桌子上撞的那一下比较重，额头明显红肿了一小块，疼得眼泪都溢出来了。

楚楚可怜的桃花眼泪汪汪的，让人看得心里莫名一揪。

陈兆军点点头，这女孩的五官和萧容鱼差不多，基本属于完美无瑕的那一类。

"你叫什么名字呀，闺女？"

不知道为什么，梁美娟心疼得尤其厉害。

"沈、沈幼楚。"

"这名字好听。"

梁美娟伸出手要帮她擦眼泪，沈幼楚有些不好意思："脸上也有灰。"

"呵呵呵……"

梁美娟都忍不住笑了，沈幼楚的鼻尖和脸颊两侧都有灰尘，可能是擦汗时不小心抹上去的。

"不怕，阿姨不怕灰。"

平时梁美娟在家就是强硬的性格，陈汉升是个主意正、不听人劝的角色，所以看自家儿子很不顺眼，但梁美娟对委屈的沈幼楚一下子就喜欢起来了。

梁美娟一边帮她擦眼泪，一边打量她，鼻梁挺直，唇形弧度异常柔美，眉眼如画。

嗯，果然好相貌。

陈兆军在一边看不下去了，正事还没问呢，于是开口说道："我们是陈汉升的父母，你和他是什么关系啊？"

"同、同学。"沈幼楚轻声地说道。

"还有呢？"

陈兆军又多问了一句。

"……"

沈幼楚不知道怎么回答，两人之间最明确的关系就是同学。

"好了好了，不要打扫了，今晚陪阿姨散散步吧。"

正如不相信萧容鱼和自己儿子仅仅是同学关系，梁美娟也不相信大晚上帮忙打扫101的沈幼楚也只是儿子的同学。

她借着散步的由头，一路上把沈幼楚的家庭情况了解得差不多了，最后在女生宿舍门口，梁美娟让沈幼楚先回去。

"外面天气太冷了，又冻手，早点休息。"

"噢……"

沈幼楚听话地举起右手，摇摆着告别。

等沈幼楚上楼后，陈兆军深深地叹了一口气："小沈也太憨厚了，你问什么，她就说什么。"

"山里的女孩没见过太多世面，还没学会撒谎。"刚刚聊天时慈祥和蔼的梁美娟表情突然冷冷的，"老陈，你儿子上了大学，别的没学到，脚踩两只船真是玩得溜熟。"

陈兆军不吭声。

梁美娟越说越气，情绪也激动起来："大冷天的，晚上十点钟，人家还去给他打扫卫生，你儿子撩谁不好，偏要撩这种死心眼的姑娘？"

陈兆军掏出红金陵点上，也是一头雾水：不是有萧容鱼了吗，怎么又冒出个沈幼楚？

梁美娟一脸严肃："其他的我不管，以后的事情也不想多问，两个都是好姑娘，但是他要是敢继续这样作弄下去，我就当没生过这个儿子！"

陈汉升还不知道晚上发生了这样的事，他周一依然去教室上课。梁美娟不让他请假，而陈汉升也乐得忙些自己的事。

下课后，陈汉升把外联部的"段誉"王岩松、"穆念慈"许梦竹、"苗人凤"何兵，还有"黄蓉"聂小雨都喊过来。

他们对101和102的变化有些不敢相信，前几天还是杂草丛生、一地狼藉，怎么现在就像公园景点似的？

这里经过了三拨人的努力，第一拨是公共管理二班的同学，他们清理了大部分垃圾，第二拨是陈汉升的高中同学，这些人奠定了装饰基础。最后一拨就是沈幼楚了，不管是窗边的绿植，还是墙角消失不见的霉斑，这些都是她默默劳作的结果。

"段誉、穆念慈、苗人凤，你们三人负责把这些兼职传单贴在学校的水房、食堂、宿舍这些公共场所，现在我划定一下范围，段誉负责男生的……"最后，陈汉升又加上一句，"这些不是免费的，每人有二十元的酬劳，但一定要张贴完毕，到时我会检查的。"

这三个人原以为这是白干的，没想到还有工资。

对于厚厚一沓需要张贴的宣传单，二十元可能并不算多，但这是意外收入，也包含着一种对他们能力的肯定。

"我不仅上了大学，还在大学里赚钱啦！"

这就是眼前三个大学生心里的想法。

陈汉升注视着他们的表情变化，心里笑了笑。

其实大学生兼职并不简单，也许事情不算复杂，需要承受的压力却不小。

刚开始，很多大学生因为热情、好奇、兴趣而愿意尝试一下，可一旦真正走门串户去推销，面临许多奇奇怪怪的目光，真正能够坚持下去的很少。

其实陈汉升布置任务是循序渐进的，开始只让他们贴传单，这种属于独立任务，没有对外交流的部分。

真的直接让他们拿着传单去宿舍和教室分发，说不定很快就有人打退堂鼓了。

不过大浪淘沙，最后坚持下来的才能真正跟着他"明教教主张无忌"做点大事。

陈汉升交代完任务，那三个人就拿着宣传单回去了。

"黄蓉"聂小雨有些纳闷儿："我呢？"

陈汉升从桌底又掏出一沓传单："你的任务和他们不一样，你去隔壁的工程学院发放张贴这些传单，工资是五十元。"

聂小雨愣了一下："我一个人负责工程学院吗？"

"怎么，你不行吗？"陈汉升反问道。

聂小雨的心气和毅力在其他三个人之上，陈汉升是一边利用，一边打磨，尽量达到双赢的结果。

果然，她深吸一口气，拿过传单大声说道："我肯定可以的！"

很快创业基地又只剩下陈汉升一个人，早晨的阳光洒在身上，暖洋洋的很舒适。

陈汉升双脚跷在桌上休息，心里想着下一步如何运作，头顶一方蓝天，呼吸着嘉平深秋的凉意，微微眯着眼。

有个人轻轻走过来，陈汉升不用睁眼就知道是谁。

"昨晚你来打扫了啊？"

陈汉升一早就看到 101 和 102 的桌椅干净了很多，知道必定是沈幼楚做的。

"嗯。"沈幼楚应了一句，经过漫长而短暂的空暇后，她又说话了，"昨、昨晚，我见到了阿姨。"

"哪个阿姨？"

"梁阿姨。"

"哗啦"一声响。

陈汉升一个不小心，狼狈地摔坐在地上。

第 72 章　两副手套

"F 栋管理员净给我破桌旧椅，稍微不注意就要倒，亏我还给他塞了中华烟！"陈汉升一边骂咧咧地爬起来，一边把锅甩给了桌椅和管理员。

重新坐好以后，陈汉升还好心地提醒沈幼楚："以后你坐这些椅子要小心点，不要摔倒了。"

"我晓得了。"

沈幼楚的声音还和以前一样柔弱。

此时陈汉升心跳得很快，"咚咚咚"像重锤擂鼓一样，但说话的声音和腔调还像往常一样平稳。

沈幼楚和"梁太后"见面他一点都不害怕，主要是陪在"梁太后"身边的人到底是谁？

明大的那个有没有陪着？

不过陈汉升不能直接问，那样目的太明显了，虽然沈幼楚未必看得出来。

"喀……"陈汉升咳嗽一声，开始若无其事地搭话，"我妈也是，一个人从酒店来我们学校做什么？大晚上的，路也不好走。"

"梁阿姨和陈叔叔一起过来的。"沈幼楚认真地解释道。

"吁……"

原来只有老陈。陈汉升终于放下心来，大大喘了一口气。

"怎么样，你们聊得开心吗？"

陈汉升终于笑起来了，其实他对交流的内容一点都不关心。

自己老妈自己最清楚，她无非是打听女孩和自己的关系，更深入一点就是了解家庭背景什么的。

"还、还好。"

其实沈幼楚也不知道"聊得开心"是什么样子，不过那个梁阿姨对自己的态度一直很和蔼，她是能感觉出来的。

"那行吧，现在我准备去找我妈，你要不要一起？"

虽然明知道以沈幼楚的性格不会跟着过来，但陈汉升还是问了一句。

沈幼楚预料之中地摇摇头："我、我就不过去了，留下来整理房间。"

不过就在陈汉升要出去的时候，沈幼楚从布袋里掏出一副针织手套递过来。

"怎么，给我的？"

陈汉升试着戴了一下，发现比他的手要小很多。

"给阿姨的，昨晚她说手冷。"沈幼楚小声地说道。

这个时候，陈汉升才注意到沈幼楚的眼袋有些重。

"昨晚你熬夜织的？"陈汉升问道。

沈幼楚红着脸不回答，拿出抹布开始打扫卫生。

"唉……"

陈汉升叹一口气，把手套揣在兜里，没有说什么，径直去了酒店。

没想到萧容鱼也在酒店，正坐在床边和陈兆军夫妇聊天。

"哟，你们一家三口都在呢？看来我倒是个外人了。"陈汉升笑着打招呼。

萧容鱼转过头，露出一个温馨的微笑，肤光胜雪，梨涡浅笑，宛如灿烂桃花。

"难道你不是外人？"梁美娟白了陈汉升一眼，"我来嘉平，手上冻得长了个小疙瘩，早上小鱼儿请假去东山百货帮我买了个真皮手套，你呢？"

陈汉升微微一怔，梁美娟手上果然拿着一副黑鳄鱼皮的手套，看起来色泽不错，应该不便宜。

他不动声色地把口袋里的针织手套往深处揣了揣，不以为然地说道："哪里需要去东山百货？随便在易物商品中心买一副就行了。"

"你看你看，这就是我养了十八年的儿子！"梁美娟对萧容鱼说道，"小鱼儿，以后找男朋友千万别找这种人，给亲妈买副手套都舍不得！"

萧容鱼弯着眼睛在笑，刚想说什么，手机突然"丁零零"响起来。

接完电话，萧容鱼吐了吐舌头："陈叔、梁姨，我得先回去了，上午我出来没和辅导员请假，她打电话来问情况了，小陈你留在这里陪梁姨吃饭。"

"行，赶紧回去和辅导员说明情况，注意安全。"梁美娟关心地叮嘱一句。

萧容鱼离开后，梁美娟刚刚亲切的表情突然冷淡下来。

陈汉升假装没看到，嘴里说道："这手套真不错，小鱼儿真是用心了。"

梁美娟"哼"了一声，抢过手套不让陈汉升碰。

陈汉升也不在意，笑嘻嘻地从口袋里掏出针织手套："这是昨晚沈幼楚连夜帮您织的。"

梁美娟有些吃惊地接过来，手套纹路清晰，说明沈幼楚在家里经常做事。

看看左手的真皮手套，再看看右手的针织手套，梁美娟沉默许久，突然拿起床边的水壶要砸陈汉升。

"小子，看看你都做了什么事！"

陈兆军连忙上去拦住，这茶壶里还有热水，要是真的烫伤可不是闹着玩的。

陈汉升赶紧避开，嘴里还说道："娘啊，古人说'小棒则受，大棒则走'，您老人家心情不好，打我几下、骂我几句我都受着，但要用开水烫我，那我就先走了啊！不然我真的烫伤了，到时还是您难过。"

听到陈汉升还振振有词地解释，梁美娟更加生气了，放下水壶，拿起酒店的拖鞋就往陈汉升身上砸去。

陈汉升一看是拖鞋，干脆不避不闪，直接往床上一扑，用被子遮住头，身上就随便梁美娟打了。

"噼里啪啦……"

"梁太后"真用了劲，只是这酒店的拖鞋能有多大杀伤力？秋天身上穿的衣服又多，陈汉升差点儿睡着了。

梁美娟大概也知道儿子多无赖，自己汗都出来了，陈汉升居然一点反应没有。

"你来打！"

梁美娟气喘吁吁地把拖鞋递给了陈兆军。

陈兆军一贯是好好先生，他向来主张家庭内部矛盾协商解决，不过看到老婆这么生气，接过拖鞋照着陈汉升的屁股"啪"就是一下。

陈汉升猛地掀开被子跳起来。

"老陈，你怎么玩真的？"

陈兆军瞥了自己老婆一眼，心说：不来一下真的，你妈能消气吗？

陈汉升揉揉屁股，看到梁美娟还是气鼓鼓地坐在床上，便嬉皮笑脸地上去搂住她的

178

肩膀:"妈,打也打了,骂也骂了,咱去吃午饭吧?"

"唉,我和你爸都是老实人,怎么生了你这么个儿子啊?"梁美娟一看硬的不行,就来软的,拿过两副手套,动情地说道,"手心是肉,手背也是肉,但是你不可能两个都要吧?"

陈汉升假装听不懂:"中午要吃鹅掌吗?"

梁美娟瞪了他一眼,索性摊牌了:"直说吧,你希望我戴哪副手套?"

"您喜欢哪副就戴哪副,关我什么事?"陈汉升一脸无辜地说道,不过他又补上一句,"我要是您,那就两副都要,这副脏了就换另一副,换着戴才比较好。"

房间里突然安静下来,半响,梁美娟突然揉了揉胸口,招呼陈兆军说道:"帮个忙,再把拖鞋递过来。"

第73章 同学关系

陈汉升上大学以前就经常因为不听话被梁美娟教训。

今天又被鞋底"摩擦"了一顿,他也只是掸了掸灰尘,还孝顺地帮梁美娟揉揉发酸的手腕。

梁美娟彻底没办法了,看向陈兆军:"当年我们是不是在医院抱错孩子了啊?"

陈兆军正在抽烟,苦笑一声,没说话,因为下面还有连贯的几句顺口溜。

"早知道他这么不听话,就应该把他扔到垃圾里面。"

"孩子要是全像我就好了。

"就是因为你瞎教育,所以才变成现在这样子。"

…………

反正不管话题怎么转,最后背锅的总是老陈。

总之陈兆军也习惯了,他熄灭烟头,认真地对陈汉升说道:"你心里到底怎么想的?"

"我怎么想的不重要,关键你们赶紧吃完饭去中山陵吧,瞻仰历史遗迹不比纠结儿女情长更有意义啊?"陈汉升又开始胡扯,"妈,刚才又是手心,又是手背的,中午点一份猪脚啃啃?"

"别和我套近乎!"梁美娟白了自己儿子一眼,"我问你,你和萧容鱼什么关系?"

"同学关系。"

"和沈幼楚呢?"

"也是同学关系。"

"……"

陈汉升一口咬死都是同学关系,梁美娟居然找不到破绽。

别问,问就是同学。

再问,那就是同学关系很好,所以她们才帮忙打扫卫生和买手套。

面对这样混不吝的儿子,梁美娟好像拳头打在棉花上,有力气使不出,最后不得不叹了一口气说道:"去吃饭吧,我就当没生过这儿子。"

吃完饭,陈兆军和梁美娟直接把陈汉升丢在餐厅,招呼都不打就走了。

陈汉升笑呵呵的，也不介意，自己填饱肚子后，又让厨房打包了一份少油的虾仁炒饭和青菜。

梁美娟他们吃的是早中饭，现在才刚刚十一点，这份虾仁炒饭他带给沈幼楚当午餐。

沈幼楚可能是吃不惯外面的食物，也可能是不好意思，总之有些抗拒。

"不用了，一会儿我去食堂吃就好。"

陈汉升听了挺没面子，可是自己专门带回来的爱心炒饭呀。

"行吧。"陈汉升拿起外卖，"这是我妈让我带给你的，既然你不吃，我干脆送回去算了，就说你不接受她的心意。"

沈幼楚愣了一下，然后小声地说道："那、那我吃。"

陈汉升觉得很有意思：我送你的饭就不吃，我妈送的你就吃？

怎么，吃了"梁太后"的饭能长生不老啊？

"算了算了，不要勉强，反正你也不饿。"

陈汉升虎着脸继续逗弄沈幼楚，已经准备拿走打包盒了。

沈幼楚多单纯，她真的以为陈汉升要送回去，这可是梁美娟的心意。

心里一着急，她罕见地伸手按住了盒子。

"我饿！"

看着噘着嘴巴委屈的沈幼楚，陈汉升咧嘴一笑："真不经逗。"

沈幼楚这才知道又上当了，她红着脸把饭菜拿远一点，生怕陈汉升再来抢夺。

陈汉升笑眯眯地心想：我的套路比山路十八弯还多，你能防得住吗？

突然，他听到旁边"嘭"的一声响，好像是打开瓶盖的声音。

陈汉升转过头一瞧，原来沈幼楚从布袋里拿出一瓶芥菜拌辣椒，鲜红的辣椒油沾在瓶口上，让人在咽口水的同时，又觉得有一股辣味在胃里窜来窜去。

察觉到陈汉升难以置信的眼光，沈幼楚害羞地把饭菜移得更远一点，都快从 101 搬到 102 了。

"川渝的小妮子可真能吃辣啊。"陈汉升默默嘀咕一句。

陈汉升也不打算上下午第一节课了，602 肯定有人帮他答到。

他先去易物商品中心买了一些台布，转身又去了深通快递玉欣分公司。

钟建成正在打电话，微微点头当作招呼。陈汉升丢了支烟在他桌上，然后坐在沙发上慢慢等待。

这个电话打得挺久，挂断以后，钟建成一脸不耐烦：

"你过来有什么事吗？"

陈汉升知道这不是针对自己的，所以他该咋说还是咋说："我来借一台磅秤、几台手持电子秤，还有，多给些快递单。"

磅秤和电子秤是称重的，包裹邮寄前都需要这一道程序，这说明陈汉升那里的工作即将走上正轨了。

钟建成也没有小气，反正门店里不缺这些东西，于是他便让一个快递员帮忙把这些东西送过去。

"王文海，以后这个大学生可能是给你发工资的老板，你跟着他去混个脸熟。"

陈汉升回校前，钟建成突然提醒一句："最近少吃鸡肉，听说南方有一种传染病，我们在粤东省的物流系统受到了极大影响。"

这应该就是钟建成刚才不耐烦的原因了，陈汉升知道他说的是什么，也知道苏东省实际上非常安全，便点点头没说话。

回去的路上，这个叫王文海的快递员特别勤快，一点重活也舍不得让陈汉升搭手。

创业基地人还不少，大概是刚上完课的原因，除了沈幼楚以外，公共管理二班的好几个同学都在。

男生女生都有，他们还真把这里当成活动中心了。

陈汉升也不客气，招呼着他们帮忙卸货。台布在桌上一铺，磅秤和电子秤往旁边一摆，快递揽收点的感觉就出来了。

根据陈汉升的设计，以后101是办公室、活动室和会议室，102则充当仓库。

做事时一旦注意力集中，时间就不知不觉地溜走了，陈汉升一抬头，发现天色已经暗下来了。

喧嚣热闹的创业基地又恢复了往日的平静，人来人往，最后陪在陈汉升身边的依然是那个一说话就脸红的姑娘。

"我要去找父母吃饭了。"陈汉升问沈幼楚，"要不要一起？"

这次他倒是挺诚心的，因为晚上萧容鱼有选修课，她在电话里抱怨选修课的女老师特别严格，逃一次课，日常分就要被扣光。

"太、太快了。"沈幼楚小心翼翼地说道，她边说边观察陈汉升的态度，生怕他不高兴。

陈汉升心里笑了笑，以沈幼楚的世界观，恐怕暂时接受不了和自己父母一起用餐。

所以晚上就是陈汉升一家人吃饭，一如在港城的那些日子。

梁美娟不搭理陈汉升，陈汉升就和老陈聊天，不过晚饭后，梁美娟突然拿出一大一小两个盒子。

"大盒里的是棉靴，冬天来了，帆布鞋冻脚；小盒里的是珍珠发卡，小鱼儿喜欢这些小东西。后天我们就回港城了，你怎么样我管不了，但我不能白收两个小姑娘的手套。"

"梁太后"这礼物回赠得很有水平，她注意到沈幼楚还穿着帆布鞋，就买了双抗寒的棉靴；萧容鱼不缺这些，她就送了漂亮发卡。

陈汉升愣了一下："您怎么不当面送给她们？"

梁美娟冷哼一声："当面送意义就不一样了，你不是强调自己和她们是同学关系吗？那我就按照同学关系来安排。也顺便提醒你，不要把同学关系搞变质了！"

第74章　像我们这样的有二十七个

"中年妇女不去看住自己老公，老是把注意力放在儿子身上，有什么意思呢？"
陈汉升拎着两件礼物，一路走，一路嘀咕。
刚才梁美娟把东西拿出来以后，二话不说就下了逐客令，陈汉升是被赶出来的。
他先来到财院的女生宿舍，打电话把沈幼楚喊下来："我妈给你的棉靴。"
沈幼楚下意识地想推辞，陈汉升咬着字眼强调："我妈给你的，是我妈，不是我！"
"谢、谢谢阿姨。"
沈幼楚手足无措地接过棉靴。
"谢就要谢我，因为是我拿回来的。"陈汉升厚着脸皮说道。
"噢，谢谢你。"沈幼楚很听话地说道。
陈汉升叹了一口气："傻子嘛……"
相比沈幼楚，萧容鱼拿到礼物时的表现就自然多了，她把珍珠发卡戴在头上，笑靥如花地问道："好看吗？"
陈汉升瞅了一眼，撇撇嘴说道："不好看，跟猴哥的紧箍一样，小老太太的眼光能好到哪里去？"
"明明很漂亮，梁姨还知道心疼我，你都没给我买过礼物。"
"请马上把羽绒服脱下来，我捐给希望工程。"
她正穿着那件淡粉色羽绒服，陈汉升一边说，一边就要动手扒衣服。
萧容鱼挣脱着站起来，红着脸啐了一口："流氓！"

陈兆军和梁美娟第四天就准备回港城。
陈汉升怕麻烦，索性单独去汽车站送他们。
或许是因为离别在即，"冷战"了两天的母子莫名其妙地和好。
一路上，梁美娟冲陈汉升絮叨：平时要多照顾自己，创业只是业余兼职，重心还是学习，要是能考个研究生就更好了，和那两个女孩要好好保持同学关系……
陈汉升不答应，但也不否认，一直都在"嗯、嗯、嗯"地点头。
好不容易轮到他们进站了，陈汉升终于长呼一口气，而梁美娟却非常不舍。
"老陈，要不咱们在玉欣大学城买套房子吧？郊区也不算贵，我们贷点款或者卖掉老房子就可以了。"
陈兆军看了看梁美娟的表情，发现她不是开玩笑的，于是认真劝道："还是算了吧，汉升好不容易上了大学才有一点自由空间，我们别缠着他了。"
梁美娟不服气："都说养儿防老，我就这么一个儿子，以后不跟着他，难道去养老院吗？"
"跟着是跟着，但不能这么腻歪啊。"
两人如同所有中年夫妻一样，孩子长大了，开始有自己的思想和人生，他们却逐渐变老了。

陈汉升回到学校后，101创业基地已经有学生过来面试兼职了，这说明"段誉""穆念慈"和"苗人凤"的宣传单已经有了效果。

陈汉升是面试官，他对兼职学生的要求不高，只是简单询问几句就予以通过。

这就好像卖保险的人本身会买保险一样，到深通快递兼职的学生自己就是客户群体。

这些打算兼职的学生中有大一新生，也有大二学生。

大一新生来看热闹的居多，大二的更主动一点，会开口询问。

不过听说这个创业基地是新生搞起来的以后，有些大二学生脸上有些挂不住，毕竟是要给学弟打工。

更有人一直在说怪话：

"兼职广告上面说以后可能配备'小灵通'，是不是真的啊？"

"你们这些新生玩得还挺大，居然拿到了学校扶持的创业项目。"

"等这么久了，怎么都没个管事的来招呼一下啊？"

沈幼楚脸蛋红红地拿出一个笔记本，低着头说道："你、你好，请在上面登记个人资料。"

"你在说什么，能大点声吗？"大二男生肆无忌惮地说道。

陈汉升看了一眼，抛下其他正在面试的学生，走过去说道："你好，学长，我是创业基地101的负责人，我们问几个简单的问题，顺便做个身份信息登记。"

大二男生听到陈汉升表明身份，斜眼打量他，嘴里还对其他同学说道："这届新生挺牛啊，居然不声不响地创业了，还要审核我们这些大二学长。"

那边等着面试的学生还在排队，这个大二男生一直不切入正题，终于陈汉升不耐烦地说道："你到底要不要面试？要面试就简单聊几句，不面试就离开。"

"嘀，新生的脾气还挺大，你是哪个系的，说给我听听？说不定我和你们辅导员熟悉呢。"大二男生吊儿郎当地说道。

陈汉升把笔一扔，眼角一挑："你是来捣乱的吧？"

"你怎么骂人呢？一点不懂尊重学……"

"啪！"

一个响亮而清澈的大耳刮子。原来乱哄哄的101突然安静下来，大二男生难以置信地捂着脸，谁能想到眼前的新生一点征兆没有就动手了呢？

"真把自己当根葱了？新生晚会都开完了，现在财院没有新生。"

陈汉升揉着手腕，看都不看这个大二男生，重新坐到原来的位置上。

"赵笑是吧？刚才不好意思，现在我们继续。"

这个叫赵笑的大一男生愣愣地点点头，再次扫了一眼挨耳光的学长，态度马上端正起来。

这时大二男生也反应过来，众目睽睽之下悲愤交加，大吼一声："敢打我！你信不信我叫人砸了你这个店？"

"那你快去，我们在这儿等你！"

这句话不是陈汉升讲的，而是朱成龙在后面喊的。

他和几个同学刚打完游戏回来，在自己班级的活动中心坐一坐、吹吹牛，没想到遇到了这种事。

朱成龙敢顶撞教官，还去周晓宿舍打架，胆子不小，刚才就算陈汉升不动手，说不定他也要动手。

郭少强也在场，嬉笑着说道："学长，你可得多找点人，因为像我们这样的一共有二十七个。"

公共管理二班仅男生就有二十七个，在陈汉升的领导之下，凝聚力和集体荣誉感远超其他班级。

这个指点江山的大二男生看到情况不对，狠话都不敢放了，拉着同学灰溜溜地离开了。

随着兼职传单不断张贴，越来越多财院学生过来面试。

他们进入 101 以后，看到规范整齐的面试队伍，十分惊讶，同时开始自觉地排队。

第 75 章　101 推广攻略（1）

这几天，陈汉升一直忙着兼职大学生的招聘工作，虽然 F 栋 101 的广告在财院已经小有名气，但最终愿意来兼职的大学生只有四十多个。

还要考虑到大学生兼职的特点，那就是流动性大和随意性强，基本上说不做就不做了。

原因也各种各样，心情不好啊，失恋啊，考证啊，或者推销时磨不开面子啊。

当然也有能够坚持到底的，那样的大学生要么经济有些困难，要么就是真的想做点事。

陈汉升就属于第二种，他前期平台协调得不错，甚至成为财院官方支持的创业项目，在校园兼职这一块属于起点比较高的存在。

不过真的想把平台转化成经济效益，光表面上吆喝还是不够的，最终要深入每间自习教室、每个宿舍进行推广，尽量增加面对面的接触。

可陈汉升不在 101，沈幼楚一个人没办法同时做好记录、称量、揽收、整理这些事情，这就需要一个人常驻 101，那种三天打鱼两天晒网的可不行。

这个人要老实听话、认真仔细，最好是个男的，因为还有些体力活要做。

陈汉升把目标定在李圳南身上。

为什么是李圳南？因为杨世超和郭少强纪律性不强，戴振友责任心不强，金洋明忙着和"阿良"信息恋爱，综合来说，李圳南的各方面条件都比较符合。

晚上回宿舍后，陈汉升把李圳南喊到阳台上聊天。

"阿南，你知道最近我在忙啥吧？"

"知道啊，我估计整个人文社科系都知道，新生创业第一人嘛！"李圳南笑呵呵地说道，"你那边啥时候开业？我这里有些信件，专门留给 101 寄送的，四哥的生意一定要照顾。"

"好兄弟，不过还有件事想请你帮忙。"

"啥事？"

陈汉升看着李圳南说道："101那里还缺人，想请你过去搭把手。"

李圳南愣了一下："咱班里的沈幼楚不是在吗？"

"她不行，一个小姑娘家家的，只能做些后勤工作。"陈汉升拍了拍李圳南的肩膀，"兄弟同心，其利断金！"

李圳南想了想："短时间可以，但我没办法一直在那里，最近我打算考证呢。"

陈汉升好像没听到似的，推开阳台门准备回屋里去："明天介绍一些新朋友给你认识。"

"陈哥，我真的想考试啊！"李圳南在背后喊道。

"下课后就去101，千万别忘记喽！"远远传来陈汉升一句叮嘱。

"唉——"

李圳南叹了一口气，明明自己都没答应呢，怎么稀里糊涂地就好像说定了一样？

这些事情都敲定后，陈汉升又把四十多个兼职大学生分成七支小队，每队差不多六个人。

他准备利用一周时间，每天晚上跟着一队人马跑宿舍和教室推广。

周一，第一小队。

这支小队的特点是全部是男生，所以陈汉升和他们一起去男生宿舍宣传。

站在男生宿舍楼下，陈汉升又进行了一番鼓励：

"我知道，大家的目的并不是钱，只是想通过兼职来提高自己的能力，其实我也是这样想的，不过锻炼能力不是嘴上说说就可以的，眼下就有这样一个机会，希望大家能重视和珍惜！"

说完后，陈汉升就和第一小队开始挨个宿舍"扫荡"。

无差别"扫荡"，碰到的情况却各种各样。

有些宿舍的学生挺感兴趣，他们认真询问，这时陈汉升就从寄件价格、运货速度和方便程度几个角度为他们解释。

大学生最看重价格和方便程度，好在深通快递的价格低，再者现在还没有上门揽收的快递，所以陈汉升设在学校里的101基地有很大优势。

"之前你们寄包裹必须拎到易物商品中心的邮局，但是现在在财院，只要送到F栋101就可以了。"

现在陈汉升还不打算祭出"上门揽件"这个大招，甚至不想宣传深通快递，他宣传的主体始终是"F栋101"。

不过还有另一个问题，邮局是公办机构，而深通快递属于私营企业，部分学生对包裹的安全性也有顾虑。

陈汉升刚要解释，第一小队的一个男生就说话了："同学，你太小心了，我们基地就在F栋101啊，平时你们上课都要路过的。俗话说'跑得了和尚，跑不了庙'，你还担心什么？我干脆把学生证给你看看好了。"

陈汉升看了一眼，这个男生叫尚冰，还是个大二的学长。

尚冰边说边掏出自己的学生证，第一小队的其他队员也跟着把学生证拿出来，这倒是把有顾虑的学生闹了个大红脸："我不是怀疑你们啊，就是问问而已，我这里正好有个包裹，明天就拿去101寄了。"

陈汉升又掏出了自己的学生会名牌："这是我的学生会副部长名牌，你不放心可以记录下来。"

有人瞅了一眼："人文社科系外联部副部长陈汉升，还真是学生会干部啊？"

"不仅如此……"尚冰补充道，"我们101基地还是学校扶持的创业项目，总之安全性肯定有保证。"

这样说到最后，一个宿舍里六个人，已经有四个人愿意明天去101寄包裹了。

从这个宿舍出去后，第一小队的队员都挺兴奋，这可是"开门红"啊。

陈汉升倒是淡定得很，肯定会有碰钉子的时候。

果然，在三楼的一个宿舍里，陈汉升刚推开门就觉得气氛不太对。

这个宿舍里各人做各人的事，没有说话聊天，看到陌生人也不打招呼。

陈汉升知道这是宿舍关系出现了问题，这种情况在大学里很常见，但是推广不能因为对方宿舍有问题就停止，肯定要硬着头皮开口。

陈汉升咳嗽一声："同学，晚上好，我们是F栋101……"

一段自我介绍完毕，这个宿舍还是静悄悄的，看书的看书，洗衣服的洗衣服，没有任何回应，冷场得厉害。

陈汉升笑了笑，他倒是不尴尬，但也没继续逗留，放下几张宣传单就去下一个宿舍了。

"扫"完这一层剩余的宿舍，他们返回时又经过了这个关系不正常的宿舍，有人在门口垃圾篓里发现了101的宣传单。

这说明他们看都没看宣传单，直接丢出来了。

第76章　101推广攻略（2）

看到自己的心血被这样践踏，有个大一新生就想去敲门，陈汉升拦住他："你要干吗？"

"我没打算惹事，就问问他们凭啥不尊重别人的劳动果实！"大一新生情绪激昂地说道。

陈汉升哈哈大笑，上前搂住他的肩膀，边走边说："咱们在干吗？"

"宣传和推广101的快递业务。"

"目的呢？"

"锻炼能力和赚点生活费。"

"那就是咯。"

陈汉升对着这个大一新生，也对小队里的所有人说道："赚钱没有那么容易，至于锻炼能力，这种情况就是磨砺自己的时候。不同的应对方式能带来不同的应对效果，吵架肯定是最没意义的那种。"

"那我们该怎么办，难道就这样忍下来吗？"新生有些不服气地说道。

"不然呢?"陈汉升反问道,"饭有五谷杂粮,人有七情六欲,谁都有情绪不好的时候,这次他们扔掉了我们的宣传单,以后我们再来宣传一次喽。怕吃苦怕丢面子,干脆不要出来兼职了。"

陈汉升拍了拍他的肩膀,然后就赶往其他男生宿舍。

其实其他宿舍的情况都差不多,不是礼貌,就是冷淡,当然也有处于中间地带的,不是不感兴趣,但也不是很关心。

比如说正在打牌的宿舍。室友们正热热闹闹地凑在一起打牌,陈汉升他们突然闯进来,自我介绍之后,打牌的大学生一边算牌,一边"嗯嗯啊啊"地应付。

陈汉升也不急,耐心地在后面看牌,看这一把谁是赢家,他就赶紧把宣传单递过去。

赢家一般心情不错,所以有耐心听陈汉升讲话,不过等他们又开始摸牌,陈汉升就及时告辞,一点也不打扰他们打牌的兴致。

晚上九点左右,陈汉升终于把这栋宿舍楼"扫"了一遍,但是财院的男生宿舍有十几栋,以后还有大把的事情要做。

出了宿舍楼,第一小队的队员以为要解散了,陈汉升喊住他们:"去食堂喝杯奶茶,我请客。"

食堂一楼已经关门,但是二楼营业到比较晚,当然饭菜早就没了,只供应一些甜食和奶茶。

刚掀开塑料门帘,一股油腻的饭菜味道冲鼻而来,灯也没有全亮,墙角那一排位置都是黑乎乎的。

偏偏这样的环境里人还不少,还有其他系的学生会成员在里面讨论问题。

至于墙角那一排,都不用看,来得晚了根本没有空位,全是一对对大学生情侣缩在那里。

没办法,外面天冷,人工湖边那里已经不是最合适的亲热场所了,暖和的食堂才是第一选择。

至于难闻的味道,在迸发的荷尔蒙面前就是个弟弟。

"忽悠沈幼楚来这里比较困难,萧容鱼应该也不会答应,但大学期间不来食堂'宝座'亲热一下,这四年学上得也没啥意义。"

陈汉升心里想着浪荡的事情,面上却一本正经地说道:"你们找座位,我去买奶茶。"

"台湾奶茶"是食堂新开的一家冷饮店,最近加椰果或者珍珠的奶茶逐渐在大陆火起来了,萧容鱼手里没事就端着一杯。

奶茶买回来以后,第一小队的队员都很客气地道谢。他们没想到还有奶茶喝,心里对陈汉升这个"老板"的好感提升了不少。

"今晚是我们第一次活动,大家各自说说感想吧。"

陈汉升掏出烟,问了一圈,发现没人抽,就自己默默点上一支。

集体活动后进行总结不仅是查漏补缺的好办法,还有助于拉近大家的距离,提高陈汉升在集体里的地位。

看到有人不好意思开口，陈汉升就对尚冰说道："学长，要不你先带个头？"

尚冰干脆地答应下来，放下奶茶说道："我只有一点感悟，兼职很不容易，即使别人不搭理自己，也一定不要生气，心平气和地讲清楚。"

"继续，大家轮着来。"

陈汉升又指了指尚冰下首的学生。

"我觉得吧，一定要准备充分，下次应该带个笔记本，记录每个宿舍的具体情况。"

"嗯，我觉得必须有耐心，一定要和别人解释清楚我们不是骗子。"

"我想提个小建议，能不能带一些印着101标志的小礼品去推广，这样他们的接受程度可能要高一点？"

…………

每个人都说完后，全部看着陈汉升。

陈汉升熄灭烟头，对所有人说道："大家说得都非常棒，我建议每个人都给自己鼓鼓掌。"

"啪啪啪……"

陈汉升率先鼓掌，其他人你看我、我看你，纵然有些不好意思，但每个人都鼓了掌。

这种行为能够不断暗示自己：我能行，我能解决所有问题！

没想到掌声吵到了隔壁的一群人，有个戴眼镜的女生说道："同学，请安静，鼓掌吵到我们了。"

陈汉升心说我正"洗脑"呢，你打断个啥？皱着眉头看过去，隔壁桌好几个学生正一脸不快地看着自己。

"你们是哪个系的，在这里干啥？"陈汉升直接问道。

"我们是保险精算系的，正在准备学校辩论赛。"戴眼镜的女生骄傲地说道，好像还挺自信的。

陈汉升点点头："瞧着挺用功，不过没什么用，因为第一名肯定是我们系，你们早点回去打牌吧。"

女生不乐意了，"啪"的一下放下材料："同学，你是哪个系的？"

"我是会计系的。"陈汉升更加嚣张地说道，还打量着女生，"我们会计系一定会干掉保险精算系，到时把你俘获过来，给我们会计系的男生当女朋友。"

"你怎么说话的？"隔壁有男生就要站起来，不过被这个戴眼镜的女生制止了，"我们是大学生，要文斗，不要武斗，大家记住今天这件事，到时在辩论赛上一定狠狠打败会计系！"

"好！打败会计系！"那一桌男生女生同仇敌忾地说道。

好在他们誓师以后就离开了，陈汉升转过头说道："憨憨走了，咱们继续。"

"我来总结一下，这种走门串户的推销最主要的就是换位思考能力，对方有疑问就多解答，心情不好就多体谅，没时间搭理那就下次再来，总之一定要尝试理解客户。"

小队里的其他人都点点头，陈汉升算是点题了。

"以后我可能很少再跟队了，尚冰学长当队长吧，你们给自己取个名，就从金庸小说的门派里选。"

这种趣味性提议也是增加凝聚力的一种方式，几个人商量后，决定叫"华山派"。

尚冰给自己取了名号"令狐冲"。

陈汉升又交代了几句，这次充实而且很有意义的行动才正式结束了。

陈汉升离开前，尚冰突然喊住了他："汉升，其实我就是会计系的……"

"这么不巧？"

陈汉升也没想到，李鬼遇到了李逵。

"是啊，保险精算系的辩论队很厉害，感觉我们会计系要被他们按在地上摩擦了。"尚冰叹了一口气说道。

"令狐兄莫怕。"陈汉升拍了拍他的肩膀，"我们人文社科系会为会计系报仇的。"

第77章　101推广攻略（3）

第二天上课的时候，辅导员郭中云专门找到陈汉升谈辩论赛的事情，陈汉升这才意识到还挺隆重的。

"今年还有一个多月就结束了，事情还挺多，不是学校辩论赛，就是五十周年校庆。"老郭闷闷地说道。

陈汉升心里笑了一下，老郭骨子里是挺怕麻烦的一个人，偏偏当了大学辅导员，这份工作注定要和各种鸡毛蒜皮的事搅在一起。

不过这一届因为有陈汉升当班长，还有胡林语当班委，一个解决大问题，一个处理小事情，老郭还是偷了不少懒，只要兜好底就成。

"五十周年校庆和我们班没关系，那是校学生会的事，据说要和元旦晚会合并在一起。"陈汉升安慰道。

郭中云的脸色才好看了一点："不过辩论赛就有关系了，听说最近系里以班级形式组织了内部比赛，选拔口齿伶俐的学生，让他们代表人文社科系参赛。"

"嗯，我知道这事，忙得热火朝天的。"陈汉升沉稳地说道。

"你知道就行，我就全交给你了。"

郭中云信任地拍了拍陈汉升的肩膀。

老郭离开后，陈汉升赶紧把胡林语喊出来："最近我们系在进行辩论赛内部选拔吗，我怎么不知道这事呢？"

胡林语翻翻白眼："现在你老人家不上课的时间比上课的时间还多，我去101找了你两次都见不到人，怎么汇报啊？再说了，汇报了你也不会管。"

陈汉升倒也不掩饰："虽然胡同学说得很有道理，但还是要稍微注意态度，我一天不让位，班长就还是我的。"

"呸！"

胡林语啐了一口，以示不屑。

陈汉升倒也不会真的什么事都不管："这次咱班派出哪几位勇士参赛？"

"白咏姗、谭敏、张明辉和董秀秀，分别是一、二、三、四辩。"胡林语说道。

陈汉升"嗯"了一声,他是班长,虽然不管事,但是对班里的人尤其熟悉。

白咏姗是公共管理二班仅次商妍妍的美女,走可爱路线的小女生,没想到还是个思维敏捷的辩手。

谭敏是陈汉升的老乡,董秀秀和沈幼楚是一个宿舍的。

张明辉作为唯一的男生,辩论赛对这小子来说倒是一场艳遇之旅。

"现在有没有什么困难,不管是物质上的还是精神上的?"陈汉升问道。

胡林语想了想:"晚上太冷,辩手在教室里练习的时候冻得很,图书馆里又不能说话。"

"那去我的创业基地啊,那里就是班级活动中心,102是当仓库用的,四个人在里面唱歌都行。"

胡林语撇撇嘴:"你那里一样冷。"

"小事一桩。"陈汉升豪爽地说道,"我去买两台电暖器不就行了?晚上再供应一杯热奶茶,希望四位选手能够为咱们班创造辉煌。"

电暖器的确能解决这个问题,胡林语愣了一下,说道:"那要用班费买不?"

"不用。"陈汉升摆摆手,"我不占班级便宜,再说以后创业基地也要用这些东西。"

陈汉升还真不是吹牛,下午他就去易物商品中心买了四台电暖器回来,顺带在印刷店订购了一些纸袋,正反面都印着"财院F栋101快递"。

昨晚活动后的总结中,有个学生提的建议很好,陈汉升决定用这玩意儿当小礼品。以后就算别人把这些袋子扔了,它们躺在地上都能宣传F栋101。

陈汉升把电暖器搬来的时候,沈幼楚正趴在桌面上一板一眼地记录数据。

今天已经有人来投递包裹信件了,沈幼楚要做好记录工作。

比如说从哪里来、寄到哪里去,这是留底确保安全;还有,寄件人是谁介绍过来的,这主要涉及提成。

陈汉升觉得要是有台电脑就好了,记录数据快捷又方便,不过他熟悉的人里只有萧容鱼有笔记本电脑。

东芝SP6100,单价一万七千多元,手机、手表、笔记本三件套,小鱼儿持有白富美标配。

"正常人谁会买?我先和萧容鱼借一下,然后以支持项目的名义从学校弄一台过来。"

要不怎么说陈汉升狠呢,手机是钟建成支持的,现在又想着让学校支持一台电脑。

李圳南正巧在102仓库撅着屁股整理包裹信件。

"阿南,哥担心你晚上冷,特意给你买了两台电暖器。"陈汉升笑嘻嘻地说道。

"你以为我会信吗?"老实人李圳南吭哧吭哧地说道,"到底是为谁买的,你心里清楚。"

他又不是傻子,大概猜到陈汉升对沈幼楚的感情不一般。

沈幼楚的小脸马上就红了,局促地说道:"我、我也不怕冷。"

买电暖器的确有一部分原因是照顾沈幼楚,陈汉升不仅不否认,还对沈幼楚说道:"两台电暖器放在101,一台放在你脚边专用,还有一台给其他人共用。"

不远处的李圳南听到了，不禁想起陈汉升曾经被一个女生咬破了嘴唇，但那个女孩绝对不是沈幼楚。

"呸，渣男！"

下午陈汉升正在上课，印刷店打来电话说宣传纸袋样品制作好了，想让陈汉升过去看一看，如果没有问题，那就开始批量印刷了。

陈汉升再次翘课，匆匆忙忙赶去易物商品中心。

印刷店老板和陈汉升都混熟了，指着纸袋子说道："如果不是你的要求，我都不想印这些，成本太高，也赚不了几个钱。"

纸袋大小和一本书差不多，考虑到方便大学生上课时携带，中间还有个半圆形缺口当提手，淡黄色纸皮上印着"财院 F 栋 101 快递"几个显眼的红字。

陈汉升拿起样品，翻来覆去地看了一遍："老板，能在旁边加个小小的卡通火箭 logo 吗？"

印刷店老板听了很高兴："你也是火箭队球迷吗？今年姚明进 NBA 了，现在我是火箭队球迷了。"

陈汉升愣了一下，的确，今年 6 月，姚明以"状元"身份加入 NBA 火箭队，时间过得真快。

"对，既然大家都是火箭队球迷，那你更要做得仔细一点。"陈汉升笑呵呵地说道，他也不打算砍价，余地太小。

陈汉升对纸袋的其他方面还是挺满意的，他拿着样品返回学校，今晚是兼职大学生第二队的活动。

这一队有男有女，所以陈汉升打算带着他们去"扫荡"教室。

本来陈汉升准备先吃个晚饭，然后在基地逗弄一会儿沈幼楚，没想到刚到门口，萧容鱼就打来了电话。

"小陈，你好几天没找我了。"

这几天陈汉升忙得飞起，的确忽略了萧容鱼。

"最近忙嘛，你也知道的。"陈汉升回道。

"知道是知道，但是我在学校里没什么朋友，你又不来看我……"

虽然没有当面看见，但陈汉升知道此时的萧容鱼一定委屈地噘着嘴巴。

想着以后还要借用白富美的笔记本电脑，陈汉升索性脚步一拐，直奔对面的明大："晚上一起吃饭吧。"

"真的吗？"

萧容鱼的声音明显上扬了。

"那当然了，我还给你带了个礼物。"陈汉升笑着说道。

萧容鱼一听更高兴了，两人一见面，她就甜甜地把陈汉升手里的纸袋子接过来。

"难得想起给我送礼物……嗯？礼物呢？"

萧容鱼看到袋子里空空的，什么都没有。

"袋子就是礼物啊，我亲自设计制作的，结实吧？"

沉默了好一会儿，才传来萧容鱼气急败坏又无可奈何的声音：

"陈汉升，你就不能对我大方一点吗！"

第78章 你身上有她的香水味

以前在家的时候，每当梁美娟大声叫出他的全名陈汉升，下面的节目就是"竹笋炒肉"。

至于"小陈"这个称呼是某些人的专利，比如王梓博、萧容鱼，因为陈汉升的年龄比他们小一点。

也不是所有比陈汉升年龄大的同学都这样叫，高嘉良从来都是叫陈汉升或者汉升，大学宿舍里的杨世超等人也不叫他小陈。

今天萧容鱼叫出"陈汉升"，看来是真的被气到了。

可陈汉升一点都不觉得，他"哗啦啦"扯着纸袋，一本正经地对萧容鱼说道："你就是脱离朴素的劳动人群太久了，这可是聚氯乙烯可降解材料，结实耐用，能满足你们女生逛街、吃饭、上课的所有需求。"

萧容鱼不听陈汉升胡扯："别人的男朋友不是送巧克力就是送花，哪有送纸袋的？上面还有广告。"

"那咱俩是情侣关系吗，你让我摸摸，证明一下？"

"呸，美的你！"

两人一路吵闹，来到明大食堂，打好饭还没吃两口，陈汉升突然叹了一口气："我终于知道什么叫如芒在背了。"

萧容鱼不明所以地看着陈汉升。

"如果眼神是子弹，我早就千疮百孔了，和你在明大吃饭风险太大了。"

萧容鱼抬起线条优美的下巴，骄傲地问道："怕了吗？"

"嗯。"

陈汉升马上点点头，他希望萧容鱼能够体谅自己，以后别叫他来明大吃饭了。

"那我们去财院吃吧？"

小鱼儿果然很体贴，提出一个比较好的建议。

陈汉升沉默半晌，便拒绝了："为了你，我愿意冒这种风险。"

在财院吃，那就不只是风险了。

陈汉升不敢再继续讨论下去，生怕萧容鱼一个不爽，真的跑去财院找自己，不动声色地转移话题："你不是说和某个大二的学姐处得不错嘛，怎么会没朋友呢？"

萧容鱼家庭情况不错，自身条件又过于突出，隐隐要成为明大2002级新生校花的首选，再加上她性格有些傲娇，和人有距离感，所以在宿舍里甚至2002级新生中没有几个可交心的朋友。

不过，她和一个学姐比较聊得来，听萧容鱼的描述，那个学姐长得也很漂亮。

"今天顾学姐有学生会活动啊，不然就不会叫你来找我了。"萧容鱼不满地说道。

这时，突然有人打招呼："Hi，陈英俊同学。"

居然是好久不见的"小虎牙"徐芷溪，她旁边还站着一个男生，白白净净的，很有文艺片男主的感觉，镜片下的眼神闪着自信的光芒。

"原来是徐同学。"陈汉升笑容满脸地说道，也顺便和旁边的男生点点头。

"他是芷溪的男朋友，叫何以璨。"萧容鱼小声介绍。

陈汉升点点头，心想这名字起得很有主角范儿啊。

何以璨绅士地伸出手："萧容鱼你好，我们在学校大礼堂见过。"

陈汉升有些诧异，这小子不是有女朋友吗，这样当面和其他女生握手，"小虎牙"就不吃醋吗？

他抬头看了一眼徐芷溪，她笑吟吟地不说话，好像只当是普通的招呼而已。

陈汉升倒是不担心萧容鱼，她在港城一中早就练就了"沾衣十八跌"的本事，只要她不想接触，肯定能客气地拒绝。

果不其然，萧容鱼先礼貌地予以回应："何学长你好。"然后她歉疚地看了看自己的手心，吐了吐舌头说道，"刚刚打饭时手上不小心沾到菜了，有些油腻……"

察觉到萧容鱼不想握手，何以璨的脸色变了一下，不过他反应也很快，在众目睽睽之下握手被拒绝，说出去也不好听。

所以，何以璨马上换个方向，准备和陈汉升握手缓解一下尴尬。

"应变能力不错啊。"

陈汉升心里评价一句，他也友好地伸出手，准备搭个梯子让何以璨下台。

没想到事情一波又三折，陈汉升的手伸到一半，何以璨突然缩回手。

陈汉升抬起头，何以璨的眼镜下闪着戏谑嘲弄的光。

"被女人拒绝了，就把气往老子身上撒？"

流氓陈是什么人，哪里能让自己处于尴尬的情况？只见他一把抓住何以璨要缩回去的手，使劲往怀里一拽。

"当啷"一声响。

何以璨的力气没有陈汉升大，直接摔倒在不锈钢餐桌上，眼镜也飞了，衣服也脏了。

陈汉升还笑嘻嘻地说道："握个手而已，干吗这么激动？"

何以璨偷鸡不成蚀把米，狠狠地瞪了一眼陈汉升，甩手离开了食堂。

徐芷溪不紧不慢地在后面跟着，还转头冲着陈汉升笑了一下。

发生这样的事，这饭也没办法吃下去了，陈汉升和萧容鱼随便吃了两口就离开食堂了。

在女生宿舍楼下，萧容鱼又强迫陈汉升为自己买了蛋糕，她就坐在石凳上，一口奶油一口水果地吃了起来，修长的小腿优哉游哉地摆来摆去。

突然，不远处有个身材高挑的女生小跑过来，嘴里还说道："小鱼儿，我刚开完会就听说了，何以璨在食堂被一个黑乎乎的男生羞辱了。"

这个女生走近才发现陈汉升，上下一打量，脸蛋马上红了。

萧容鱼拉住她介绍："这就是顾晓瑾学姐。"

陈汉升点点头："你好，我就是那个黑乎乎的男生，我叫陈汉升。"

顾晓瑾更是不好意思了，萧容鱼就在旁边笑："难道你不黑吗？脾气还臭，跟个无赖一样。"

两个女生凑在一起有很多话说，陈汉升觉得无聊，想借了电脑就回去，于是他也八卦地问了一句："那个何什么的，不是徐芷溪的男朋友吗，怎么……"

顾晓瑾笑着回道："这是国贸院人人皆知的事情，何以璨假装追徐芷溪，其实是想借机追小鱼儿，其实他们的情侣关系是假的。"

"噢……"陈汉升恍然大悟，"贵圈可真乱。"

"你才乱呢，我可一点都没乱。"

萧容鱼轻轻掐了一下陈汉升，她在闺蜜面前很想展示一个受宠女生的姿态，陈汉升也大方地纵容了这种行为。

借电脑当然一点问题也没有，萧容鱼痛快地把笔记本拿下来给了陈汉升，然后就继续和顾晓瑾聊天。

不过聊着聊着，萧容鱼想起来一件事："糟了，电脑桌面上有篇 Word 日记，我忘记放到 D 盘里了！"

顾晓瑾问道："什么日记？"

"关于陈汉升的。"

"那不是正好吗？你老抱怨他现在都不向你表白了，如果打开日记，还能提醒他一下。"

还没发现状况的陈汉升抱着电脑走回创业基地，他准备教沈幼楚在电脑上用 Excel 处理信息。

快走到门口的时候，陈汉升突然拎起袖子闻了闻。

萧容鱼喜欢喷香水，陈汉升一直挨着她，身上也沾上了香水味。

"总归不太安全。"

陈汉升心里想了想，转去便利店买了瓶啤酒，三分喝进肚子，七分洒在身上，正好盖住了香水味。

第 79 章　第一个掉队的人

陈汉升回到学校差不多晚上六点，初冬的暮色很早就降临了，F 栋教学楼的自习教室层层灯火通明，远远看上去好像一座琉璃宝塔。

不过创业基地 102 黑漆漆的一片，101 也只亮着一根白炽灯管，昏昏暗暗的。

陈汉升皱着眉头走进 101，看到沈幼楚坐在白炽灯正下方，一只手捧着书本在背诵，一只手放在嘴边哈气。

微弱的灯光笼罩着沈幼楚，可怜无助又弱小的样子。

嘉平的初冬又干又冷，101 面积又大，寒风一吹全屋通透，怎么可能不冷呢？

"啪，啪，啪。"

陈汉升直接把 101 里的所有灯打开了。骤亮的灯光把沈幼楚吓了一跳，她转过头见到是陈汉升，好看的桃花眼闪过一丝安宁。

不过陈汉升的脸色不太好，沈幼楚察觉以后，惴惴不安地站起来："你、你喝酒了啊？那我去打点热水。"

教学楼都有开水房，陈汉升不搭理，反而质问道："为什么不开灯，电暖器也不用？"

"房间里就我一个人，我不怕冷。"沈幼楚小声解释。

"我知道你想省钱，其实根本不需要。"

陈汉升直接把电暖器拎出来，按下开关，没多久，暖流就裹住了身体。

"过来。"

陈汉升指了指旁边的凳子。

沈幼楚小步地移过来，先看看陈汉升的脸色，然后才慢慢坐下。

"把手伸出来。"

陈汉升虎着脸说道。

沈幼楚有些迟疑，外面经常有骑自行车的学生经过。

陈汉升眼睛一瞪："伸出来！"

"噢噢噢，你莫生气好不好？"

沈幼楚柔弱地说道。

"我现在不生气了，你把手伸出来啊。"

陈汉升的语气开始不耐烦。

"伸、伸哪只手？"

陈汉升差点儿被气笑了，最后叹了一口气，说道："两只手都要。"

沈幼楚把两只小手伸到陈汉升面前，陈汉升抓在手里，果然一片冰凉。

"还说不冷？"

陈汉升看了一眼沈幼楚。

沈幼楚低着头没有说话，电暖器火红的光打在她好看的侧脸上，把圆润白皙的下颌映得红扑扑的。

搓揉了好一会儿，沈幼楚的双手终于暖和起来，陈汉升这才说道："以后不要想着省电，天冷的时候，同学看到明亮的101，心里会有一种信任感，对我们101的推广更有利。"

沈幼楚不懂这些道理，从小到大养成的习惯让她只舍得开一盏灯，更舍不得用电暖器。

陈汉升又拿来笔记本电脑："我教你做Excel表格，以后在电脑上记录数据。"

"噢。"

沈幼楚听话地点点头。

打开萧容鱼的笔记本电脑，陈汉升瞅了一眼桌面，都是常见的程序，QQ、千千静听，还有一些学习文件。

"没想到小鱼儿选修了商务法律。"

看到商务法律的选修课内容，陈汉升立马反应过来，萧容鱼应该是为自己学的。

桌面上还有两个私人文档，"家人生日"和一个没有命名的Word文档，陈汉升没有兴趣，直接略过了。

沈幼楚电脑零基础，简单的 Excel 教了好几遍还是不怎么会，陈汉升没办法，敲了一下沈幼楚的头。

"笨死了。"

沈幼楚不吱声。

敲完后，陈汉升又有些后悔："疼不疼？"

沈幼楚眼泪盈盈地转过头。

"脑、脑壳有点疼。"

一直教到晚上七点左右，陈汉升才出门，今晚他要和兼职大学生第二队去教室宣传。

在 A 栋教学楼门口，陈汉升又进行了一番例行鼓励，外联部的许梦竹也在这支小队里。

刚开始，队员的信心都挺足的，不过真正宣传的时候，难度远超想象。

因为在教室里上自习的大学生本质上比较刻苦，许多人在图书馆找不到位置，又不想在宿舍里看书，来到教室后更不愿意被打扰。

所以，陈汉升刚走进第一间教室，还没来得及开口，立马就有一个女生皱着眉头收拾书本离开教室。

"咣当，咣当，咣当。"

女生收拾书本时刻意把声音弄得挺大，明显带着怨气。

那些兼职大学生愣了，都把目光集中在陈汉升身上。

陈汉升好像没看到，一脸淡然地走上讲台："大家好，耽误各位一分钟时间，我们是 F 栋 101 的兼职大学生，今天想给大家推介一下我们的快递业务……"

一分钟左右的介绍对二队队员来说好像一个小时，因为教室里基本没有学生抬头看一眼，有些人甚至捂住了耳朵。

不过就在这样的环境里，陈汉升依然平静地做完了推介，然后拿出宣传单挨个发放。

"同学，有空可以看一下，101 快递就在学校里，很方便的。"

大多数学生只是冷漠地点点头，也有人压根儿没有反应，于是陈汉升就把宣传单放在桌面上，走向下一位。

整间教室只有一个女生微笑着接过宣传单。

还是个熟人。

"戚部长，你也在这里啊。"

陈汉升小声地打了个招呼。

外联部部长戚薇也在上自习。

戚薇翻了翻宣传单："早就听说你在 101 鼓捣这些东西了。"

"大学生活太无聊，随便找点事做。"陈汉升笑了笑，"欢迎戚部长去指导工作。"

他又招招手把许梦竹喊了过来，平时许梦竹挺能说的，这个时候却非常拘束。

没聊两句，陈汉升准备告辞："今晚至少要把 A 栋的教室拿下一半，我要去跑了。"

戚薇点点头："你去忙吧，多给我几张宣传单，我回宿舍吆喝吆喝。"

陈汉升正准备去下一间教室，许梦竹突然说道："陈部长，我不想跑教室了。"

陈汉升还以为是戚薇的原因，就安慰道："没事，戚部长不会在意这些，学生会是学生会，兼职是兼职。"

"不是。"许梦竹为难地说道，"之前我感觉自己什么都不怕，但是看到教室里冷漠的反应，我觉得面对他们很难开口啊。"

"你想好了吗？"

许梦竹把话说到这份儿上了，陈汉升就不想再劝了，当然也因为许梦竹在团队里并不是很重要。

平心而论，跑教室宣传的确比跑宿舍更困难，因为教室里上自习的都是陌生人，室友好歹能够互相影响。

不过，很多时候，成功和失败的界限并不清晰，像今晚这种情况，许梦竹再坚持一下就能突破自我，没挺过来就意味着原地踏步。

她的退缩还带动了其他人，本来小队只有六个人，陈汉升从另外两个学生眼里也看出了畏畏缩缩的情绪。

"那你先回去吧，天冷，早点休息。"陈汉升对许梦竹说道，然后推开下一间教室的大门。

许梦竹在原地站了一会儿，她有一种预感，这次离开可能就是永远地离开了。

《金庸群侠传》，"穆念慈"pass。

第 80 章　尴尬的相遇

第二间自习教室里，学生的反应一样冷漠。

陈汉升讲完后，发现兼职学生居然又少了一个，有个人不打招呼就离队了。

陈汉升摇摇头，三条腿的蛤蟆不好找，两条腿的人就太多了，走了那就再招呗。

在第三间教室门口，陈汉升索性说道："你们有没有谁想试一试的？"

剩下的几个兼职大学生互相看了一眼，最后只有一个叫高腾飞的男生主动上台。

他站在无人关注的讲台上，结结巴巴地宣讲了 101 的快递业务。

下来以后，陈汉升问高腾飞："没讲之前是不是很紧张？"

高腾飞点点头。

"现在呢？"陈汉升又问道。

高腾飞平复了一下颤抖的声音："一开始的确很紧张，不过讲起来又觉得脑袋全是空白的，现在想想，好像没有太多感觉了，有种还想试一试的冲动。"

陈汉升"哈哈"笑了一声，在公开场合讲话就是这样，开口之前千难万难，开口之后会逐渐适应，其实这就是一种锻炼。

从第三间教室出来后，大概是看到高腾飞宣讲时下面学生的反应，第二小队的其他人都找理由离开了。

有个学生临走前还诚恳地向陈汉升道歉："我觉得我更适合跑宿舍宣传，如果有机会，我想去其他队试试。"

陈汉升打个哈哈，敷衍地说道："有缘再说吧。"

高腾飞有些难过和不理解，陈汉升拍了拍他的肩膀："晚上总结的时候再谈这件事，现在我们只有两个人跑教室宣传，你怕不怕？"

"有什么好怕的？现在我无所畏惧。"高腾飞自信地说道。

于是在今晚其余教室的宣传中，陈汉升全部让高腾飞主讲，他就在旁边帮着发传单，出去后又指出高腾飞的一些不足和漏洞。

所以高腾飞的变化很明显，从第一次上台的结结巴巴，到最后声音越来越洪亮。

晚上九点，A栋教学楼的一半教室终于"扫荡"完毕，陈汉升请高腾飞喝奶茶和做总结。

"你想问我为什么不强烈挽留他们吗？"陈汉升掏出手机放在桌上，"从你们的视角来看，我有学校支持的创业项目，有手机，还能招聘学生兼职，好像挺有本事的，应该去帮助那些半路放弃的同学。但是站在我自己的角度上，这些都是花费大量时间精力协调下来的，还欠着一屁股债，与其帮助那些半路放弃的，还不如扶持那些愿意坚持的，这样我才能做更多的事，明白了吗？"

陈汉升尽量说得坦率和直白。

高腾飞默默地点头，喝了两口奶茶，又问道："现在二队只有我一个人了，能行吗？"

陈汉升无所谓地说道："兼职的学生很快就能招满，现在我让你当队长，你给自己取个花名。"

高腾飞想了想，取名"虚竹"。

两人又交流了一下在教室宣传的经验，分别前，陈汉升举起奶茶和高腾飞碰了一下："只有坚持的人才配拥有更多机会。"

陈汉升又买了几杯奶茶拎回创业基地，这个时候的101和102反而比较热闹。

室外寒风不断，两个房间却在电暖器的助力下暖意融融。

沈幼楚在笔记本电脑上练习用Excel，胡林语坐在旁边指导她，李圳南和另一个同学在下棋；102的仓库里，公共管理二班四名辩手练习的声音清晰可闻。

这些场景倒是让人有一种独特的感觉，陈汉升默默抽了一支烟，看着人工湖寒凉的微波一浪一浪扑打在石块上，收拾好情绪后返回基地。

看到陈汉升手里的奶茶，102众人欢呼雀跃，辩手性格一般比较外向，还有开玩笑大叫"班长万岁"的。

101就稍微安静些，胡林语一边喝着奶茶，一边说道："又让你收买了一波人心。"

陈汉升笑了笑："奶茶都堵不住你的嘴。"说完，他拿起账本瞧了瞧，"今天有多少件快递？"

"一百三十三件。"

沈幼楚记得很清楚。

陈汉升点点头，本来财院每天能揽收六十多件快递，孟学东不做以后，这个流量就转向101了，再加上前一阵子的横幅和昨晚的宿舍宣传，数量有些提升很正常。

"里面有多少件是兼职学生的业务？"

"四十五件。"

陈汉升不再多问，叮嘱沈幼楚道："晚上你把笔记本电脑带回宿舍，好好练习一下Excel。"

"噢，晓得了。"

接下来的几天，陈汉升又跟着其他兼职小队跑宣传。

类似许梦竹这种半道离开的情况时有发生，陈汉升从不挽留，不过一直坚持下来的也有，以后这些人就是很稳定的二级代理了。

"财院F栋101快递"的宣传纸袋印刷好以后，陈汉升还让他们在跑宿舍和教室时当成小礼物发放。

可以想象，不久的将来，这种纸袋将成为财院里的流通物品。

陈汉升觉得还不够，他抱着一大摞纸袋来到于跃平的办公室："于老师，我给您整理文件来了。"

于跃平看到陈汉升手里的宣传纸袋，笑着说道："最近在学校经常看到这玩意儿，我还纳闷儿F栋101是哪里，后来仔细一想，不就是你那里啊！"

陈汉升说道："我拿了一些过来，到时老师都可以使用的。"

于跃平笑着点了点陈汉升："你是希望老师帮忙宣传吧？"

陈汉升："于主任，学校里有没有那种闲置的电脑，可以拨两台支持一下创业项目吗？"

他也不说是自己用，就以支持项目为主体，这样电脑始终是学校的物品，只是换个地方产生价值罢了。

于跃平想了想，说道："计算机室倒是有很多，你以扶持创业的名义打个申请上来，我同意后，你去那边挑两台，但是不能带回宿舍使用。"

离开校办公室之前，陈汉升突然想起了一件事："听说校办公室也有学生干部，我够不够条件加入？"

于跃平皱了皱眉："这是关淑曼老师负责的，前一阵子她出去学习了，现在我干脆带你去问问吧。"

"行啊，我也去和关老师打个招呼。"陈汉升笑着说道。

两人来到二楼，于跃平在前，陈汉升在后，刚进入办公室，陈汉升就愣住了。

"怎么是她？"

关淑曼居然就是那天新生晚会后，在大学生活动中心调试设备的长发女人。

当时光线不好，陈汉升没看清，他以为是女大学生，一边帮忙，一边调戏，最后意识到不妥，就用李圳南的名字去顶锅。

谁想到她是校办公室的老师。

哎哟，真是尴尬！

关淑曼察觉有人进入办公室，抬头一看，都是"熟人"啊。

"于主任、李圳南同学，你们怎么一起过来了？"

第 81 章　黑长直

"李圳南？谁是李圳南？"

于跃平转过头，他以为除了自己和陈汉升，后面还跟着一个叫"李圳南"的学生。

关淑曼愣了一下："你旁边这个就叫李圳南啊。"

她对"李圳南"印象还挺深的，年纪不大，撩拨的手法倒是很精通，一边帮忙，一边调侃。

欲擒故纵那一套玩得很熟练啊。

于跃平一脸疑惑地看着陈汉升，就在要翻车的时候，陈汉升稳住心态，沉着地对关淑曼说道："关老师，您肯定记错名字了，我是公共管理二班的班长陈汉升，人文社科系外联部副部长，财院大学生创业扶持项目的申请者。"

"哦，是吗？"

关淑曼有些怀疑。

陈汉升确定地说道："那天晚上看您一个人在活动中心调试设备，我向来以一个优秀学生干部的标准严格要求自己，于是就去帮了个小忙。"

"这些都没错，当时我问你姓名，你说的是李圳南吧？"关淑曼皱着眉头问道。

"不是，我说的是陈汉升。"

陈英俊一口咬死自己没有撒谎。

于跃平也明白过来了，似乎是陈汉升帮过关淑曼，不过关淑曼记错名字了，于是他就笑呵呵地说道："平时小关负责学生会工作，每天要见很多学生干部，难免会搞混的。"

陈汉升跟着憨厚地点点头，好像的确是关淑曼自己搞混了。

关淑曼心里有数，眼前这个就是调戏自己的男生，不过于跃平还在这里，她跳过这一段暂时不追究，笑着说道："那应该是我记错了，于主任上来有什么指示？"

"我哪有什么指示？"于跃平双手背在后面，挺着肚子说道，"最近咱院里又是五十周年庆典活动，又是辩论赛的，我看你连轴转，也累。"他一指陈汉升，"小陈的综合协调能力很强，做事也比较有耐心，我想推荐他分担一下校办公室的工作。当然了，选择权在你，我只是建议。"

于跃平又哼哼着补充了一句。

其实要是以前，大概于跃平不会卖自己的面子办事，不过他发觉陈汉升把那个创业基地搞得有模有样，心里就有了点想法。

如果陈汉升能当上校办公室学生干部，那就属于自己直接管辖，许多事商量起来就更加简单了。

于跃平很少提要求，现在专门为陈汉升开这个口，关淑曼也不好意思拒绝，她想了想，说道："校办公室学生部门分为新闻中心、办公中心和监察中心，陈同学想去哪个部门？"

广播站就隶属新闻中心，想着声音撩人的广播站学姐，陈汉升觉得这根本就不是个选择题。

"我想去新闻——"

陈汉升刚要说出自己的答案,关淑曼突然打断道:"差点儿忘记了,新闻中心人满了,只有办公中心和监察中心还有空缺,陈同学协调能力很强,不如去监察中心吧?"

关淑曼哪里敢把陈汉升放去新闻中心,万一搞出个"桃色新闻",自己也是有责任的。

于跃平也觉得不错:"监察中心权力挺大,当然责任也很大,方便发挥你的能力。"

于跃平都这样说了,陈汉升只能选择服从,他还顺手拍了个马屁:"只要能跟在于老师和关老师身边学习,我去哪里都无所谓的。"

"那你们先忙,我下去了。"

于跃平甩甩手离开了,房间里只剩下陈汉升和关淑曼。

"关老师,要没什么要紧的事,那我就先回去了。"

陈汉升心知肚明关淑曼认出了自己,这里就属于是非之地,君子不立危墙之下,他准备撤了。

逗逗憨直可爱的沈幼楚,或者和甜美傲娇的小鱼儿煲个电话粥,难道日子不快活吗?

虽然关淑曼长得也不错,二十三四岁的年纪,一头黑长直的秀发,清秀宜人的五官,按照郭少强那套科学系统的评分标准,应该能有 8.5 分以上。

大概和商妍妍差不多,不过如果把关淑曼和商妍妍并列的话,陈汉升宁愿和商妍妍混在一起。

不过,显然"黑长直"关淑曼没那么轻易放过陈汉升,她推了推眼镜,说道:"陈同学就先熟悉一下工作吧。"她边说边递过来一沓文件资料,"这里是我们院各个系的学生会近期提交上来的报告,你就在前面桌子上看一看,这也是监察中心的主要工作。"

陈汉升无奈地叹了一口气,他的创业基地还有一大堆事要忙,不过他面上礼貌地接过来:"谢谢关老师给我深入了解工作的机会。"

文件内容很简单,全部是系学生会的请示报告,一般都是××系××部新任副部长的备案表,要不就是××系××部副部长的离任说明。

财院共十六个系,每个系的学生会都有七八个部门,每个部门又有好几个正副部长,陈汉升估计关淑曼根本没时间审阅,应该都是监察中心的学生干部帮忙审批的。

陈汉升还在里面看到了自己当外联部副部长的备案表,不过紧接着下面一份文件就是《关于陈汉升同学不适合担任人文社科系外联部副部长的情况说明》。

提交人是人文社科系学生会胡修平和左小力。

内容大致是陈汉升年纪太轻,经验不足,当了副部长以后会影响学生会稳定团结,而且有滥用私权的嫌疑。

结尾还装模作样地写着:"妥否?请批示。"

"有句话怎么说来着,'无巧不成书'是吧?"

陈汉升淡淡地想着,他不动声色地把这份说明藏在中间,正准备想办法安排一下,后面的关淑曼突然问道:"陈同学是人文社科系公共管理二班的吧?"

"没错。"陈汉升应了一句,心想"黑长直"问这个做什么。

不一会儿,陈汉升听到不断点击鼠标的声音,关淑曼似乎在打开什么文件,然后就是按住鼠标拖动。

陈汉升一下子反应过来了。

关淑曼在核对公共管理二班到底有没有一个叫李圳南的学生。

这也太拗了吧！

不一会儿，点击鼠标的声音停了下来，陈汉升假装把笔碰落在地上，然后弯腰捡起来的时候不经意地看了一眼关淑曼。

没想到关淑曼也在背后正盯着陈汉升看呢，眼神意味深长。

陈汉升马上知道自己暴露了，心里默默摇摇头。

正常人不是闲到一定程度，能做这事？

第82章　渣男和渣女

尽管陈汉升的底细被拆穿了，但他仍然"英勇"地潜伏在第一线，只因为那份《关于陈汉升同学不适合担任人文社科系外联部副部长的说明》。

大概这种情况比较罕见，想来左小力为了"报仇"已经酝酿很久了，这次居然把胡修平都拉拢过去了。

"关老师，"陈汉升问道，"这些材料审查一遍就可以了吗？"

"这里有个印章，你在意见栏那里盖一下就行了。"

关淑曼拿出一个红章，她绝对没想到这些资料里还有一份左小力和胡修平的操作。

当然，陈汉升更会操作。

陈汉升接过印章，"嘭嘭嘭"地盖下去，半个多小时后，文件资料全部处理完了，顺带着处理的还有那份说明。

关淑曼果然没有检查，这些都是各系学生会内部的事，她点点头说道："今天这边的事情就完了，到时让负责收发的同学把这些文件送回各个系就好了，耽误你吃晚饭了。"

陈汉升没敢嘴花花，客气了一两句就回了101，拉着沈幼楚去吃晚饭。

班里同学都知道沈幼楚在创业基地打工，都以为因为沈幼楚是贫困生，所以陈汉升特意给了她一个兼职的机会。

晚上九点多回到宿舍，陈汉升在走廊上闻到宿舍里传出一股酒味。

推门而入，金洋明正坐在床上，脚边放着一箱雪花啤酒，他左手一口酒，右手一口烟，平时视如珍宝的手机也扔在书桌上。

"怎么回事？"陈汉升问道。

杨世超撇撇嘴："又失恋了呗。"

陈汉升心想：最近金洋明不是在和高嘉良"恋爱"吗，两个男人还存在什么失恋不失恋的？

这时，金洋明开口说话了："老杨，请你不要乱讲，我不是失恋，只是再次被女人欺骗了感情。"

杨世超嘟哝着："还不是一个概念？"

陈汉升想知道发生了什么，金洋明不会真的和高嘉良搞上了吧？

于是他坐下来拿起一瓶啤酒，咬开瓶盖说道："老六，我陪你吹一瓶，有什么事不要憋在心里，说出来比较好。"

金洋明灌了一大口啤酒，双目赤红地说道："今天晚上，我实在没忍住，给阿良打了电话……"

"然后呢？"

陈汉升迫不及待想知道下面的事。

"然后是一个男人接的。"突然，金洋明情绪激动起来，"这说明阿良本来有男朋友啊，一个有男朋友的人还和我在手机上调情，贱不贱哪？"

郭少强笑嘻嘻地在旁边说风凉话："老六，你干脆学我好了，不要想着谈恋爱，自在一点多好。"

金洋明不搭理郭少强，陈汉升想了想，问道："那你说话没？"

"没有，我听到男生说话就挂掉了，这座城市无非又多了一个骗我的女人而已。"金洋明深深地叹了一口气，"开学才多久，我就经历了三次失恋，我不想当一个渣男，可这些女人总是逼着我去当渣男。"

陈汉升本来还想安慰他一下，因为这事自己也有责任，可是这样一听就不爽了。

金洋明为了增加以后吹牛的资本，强行复杂化自己的感情经历。

商妍妍还能算他单相思。至于这一次，虽然高嘉良是个男人，可总归聊出真感情了，也勉强算得上。

可沈幼楚是怎么回事？连交流都没有，就被陈汉升掐断了，金洋明居然也能算上。

"真是不择手段啊……"

陈汉升咳嗽一声："老六，积极点，总有一天你会碰到一个女孩，她温柔体贴、善良大方，不嫌你丑，不嫌你矬，不要你的手机，也不要你的钱。"

金洋明感动地抬起头："这样的女孩哪里可以找到？"

"我话还没说完呢，她也不要你。"

"陈哥！"

"哎呀，开个玩笑嘛，你们面都没见过，也谈不上失恋，来喝酒喝酒……"

年轻人的感伤是来得快，去得也快，第二天上午，金洋明已经计划晚上去通宵了，陈汉升依然去101创业基地。

昨晚熄灯后，602又开了茶话会，陈汉升已经忘记了聊的什么，现在他就想搬张椅子在园圃里眯着眼睛，晒着太阳，好好睡一会儿。

陈汉升迷迷糊糊的时候，突然被摇醒了，一睁眼，是胡林语。

她气喘吁吁地说道："陈汉升，你赶快去教室，咱班有人打架了。"

陈汉升还以为她说班级里的男生在打架，他很自信地摇摇头："只要我还在学校里一天，公共管理二班就没人敢打架。"

胡林语着急地说道："不是我们自己人打架，是有人打了咱们班同学。"

陈汉升"哗啦"一下站起来了："有什么事不能好好说，一定要打到家门口？"

一路上，胡林语也把事情讲清楚了。

原来课间休息时，几个男生突然冲进公共管理二班来，其中一个冲上来就扇了商妍妍一巴掌，嘴里还骂得很难听。

陈汉升心想：商妍妍纠缠在各种感情中一点也不奇怪，不过专门来教室扇人耳光，这是根本没把整个公共管理二班放在眼里啊，传出去的话，我这个班长的面子也挂不住。

"班级女同学被扇耳光，男生都是死人吗？"

陈汉升脚步如风，胡林语小跑着跟在后面解释："就是因为朱成龙和杨世超要和那群人打架，现在只有你能镇住。"

"为什么要镇住？我不是当裁判的，这事肯定无条件站在商妍妍这边。"陈汉升不屑地说道，突然又想起一件重要的事，"冲突中，沈幼楚有没有被波及？"

胡林语忍不住翻翻白眼，商妍妍被扇了一耳光，教室里马上要打架，陈汉升居然最关心沈幼楚。

"放心，你家沈幼楚是和我坐在一起的，安然无恙。"

上课的地点在教学楼 B 栋，胡林语指着底楼一辆崭新的捷达说道："这是他们开来的车。"

陈汉升看了一眼，沪城的车牌，商妍妍也是沪城人。

"开个捷达也敢嚣张？"陈汉升啐了一口，骂道。

此时公共管理二班的上课教室里泾渭分明地站着几群人。

有些学生不知所措地站起来，也有人害怕地躲到一边，还有要冲过去打架的，也有挡在中间劝阻的，他们嘴里喊着："胡林语怎么还不回来？不是说去喊班长了吗？"

几个大学生模样的男生被围在中间，不过他们的气焰非常嚣张，其中一个男生仍然凶狠地指着商妍妍破口大骂："渣女！"

陈汉升踏进教室，第一眼先找沈幼楚，只见她正站在商妍妍身后，低着头用手指轻轻戳了戳商妍妍的腰部。

商妍妍被扇了一巴掌，哭得眼妆都花了，泪眼蒙眬地一转头，沈幼楚小心翼翼地把身上的所有纸巾递过去。

商妍妍愣了一下，点点头没说话，接过纸继续擦眼泪。

陈汉升终于放下心来。

"敢来我们班闹事，不知道这里是我罩的吗？"说完，陈汉升"咔嚓"一声，居然直接把教室的门从里面反锁起来。

第83章　我想帮你点支烟

陈汉升一到，教室里的气氛马上就不同了。

班里准备打架的男生停住手，拉架的也松了一口气，躲在墙角的学生也向中间靠拢，场面逐渐稳定下来。

那几个扇耳光的外校大学生还以为财院的老师来了，可看陈汉升的年纪又不像，他们正考虑要不要放几句狠话。

没想到陈汉升根本不多说，再慢一点，学校保安可能要来了，他指着站在中间拉架的那些人："你们都让开！班里同学都被打了，还当好人和稀泥啊？"

杨世超和朱成龙看到陈汉升支持他们，心里一下子没有了顾忌，嘴里骂着，再次冲了上去。

原来拉架的学生都有些发蒙，一个愣神就没拦住，对面一共才四个人，没怎么还手就被放倒了。

"噼里啪啦……"混乱中，四个人脸上、身上不知道挨了多少拳脚。

陈汉升就在旁边冷冷看着，一点也没有动手的意思。

不一会儿，学校保安果然来了，不过教室门已经被陈汉升提前锁起来了。

保安在外面大声敲门，陈汉升假装没听到，直到他觉得四个人被揍得差不多了，才走过去开门。

"为什么现在才打开？"保安大声问道。

陈汉升耸耸肩："里面太吵了，我没听见。"

保安噎了一下，他也没有证据说陈汉升就是故意不开门的。其实陈汉升还漠然地看了他一眼。

教室里课桌书本散落一地，四个男生被打得最惨，脸上带血，身上挂彩，衣服都破了，护住头部缩在墙角。

其他男生多多少少有些狼狈，不过都没有受伤。

保安手里握着橡胶棍："凡是刚才打架的，都跟我回去。"

"等一等。"陈汉升拦在前面，"你怎么不问问出了什么事，就要把所有人带回去？我们还要上课呢！"

保安盯着陈汉升看了一眼："打架了还想上课？等着背处分吧，你也跟我走！"

说完，保安就要去拉陈汉升的衣服，陈汉升直接挣脱了："我又没打架，为什么要跟你走？"

陈汉升不动手的原因就在这里，他要跳出来帮杨世超他们洗白，再把脏水泼给那四个人。

"不仅我不跟你走，我们班的学生也不走。"陈汉升指着被揍得鼻青脸肿的四个人说道，"这些外校学生来财院调戏女学生，反抗他们还被扇耳光，商妍妍你过来。"

陈汉升叫了一句，商妍妍带着眼泪走过来，脸上的手指印清晰可见。

"看见没？这是我们班的女学生，你工资中的一部分就有她缴纳的学费。"陈汉升大声对保安说道，"现在她被外校的流氓打了，你却向着流氓，我们寒不寒心？"

"这……"

陈汉升就是个有文化的无赖，保安的思维逻辑完全跟不上，尤其公共管理二班其他学生全部同仇敌忾地看着自己，保安的气势瞬间没有刚才那么凶了。

好在学校保安科科长很快过来了，他一边听保安汇报，一边观察周围的情况。

这时陈汉升又换了种说法，人家好歹挂着科长的头衔，别拿豆包不当干粮。

"你好，我是公共管理二班的班长陈汉升，还是人文系学生会外联部副部长，学校办公室监察中心学生干部，学校大学生创业基地的负责人。"

陈汉升一上来先摆出自己身份，不要以为没有用，保安科长听到这一个比一个响的名头，看陈汉升的神色逐渐严肃起来。

"事件已经很清楚了，四个外校学生开车进学校想非礼财院的女生，公共管理二班五十四双眼睛就是人证，商妍妍脸上的手指印就是物证。"陈汉升咳嗽一声，"至于我们班的男生，他们只是想保护同班女同学而已。"

围观的学生越来越多，保安科科长有些招架不住，他先打了一个电话请示，然后说道："公共管理二班的其他学生请继续上课，这四个外校学生我们会带去保安室处理，另外还想请陈汉升同学和商妍妍同学帮忙协助调查。"

由于刚刚那个保安的态度，班里的同学对他们不太信任，陈汉升笑嘻嘻地挥挥手，表示不会有问题。

保安科科长很诧异，心想这个班长好高的威信。

这时又有几个保安过来，架起惨兮兮的四个外校学生下楼，那个扇耳光的男生很不老实，还对着陈汉升做了一个脏话的口型。

保安队长呵斥道："老实点！"

陈汉升怎么肯吃这个亏，他故意落在后面，招呼杨世超："看到楼下那辆捷达没有？把它砸了！"

"会不会有事？"杨世超有些担心地问道。

在他的认知里，打架可能只是小事，如果砸车，那问题就大了。

陈汉升看了他一眼："有问题我担着。"

杨世超点点头，不再多问。

四个外校大学生在保安室里被询问了身份，原来他们都是沪城科技大学的，其中打人的那个是商妍妍的初恋男友。

陈汉升对这些事情就不太关心了，管你是男友还是谁，还是那句话，公共管理二班是我罩的，要嚣张也别来财院。

学校的处理很讲究，如果报警，那两边可能都有问题，毕竟这四个人都可以去做轻伤鉴定了，所以学校只记录了他们的身份信息，狠狠警告一番，就准备放他们离开。

四个男生回到楼下，才发现车被砸了，风挡玻璃和车灯碎得满地都是。

学校保安假装没看到，还催促他们道："再不走的话，我们就要去吃午饭了，那样你们很可能就走不了了。"

这时几个人才意识到财院里有"坐地虎"学生存在，便一声不吭开着车离开了，连回头瞪一眼的勇气都没有。

"坐地虎"通常有背景、有关系，还有同学拥护。

也许出了学校，这些一毛钱不值，但是在财院里和他斗，斗一百次，输一百次。

陈汉升看着捷达车的背影，笑眯眯地掏出烟刚要点上，旁边的商妍妍突然抢过打火机。

"我帮你点。"

"啪"的一声，商妍妍把点燃的火苗送到陈汉升嘴边。

陈汉升看了她一眼，脸上的巴掌印依然没消，蔻红色的指甲鲜艳动人。

"谢了。"

陈汉升凑过去点燃香烟，然后自顾自返回 101 创业基地。

商妍妍在原地站了一会儿，悄悄地把陈汉升的打火机揣进兜里。

第 84 章 酒无好酒，宴无好宴

陈汉升刚回到创业基地 101，手机就响起来了，是辅导员郭中云打过来的，大概是为了刚才那件事。

"上午什么情况啊？听说商妍妍被欺负了，然后我们班男生又把别人打了？"

上午老郭没在学校，可能是刚接到消息。

陈汉升把过程解释一遍，当然没讲具体细节，只说商妍妍的前男友来教室捣乱还打人，最后男生们忍无可忍，迫不得已把他们赶走了。

老郭没有那么好糊弄："那车呢，听说他们的车都被砸了？"

"谁的嘴那么碎啊？"

陈汉升心里骂了一句，嘴上笑着说道："我们班的年轻小伙子太过热血，顺带着弄坏几个车灯而已。"

"我知道了。"

其实郭中云心里猜了个八九不离十，其中肯定有陈汉升的份儿，不过这个班长聪明的是自己没有动手，所以不仅能够从事件里跳出来，还能够帮其他人洗白。

最后，老郭提醒一句："还是要注意尺度，毕竟今年是五十周年校庆，一切以稳定和谐为主，现在我和系主任汇报一下。"

老郭说的汇报肯定就是帮忙解释了，他这个电话打完，"打人砸车"这件事在官面上就算了结了，不过学生之间的舆论肯定会持续。

大学生活动中心的人文社科系活动室里，左小力、胡修平和穆文玲正在商量组织内部辩论赛队员的选拔，他们听说了公共管理二班发生的事情，很自然地就谈到了陈汉升。

左小力冷笑一声："我早就说了，这个人是颗炸弹，居然把车给砸了，做事太鲁莽了。"

"我不这样觉得。"穆文玲摇摇头说道，"班级女同学被打，难道还要坐下来好好商量吗？"

"可他这样做，别人会以为我们财院都是流氓。"左小力愤愤不平地说道。

穆文玲是个女生，很容易代入商妍妍的角色，如果班级里有陈汉升这样的班长，女生心里会很踏实，所以她坚定地支持陈汉升。

"我觉得陈汉升不是流氓，那些先打人的外校学生才是流氓。"

胡修平看到两人吵架，忍不住劝道："算了算了，不值得为陈汉升吵架，继续商量辩论赛的事情吧。"

穆文玲是真的有些生气："陈汉升是人文社科系外联部副部长，怎么就不值得了？"

胡修平和左小力两人对视一眼没说话，那份陈汉升不适合担任副部长的说明是他们瞒着穆文玲递交给校办公室的，他们担心穆文玲去告密，准备来个先斩后奏。

实际上陈汉升根本不关心舆论，一心忙着找打火机呢。

"刚刚好像还用到了。"

他根本没想起来打火机被商妍妍拿走了，因为大学里本来就是这样，你在宿舍桌上放三百块钱，三天后仍然在那里，要是放个打火机，可能三分钟就找不到了。

纸巾同理，在宿舍里也是差不多的命运。

四处摸口袋找不到打火机，最后陈汉升也只能闷闷地放下烟，然后拿出笔记本电脑。

现在每天他都要看电脑，一是观察每天揽件数量的变化，二是检查沈幼楚制作 Excel 表格的水平有没有进步。

"桌面也太乱了吧。"陈汉升嘀咕一句。

萧容鱼喜欢把资料放在桌面上，以前她一个人用电脑的时候比较方便，现在多了两个人使用，就显得比较乱了，陈汉升决定把桌面归档整理一下。

"这个文档没有命名，不会是无意中创建的吧？"

陈汉升打开桌面上一个没有命名的 Word 文档，想着如果里面没有内容就删掉它。

不过打开后，里面有时间，有文字，而且好像是日记格式。

陈汉升赶紧准备关掉，他不太喜欢偷看别人的秘密。

除非这个秘密里有自己的名字。

> 2002 年 9 月 1 日，晴。
> 今天开学，陈汉升把我气哭两次，一次在火车站，一次在宿舍。
>
> 2002 年 9 月 15 日，晴。
> 今天陈汉升又惹我生气了。
>
> 2002 年 10 月 3 日，晴。
> 今天陈汉升去酒吧鬼混，把我气哭了，我准备再也不理他。
>
> 2002 年 11 月 6 日，小雨。
> 今天打电话问陈汉升，如果老天爷给你五百万，但同时要永远见不到我，你会答应吗？
> 陈汉升说这是双喜临门的好事，为什么不答应呢？
>
> 2002 年 11 月 27 日，阴。
> 陈汉升总是憋着不表白，他是不是喜欢其他女生了？
> …………

陈汉升目瞪口呆地看完，心想：萧容鱼是有病吧，为什么全记我不好的事情啊，我帮她搬行李，请她吃饭，带她买衣服，怎么一件都不写？

还有，她记下来打算做什么，难道以后吵架想不起内容，还要翻翻以前的材料吗？

刚刚腹诽几句，陈汉升又想起另一件恐怖的事，最近电脑被沈幼楚带回去练习，她有没有看过这个文档？

"按照沈幼楚的秉性，不经过别人允许，她是不会翻阅别人隐私的。"

不过这种事很难说，就算不小心点开文档也是有可能的，自己不就是无意中发现的吗？

"得找机会试探试探沈幼楚，搞清楚她看过文档没有。"

陈汉升心里想着，不过今天快递点生意特别好，直到晚上关门都没找到机会。

回到宿舍后，杨世超等人正在打牌，看到陈汉升回来，就问道："今天我们打人砸车，学校那边什么意思？"

陈汉升知道他们有些后怕，笑嘻嘻地安慰道："别担心，我正准备帮你们申请见义勇为锦旗呢。"

听到陈汉升这样开玩笑，杨世超他们知道问题不大，也就继续安心打牌了。

陈汉升看了一会儿牌，突然，手机"嘀"的一声来了信息。

"在吗？"

这是个陌生号码。

"你是谁？"陈汉升回道。

"商妍妍。"

商妍妍也有手机。陈汉升心想：她给我发信息做什么，我也不需要她感谢。

"有什么事吗？"

"我的心情很不好，你能下来陪我聊聊天吗？"

陈汉升看了看时间，已经快晚上十点了，果断回绝："明天当面说吧，我要休息了。"

手机里安静了一会儿，陈汉升以为商妍妍听进去了，没想到二十分钟以后，信息又来了。

"我只想和你聊聊天，不会做什么的。"

陈汉升一看就笑了，心说这个句式好熟悉啊，以前我经常这样骗小姑娘。

"行吧，你在哪里？"

"篮球场。"

陈汉升换了身衣服，走到篮球场，看到一个身影坐在台阶上，正是商妍妍。

她居然特意化了妆，粉底遮住了脸上的红印，也不知道哪个型号的口红涂抹在嘴唇上，娇艳欲滴，大冷天穿着黑丝短靴，扑面而来的香水味道浓郁中带着点性感。

最主要的是她脚边还放着几罐啤酒。

陈汉升心里想着，这是酒无好酒，宴无好宴啊。

第 85 章　你能渣我一回吗？

"我以为你不会过来了。"

看到陈汉升的身影，商妍妍欣喜地从台阶上站起来。

"我是班长嘛，同学有需求，我肯定不能推托。"

陈汉升大咧咧地往旁边一坐，刻意与商妍妍之间隔着点距离。

商妍妍有些不满意,嘬着红唇撒娇道:"你来见我,难道只是因为班长的职责吗?"

陈汉升哈哈大笑,心说大家都是千年的狐狸,还玩啥纯情聊斋啊,有屁就赶紧放呗。

晚上十点半,依然有人在打篮球,球撞击篮筐的"嘭嘭"声在黑夜中传得很远,不过他始终只有一个人,看着有一种别样的孤独。

陈汉升掏出烟,问道:"你要抽吗?"

商妍妍摇摇头:"现在已经戒了。"

不过陈汉升刚要点火,只听"啪"的一声,商妍妍又来帮忙了,微黄的火苗映衬着商妍妍深紫色的眼影,在深夜里有些勾人。

"原来我的打火机被你拿去了。"

陈汉升拿回打火机时,两人手指碰了一下,不过他心里毫无波澜,甚至想回去和小鱼儿煲个电话粥。

"噗!"

商妍妍打开一罐啤酒递过来。

陈汉升没客气,"咕咚"喝了一大口,冰冷的啤酒混合着烟味灌进胃里,还夹杂着嘉平夜里的冷气。

再肆意地打个酒嗝,真叫一个畅爽。

商妍妍酒量不错,仰头喝掉了半罐,一抹嘴把口红擦掉了半边,沾染在嘴角和下巴上,不知道从什么时候开始,她的身体慢慢靠向陈汉升,眼神迷离,气氛暧昧。

眼看她就要靠到肩膀上,陈汉升突然说道:"上午脸被打了,现在还疼不?"

"唰——"

商妍妍一下子坐正了身体,陈汉升这句话真是大煞风景,商妍妍根本不想提这件事,他反而故意往她伤口上撒盐。

"浑蛋男人!"

气氛被破坏了,商妍妍也不好意思继续下去,只能闷闷地喝掉剩下的半罐啤酒:"谢谢你今天帮我出头。"

陈汉升化解了刚才的撩拨,无所谓地弹了弹烟灰:"我是对事不对人,换成公共管理二班任何一个同学,我都会这样做。"

"是吗?"商妍妍斜睨一眼陈汉升,"要是换成沈幼楚呢,你恐怕会剁了他们吧?"

突然,陈汉升不说话了,牙齿咬着烟屁股上下摇摆,任随烟丝在风中自然燃烧,发出"滋滋"的声响,眼神深邃得好像潭水,静静地打量着商妍妍。

商妍妍被看得一阵心慌,她赶紧解释道:"你不要误会,沈幼楚是咱们班最漂亮的女生,并不是秘密,但我们女生都不愿意说,一是嫉妒心理吧,宁愿她这样的容貌永远藏在人群中,这样自己受到的关注能多一点;二是大家都比较心疼她的身世,也不希望有臭男人来骚扰她。"说到这里,商妍妍笑了笑,"不过要是你当她男朋友,这些事情就都不是问题了。"

陈汉升不想在这种情况下多谈沈幼楚,她要永远处于明媚的太阳底下,所以淡淡地回道:"沈幼楚不喜欢被人打扰,这样就挺好的。"

商妍妍点点头,陈汉升的意思很清楚。

她又开了第二罐啤酒，终于聊起自己的往事："上午那个男生是我的初恋男友，我们的父母都是做生意的，平时不管我们，只给钱。

"不过初中时的零花钱很少，那时我又很虚荣，特别想买部手机炫耀一下，于是他就偷偷把压岁钱和零用钱存起来，省吃俭用，终于给我买了一部手机，那天晚上我就去他家了。"

陈汉升心想这两人家庭条件应该不错，那时手机一部得一万多块。

商妍妍看着陈汉升："你会不会瞧不起我？"

陈汉升摇摇头，弹了弹烟灰，说道："那时你们是有真感情的。"

"我就知道。"商妍妍抬起头说道，"我就知道，你肯定可以理解的。"

陈汉升咧嘴笑了笑："为什么这样说？"

"因为你身上的气质很特别，刚开学时我就察觉了，有一种成熟男人的味道。"

"你错了。"陈汉升说道。

"不会的。"商妍妍很肯定的样子，"因为我遇到过这种男人。"

陈汉升"哦"了一声，看来还有故事。

"后来，我和初恋分别去了不同的学校。"商妍妍的声音有些空洞，"一开始我觉得这份爱情是坚贞不渝的，有个学长追我追得很激烈，我表明自己有男朋友了，他仍然没有放弃，我很感激，但始终没接受。后来，某个夏日的周末，我想给初恋一个惊喜，于是没打招呼就去他学校了，结果看到他和一个女生在路边亲嘴。"

说到这里，商妍妍的呼吸突然急促起来，过了一阵，语调才重新平静下来。

"我没去打扰他们，但是回学校后，我就和那个学长在一起了。"

陈汉升不吭声，这个故事还没有结束。

商妍妍似乎陷入了深深的回忆中："沪城那个地方和其他城市不一样，后来我索性也就看开了。"一到放假，我就跟着小姐妹出去喝酒唱歌，身边的男朋友也换了三个，可我始终没有和初恋分手。我是不是渣女？

商妍妍问陈汉升。

陈汉升举起啤酒和她碰了一杯："有点渣。"

"这也是他今天来闹事的原因，不过更渣的还在后面。"商妍妍一口灌下去整罐啤酒，吐着酒气说道，"后来我认识了一个四十岁的男人，他挺有钱的，但我不是看上他的钱，因为我家里也不缺钱，只是觉得和他在一起很安心。"

"他结婚没？"陈汉升问道。

"结了，我还认识他老婆。"商妍妍醉眼蒙眬地说道。

陈汉升重重地叹了一口气。

"你为什么叹气？"商妍妍问道。

"我就是想，你那么混都能考上财院，我好歹三年高中好好读过来的。"

"哈哈哈……"商妍妍笑着打了陈汉升一下，"上大学后，我想删除以前所有的社交关系，认真读书，再也不谈感情，结果遇到了你，让我更有安全感……"

商妍妍一边说，一边再次靠向陈汉升。

陈汉升没有一点犹豫地避开，他根本不信商妍妍会喝醉。

果然，商妍妍歪到一半发现人都跑了，怒视着不说话。

陈汉升把烟头熄灭，笑着说道："我也是渣男，不适合你的。"

商妍妍看着陈汉升，半晌说道："我知道你是渣男，那你能渣我一回吗？"

第 86 章　不正常少女收容中心

陈汉升不答应："真是没见过你这样奇怪的要求，居然想和渣男谈恋爱。"

"我没想和你谈恋爱。"商妍妍走近一点说道，"你永远是沈幼楚的，我保证不和她抢，只要你能抽空来陪我一下就好。一点点时间就好。"

刚刚说起往事的时候，商妍妍除了偶尔情绪激动以外，平静得就好像在叙述别人的故事，现在脸上一片恳求的神色，楚楚可怜。

陈汉升咧嘴一笑："莫要演戏，既然我是渣男，套路就不会比你少，时间差不多了，赶紧回宿舍吧。"

"狠心的男人。"商妍妍踢了踢地上的啤酒，"还剩两罐，我们喝完再走吧。"

陈汉升点点头，商妍妍喝着啤酒问道："我都说了自己的故事，你能谈谈你的渣男生涯吗？"

"我的渣男生涯啊……"陈汉升抬起头，满天星斗点缀着苍穹，遥远而璀璨，最后他吐出一口白气，说道，"我就不说了吧，总之也是一段混乱的过往。"

商妍妍不勉强，这样的女生有一个好处：自己有复杂的经历，所以可以容纳别人的秘密。

商妍妍觉得现在的陈汉升非常吸引人，她之所以看不上金洋明，是因为他的经历和气质都太单薄了，完全吸引不起商妍妍的兴趣。

"汉升，"商妍妍突然抓住了陈汉升的手，"你就答应我好不好？"

陈汉升看着两人的手在清冷月光的照耀下黑白分明。

"你要是以为牵住我的手就能牵住我的心，那就大错特错了。"

"为什么？"

"因为我是千手观音啊。"陈汉升笑眯眯地说道，然后把手抽回来，揣在自己兜里。

商妍妍知道今晚肯定是没办法了，陈汉升软硬不吃，不过这也正是他吸引人的独特之处。

"你送我回去吧。"商妍妍说道。

陈汉升没有拒绝这个要求，一路上，两人没有说话，陈汉升叼着烟自顾自抽着，商妍妍也不知道在想些什么。

在女生宿舍楼下，商妍妍说道："你是大学里第一个送我回宿舍的男生。"

陈汉升哂笑一声："不要矫情，这和你的风格不搭配。"

商妍妍忍不住叹一口气，心想陈汉升真是一块难啃的骨头，意志非常坚定，根本不受诱惑。

"不管怎么说，看到你就能让我心安，所以我还会试试的。"

商妍妍回宿舍前抛下这样一句话。

陈汉升完全没有放在心里，商妍妍对社会的理解要远超一般大学生，只是有些畸形罢了。

"希望她不要吊死在我这棵树上。"

陈汉升也没有立刻回去，他一个电话把沈幼楚喊下来了。

沈幼楚应该早就上床休息了，但是接到电话后，还是傻乎乎地下楼，裹着一身花花绿绿的大棉袄，手里还拎着一个袋子。

"这衣服丑死了，谁帮你做的？"

看到沈幼楚，陈汉升心里很高兴，不过表面上虎着一张脸。

"婆婆做的。"沈幼楚小声说道，听到陈汉升说衣服不好看，她噘着嘴有些委屈。

"嗬，还敢有情绪？"

陈汉升伸出手捏在沈幼楚光滑柔嫩的脸蛋上。

沈幼楚也不知道躲避，抬头默默看着陈汉升。

陈汉升看到这个"受气包"性格，心里突然有些生气，手指就用了点力。

沈幼楚皮肤多嫩，陈汉升一使劲，她的脸上马上就被捏出两个白印，直到她的桃花眼里弥漫一层晶莹的水雾，陈汉升才松开手。

"疼吗？"

"有、有点。"

"疼为什么不说？"

"不、不敢说。"

陈汉升沉默了半响，又帮沈幼楚揉了揉脸蛋："手里拎的是什么？"

沈幼楚从袋子里掏出一条围巾。

"你织的？"陈汉升问道，其实这是一句废话。

沈幼楚点点头。

"那你帮我戴上。"陈汉升命令道。

沈幼楚有些不好意思，她出来得晚，值班的宿舍阿姨就像间谍一样盯着两人。

陈汉升等了一会儿，发现沈幼楚磨不开这个面子，不耐烦地拿过围巾说道："行了行了，我自己戴，你上去吧，胖得像企鹅一样。"

"噢，那，那你早点回去，莫要再喝酒了。"

陈汉升嘴里的啤酒味很浓，沈幼楚已经闻到了。

陈汉升不搭理她，转身就走。

不过没走几步，不知道是酒意上头，还是受到今晚和"渣女"谈话的影响，陈汉升突然转过身，看到沈幼楚仍然站在原地。

"以后我们好好的行不行啊？"陈汉升大声说道。

沈幼楚呆呆地看着陈汉升，没有什么反应。

"笨死了！"陈汉升骂了一句，这次是真的走了。

直到完全看不见陈汉升的背影，沈幼楚才小声地对自己说道："行呀。"

商妍妍的决心出乎陈汉升意料，第二天早上他来到创业基地101，没想到商妍妍已经等在这里。

"你要寄快递吗？"陈汉升问道。

商妍妍摇摇头："我不寄快递，我收快递，我要来这里当个兼职大学生了。"

"别胡扯了。"陈汉升嗤笑一声，"你又不缺钱。"

"可是我缺爱啊。"

商妍妍嫣然一笑，主动拿过笤帚开始打扫卫生。

陈汉升不去管她，心想看你能坚持到什么时候。

不一会儿，沈幼楚就过来了，胡林语也顺路过来坐了坐，顺便了解一下昨天事情的处理结果。

胡林语看到商妍妍，大吃一惊。

"你为什么会在这里？"

商妍妍反问道："你都能来，我为什么不能？"

这两个女生之间有矛盾，当初交班费时，商妍妍都是跳过胡林语，直接交给陈汉升的。

胡林语不和商妍妍废话，转而对陈汉升说道："你为什么要招她？"

本来陈汉升没准备招商妍妍，不过胡林语的态度跩得二五八万，陈汉升挑挑眉毛说道："我的店，爱招谁就招谁。"

"你……"胡林语没办法，只能跑去和沈幼楚说："幼楚，陈汉升只听你的话，你快让他把商妍妍赶走。"

沈幼楚这性格哪里会赶人，让她做这事就是白搭。

不一会儿就有学生来寄快递了，商妍妍看着忙忙碌碌的101和102，说道："我觉得你们要是穿着统一的服装，宣传力度会更大。"

陈汉升有些诧异地看着商妍妍，商妍妍一摊手："我家里就是开服装厂的，所以知道一点。"

"提议不错，可惜我没钱了。"

陈汉升也没有隐瞒。

"我可以让家里帮忙做啊。"商妍妍笑吟吟地说道，"只要你同意我在这里兼职。"

"陈汉升，你不要答应，否则我也要在这里兼职了！"胡林语赌气说道。

陈汉升认真想了想："商妍妍同学，以后我们既是同学，也是同事，不过你时间自由，也没有具体任务，只负责把制服搞定就行了。"

下午，钟建成过来视察，很吃惊："陈经理，你这里都成美少女收容中心了。"

陈汉升心想：应该叫"不正常少女收容中心"才对，关键我还得受累当这个中心的主任。

第87章　火箭101

为什么称呼101为"不正常少女收容中心"？因为在这里兼职的两个女孩，一个身段和样貌绝对是财院的翘楚，但是一说话就脸红；另一个漂亮女孩在爱情里受过骗，也骗过人，最可气的是，现在她还想勾搭中心主任陈汉升。

钟建成看不清沈幼楚的五官，只觉得这个女孩个子很高，但商妍妍笑起来声音婉转动听，待人接物也开朗活泼。

"嘿嘿，钟经理，您都是当人家叔叔的年龄了，眼睛不要乱瞅。"陈汉升笑嘻嘻地提醒道。

钟建成转过头，这块"滚刀肉"也没什么羞耻心："不要乱说，叫叔叔都把我叫老了，让她们叫我钟哥就行。"

有时候男人很奇怪，被二十岁左右的小姑娘叫叔叔都不怎么乐意，可要是小姑娘叫他爸爸，那估计笑得觉都睡不着了。

哼，一群臭弟弟！

陈汉升又把话题拉回来："钟经理来财院有什么重要指示？要是没有，那您就在这儿坐会儿，我们去上课了，不然老师要扣日常分了。"

这时已经把逃课常态化的陈汉升又变成了好学生，钟建成一听就知道陈汉升在下逐客令。

钟建成也没太多办法，陈汉升这个校园总代理的能力很强，不仅业务能力，活动能力也尤其突出。

现在有时候财院一天的快递揽收量超过两百件，而且可以预测，随着寒假的迫近，托运行李包裹的业务量会进一步上升。

钟建成是生意人，他和钱没仇，陈汉升这么会运作，脾气嚣张点他也能容忍。

他咳嗽一声，说道："现在财院的市场很不错，你宣传得也很到位，证明当初我眼光非常正确啊。"

陈汉升笑了笑，心想钟建成这是先扬后抑啊，先给颗糖果夸奖一下，不过这是幌子，他真正想说的还在后面，而且未必是好事。

这又是没文化的"滚刀肉"和有学历的"混不吝"之间的小小交锋，陈汉升仍然很好地秉持了一个"无赖"该有的特性，明知道钟建成这是客套话，仍然照单全收，还提出了一个小要求：

"既然钟经理对我们的工作比较满意，那能不能帮忙解决一些小困难？"

"什么困难？最近企业也是比较困难的。"钟建成很警惕地说道，心里也开始后悔，又不是第一次和陈汉升打交道，没事客套什么，又让他顺着竿子往上爬了。

"电脑——"

陈汉升刚说两个字，钟建成马上就打断了："电脑是肯定不行的，一台要过万呢。"

"钟经理急什么？我的话都没说完呢。"陈汉升嘿嘿一笑，"电脑的问题，学校会帮我们搞定。不过，我这里还缺几辆运输小三轮车，公司那边能帮忙解决吗？"

钟建成这才松了一口气，就算普通的台式电脑也要大几千块，傻子才帮下属的网点配电脑。

三轮车问题就不大，几十块钱一辆。

"下次直接说正事就行，没事扯什么电脑？"钟建成不满地说道，他也看出来了，陈汉升就是在故意逗自己。

现在他也不敢再玩虚的，直接切入正题："另外有一件事，过两天深通快递的副总经理和嘉平分部的总经理来江宁考察，晚上吃饭时你也过去一趟。"

"就我一个校园代理吗？"陈汉升问道。

钟建成摇摇头："还有其他学校的代理，都是一起见的。"

陈汉升明白了，这种叫阅兵式应酬，自己就是去充人数站台子。

两个肩膀扛一张嘴，吃饱喝足不说话就完事了。

"没问题，到时通知一声我就行。"

接下来，钟建成拿过一个宣传纸袋，说道："还有一个问题，我听说啊，我也是听说，你的宣传都是抛开深通快递独立进行的，这些袋子上印的都是'F栋101快递'，横幅写的也是'F栋101'，压根儿和深通没什么关系。"钟建成指着宣传袋上的卡通火箭标志说道，"现在财院的学生，包括周围明大、工程学院、医学院的，都快忘记深通快递了，他们要寄行李都直接说去找'火箭101'。"

面对这个问题，陈汉升不回答，先反问一句："钟经理听谁说的？"

钟建成含糊地回道："听说而已，具体是谁不重要。"

"是孟学东那小子吧？"陈汉升直接说道，"这浑蛋代理的仲通快递在财院根本没有生存市场，他干不过我，就去您那边举报，其他人一没有利害关系，二不知道您的联系方式，肯定是孟学东了。"

看到陈汉升猜得准，钟建成索性也不隐瞒了，直接问道："不管别人说什么，那你到底是怎么想的？"

"我怎么就抛开深通快递了？"陈汉升瞪着眼睛说道，"我宣传F栋101只是为了突出创业基地的位置，让同学们一目了然地找到我们，您怀疑我有其他心思，那您来分析分析，我能有什么心思？"

钟建成噎了一下，其实他也想不出来陈汉升的心思。

除非陈汉升真想跳出来单干，但这不是扯淡吗？他一共才代理四所学校，其中三所学校的市场还在深度开发中，难道这种时候他就想着以后要独立出去？

除非陈汉升从当初在水房撕下兼职单的那一刻开始，就已经想好了以后要自己单干。

钟建成瞅了一眼陈汉升，这个"流氓"大学生正在笑眯眯地和商妍妍说话，嘴上不正经，手上却很干净。

"我是不信，哪里会有布局到五年十年以后的人？未来这个世界会怎么发展都不知道，说不定哪天大家就各奔东西了。"

钟建成心里正想着，没想到陈汉升主动凑过来说道："要我说，钟经理就是太负责任了，您在深通没有股份，纯粹是个片区代理商，还要缴加盟费那种，只要我能帮您赚钱就行了，方式重要吗？"

钟建成一想也对，于是问道："那以后你还继续用'F栋101'宣传吗？"

陈汉升也不隐瞒，其实就算钟建成这次不过来询问，陈汉升也打算抽空去汇报。

"没错，还可以简化成'火箭101'快递，俏皮、好记，大学生容易接受。"

第88章 我在等一段专属背景音乐

钟建成的效率还是很高的，第二天上午就把三轮车送过来了，陈汉升皱着眉头问道："怎么都是二手的？"

送车的快递员小郑笑着说道："这已经是门店那边所有的小型三轮车啦，钟经理吩咐全部送来支持陈总。"

陈汉升围着五辆小三轮车绕行一圈："行吧，勉强还能用。"

"那我先回去了。"小郑说道。

"不要急。"陈汉升拦住他，"你再去买两罐油漆，一大罐白色，一小罐红色，我要把车刷一下。"

"跑腿没问题，可买油漆的钱……"小郑伸着手说道。

陈汉升看了一眼小郑，从口袋里拿出抽剩下的半盒红金陵塞到他手里："油漆回去和钟经理报销，我和他说好了。"

小郑一看还有半盒烟，嬉皮笑脸地装进兜里："要是老钟不给报销，我回来找陈总要啊。"

陈汉升作势要打他："去买吧，耽误我赚钱，把你捏碎了。"

小郑笑嘻嘻地跑出去，有些快递员年纪和陈汉升差不多大，所以陈汉升和他们相处都是呼爹骂娘的模式，偶尔还给一点好处，双方的关系倒是越来越融洽。

油漆买来后，陈汉升回宿舍换了最旧的衣服，又买了口罩和手套，就开始涂抹。

不一会儿，沈幼楚、商妍妍、胡林语下课都过来了。

个子最高的沈幼楚走在中间，可她走路是低着头的；商妍妍和胡林语走在两侧，她们互相看不顺眼。

这个组合真是怎么看怎么别扭，陈汉升寻思着等商妍妍把衣服搞定了，随便找个理由把她踢出去好了。

胡林语也是，不过踢胡林语更简单，连理由都不用找。

"你怎么自己做事？"商妍妍招呼道。

陈汉升一手拿着油漆刷子，一手扶着三轮车，旧衣旧裤上沾了不少油漆，就连头发上都被甩了几滴，嘴里的半截烟头都烧成灰了，他也腾不出手弹一下。

"我自己做事不正常吗？我还自己吃饭、自己上厕所呢……喀！喀！喀！"

陈汉升说话时烟呛到了气管里，重重咳嗽起来。

沈幼楚刚要上前，不过商妍妍的动作更快一点，她伸出两根细细的手指，从陈汉升嘴边夹走烟蒂。

胡林语轻轻推了一下沈幼楚。

沈幼楚转头看了一眼胡林语，眼神清澈透亮，然后转过头继续看陈汉升刷油漆。

胡林语叹一口气，这个傻子怎么就没一点危机感呢？商妍妍都要"鸠占鹊巢"了啊。

半个钟头后，陈汉升终于把第一辆车漆好了，全身涂抹着白色油漆，只在尾盖上有一行显眼的红字——"火箭101快递"。

"以后你准备骑着这辆车在学校里收快递吗？"胡林语问道。

"怎么样，拉风不？"

陈汉升笑眯眯的，他自我感觉良好。

胡林语不太同意："总觉得太高调了。"

"我就觉得高调点才好。"商妍妍反驳道，"现在正是宣传的时候，这样才能有更多同学看见。"

"商妍妍，你说话能摸着良心不？"

"胡林语，你说话能动点脑子不？"

两个人马上吵了起来，这个说你化妆妖艳不像大学生，那个说你是"土老帽"进城，丢财院的脸。

商妍妍更刁钻，几次都准确地击中了胡林语软肋。

陈汉升不搭理她们，也没有劝架的心思，他准备去漆第二辆车。

沈幼楚也跟着走过来，指望她劝架也不现实。

这时，外联部部长戚薇来到创业基地："陈部长，中午学生会有个全体会议，我们都要去参加。"

陈汉升很不耐烦："什么会啊？我这边正忙着呢，能不能请假？"

戚薇摇摇头："好像是为了内部辩论赛的事情吧，左小力副主席还专门借了大学生活动中心使用，通知所有干事都要参加的，何况你还是副部长。"

"事真多。"陈汉升嘀咕着站起来，脱下口罩和手套，"走吧。"

戚薇有些诧异："你不回去换身衣服吗？"

"换什么？劳动人民最光荣。"

两人来到大学生活动中心，里面已经坐了不少学生，陈汉升这个满身油漆的造型吸引了很多目光，当然也包括站在最前面的左小力和胡修平。

胡修平只是看了一眼就转移了视线，而左小力一直盯了很久。

陈汉升不太理解："按理说，组织一场系内部辩论赛不用这么兴师动众吧？"

戚薇也皱着眉头，这场人文社科系学生会全体成员大会肯定另有目的，可是为什么不提前说呢？

坐在最前面的穆文玲看到了陈汉升，她匆匆走过来压低声音说道："陈汉升，现在你马上请假，我这边同意后，你就能离开了。"

"为什么？"

"别问为什么了，你相信我。"

穆文玲语速很快，表情也非常着急。

不过陈汉升这类人不会别人说什么，他就信什么，他做事肯定有自己的理由，哪怕是为了心情舒畅。

"先说原因，我再看看要不要走。"陈汉升说道。

"你也太固执了！"穆文玲没办法，只好实话实说，"左小力和胡修平两人准备把你踢出学生会，讨论辩论赛就是个小事，主要是针对你的。"

戚薇不相信："副部长的审批表已经报送校办公室了啊，除非个人要辞职，否则他们凭什么说换就换？"

"校办公室负责学生会工作的关淑曼老师出去学习了，最近刚回来，左小力利用关老师来不及审批盖章的时间差，很早之前就提交了一份关于陈汉升不适合担任副部长的说明。"

穆文玲虽然很气愤，但是没有一点办法，她也是会议前才知道这件事。

曾经穆文玲和胡修平联合对付左小力，现在也遭到了反噬。

"左小力觉得把你赶出去还不够，还要在全体学生会成员面前羞辱你一次。"穆文玲再次劝道，"你先请假离开会场，以后虽然不在学生会了，但今天的羞辱是可以避免的。"

陈汉升觉得这个场景有些熟悉，仔细想了想，以前看《康熙微服私访记》，每当主角康熙遇到危险，总有一段慷慨激昂的背景音乐响起，然后他大吼一声："三德子、法印何在？"

这两个憨憨出现以后，就是康熙的专属时刻了。

"快走啊，不要发呆了。"穆文玲催促道，她还以为陈汉升愣住了。

"我不走。"陈汉升缓缓地摇摇头，"我在等一段专属背景音乐。"

第89章 我的背景音乐！

"什么背景音乐？不要说一些乱七八糟的话了。"

穆文玲真的不忍心看到那种画面，即使容不下陈汉升，赶出去就好，何必要当着这么多人的面羞辱他呢？

戚薇也替陈汉升抱不平："新生晚会时，他单独筹集了一千块钱，已经履行了一个副部长的职责，现在无缘无故就要被踢出学生会，他们真是太过分了。不过陈汉升，你还是先离开会场吧，这明显就是左小力和胡修平的报复行为。"

就在这两人催促陈汉升远遁"避难"的时候，左小力冷冷一笑。

就算今天陈汉升要离开，他也要拉住他不让走。

突然，有个熟悉又陌生的身影出现在大学生活动中心门口，居然是外联部前任副部长周晓。

他的露面让现场骚动起来，很多人已经感觉到气氛不正常了，不过周晓的到来直接把目标锁定成陈汉升。

周晓不管其他人，直接走到陈汉升面前："陈汉升，你要是没种，现在就当个逃跑的懦夫吧。"

周晓生怕陈汉升自己走了，还专门搞个低级激将法。

"又多了一个重要配角，我就是没穿龙袍，不然这个排场我非要装到天上去。"陈汉升惋惜地想着。

台上的左小力看了看表，接着和胡修平低语一两句，然后大声说道："关门，会议开始！"

陈汉升固执不听劝，穆文玲只能叹一口气，返回座位，随着大学生活动中心的木门缓缓关上，她觉得今天中午陈汉升注定要被羞辱了。

周晓嘴角微微上翘，双手环抱，一副胜券在握的样子。

"今天的会议有两个议题。"左小力在上面主持道，"第一个议题，下周我们将组织一场人文社科系内部辩论赛，挑选思维敏捷、口齿伶俐的辩手代表我们系参加学校辩论赛。众所周知，辩论赛是财院最重要的一项团体活动，以前我们人文系从没有掉出前四名，希望今年在保持成绩的基础上，对冠军发起有力冲击！"

左小力说完就先鼓起掌来，不过观众的掌声稀稀拉拉，毕竟下面的重头戏才更值得期待。

左小力看到这个情况，心里很生气，这是他策划很久的一场"活动"，观众没有激情怎么能行？

他冷着脸扫视一圈："怎么回事，鼓掌就这么点声音吗，中午是不是都没吃饭？"

其实除了上午没课的，大多数学生中午还真没吃饭，不过大家都看得出今天左小力的情绪有些奇怪，为了不触他的霉头，学生会再一次鼓掌，掌声也大了很多。

左小力这才满意地点点头。自从陈汉升进入学生会当上副部长以后，他吃饭不香、睡觉不熟，好不容易说服了胡修平，再利用关淑曼外出来不及审核的时间差，顺势提交了一份说明。

按照以前校办公室的习惯，他们从来不管系学生会内部的事情，都是直接盖章同意。

"第二件事，"突然，左小力看向陈汉升，其他人也跟着这道目光望过去，"我们学生会有位干部行事骄纵，不守规矩，还有滥用私权的嫌疑，极度影响学生会的稳定和团结。经过校办公室和主席团的商讨，我们决定把外联部副部长陈汉升同学开除出学生会，希望他在以后的时间里，多加学习，提高思想认识水平，争取不要给财经学院抹黑。"

"哗……"

学生会的六十多个人骚动起来，虽然有些人已经隐隐预料到了，但没想到来得这么突兀。

一个副部长在自己没有辞职的情况下，说被开就被开了？

几十双眼睛同时盯着陈汉升，有惋惜，有同情，有漠然，也有看笑话的。戚薇拍了拍陈汉升的手背，希望能给予他安慰。

看到这个反应，左小力和周晓两人对视一眼，这种"手刃"仇人的感觉真爽！

可惜的是，陈汉升脸上没有一点意外和难过的表情。

另外，他站起来做什么？

难道还想耍浑吗？这里可有六十多个人。

陈汉升自然不是要耍浑，他站起来只是心中背景音乐的前奏已经响起，必须做点什么配合一下。

"左副主席，胡副主席，"陈汉升一边走向前台，一边说道，"我有些疑问，可不可以说两句？"

其实如果可以，左小力真想一脚把陈汉升踹下去，这小子嘴上问"可不可以"，身体已经走到自己旁边了。

"Please."

胡修平绅士地说了句英文，他的心态很闲适，陈汉升已经没什么机会可以翻盘了。

陈汉升咳嗽一声："我是学生会副部长，在我本人没有强烈意愿辞职的情况下，你们就这样处理我，是不是不合规矩？"

左小力不耐烦地说道："刚刚我已经说得很清楚了，这是校领导的决定。"

"口说无凭，我要看证据。"陈汉升直接说道。

"嘿，真是稀罕。"

胡修平心想这可真是不到黄河心不死啊，第一次见到还要看证据的。

"是不是我们把证据拿来，你就甘心退会？"胡修平认真问道。

要不是为了更好地在财院里开展生意，陈汉升哪里会理他们，不过这些称谓的附加作用还是很明显的，至少在商妍妍被打那件事里就体现出来了。

"拿出证据，我不仅退会，而且当面道歉！"陈汉升大声说道。

音乐已经进行到第二段了，高音已经开始澎湃。

"好，我去拿证据。"

胡修平转身就去了校办公室行政楼。本来他对陈汉升没有太多恶意，不过这个人太不知进退了，居然在晚会上抢自己的风头。

怎么，你还想当学生会主席不成？

胡修平离开后，大学生活动中心里议论纷纷。左小力意气风发地打量着陈汉升，心想：你老老实实成为一个笑柄不好吗，反抗有什么意义？

大学生活动中心离校办公室办公楼不远，胡修平再次出现在门口的时候，表情非常奇怪。

"小力，你出来一下。"

胡修平纠结得像个包子一样。

此时左小力正处于人生巅峰，他压根儿没细看胡修平的微表情，还讽刺道："老胡，既然拿到证据就过来啊，也让我们的前副部长瞧一瞧！"

"不是，小力，你先过来一下。"

左小力快步走到门口："男子汉大丈夫，做事就要爽爽快快，不要婆婆妈妈的，我先来读一遍。关于陈汉升同学不适合担任人文社科系外联部副部长的情况说明。陈汉升同学自担任学生会干部以来，作风散漫，不遵纪律，经验不足，滥用私权，严重影响学生会团结稳定，现决定把陈汉升开除出人文系学生会，妥……"

左小力读到"意见栏"那里突然停了下来，难以置信地看着胡修平："红、红章呢？"

胡修平气得一拍大腿："都说让你先出来一下的。"

陈汉升不知道什么时候走到了左小力面前，直接抢过这张"证据"，大声读下去："'妥否？请批示。'批复只有两个字：'不妥！'"

此时在陈汉升心里，背景音乐正进入高潮。

第 90 章　生活里无处不在的狗粮

看着呆滞的胡修平和左小力，陈汉升心说没想到吧，我现在是监察中心的学生干部，只是还没有公示而已。

"左副主席，现在我还是外联部副部长吗？"陈汉升看着左小力问道。

左小力根本说不出话，心里暗骂：校办公室老师是吃干饭的吗？以前都是直接盖章，为什么这次批示"不妥"？

自己甚至从没想过要先验证一下，没想到在最不可能出纰漏的地方出了问题。

有些学生会成员还没完全搞明白发生了什么事，不是说开掉陈汉升吗？现在的情况好像不一样了。

周晓一刻也没有逗留，转身走出了大学生活动中心。

他倒是聪明，没有任何职务约束，根本不需要想着擦屁股。

穆文玲看到事情出现转机，心里既高兴，又难过。

高兴的是，虽然不知道校办公室那边为什么否决了这份说明，不过陈汉升好歹不用受到羞辱了。难过的是，这件事以后，系学生会主席团的威信又一次下降了。

就在这乱糟糟的环境中，陈汉升突然开口了："不管我还是不是学生会副部长，有几句心里话想和大家说说。"

活动中心居然很快安静下来，大家都觉得这种时候陈汉升的心理应该最复杂，想听听他有什么人生感悟。

"很快寒假就要来了，大家拎着大包小包回家又累又乏，有些路程远的还要转车，我给大家提供一条建议，把行李交给'火箭 101 快递'托运，你们身上只带一些小包，享受一趟轻松的寒假旅程。"

谁都没想到陈汉升会利用这段宝贵的时间进行商务宣传，这个操作震惊了所有人。

说好的人生感悟呢？偏偏左小力和胡修平都不知道要不要打断陈汉升的发言了。

穆文玲赶紧上台："不好意思同学们，这只是一个沟通误会，陈汉升仍然是我们的副部长。现在我宣布，本次会议结束，各位同学回去后认真落实辩论赛的准备工作。"

有穆文玲站出来收尾，这次诡异的"换部长会议"才终于落下帷幕。

外联部的几个大一新生出了大学生活动中心才逐渐回过味来。

"陈部长，你真厉害啊。"

"左小力还想设套，结果搬起石头砸了自己的脚。"

"这次他是丢脸丢到姥姥家了。"

看到身边这么多迷弟迷妹，忽然陈汉升想起 101 那边还有好几辆车没刷漆，正好利用一下免费劳动力。

"或许校办公室那边领导有自己的想法。"陈汉升笑嘻嘻地说道，"这件事到此为止，不过我那边有些小问题想请各位帮个忙，中午饭我请了。"

在前期的兼职磨砺中，"黄蓉"聂小雨和"段誉"王岩松坚持下来了，何兵和许梦竹已经退出了。

不过他们都对帮个小忙没什么意见，何况是帮今天大出风头的陈部长。

一行人返回创业基地后，陈汉升觉得有些奇怪，因为开会前他明明只漆好了一辆三轮车，可现在又多出来两辆漆好的。

正想着，沈幼楚从房间走出来，她换了身旧校服，胳膊上还套着一对袖套，裤子和头发上被甩了不少红白油漆。

由于忙得太投入，她光洁的额头上渗出一片细细密密的汗珠。

她看到陈汉升过来，主动迎上来几步，口罩下的桃花眼里充满期待。

"你做的？"

"嗯！"

沈幼楚点点头，清澈透亮的眼神好像在说"夸夸我啊，求求你夸我一下啊"。

陈汉升默不作声地看了看两辆漆好的三轮车，又看了看满头大汗的沈幼楚，憋了半天，突然说道："笨死了，谁让你自己刷的？"

沈幼楚愣了一下，小脸立刻垮了下来，刚刚欣喜的眼神充满落寞，手足无措，只得摆了摆胳膊。

陈汉升牵起沈幼楚，然后对聂小雨他们吩咐道："你们两人一辆，按照白底红字的格式刷好。"

"是。"

几个外联部干事不知道这是什么情况，赶紧扑上去做事。

陈汉升把沈幼楚拉回101里，伸手摘下沈幼楚的口罩，她的脸蛋被口罩闷得红扑扑的。

她看到陈汉升沉着脸，也不敢说话，瞥到窗边的绿萝正被中午的太阳直射，小心翼翼走过去帮它移了个方向。

陈汉升心说我还没讲话呢，她居然就走了。

"过来！"陈汉升喝道。

沈幼楚被吓了一个激灵，赶紧跑回来。

以前她在老家几乎什么家务都做，不过刷油漆还是第一次，这个味道颇大，好几次她都忍不住想吐，不过最终还是坚持刷完了两辆，只为了得到陈汉升一句夸奖。

没想到夸奖没等到，却等到了一顿批，刚刚又被凶了一下，心里一委屈，眼泪又盈满眼眶，她刚要用袖子去擦眼泪，陈汉升抓住她不让她动。

"笨！袖套上有油漆。"

陈汉升一点点把沈幼楚溢出来的眼泪抹掉。

"吃饭了没有？"陈汉升一边抹眼泪，一边问道，口气也温柔下来。

沈幼楚摇摇头，她呆呆地看着陈汉升帮自己擦眼泪，也不知道要说什么。

"饿了吗？"

"有、有一点。"

现在差不多下午一点了，陈汉升心想：也只有这个傻姑娘肯不吃饭为我刷漆了。

陈汉升生气的主要原因还是心疼，这种事自己做或者让别人做都可以，而沈幼楚偏要自己动手。

"我去买饭,你别哭了。"

"好。"沈幼楚一边掉珠串子,一边小声应道。

陈汉升笑了笑,捏了一下沈幼楚光滑的脸蛋,转身就去食堂了。

他替外联部四个干事买的都是两荤一素,而沈幼楚这边就要丰富多了,有鱼有虾还有肉。

沈幼楚看了一下,睁着红红的眼睛:"多了。"

"多个屁,我还没吃呢!"

陈汉升回了一句,然后出去招呼外联部的几个干事。

"你们四人就在外面吃,袋子里还有四杯奶茶。"

"陈部长,我们替你干活呢,都不给一个坐的地方?"聂小雨不满地说道。

"提议无效,吃完赶紧做事。"

远远传来陈汉升的回答。

王岩松无奈地摇摇头:"你还不了解咱部长?'霸蛮'得很,不过很讲义气。"

"还非常果断,创业基地说不要我就不要我了,以后我只能在外联部跟着他混了。"何兵也笑着补充一句。

"感觉还有些风流。"许梦竹嘀咕一句,看到其他人都看着自己,连忙把话圆上,"风流,但是不下流。"

陈汉升回到屋里,沈幼楚已经把饭菜摆在桌上,她自己还没动筷子。

"你没带辣椒吗?"陈汉升问道。

"带了。"沈幼楚红着脸从袋子里掏出一瓶芥菜拌辣椒,"你要不?"

"我不要,你自己吃好了。"

"咔嚓、咔嚓……"

清脆的声音在101里愉快地回荡,陈汉升看了看沈幼楚。

"辣不辣?"

"不辣,甜的。"

第91章　认真的雪(上)

虽然逼陈汉升离开学生会的计划失败了,不过胡修平和左小力仍然是学生会副主席,陈汉升也继续当他的外联部副部长。

只是这层窗户纸被戳破之后,大家见面都比较尴尬,以前胡修平和陈汉升在食堂偶遇还会打个招呼,现在他直接低头"捡钱"了。

好在人文社科系内部辩论选拔赛在穆文玲的组织下效果不错,可惜公共管理二班中的男生"独苗"张明辉被刷下来了,白咏姗、谭敏和董秀秀三个女生代表人文社科系出战。

其中白咏姗是正式一辩选手,其他两人是预备队。

看来选拔结果和颜值也有关系,白咏姗的特点是可爱,能够增加印象分。

张明辉很沮丧,没事就跑到创业基地唉声叹气。陈汉升一看这也不是个事,索性让他负责三位美女辩手的后勤工作,这小子的心情这才好起来。

12月中旬,嘉平就正式入冬了,学校里的梧桐树叶早已落尽,倔强干瘦的枝干立在寒风里,现在人人出门都必须"全副武装"。

受到圣诞、元旦、寒假即将来临的影响,创业基地的生意倒是好了不少,"火箭101"的三轮车穿梭在校园里,不仅财院,附近的工程学院、医学院、明大也一样。

"小陈,这几天嘉平好冷啊,天气也阴沉沉的。"

晚上休息前,萧容鱼又来煲电话粥。

"嗯,听说可能要下雪,也不知道真的假的,总之今天隔一会儿就有学生突然跑出来大喊'下雪啦,下雪啦'。"

陈汉升一只手拿着电话,另一只手拿着笔,统计这几天快件揽收数量的增长比例。

"啊,我们学校也是啊。"萧容鱼惊喜地说道,她为这一点兴奋不已,"晚上我吃饭的时候,不知道谁喊了一句'下雪了',那些人放下筷子就跑出去,顾学姐也拉着我向外面跑去,害得我把汤都洒在衣服上了,结果只是一点小雨。"

"你也是闲的,下雪就下雪呗,港城不是也经常下雪?"陈汉升无所谓地说道。

"哼!"萧容鱼在电话里哼了一声,又带着甜蜜的回忆说道,"以前你可不是这样的,记得上高二时有一天也下雪了,我说想看雪人,你偷偷溜出去堆雪人,回来时手都冻僵了。"

"是吗?"陈汉升哪里记得那么多,冬天港城经常下雪,他有些敷衍也有些感慨地说道,"那个时候可真傻。"

"谁说傻了?"萧容鱼突然生气了,"一点都不傻,这件事我能记一辈子,我永远记得你满身雪花仍然拉着我去看雪人的画面。"说着说着,萧容鱼的声音突然有些低沉,"小陈,现在你对我没以前好了。"

陈汉升不说话了,任凭两人呼吸的声音在电话里回响。

隔了好一会儿,萧容鱼才慢慢说道:"我睡了,你也早点休息,有空来找我。"

"好。"

陈汉升挂掉电话,没过三十秒,突然收到一条短信,是萧容鱼发来的。

"对不起。"

陈汉升看了一眼,回了两个字:"睡吧。"

陈汉升埋头又核算了一会儿,终于把四所学校的快递数量统计完,刚要拿起手机上床,突然想起萧容鱼刚才的情绪变化。

"看来以后得故意找几个理由不接,不能让这种睡前电话成为一种习惯,否则以后可能会演变成'查岗',这就非常夸张了。"

陈汉升心里默默地想着。

没办法,虽然刚才萧容鱼的深情让他很感动,可"渣男"就是这么铁石心肠。

第二天,气温骤降到4摄氏度,阴冷得让人发慌,校园广播站已经预报了,今晚可能下雪。

2002年的第一场雪,可能也是最后一场雪。

陈汉升来到创业基地,沈幼楚已经守在那里了,她里面穿着宝蓝色羽绒服,外面裹着花花绿绿的大棉袄，像一只胖企鹅似的。

"冷不冷？"陈汉升问道，一说话，嘴边就是白气。

沈幼楚摇摇头，指了指旁边的电暖器。

"把手给我。"陈汉升突然说道。

沈幼楚不知道陈汉升要哪只手，所以把两只小手都伸出来了，愣愣地看着陈汉升。

陈汉升握了一下，发现挺暖和的，于是放下心来。

"晚上我有个应酬，你自己去吃饭。"

陈汉升说完就去了102仓库。

沈幼楚还想说点什么，不过陈汉升已经和102的人说上话了。

这几天，四所学校的快递日揽收数量一直在七百件左右徘徊，虽然没有达到一千件，但陈汉升还是把王文海喊过来，目前仅凭李圳南和几个兼职大学生进行快递分类和打包实在有些困难。

"这里怎么不开电暖器？"

陈汉升走进102，发现这个房间居然没开电暖器。

"我们又不冷，开了电暖器后，呼吸都不顺畅了。"

李圳南忙得满头大汗。

陈汉升掏出一盒新的红金陵，给抽烟的每人分了一支，然后把剩下的全部给了王文海。

其他人也不奇怪，陈汉升经常这样做，王文海觉得在这里待遇真是不错，工资和门店那边持平，但吃的是大学食堂，打交道的也都是有文化的大学生。

陈汉升也算是比较好相处的老板，平时也不小气，只是有一点，他提出的要求必须马上无条件落实，稍微迟一点或者找理由，他立马就翻脸。

不过这样的老板是比较好伺候的，只要做好事情就行，有时候晚上王文海还主动在102仓库睡下，顺便充当值班员。

他这样做是希望以后能把自己上初中的女儿接过来，感受一下大学氛围，这一切都需要陈汉升点头。

陈汉升离开前，专门把李圳南喊到101："我再给你五百块钱，这几天生意比较好，你帮忙解决那些兼职大学生的午餐，这些小钱不要省。"

李圳南推辞道："不用了，上次你给我的五百块还剩下九十多。"

"那些钱你就留着吧。"陈汉升点出五百块塞到李圳南口袋里，"你是潮汕人，那边的风俗是春节走门串户特别多，经费花不完就留在身上，回家请客吃饭。"

李圳南还是不好意思："你每个月给我开工资了。"

陈汉升不想多说，拍了一下李圳南的后脑勺："去干活吧，不要废话。"

李圳南离开后，陈汉升准备出门搭公交车，今天是深通副总经理和嘉平总经理来江宁考察的日子。

"喂……"

突然，身后传来一声柔弱的呼唤，陈汉升转过身子。

"莫、莫要喝酒呀。"

第 92 章　认真的雪（中）

沈幼楚突破心理防线，第一次主动提醒陈汉升不要喝酒，不过这应该不可能，今晚陈汉升已经做好了喝一斤的准备。

"玉欣莫妮卡大酒店"是今晚应酬的地点，就在玉欣区中心，东山百货对面，这家乡村"非主流"气息爆棚的酒店居然是玉欣最好的三星级酒店，果然还是郊区啊。

名字也富有年代特色，不沾点外国味道，体现不出它的派头。

"莫妮卡"一楼吃饭，二楼唱歌，三楼桑拿，四楼以上都是客房，满足了顾客吃喝玩乐睡"一条龙"需求。

陈汉升下了公交，双手揣在兜里，一路小跑来到酒店门口，报出房间名字后，穿着旗袍的迎宾小姐领着陈汉升走向房间。

"这样穿冷不冷？"

陈汉升指了指迎宾小姐露出的大腿。

迎宾小姐脾气还挺大，看到陈汉升一副大学生的样子，撇撇嘴懒得回答。

陈汉升笑了笑，不再说话。

推开包厢门，里面已经坐了不少人，有西装革履的商务人士，有玉欣分公司的快递员，还有大学生模样的校园代理。

包厢至少有六十多平方米，里面摆着三张桌子，如果不出意外，深通公司中高层一桌，玉欣这边的快递员一桌，大学生代理一桌。

看来这个"阅兵式"的"规格"达标了。

钟建成陪着几个中年人在不远处的沙发上喝茶聊天，快递员就在另一圈沙发上吹牛，气氛也比较热闹。

唯独大学生代理坐在最外面的一圈沙发上，桌子上空荡荡的，不要说热茶，连白开水都没有。

没有人提出反对意见，只有一个男生满脸不爽的样子，好像在骂骂咧咧。

陈汉升走过去和他们打招呼："各位，我是财院的总代理陈汉升。"

大学生代理的回应都比较冷淡，不是他们性格如此，只是因为应酬经验太少，突然来到这种成年人的场合有些放不开。

只有那个满脸不爽的男生站起来回道："原来是陈哥，我早听说你的大名了，拿下四所学校代理权的狠人。我叫刘鹏飞，金陵科技学院的。"

陈汉升走到他身边坐下，看样子刘鹏飞是个自来熟。

"我们这边怎么没茶？"陈汉升问道。

不问还好，闻言刘鹏飞狠狠拍了一下桌子："酒店服务员狗眼看人低，知道我们是大学生以后，连茶都不上了，电暖器都不搬一个来，我的脚都冻麻了。"

包厢面积挺大，空调没办法全部覆盖，必须加上电暖器。

其他沙发旁边都有电暖器，偏偏大学生代理这边没有，这肯定是故意怠慢，不过2002年的酒店就这样，不能指望服务员有多高的服务水平，偷懒很普遍。

这时，有个男服务员走过去询问钟建成什么时候上菜，出门时经过陈汉升旁边，被他一把拉住胳膊。

"你们酒店的茶水多少钱，给我们这圈沙发每人上一杯，我请兄弟们喝茶！"

陈汉升声音洪亮，包厢里的其他人都朝这边看来。

服务员甩了一下，没挣脱掉，这才答道："茶水不要钱。"

"不要钱那节省什么？还有电暖器，也搬一个过来，看不到我们这边的情况吗？"

这本就是酒店服务员偷懒，他们看出真正的金主是最里面那一圈的老板，快递员也不太好惹的样子，所以茶水和电暖器都提供了。

这些大学生一个个都挺拘束，服务员见的人多，知道冷落了学生他们也不敢说，哪晓得遇到了陈汉升。

"好好好，现在我们去拿，刚才是疏忽了，真是不好意思。"男服务员马上道歉。

不一会儿，水和电暖器全部到位。

陈汉升掏出烟："还有烟灰缸。"

没过半分钟，烟灰缸也拿来了，而且就是刚才那个穿着旗袍的迎宾小姐送上来的。

"牛啊陈哥！"

刘鹏飞喝着茶，烤着电暖器，身体马上暖和起来了。

陈汉升一改刚才的凶狠模样，笑嘻嘻的。

这时，钟建成从最里面走过来："汉升，过来见见我们的刘总和常总。"

陈汉升熄灭烟头，跟着过去来到最里面的沙发边上，钟建成介绍道："这是生意最好的大学生代理，负责财院、明大、工程和医学院的快递业务，这两天生意好，他日提成就有四百多块钱。"

接着，他又介绍几位主客："深通快递的副总经理刘志洲、总经理助理孔静、嘉平总经理常小平……"

刘志洲是这里地位最高的，戴着眼镜，笑呵呵地说道："刚才不好意思啊，我们只顾着自己喝茶，忘记你们那边了。"

陈汉升说道："这是酒店的问题，他们看刘总和常总满身富贵气，眼里就只有你们了。"

"哈哈哈……"

几个人都笑起来，陈汉升回答的时候还顺手拍了个马屁。

孔静是个三十出头的美少妇，风衣下面穿着加厚黑丝袜，小腿却不显得粗，笑起来有些妩媚。

本来钟建成带陈汉升过来就是认识一下，不过陈汉升脸皮厚，马上就不想走了，毕竟跟着这个圈子才能听到新闻。

陈汉升瞅了一圈沙发，那些主要宾客肯定是不能动的，唯一能动的就是钟建成和彭强。

彭强是玉欣区门店的快递员队长，陈汉升和他很熟。

"强哥，你屁股收一收，腾个位置给我坐坐呗？"陈汉升嬉皮笑脸地说道。

彭强听了直接站起来："来来来，我让给你坐，好像你能听得懂似的！"

刘志洲和常小平这些人聊天东拉西扯，有时候彭强觉得思路跟不上。

陈汉升不客气地坐下，还扭头说了一句："谢谢强哥给我学习的机会。"

嘉平总经理常小平觉得陈汉升这个大学生挺有意思的，掏出烟扔了过来："抽烟不？"

"抽。"

陈汉升接过烟，顺便瞅了瞅大学生代理的那一圈沙发。

茶有了，电暖器也有了，交流依然很少。

"下雪啦，下雪啦，这次是真的下雪啦！"

突然，一阵欣喜的欢呼声从外面传来。

包厢里的人抬头看出去，果然，柳絮般的雪花飘飘洒洒落在包厢的窗棂上，又渐渐消失不见。

嚄，一场认真的雪。

第93章　认真的雪（下）

陈汉升本以为这些商务男女对雪的反应会小一点，没想到孔静专门跑到窗户边，弯腰跪坐在沙发上，一脸憧憬地看着越来越大的雪花。

身体正好形成了一个好看的弧度，男人看雪的少，余光几乎都在瞟着孔静。

"我是粤东人，那边温度常年在10摄氏度以上，我是工作以后才真正见过雪，所以特别珍惜。"

孔静有些不好意思。

常小平笑着说道："嘉平是一座很有味道的城市，孔助理接任我的位子以后，相信会很快爱上嘉平的人和风景。"

陈汉升无意中了解了深通中层干部的变更，从常小平换成孔静，不知道对钟建成有什么影响。深通的副总经理刘志洲、嘉平总经理常小平、总经理助理孔静都属于深通快递的中高层，而钟建成是加盟商，拥有独立的人事权和经济权，与深通是合作关系。

加盟商和母公司既是一体，又相互独立，主要看利益是否一致。

不一会儿，吃饭时间到了，各桌都准备坐上去。陈汉升也不打算回大学生代理那一桌，索性让服务员加了一把椅子。

主桌的位置够大，多坐一个人也不会觉得挤，钟建成开玩笑说道："你小子的脸皮也是真够厚的，是不是看孔助理长得漂亮，就一定要挤到这边？"

钟建成一是拿陈汉升开涮活跃气氛，二是讨好一下新的上司孔静，虽然他这个加盟商属于个人山头，不过维持好关系总是不错的。

陈汉升根本不怕开玩笑，回道："孔小姐漂亮是一方面，另外如果刘总和常总想了解校园代理方面的情况，我坐在这里方便回答。"

刘志洲看了一眼陈汉升，赞同地说道："小陈说得不错，我们这桌的确需要一个校园销售代表。"

酒宴开始后，主桌热闹地推杯换盏，快递员那一桌喧嚣嘈杂，大学生代理那一桌冷冷清清地吃饭喝汤，偶尔才会问一句"你认不认识你们学校××系的×××啊"，得到否定的答案，气氛再次冷清下来。

酒过三巡，气氛逐渐热络，刘志洲咳嗽一声，主桌逐渐安静下来，这是要说正事了。

"老钟，上次我在电话里和你说的那件事，你觉得怎么样？"

陈汉升不知道什么事，看向钟建成。

钟建成放下筷子，一脸实诚地说道："刘总、常总、孔助理，实不相瞒，玉欣分公司非常想承担这个任务，可实在没有足够的人手啊，现在我自己都经常开车去拉货。"

刘志洲和常小平对视一眼，刘志洲脸色很平静："没关系，主要因为这家港资电子加工厂就在玉欣，再加上我们深通有开发香港市场的需求，所以才决定帮忙。"说到这里，刘志洲还笑了一下，"那没事，我再想想其他办法，今晚先喝酒。"

刘志洲举杯，其他人都跟着站起来。陈汉升跟着喝了几杯，又敬了几杯，然后返回大学生代理那桌，认真和每个人做正式介绍。

包厢这么多人流动，电暖器和空调一直没关，再加上喝酒，气温马上高起来，每个人的脸上都红扑扑的。陈汉升看到钟建成出去透气，他也放下酒杯，跟着出去。

外面的大雪还没停，扑面而来的冷风让陈汉升打了个寒战。

钟建成转过头看到是陈汉升，递了一支烟过来："里面闷得流汗。"

陈汉升点点头："谁说不是呢？"

两人就蹲在酒店台阶上抽烟，看着雪花落在地上慢慢融化。

"钟经理，刚才刘总说什么港资电子加工厂的业务？"

钟建成看了陈汉升一眼："怎么，你感兴趣了？"

陈汉升"嘿嘿"笑了一下："我纯粹是满足自己的好奇心，您不想讲就算了。"

"也没什么不能说的。"钟建成呼出一口白气，"玉欣经济开发区有一家港资电子产品加工厂，据说是香港一个挺有名气的财团的下属企业，近期他们想委托深通包揽快递业务。"

"那不是挺好的？人家也不差钱。"陈汉升说道。

钟建成摇摇头："你懂啥？以前这家企业的合作对象是顺风，你知道为什么顺风突然终止合作吗？"

陈汉升摇摇头。

"香港那边正在闹呼吸道疾病，我们的快递员都不愿意接那边的快递，命比钱要紧啊，兄弟！"

钟建成拍了拍陈汉升的肩膀，转身回了包厢，留下陈汉升一个人看着满天雪花在昏黄的路灯下肆意飞舞，眼睛炯炯有神，也不知道在想什么。

突然，手机"嘀"的一声来了一条信息：

"小陈，嘉平下雪了，真漂亮啊。"

陈汉升看了一眼，没有回，直接把手机放进兜里。

吃完饭还有下半场活动，所有人去二楼的KTV唱歌。

这个KTV包间也很大，一排大沙发围在墙角，黑乎乎的一片，只有晃动的霓虹飞碟灯五颜六色地闪烁着，有个人正在唱邓丽君的《又见炊烟》，声音还蛮好听的，居然是孔静。

又见炊烟升起，暮色罩大地；
想问阵阵炊烟，你要去哪里；
夕阳有诗情，黄昏有画意；
诗情画意，虽然美丽，
…………

孔静一边唱，一边晃动着身体，脚步正好踩在节拍上。

陈汉升摸到沙发上坐下来，旁边挨着彭强，他正盯着孔静的背影入迷，陈汉升笑嘻嘻地说道："强哥，你这样盯着别的女人看，嫂子不吃醋吗？"

"去去去，小孩子懂个屁！"

彭强被拆穿，有些不好意思。

不一会儿，KTV 的门突然被打开，几十个穿着制服的女孩鱼贯而入。

"今晚钟经理是下了血本啊。"

陈汉升有些吃惊，这些明显是陪着唱歌的女孩，看样子居然还是见者有份。

彭强走上去牵回来一个，对陈汉升说道："你赶紧上去啊，不然'好货'都被人抢去了，先吼几嗓子，一会儿我们去楼上蒸个桑拿。"

这明显就是一套流程，看来桑拿也不是啥正经桑拿，不过陈汉升拒绝了。

他又不缺这些。

彭强点点头说道："老钟说你养了很多漂亮小姑娘，原来我还不信，现在看来都是真的。"

于是彭强也不再劝，自己玩自己的了。

这些女孩进来后，孔静就自己拿着包先离开了，看来她对这些应酬"潜规则"很熟悉。

不一会儿，钟建成和刘志洲他们一起离开 KTV，应该是去蒸桑拿了，陈汉升看了旁边一眼，陪酒的女孩正苦兮兮地对彭强说道："大哥唱会儿歌吧。"

陈汉升哈哈大笑，站起来告辞。

到了学校门口，陈汉升的头发和眉毛上都是雪花，有些化成水，有些凝成冰。

他刚要走进学校，突然想起一件事，犹豫了一下，拐进了明大。

明大也是一片银装素裹的世界，陈汉升直接来到女生宿舍楼下，看着已经有些厚度的积雪，他左右瞅了一眼，没有什么合适的工具，干脆直接把手插进雪里。

浸入骨髓的凉意袭上手指，陈汉升默默骂了一句："渣男当到我这份儿上也真是失败！"

于是，寂静的明大女生宿舍前，有个身影吭哧吭哧堆了半天雪人。

半个小时后，陈汉升拿起电话："给你三分钟，赶快下来！"

"唔，小陈？这么晚了，什么事啊？我都睡着了。"

电话里的女孩子声音闷闷的。

"看雪人。"

陈汉升轻轻吐出三个字，电话那端突然安静了一下，然后马上就是一阵连贯的穿衣、下床、跑步的声音。

这可能是萧容鱼十八年来下楼最快的一次，直到看见宿舍下面的两个"雪人"才停下脚步。

一个是真的雪人，看起来丑丑的，小脑袋，大肚子，手指随便戳了几下的痕迹就是眼睛和嘴巴。

另一个"雪人"嘴里抽着烟，不时跺两下脚，不用说就是陈汉升了。

萧容鱼现身后，陈汉升一脸不耐烦地说道："看看，雪人。"

不知道怎么，一种积蕴的情感从萧容鱼心底升起，她鼻子酸胀酸胀的，眼泪瞬间就流了出来，然后张开双手冲过来。

"小陈，你真是个浑蛋！我以为你变心了呢，呜呜呜……"

"你怎么知道我没变心？"陈汉升还没来得及解释，眼神突然惊恐起来，"等等，stop！这里滑，挂挡踩刹车啊……"

"扑通"一声，两个身影同时摔在雪地上。

"我都说了这里滑，腰都摔断了！"

"摔断了我也不嫌弃你。"

陈汉升撇撇嘴，推了一下身上的萧容鱼："我嫌弃我自己，赶紧起来，重死了！"

"我不！"萧容鱼反而搂得更紧了，"小陈，今年寒假回家，我想和我爸挑明咱俩的关系了。"

"什么玩意儿？"陈汉升一下子坐起来，"和你爸有什么关系啊？再说，我们两家离得这么近，你知道和父母挑明关系的后果吗？"

萧容鱼也有些发愣："最多毕业就结婚……"

"结婚？"陈汉升甚至来不及拍屁股上的雪，直接把萧容鱼掀翻在旁边，"打扰了，打扰了。"

他说走就走，一下也没停留。萧容鱼追不上，只顾看着丑丑的雪人，抹着眼泪抽泣道："浑蛋！"

陈汉升返回宿舍，602的几个人都还没睡，杨世超问道："老四，刚才你进门时哼的什么歌？"

"我哼歌了吗？"

陈汉升自己都没在意，换衣服准备洗澡。

"有啊，什么'雪下得那么深，下得那么认真'……"

"这首啊？"陈汉升笑了笑，"它叫《不认真的雪》。"

第94章　偷鸡得来的亚军

大雪下了一整晚，第二天，整个财院好像铺上了一条厚厚的白毯。

早上八点，陈汉升被闹铃吵醒后，在温暖的被子里默数了五个数，突然憋着一口气坐起来，迅速地穿衣下床。

没办法，冬天太冷，宿舍又不让开电暖器，只能用这种"不起床不呼吸"的办法强迫自己。

602 的几个人都被吵醒了，郭少强嚷嚷着："老四，你学期末才想起来上进，现在去竞争'三好学生'也晚了啊。"

陈汉升闭着嘴一言不发，直到穿好所有衣服，他才缓缓把那口气吐出来："我竞争什么'三好学生'？估计我的日常分都被扣光了，今天是学校辩论赛四强'绞杀'战，老郭要去现场，我得露个面。"

"对哦，人文社科系的队伍里还有咱班的白咏姗呢。"杨世超听了，也嘀咕一句。

陈汉升洗漱完毕，下楼前提醒道："上午九点半在大阶梯教室，你们不许迟到，到时要给白妹妹加油。"

经过陈汉升这一折腾，他们感觉也睡不下去了，也不知道谁起的头，干脆就聊起了天。

"时间过得可真快，我都没注意，这就要放寒假了。"郭少强感叹道。

杨世超坐直身体点支烟："感觉这半年就是在游戏中度过的，想想真是可惜。郭少强，下学期你不要再喊我去打游戏了！"

郭少强不乐意了："明明老六网瘾最重，你赖我做什么？"

金洋明怕冷，把头埋在被子里反驳道："别扯我啊！还记得第一次逃课吗，那是四哥忽悠我们去的，否则现在我不说拿一等奖学金吧，三等肯定没问题的。"

杨世超啐了一口，不过仔细想想也很有道理，陈汉升带着别人上网，自己一转身去兼职创业了。

目前看来好像还不错，至少财院里"火箭101"的宣传纸袋挺常见的。

杨世超问李圳南："阿南，现在你每天跟着老四，他那边赚钱不？"

李圳南早就得到过陈汉升的嘱托，憨厚地说道："一件包裹提成几毛钱，还要扣除电费和人工，也就是个不亏吧，杨哥你要不要来兼职？"

杨世超摇摇头："下学期我准备认真学习了，所以这学期打算多通宵几次，把以后的网都给上完。"

金洋明一下子从被子里蹿了出来："超哥，英雄所见略同啊，我也是这样打算的，今晚一网打尽，走起呗！"

陈汉升从食堂里买了一份早餐走向创业基地，脚踩在雪地上"咯吱咯吱"作响。

101 人还挺多的，沈幼楚在这里不奇怪，还有公共管理二班的几个辩手和胡林语，看来是阶梯教室没开门，她们在这里做最后的准备。

这次辩论赛的四强是人文社科系、会计系、保险精算系，还有信息金融系。

会计系和保险精算系都是老牌强队，人文社科系也是稳定的四强选手，信息金融系是今年才蹿出来的。

财院的四强辩论赛是"绞杀"战，基本上每个队伍都要互相碰一次，然后根据各队的发挥情况决出冠亚军，对选手的要求比较高。

白咏姗是人文社科系的一辩，这是个开篇陈词的重要角色，谭敏和董秀秀两位预备选手正在帮她达到最佳状态。

陈汉升进屋,大家很熟悉,也不用打招呼,各做各的事,陈汉升走到沈幼楚面前:"吃早饭了吗?"

"喝了白粥。"沈幼楚小声说道。

陈汉升又问白咏姗几个辩手:"你们吃了吗?"

她们也点点头。

然后陈汉升就不继续问了,正准备享用早餐,胡林语生气地走过来:"你怎么不问问我啊?"

陈汉升抬起头:"因为我看出来你没吃啊。"

"你……"

胡林语要打人,陈汉升这才笑着把早餐让给了她,自己又去食堂买了一份。

不一会儿,辅导员郭中云也来了,陈汉升陪着他吹了会儿牛,等时间差不多,所有人一起去阶梯教室。

一路上,前往阶梯教室加油助威的学生还挺多,走着走着,陈汉升突然发现一个眼熟的身影,她就是那晚在食堂喝奶茶时碰到的保险精算系女生。

当时陈汉升自称会计系,也不知道这个小妞到底有没有忘记这茬儿。

看来得去提醒她一下,旧恨不能忘却啊。

陈汉升对郭中云说道:"我去当个幕后英雄,一会儿你们假装不认识我就行。"

郭中云还没反应过来,就见陈汉升突然快步走上前,胳膊故意碰到那个女生。

"哎呀,跑那么快做什么?"保险精算系女生皱着眉头说道。

只是陈汉升一句道歉的话也不讲,看了一眼就跑过去了。

"他不就是那晚的会计系男生吗?"

旁边马上有人认出来了。

女辩手盯着陈汉升的背影看了几眼,推了一下眼镜说道:"还记得我们说过的话吗,一定要打败会计系!"

陈汉升为了做戏做全套,还特意找到一个会计系的熟人,就是兼职大学生"令狐冲"尚冰。

"尚冰,我有点事和你商量一下。"

尚冰转过头:"什么事?"

"不急,我们坐下再谈。"

大阶梯教室差不多能容纳一千人,陈汉升跟着尚冰来到会计系的位置坐下,半道上还碰到了胡修平和左小力。

三个人都没打招呼,陈汉升走过去以后,左小力才骂道:"这种人放在过去肯定是汉奸,现在叫'系奸',居然投靠了会计系!"

胡修平不搭理左小力的胡言乱语,突然说道:"火箭101。"

"什么?"

周围环境有些嘈杂,左小力一时没听清楚。

胡修平指着阶梯教室里的横幅:"'火箭101',陈汉升的东西。"

左小力抬起头，果然看见侧面墙上挂着一条"火箭101快递"的宣传横幅。

旁边的胡修平叹了一口气："这是校办公室和校学生会举办的辩论赛，可陈汉升的东西能挂在这里，说明上次我们输得不冤啊。"

至于陈汉升那边，他嘴上说有事商量，可是坐下来以后一句话也不说。

尚冰还以为他在组织语言，没想到辩论赛刚开始，陈汉升就直接离开了。

尚冰没搞清楚情况，一脸郁闷。

辩论赛的辩题都是那些常见的"知难行易/知易行难""功可以补过/功不可以补过""金钱可以买来时间/金钱不可以买来时间"……

陈汉升听了一会儿觉得无聊，就回101了，他也根本没事情要和尚冰谈。

中午时候，整个公共管理二班的学生都来到创业基地，而且每个人脸上都喜滋滋的。

"看来成绩不错啊。"陈汉升笑着说道。

"第二名，创造了历史佳绩。"郭中云摇摇头，很不理解，"今年保险精算系就好像发疯了一样，碰到会计系就是一顿不讲理的'组合拳'，两强相争，让我们系钻了空子，莫名其妙得了亚军。"

第95章　最怕过节

人文社科系获得了辩论赛的第二名，除了集体荣誉以外，对一个人还很有利，就是学生会副主席穆文玲。

穆文玲为这场辩论赛出了很多力，当时胡修平和左小力想着对付陈汉升，后来又被倒打一耙，做事都蔫蔫的。

辩论赛落下帷幕，郭中云心里就少了一件事，对他这种"打卡型"辅导员来说，最希望的就是万事太平、社会和谐了。

"郭老师，1月14号就放寒假了，咱班也搞一次年终聚会吧。"

陈汉升看到大家都在，直接向老郭提了这个建议。

同学们听到临放假还有饭吃，自然开心地赞成，老郭也没有驳大家的面子："我没有问题，等你通知。"

陈汉升还不满意："今年郭老师不要一个人来，郭师母和佳慧也一起过来呗？"

"啊，这不太好吧？"

老郭有些迟疑。

"有什么不好的？人多热闹。"陈汉升还问了一句，"你们想不想和郭师母一起吃饭？"

"想——"公共管理二班的学生大声答道。

老郭听了挺有感触，他当了这么多年辅导员，班级聚会参加了不少，很少有主动邀请自己老婆女儿的。

有些即使邀请了，郭中云也觉得不合适。

不过陈汉升邀请的时候，老郭却觉得水到渠成，毕竟私交到位了。

"行，那我就拖家带口了。"

老郭笑着答应了，他站了一会儿准备离开，不过陈汉升悄悄追上去。

"郭老师，还有件事想请您帮忙。"

"啥事？"

"那个……这学期我旷课比较多，日常操行分被扣得有些惨，您能不能和任课老师打个招呼，把我这日常分搞到及格啊？"陈汉升"不好意思"地说道。

"现在你知道急了啊？"郭中云瞪了一眼陈汉升，"以前我就提醒你少翘课，总是不听。还有半个多月就考试了，就算你日常分够了，考试分不够，还是一样挂科啊！"

虽然老郭没答应，但以两人的交情来说，没拒绝就是答应。

陈汉升听懂了潜台词，马上保证道："您放心，我考试肯定及格！"

老郭离开后，刚吹完牛的陈汉升又苦着脸，他的教科书比脸还干净，考试及格真有些难度啊。

但是指望陈汉升认真静下心复习是不可能的，接下来的几天，他一有时间就往钟建成那里跑。

陈汉升也不谈具体事情，就是抽烟、吹牛，偶尔搭把手干点活，中午和晚上还跟着一起吃饭。

最后钟建成受不了了，拿出一张名片说道："这是嘉平总经理常小平的名片，刘志洲也应该在那里，我知道你一直惦记着那家港资电子厂的快递业务。不过我提醒你，这是玩命的买卖。"

陈汉升不想和钟建成起冲突，只是点点头说道："我先去了解一下，再决定做不做。"

没有出乎钟建成的意料，刘志洲和常小平他们的确在寻找可以承接电子厂业务的快递团队，只是下属加盟商一听对方是港资工厂，里面还有香港人，基本都推辞了。

"唉，这就是加盟商管理制度的弊端啊，个个听调不听宣。"

常小平无奈地叹了一口气。

即将接替常小平位置的孔静说道："顺风从两年前就开始清除加盟商，改成垂直管理制度，我们深通能不能走这一步？"

副总经理刘志洲摇摇头："顺风和深通的模式不一样，现在我们求发展，必须依靠加盟商，说回这件事本身，不仅仅是玉欣的钟建成拒绝了，长寿、鼓楼、浦口、栖霞这些区域的加盟商也不想承担。"

"要不要从总部调人？虽然生意不大，但可能影响两家企业以后的关系，深通要想在香港发展，还得依靠那边的支持。"常小平建议道。

刘志洲想了想："服务团队最好还是嘉平的，甚至最好是玉欣的。"

"现在招人培训来得及吗？"孔静问道。

"时间只是一方面，别人的意愿才是关键。"刘志洲叹一口气，"如果实在没人，那只能从总部调动了，人手不够，管理层顶上。"

他们几个人正在商量，突然听到前台报告有个叫陈汉升的人拜访。

"好像是钟建成那边的大学生代理商吧，说话挺圆滑的，做事也有一股子野性。"常小平回忆了一下，说起自己对陈汉升的印象。

陈汉升进入办公室，看到刘志洲他们都盯着自己，干脆直接表明来意："我是玉欣钟经理下面的大学生代理商，不知道那家港资电子厂的快递业务找到服务队伍没有？"

常小平很诧异，尤其看着陈汉升这张年轻的大学生面庞，他试探着问道："你想接手？"

陈汉升也不给明确答案："我想先了解一下，即便合适，也要回去问问其他人。"

这样模模糊糊的回答给自己留出了进退余地。刘志洲沉吟一会儿，说道："那就先去工厂实地看看吧，不过一会儿我和常总还有个应酬，孔助理跟着过去，顺便熟悉一下嘉平的环境。"

孔静没有推辞，不过嘉平分公司车不够，所以两人打出租车去那边。

出租车到了，孔静本以为陈汉升会坐副驾，没想到陈汉升直接坐到了自己旁边。

有个浑身淡香、容颜身材相当不错的女人，陈汉升肯定不想和司机大叔坐在一起。

"新世纪电子设备制造厂"是目的地，这座制造厂占地面积颇大，铺着花岗岩的广场看起来很有气派。

陈汉升和孔静在门口等了好一会儿，才有个中年男人不紧不慢地走过来。

"我是新世纪的后勤副主任赵春明，你们是来商量快递业务的吧？"

孔静点点头："赵主任你好，我是深通快递嘉平分公司总经理孔静。"

赵春明架子有些大，他也不邀请孔静和陈汉升进厂，直接在门口说道："顺风和我们的合作终止了，不过那是他们的损失。首先祝贺深通选择了我们，其次现在年关将近，流水线的工人都回家了，明年香港会有个大人物过来主持工作，到时我们再商谈具体流程。"

看到赵春明高高在上的样子，大概也没有留他们吃饭的打算，陈汉升和孔静就告辞离开。

"孔经理，要不要去我们学校吃顿午餐？"陈汉升邀请道。

孔静笑着说道："下次吧，今天是平安夜，我就不当你们年轻人的'电灯泡'了。"

陈汉升这才想起来，明天居然是12月25日，圣诞节。

"虽然想过这种情况，但没想到这么快就来了。"

陈汉升叹了一口气，"渣男"是最怕过节的，因为他不知道该陪谁。

第96章　平安夜风云

"以小鱼儿的性格，她肯定会拉着我一起去吃饭的。

"沈幼楚傻傻的，可能对这个西方节日不怎么敏感，没准儿直接忽略掉了。"

从新世纪电子厂回学校的路上，陈汉升根据两人的性格习惯分析着各种可能。

结果还没回到学校，萧容鱼的电话就打来了。

"陈汉升，堆雪人那晚你又把我弄哭了。"萧容鱼在电话里说道。

"是，我的错。"陈汉升老实地道歉。

"上周喊你和顾学姐吃饭，你答应后又推辞了。"萧容鱼继续说道。

"创业基地有点事情，后来我专门和你解释了。"陈汉升继续道歉。

"还有——"

萧容鱼正要继续说下去。

陈汉升直接打断了："现在是中午十一点五十五分，你要是想吵架就现在吵，再晚五分钟，那就有点刻意了。"

"什么嘛？"

萧容鱼在电话里假装听不懂。

"今晚是平安夜嘛，晚上一起吃饭吧。"陈汉升直接说道，还提醒一句，"以后想说什么别绕弯子，你累我也累。"

"哼，还不是担心你又找理由推托！"

解决了萧容鱼这边，陈汉升回到学校，想看看沈幼楚的态度。一下午她都在复习功课，有时不小心和陈汉升对视一眼，还不好意思地低下头。

"她这么憨，应该不懂什么圣诞节吧。"

陈汉升显然小瞧了群体环境对个人的影响力，晚上六点左右，沈幼楚犹豫了很久，终于下定决心说道："晚、晚上吃饭，好不好？"

对她来说，讲出这句话可能需要很大勇气，声音都明显发颤。

陈汉升愣了一下，心想：这应该是沈幼楚第一次主动喊我吃饭吧，没想到日子这么不巧。

沈幼楚看到陈汉升略微迟疑的神情，马上就摆着小手说道："那、那就不吃了，你先忙。"

说完，她低下头在自己的小布包里翻啊翻，突然摸出一个大大的红苹果。

"这个，给你。"

沈幼楚红着脸，低着头，双手捧着大苹果举到陈汉升眼前。

"我的圣诞礼物？"

陈汉升更加吃惊了。

"嗯啊。"

沈幼楚抬起头看了一眼陈汉升，现在她的小脸就红得像苹果，大概也有些担心陈汉升不接受，桃花眼里有些怯懦和期待。

"走吧，晚上想吃什么？"

陈汉升呼出一口气，伸手拿过大苹果放在袋子里，这样的情况肯定不能一走了之，沈幼楚的心意不能被辜负和浪费。

"火锅好不好呀？"沈幼楚柔弱地说道，可能在她心里，食堂的几十块钱火锅就是终极大餐了。

陈汉升当然同意了，今晚只要不是去明大吃饭，在财院哪个食堂他都能接受。

两人来到上次吃火锅的二食堂，今晚在这里吃饭的情侣明显多了，到处是香气四溢的火锅味。

陈汉升要去付钱，沈幼楚掏出那个熟悉的破旧小钱包："我可以付钱吗？"

"为啥？"

"你给我发工资了。"沈幼楚小声说道。

陈汉升笑了笑，谁给都一样的。

他走到座位上，掏出手机给萧容鱼发了条信息。

陈汉升："今晚有点事。"

萧容鱼："什么意思？"

陈汉升："不是不吃饭，是忙完后再吃。"

萧容鱼："哼，这是底线，不许再骗我了！"

这时，沈幼楚端着食材走过来，陈汉升也不回信息了，直接把手机放进兜里。

沈幼楚晓得陈汉升比较能吃，所以还是按照上次的量拿了食材。陈汉升不动声色地摸了摸自己的胃。

今晚要吃两顿，你得先受点罪，晚上哥请你喝酸奶。

沈幼楚还是和以前一样等着陈汉升先吃，陈汉升催了几回、骂了几句，沈幼楚就是红着脸不答应，一定要陈汉升先吃饱，自己再动筷子。

"都2002年了，为什么还有这破规矩？"

以前陈汉升挺喜欢这种可以满足他大男子主义心理的做派，但是今晚却特别仇恨。他不敢再拖延，免得看起来太异样，于是像以前那样先干掉一大半虾和肉，然后沈幼楚才拿起筷子。

沈幼楚吃饭的样子和她的性格相符，动作很慢，一只虾要吃两分钟，而且她怕浪费，连虾头都要咬开看一看。

陈汉升吃完后就在等她，打火机在手上翻来覆去地拨弄，有时还使劲捏一下，显得心里非常焦急。

可他面上云淡风轻，偶尔沈幼楚抬起头，陈汉升还送过去一个温柔又深情的微笑，然后再次握紧打火机发泄。

好不容易吃完这顿火锅，陈汉升一看时间，快七点半了，心想估计萧容鱼得爆炸了吧，不过他还是坚持把沈幼楚送回了宿舍。

一是显得自己从容，和往常没什么区别；二是监督和确保沈幼楚返回了宿舍，别"不小心"去了易物商品中心。

陈汉升出了校门，来不及坐公交，一路狂奔来到易物商品中心。

萧容鱼早就坐在商品中心的长椅上了，今天她还化了点淡妆，只是噘着嘴，嘴角的梨涡都隐藏起来了。

"不、不好意思，太忙了。"陈汉升喘着粗气说道，他真是一点没伪装，本来走路十五分钟，陈汉升四分钟就跑过来了。

萧容鱼足足等了半个小时，刚想发火，可看到陈汉升喘得话都说不上来，又想到快放假了，他那边的确很忙，萧容鱼的气就消了一半，看到陈汉升手里拿了个袋子。

"里面是什么？"萧容鱼问道。

陈汉升心想坏了，怎么把这苹果给带来了？刚才拿在手上，居然一点没察觉。

不过萧容鱼发现这个大苹果，竟然笑了一下："你这个没良心的，还知道平安夜送苹果，姑且原谅你这次迟到。"

"啊……啊……呃，是吧，苹果挺大的。"陈汉升也不知道还能说什么，支吾了一会儿，转移话题道，"晚上要吃什么？"

"吃火锅吧，刚才我过来时看到前面有一家火锅店，冬天吃火锅驱寒。"

"呕……"

"你怎么了，不想吃吗？"

"没有，很想吃，就是刚刚跑得太快了，所以有些想吐。"

第二顿火锅吃完，陈汉升觉得嗓子眼里都是食物，瘫在椅子上一言不发。

萧容鱼还以为陈汉升是累的："要不现在回去吧？"

陈汉升挣扎着摆摆手："今天日子比较特殊，我陪你逛逛街吧。"

小鱼儿满心欢喜，只觉得陈汉升变得温柔了，哪里想到他只是想消食。

晚上回去的时候，萧容鱼从包里掏出一个精致的小台灯："这是送你的圣诞礼物，本来我都打算不给你了，不过后面你表现得不错，所以还是送给你啦。"

陈汉升一脸嫌弃："怎么是粉红色的？"

"我挑的嘛，当然挑我最喜欢的颜色了。"萧容鱼骄傲地一扬下巴，捧着苹果说道，"今晚我要看书复习了，不要打电话给我。"

等到萧容鱼回了宿舍，陈汉升甩了甩手里的粉红色台灯，抬脚来到财院的女生宿舍楼下，把沈幼楚喊下来。

"今晚你送我苹果，我心里挺过意不去的，特意去买了个小台灯，希望你能喜欢吧。"

第 97 章　莫名其妙的校"三好学生"

陈汉升回到宿舍后，看到 602 全员都在。

杨世超、郭少强、金洋明和戴振友在打牌，李圳南在旁边看热闹，陈汉升忍不住叹了一口气。

"老四你没事哀叹什么？"杨世超问道。

"我觉得你们是烂泥扶不上墙，平安夜居然在宿舍打牌，班里女生那么多，你们为啥不约？"

陈汉升怒其不争，哀其不幸，之前为他们创造了那么好的条件，都不知道利用。

郭少强不满地说道："别说我们了，今晚你也不过是和沈幼楚吃了顿饭而已，小沈同学的长相也就 2.15 分啊。"

"哼哼……"一直闷着头打牌的金洋明突然冷笑一声，"2.15 分，哼哼……"

郭少强感觉金洋明对他引以为傲的科学评分体系有质疑，一脸不爽地说道："老六，你有什么屁就放，别憋着！"

陈汉升走到金洋明身后，拍了拍他的肩膀："你这牌是'吊主扣底'啊，不过注意收着点，别一口气全打出去了。"

金洋明转头看了一眼，他听懂了陈汉升的暗示：不要把沈幼楚的真实情况说出去。

"没什么屁放，打牌打牌，大猫吊主、小猫吊主、对K吊主……"

金洋明一顿"噼里啪啦"出牌，陈汉升笑嘻嘻地看了一下手机，因为来了一条信息。

商妍妍："班长，你这个渣男可真是名副其实啊。"

陈汉升："？"

商妍妍："今天平安夜，孤独的我先在食堂看到您和沈幼楚吃火锅，后来又在街上看到您和一个漂亮女生进了火锅店。"

陈汉升："都是同学关系，你不要误会。"

这个时候，陈汉升突然觉得对自家老妈那个"同学关系"是多么明智而深远的答案。

商妍妍："总之我是不会信的，可你能同时渣两个女生，就不能多渣一个吗？"

陈汉升直接不回了，心里嘀咕一句：你在想屁吃！

圣诞节过后，对陈汉升来说，这学期只剩下几件事了：

一是快递业务。不过临近放假，快递揽收量一直保持上升趋势，现在"火箭101"在四所学校里已经有些口碑了。

二是期末考试，他要尽量及格。

本来陈汉升对港资电子厂的快递业务很感兴趣，只是赵春明说要等春节以后再谈，陈汉升也只能耐心等待。

三是元旦晚会和财院五十周年庆典，本来这件事陈汉升也需要出力的，不过他没有空，于是请学生会副主席穆文玲去校办公室帮忙。

一开始穆文玲还有些犹豫，因为她也需要复习考试。

不过，陈汉升带她见过校办公室关淑曼老师后，穆文玲一下子反应过来：现在人文社科系学生会没有主席，只有三个副主席，而关淑曼就是那个决定主席人选的人。

穆文玲已经大三了，如果能够在下半学期当上学生会主席，对她未来择业很有帮助。

尤其在帮忙组织筹备元旦晚会时，穆文玲知道陈汉升已经是校办公室监察中心的学生干部，这才明白上次左小力失败的真正原因。

于是穆文玲要请陈汉升吃饭，感谢他在其中的撮合，不过被陈汉升拒绝了，他是真的没时间。

穆文玲只能在心里感叹，这个大一学弟只用了半个学期就成为班长、系学生会副部长、校办公室学生干部、创业大学生。

前面三个职务都是学生生涯的重要标志，穆文玲觉得最后一个"创业大学生"不是很重要，不过很快就发生了一件事情，证明这才是最实用的。

2002年12月31日，这天是元旦晚会暨财院五十周年庆典活动的举办日。

校园门口大红灯笼高高挂，上面写着"欢度元旦"，行政楼和办公楼拉着长长的彩条，学校主干道上干净整洁，各种"欢迎×××领导莅临指导"的指示牌挂得到处都是。

这些东西和大学生的日常生活距离较远，大家还是该复习复习、该恋爱恋爱，不过来视察的领导在会议结束后突然想起一件事。

"之前我们下发过关于支持大学生创业的文件，嘉平其他学校基本没落实，不知道财院这边怎么样？"

财院院长蔡启农当场就愣住了，这种文件一般是口号，所以他根本没放在心上，而且平时他经常外出开会，既没听过 F 栋 101 和 102 的名声，也没注意到宣传纸袋。

好在陪同的副院长陆恭超和校办公室副主任于跃平知道这件事，赶紧打圆场解释一遍，还把视察领导带到了 101 创业基地。

当时陈汉升正在揽收包裹，整个创业基地忙得热火朝天，每个人脸上都有汗，看起来真实得很。

领导看到以后，走上来询问陈汉升做这个事情的意义。

这种时候绝对不能提钱这种俗物，陈汉升慷慨激昂地说道："最近的邮局离学校有二十分钟路程，也不会上门取件，给我们的日常生活增添了很多负担。

"后来，在院领导的支持下，在指导老师于跃平和郭中云的帮助下，响应相关文件号召，成立了这个快递揽收中心，只是为了提供更便捷的校园服务。"

其实于跃平不是指导老师，但是陈汉升故意拎出来感谢，让老于眼镜下的胖脸闪过一阵激动。

陈汉升说话时，还刻意擦了擦额头的汗水，这个镜头立马被校广播站的记者捕捉到，"咔嚓咔嚓"拍下来作为重要的影像资料。

领导对陈汉升的创业觉悟很满意，甚至拍了拍他的肩膀以示鼓励。

领导也没逗留多久就离开了，不过这件事对 101 和 102 的影响不止于此。

蔡启农边走边把于跃平喊过来："刚刚我看了看，创业基地里面的基础设施很不到位啊，你这个指导老师没有挑起担子。"

这句话听起来是贬责，其实是夸奖，因为今天创业基地帮蔡启农把面子圆上了。

于跃平也趁机说道："校办公室已经协调两台电脑给 101 了，正在落实。"

蔡启农这才点点头："再把他们的水电费免掉，平时也要多沟通，学校这点支持的态度还是要拿出来的。"

"另外，那个陈汉升是什么身份？"蔡启农又问道。

于跃平赶紧把陈汉升一连串的头衔讲出来，蔡启农想了一会儿，说道："这样的学生有标杆作用，今年校'三好学生'把他选上。"

于跃平犹豫了一下。

蔡启农问道："不方便？"

于跃平实话实说："陈汉升成绩一般，甚至可能挂科。"

他担心陈汉升评上"三好学生"以后还挂科，对其他学生不太好交代。

"这有什么？"蔡启农丝毫不在意地说道，"'三好学生'又不是专精学习这一项，动手创业能力优秀也是可以的嘛。"

第 98 章　放假不回家

原本陈汉升只是想借着广播站宣传一下 101 快递，可后来收到于跃平的通知，学校要把他评选为"三好学生"，他当场就拒绝了。

"于主任，明人不说暗话，我考试肯定要挂科的，当这个'三好学生'的压力实在太大。"

于跃平也很无奈："其实我也不想给你的，你老老实实闷头创业就行了，这些虚头巴脑的东西要了也没用，不过这是蔡校长的意思，他说你的行为有标杆作用，值得鼓励。至于考试……你就尽力吧。"

陈汉升心想这是尽力不尽力的问题吗，现在我连上过几门课都快忘记了。但他也不能去找蔡启农，只得回去对沈幼楚说道："赶快帮我复习，期末考试我坚决不能挂科。"

沈幼楚学习没问题，笔记也做得很扎实，可实在不适合当老师，吭哧吭哧讲了半天，越讲越结巴。

陈汉升没办法，把崭新的《西方经济学》课本拿过去："把重点划出来，我自己背诵。"

"噢。"

沈幼楚仔仔细细把考试重点划出来以后，一转头，发现陈汉升正在呼呼大睡。

沈幼楚轻轻用笔杆戳了一下陈汉升，陈汉升迷迷糊糊睁开眼："干吗？"

"重点划好了。"沈幼楚小声说道。

"知道了。"

陈汉升转过头又继续睡觉，昨晚他手痒，加入了牌局，可能是即将放寒假的原因，602几个人一边吹牛，一边打牌到凌晨三点多。

沈幼楚有些着急，又戳了几下。

陈汉升终于彻底醒了，瞪着沈幼楚："你老是戳我做什么？"

"看、看书。"

沈幼楚有些畏惧，也有些坚持。

陈汉升只能摇摇头，把《西方经济学》拿过来朗诵："经济学是研究人类经济活动的规律即价值的创造、转化、实现的规律……西方经济学是指产生并流行于西方国家的政治经济学范式……怎么这么啰唆！"

没读五分钟，陈汉升就没什么耐心了，看着旁边默默背诵枯燥课本的沈幼楚，他问道："我怎么样才能以最快速度考到六十分？"

沈幼楚抬起头，不知道怎么回答。

陈汉升又把这个问题细化一下："你是怎么考到六十分的？"

这个问题不难，沈幼楚抬起头思考着，然后认真地说道："如果最后几道主观题不答，我应该就能拿六十分了。"

陈汉升怔怔地看着沈幼楚，然后叹了一口气，没说话，站起来走出101。

"你要回去吗？"

"心里闷，抽支烟。"

沈幼楚不明白陈汉升为什么会心里闷，她不晓得自己刚才哪句话刺痛了陈学渣的心。

陈汉升伴着冷风，哆哆嗦嗦地抽完烟，回来后书也不想看了，喝着热水逗弄道："今年寒假，你要不要跟我回家？"

沈幼楚的小脸马上就红了："我、我要陪婆婆。"

陈汉升笑了笑，然后正经地问道："从嘉平去你家要多久？"

"好久，要三十多个小时。"

沈幼楚是川渝凉山州的，山高路远，交通极为不便。

"这么长时间，坐得很累吧？"陈汉升又问道，沈幼楚是不可能买卧铺票的。

"不、不敢睡觉。"沈幼楚轻轻答道，都可以想象到她抱着行李，低着头缩在窗户边上，饿了吃点馒头，渴了就喝点火车上的开水，独自坐三十多小时车的样子。

陈汉升忍不住捏了一下沈幼楚的脸蛋，还是像以前那样富有弹性。沈幼楚睁着懵懂单纯的桃花眼，脸颊被电暖器烤得泛着温柔的红晕。

"把你的身份证给我一下。"陈汉升突然说道。

沈幼楚听话地掏出身份证，陈汉升瞅了一眼就笑了："以前你那么胖的？"

"哪、哪里胖了？"

沈幼楚不好意思地要去拿回身份证，没想到陈汉升直接将其揣进兜里了："身份证先放我这里，到时帮你买车票。"

两人正说话的时候，胡林语走进来了。

"陈班长的待遇可真好，还有人帮你复习功课。"

陈汉升嘿嘿一笑："你要是嫉妒了，明晚我给你机会，让你帮我补习。"

"别，我没那么傻。"

胡林语看了一眼沈幼楚。

陈汉升不想这"电灯泡"太亮，直接问道："胡同学有什么事吗？"

"还有十天就考试了，考完试直接放假，所以把班级聚会时间定在这周六，你觉得怎么样？"

陈汉升想了想："可以。"

"那我就去安排了，需要买礼物吗？"胡林语又问道。

"当然要了。"陈汉升说道，"不过不要用班费买，我自己掏钱。"

胡林语不理解。

陈汉升解释道："老郭喜欢抽烟，可你拿班费买烟，他会收吗？老郭家有个刚上幼儿园的女儿，她不怎么喜欢玩，比较爱学习，你去书店给她买点辅导资料，这个可以用班费买，再以班级名义赠送给她。"

这件事确定后，陈汉升伸个懒腰，又想回去打牌了，于是送沈幼楚和胡林语回去，在路上还买了两杯热奶茶给她们。

"莫要忘记复习呀。"

沈幼楚没忘记提醒这事。

陈汉升假装听不见，回去的路上，他掏出手机给梁美娟打电话。

"妈。"

电话刚接通，马上就传来梁美娟熟悉的唠叨节奏：

"不要叫我妈，我不是你妈，当初为什么要生你，陈汉升，我都搞不懂你脑子里整天在想些什么……"

陈汉升把手机拿远了一点，直到梁美娟在电话里冷声问道："刚刚说的那些，你听进去没有？"

"嗯啊，听进去啦，妈您说得太对了。"陈汉升奉承道。

"那今天打电话有什么事？"梁美娟问道。

陈汉升组织了一下语言："我们1月14号放假，不过我要晚点回家，先和您老人家汇报一下。"

"你又想做什么？"

梁美娟觉得这个儿子又要搞幺蛾子。

"我想送沈幼楚回去，她家太远了，而且以前只买得起硬座，这次我给她买个卧铺，让她好好休息一下。"

"噢，这样啊。"

电话里安静了一下，梁美娟似乎在和陈兆军商量，不一会儿，她的声音又传来了："送一下可以，但是你不许在人家那里过年啊。"

"怎么可能？我当然要回家陪您和我爸过年了。"陈汉升笑嘻嘻地说道。

"谁知道你结婚后是什么样呢？还有，你爸问你，萧容鱼怎么回来？"

"萧叔叔肯定会来接她，我也会等她先回去，再送沈幼楚。"

挂了电话，陈汉升突然想起，如果先送沈幼楚回去，那到时候自己不得一个人回港城了？于是，他又打通了王梓博的电话。

"梓博，放寒假后我们去旅游吧，读万卷书不如行万里路啊，古人的话还是要听听的。"

王梓博一听就来兴趣了："去哪里啊？"

"川渝怎么样？"

"那会不会太远了？"

"不远，旅游当然要远一点了。"

"可我没那么多路费啊，小陈。"

陈汉升直接说道："不用你花钱，我全包了，到时你提前一天过来，我带你见个人。"

第99章　关系就是生产力

陈汉升这一代人独生子女居多，他、王梓博、萧容鱼全部是，在没有兄弟姐妹的情况下，只有说着家乡话的死党来满足这种感情需要了。

王梓博和陈汉升大概就属于这种关系，王梓博也是即将被陈汉升正式介绍给沈幼楚的第一个港城同学。

胡林语很快订好了周六的聚餐地点，过来向正在复习的陈汉升汇报。

陈汉升愣了一下："你怎么订的是大排档？"

胡林语有些奇怪："不订大排档，那订什么？其他班级也都是在这些地方聚会啊。"

陈汉升叹一口气，小胡心眼不错，她大概想节省点班费，不过这次的情况有些不同。

"如果只有老郭，那大排档倒也无所谓，可郭师母也过来参加，这个档次就太低了，

245

人家嘴上不说什么，但下次可能就不来了。"

陈汉升放下书本，准备亲自去易物商品中心把这些事处理了。

陈汉升离开后，胡林语撇撇嘴，对沈幼楚说道："他这么凶，以后你可要吃苦了。"

沈幼楚的脸红了一下。

易物这边吃饭的地方不少，陈汉升很快找到一家总价比大排档贵了三百多块钱的酒店，谈好时间和菜品以后，陈汉升又去买礼物。

这些礼物不仅有郭中云夫妇的，还有钟建成、于跃平和关淑曼的。

这学期，其实陈汉升认识的人不止这些，但是像财院校长蔡启农和副校长陆恭超，现在陈汉升还结交不上，只能先巩固现在的社交关系。

送礼也要有特点，陈汉升给于跃平和郭中云买了烟，给关淑曼和郭师母买了富有玉欣特点的丝绸围巾。

为什么说富有玉欣特点？因为鼎鼎大名的织造府就在这里。

钟建成那边又是另外一个样了，老钟不差钱，送烟送酒他未必放在心上，不如搞点精神层面的需求去忽悠他一下。

果然，看到陈汉升拿着一面"衷心感谢钟建成经理为玉欣大学生提供兼职岗位"的锦旗，钟建成笑得嘴都合不拢了，硬要拉着陈汉升合个影。

合完影，两人坐下来聊天，这应该是马年最后一次交流了，下次再见就是羊年了。

"你那边什么时候关门？"钟建成问道。快递员都要回老家过年，不会一直守在这里的。

"我们学校14号放假，我贴出的告示是17号停止业务受理。"陈汉升答道。

钟建成点点头，他这边要更晚一点，在时间上是来得及的，他又问道："你去找过刘志洲了？"

陈汉升没隐瞒："找了，不过那个电子厂的快递业务明年才开始。"

钟建成想了想："那我就不多劝了，如果以后你后悔了，随时可以半路撂挑子，有事我帮你担下来。"

"谢谢钟哥。"

陈汉升和钟建成重重地握了下手。离开前，钟建成还拿了条苏烟当回礼，陈汉升也没客气。

这段时间，陈汉升至少揽收了总价三十多万元的快递包裹，除掉人工、物流、运输费用，钟建成这边也赚了不少，陈汉升自己的总提成是一万四千多块钱。

钱赚得不多，不过路子是蹚开了，对陈汉升这类人来说，路子比钱重要。

陈汉升回了学校，把烟和丝绸围巾放在袋子里，拿到校办公室。

现在于跃平已经摸清陈汉升的路数了，放假前看到陈汉升，手里还拿着宣传袋，他就知道怎么回事了。

"于主任，给您拜个早年。"

陈汉升笑嘻嘻地把烟递过去。

于跃平像以往那样把烟摆在脚下，然后问道："考试复习得怎么样？"

"没复习，我铁定挂科。"

陈汉升直接就破罐子破摔了。

这事没出乎于跃平意料，陈汉升这种性格不像是坐下来看书的学生。

抽完两支烟，陈汉升站起来告辞："我还要去楼上找关老师，加深一下感情。"

陈汉升说得直白，没有藏着掖着，于跃平反而不以为意："去吧，她是管理学生干部的老师，向她靠近是对的。"

不过和关淑曼交流要稍微艺术一点，陈汉升敲门进去后，看到关淑曼正在写东西。

关淑曼个子不高，属于小巧型，身材倒是不错，尤其房间里空调温度比较高，她脱掉羽绒服，穿了件紧身黑毛衣，再配上黑长直的秀发，大概是校办公室的颜值担当了。

"陈同学，有什么事吗？"

关淑曼抬起头，将垂下来的长发拢在耳朵后面。

"关老师，那天我和女朋友逛街，看到一款丝巾不错，感觉特别适合您。"

陈汉升说着，拿出丝巾盒子。

关淑曼愣了一下，马上就推辞："不用不用，陈汉升同学你太客气了。"

"不是客气。"陈汉升笑着说道，"当时我征询过我女朋友的意见，她也觉得这款很适合您。"

他说着，取出纯白色的丝巾，走过去说道："我帮您戴上试试吧，如果不合适再去退。"

关淑曼有些脸红，她对陈汉升的另一面有些了解，毕竟在素不相识的时候他就口不择言，知道陈汉升胆子很大。

"好了，好了，既然是你女朋友帮忙挑选的，那我就给钱吧，谢谢她帮我挑丝巾。"

如果陈汉升不用"女朋友"的名义，直说是自己送的，那关淑曼说什么都不会要。

她年纪本就不大，尤其怕和这些男大学生传出点什么。

"给钱的话，就十块吧。"陈汉升说道。

关淑曼自然是不相信的，这款丝巾材质光滑，至少要一百多块，她掏出两百块递给陈汉升，而且态度很坚决。

陈汉升心想那就先收下吧，好歹在生活中有了交集，以后再想办法慢慢攻克，小关老师的性情真有些刚烈。

看到陈汉升接过钱，关淑曼才松了一口气。两人又不咸不淡地聊了些学生会的事情，陈汉升正准备离开，关淑曼突然喊住他："现在你们人文社科系学生会没有主席，三位副主席中，你觉得谁最合适？"

"关老师做决定就可以了。"陈汉升谦虚地说道。

关淑曼白了他一眼："这是校办公室的决定，不是我的，你既是校办公室的学生干部，又是系学生会的副部长，所以我想听听你的意见。"

"这样啊……"

陈汉升做出思考的样子，其实对他而言，这不是一道选择题。

"我觉得穆文玲学姐更适合一点，她带领人文社科系在辩论赛中获得了第二名，而且上次在校庆活动中也做得不错。"陈汉升停顿一下，继续说道，"还有，穆学姐是个女生。其他两位副主席都是男生，一个当主席，另一个必定不服，说不定还会影响工作。"

关淑曼点点头，没有说话。

陈汉升离开校办公室就去二食堂吃饭，没想到在路上正好碰到急匆匆的穆文玲。

"穆学姐去哪里？"陈汉升问道。

"噢，陈部长。"穆文玲微微喘着气，"我去校办公室，关老师让我过去一下。"

陈汉升心想小关好快的决定，嘴上说道："我刚从校办公室关老师那边出来。"

穆文玲的脚步一下子停了下来。

"恭喜啊。"陈汉升走过去对穆文玲说道，"以后穆学姐身上的担子要更重了。"

第100章 "水箭龟"王梓博

"谢谢啊，汉升。"

穆文玲反应过来，陈汉升这是在恭喜自己成为人文系学生会主席。

学期末能有这样一个好消息，穆文玲的心情有些激动。

陈汉升笑着说道："我什么都没做，只是校办公室的决定而已，你赶紧去找关老师吧。"

穆文玲的能力未必是最强的，但她的确是最合适的，不管是对整个人文社科系学生会，还是陈汉升本人。

周六的班级聚会如期而至，这也是今年公共管理二班最后一次活动了。

这几天，易物商品中心的餐馆和大排档生意都很好，毕竟面对的是整个玉欣大学城的客户群体，不过在大排档拥挤吆喝的气氛中，陈汉升订的这家酒店显得安静又有格调。

郭中云刚到酒店门口，就对自己老婆说道："这是陈汉升的手笔，其他学生不会特意挑这样一个地方的。"

推门而入，公共管理二班的学生全部在。

陈汉升推了一下胡林语："你给郭佳慧买的礼物呢？现在可以拿出来了。"

胡林语从旁边搬起一个小纸箱子，示意礼物都在里面。

陈汉升看了看，里面满满的都是幼儿园辅导资料，数学、语文、英语、百科知识全部都有。

"胡林语，你也太残忍了吧？"陈汉升忍不住咋舌，"你是诚心不让孩子拥有一个愉快的寒假啊，挑两本有趣的百科全书意思一下就行啦，我去和郭师母问声好。"

胡林语被说得满脸通红，当时她忘记询问具体要买什么资料了，又因为价格不贵，索性就多买了几本。

陈汉升走上去和郭中云夫妇打招呼，郭佳慧还是胖得那么可爱，并且张开手要陈汉升抱一下。

"咦？"

被抱起来的郭佳慧睁着黑葡萄一样的眼睛，滴溜溜转了一圈，说道："姐姐怎么不在啊？"

"你要找哪个姐姐啊？我去叫她来。"旁边的女同学看见郭佳慧可爱，一边牵着她的小胖手，一边说道。

"就是和我吃麦当劳的姐姐。"郭佳慧奶声奶气地说道。

"！"

陈汉升吓得差点儿把小胖丫头给扔出去，因为她说的是萧容鱼。

陈汉升正要找个话题遮掩一下，没想到老郭主动岔开话题："没有别的姐姐了，你看这里的姐姐都很漂亮啊。"

郭中云是知道萧容鱼的，还意味深长地看了一眼陈汉升。

陈汉升平复一下心情，走回座位喝了口水，胡林语还在翻着趣味百科全书。

"别找了。"陈汉升突然说道。

胡林语抬起头，一脸疑惑。

陈汉升直接把整个箱子抱起来："后来我想了想，愉快的寒假是给孩子最好的礼物，我们不能做这种煞风景的事。"

这场聚会，大家喝得都很畅快，同学和老师喝，宿舍与宿舍喝，男生和女生喝，陈汉升作为班长也喝了不少，一阵一阵的酒意上头。

老郭就更惨了，吐了一次，就歪在沙发上装死。

突然，正喝茶解酒的陈汉升闻到一股浓郁的香水味，一抬头，竟然是满脸酡红的商妍妍。

"班长，我敬你。"

今晚商妍妍也喝了几杯，但是以她的酒量不会醉。

陈汉升和她碰杯时，商妍妍细长的手指拨弄着酒杯，娇笑着说道："我把你的条件对我妈说了，她挺满意的。"

陈汉升假装听不懂："你妈满意又怎么样？我又不是你爸。"

其他人听到这话没准儿会生气，商妍妍反而笑了笑，猩红的小舌头舔了下嘴唇。

陈汉升下意识地瞥了一眼沈幼楚的位置。

这个小妮子正坐在墙角，双手捧着果汁，呆呆地看着陈汉升，两人眼神交会的同时，她慌忙低下头。

"公共场合，正经点！"

突然，陈汉升一脸严肃。

最后，班级聚会在郭中云"春风得意马蹄疾，一日看尽长安花"的总结陈词中尽兴结束。

现在距离考试只剩下三四天了，其他同学已经在集中精力总复习，就连金洋明都偷偷去厕所背书，因为宿舍阳台被杨世超占领了。

陈汉升浑然没当一回事，又连续喝了两天。

一天是创业基地兼职大学生的聚会，陈汉升作为"老板"，团年饭自然是不能缺少的。

另一天是系外联部的聚会，穆文玲甚至亲自参加了，她和陈汉升碰了一杯酒，一切尽在不言中。

在这种状态下，陈汉升的考试结果不言而喻。三天考试结束后，郭少强问陈汉升："老四，你考得咋样？"

陈汉升实话实说："题目里每个字我都认识，偏偏放在一起就读不懂了。"

"那你不是要挂科了？"郭少强说道。

"我铁定挂。"陈汉升很肯定地说道。

杨世超拍了拍胸脯："有你这个班长垫底，我就放心了，老四，谢谢你让我过个好年！"

郭少强离开后，陈汉升才默默自语："班长算个啥？我还是内定的校'三好学生'呢，该挂还得挂。"

考试结束，学校就正式放寒假了，嘉平的大学放假时间差不多，王梓博考完试就跑来了玉欣。

陈汉升去门口接他的时候，正好看到商妍妍拖着行李走出校门，她妈来学校接她了。

"班长，能过来帮个忙吗？"商妍妍远远喊道。

陈汉升带着王梓博过去帮忙，商妍妍一边感谢，一边说道："妈，这就是我和您提过的陈汉升。"

商妍妍她妈看起来像个富婆，开着宝马，满手珠翠，对着陈汉升微微点头。

陈汉升不太热情，搬好行李就离开了。

王梓博一直跟在后面，嘴里咕咕哝哝，憋了半天才说道："小陈，刚才那个女生就是你要带我见的人吗？比小鱼儿可差远了啊。"

陈汉升转头瞧了一眼王梓博，摇摇头，没说话。

王梓博还以为陈汉升心虚了，胆子更壮。

"你是不是吃惯了大餐，非要换换口味啊？她家有点钱而已，但小鱼儿也不差啊。"

他啰啰唆唆地跟着来到创业基地，沈幼楚正埋头算账。

王梓博压根儿没注意到沈幼楚，他也不见外，倒了一杯水坐在板凳上："这件事，我老王首先表态不同意！"

陈汉升不搭理入戏渐深的王梓博，对着沈幼楚介绍道："我同学王梓博。"

沈幼楚站起来，低头小声打个招呼。

"我从小玩到大的同伴。"陈汉升又强调了一下。

沈幼楚这才抬起头。

只听"噗"的一声，正在喝水的王梓博看清沈幼楚的样子，惊诧地从鼻孔里喷出两道水箭，随即剧烈地咳嗽起来。

第 101 章　不想当渣男

"梓博同志太客气了，知道自己空手来的，还表演个鼻孔喷水的魔术活跃一下气氛。"

陈汉升一点不留情地奚落他。

王梓博这个人呢，自己长得一般般，却有点"外貌协会"，具体表现在：

面对容貌寻常的女生时，他就很自信，夸夸其谈，指点江山；遇到开朗自信或者五官出众的女生，他却紧张得说不出话。

以前上高中时就这样，王梓博在萧容鱼面前一说话就脸红，但是在那些沉默内向的女生面前，他总是喜欢表现一下。

刚刚沈幼楚低着头，王梓博还以为是个路人甲，不过等看清沈幼楚的样子后，王梓博又觉得浑身不自在了。

陈汉升在旁边适时介绍："她叫沈幼楚，这才是我要带你见的人。"

"啊，啊，啊……"

王梓博嗯啊半天，支支吾吾说道："那、那个，我是小陈的同学，我们没生下来就认识了。"

陈汉升瞥了他一眼："你是哪吒吗，没生下来怎么认识？"

"不、不是。"王梓博的脖子都涨红了，"我们刚生下来不久就认识了，从小玩到大的好朋友。"

沈幼楚心里有些奇怪，但她不好意思笑，轻轻"嗯"了一声，又默默低头算账。

王梓博趁机拉了一把陈汉升，示意去外面说话。

"你总喜欢看我出丑！"王梓博生气地说道。

陈汉升嘿嘿一笑："她不是外人，别放在心上。"

"不是外人……"王梓博嘴里重复了一遍，然后将左右手大拇指按在一起，"现在你们是这个了吗？"

陈汉升摇摇头："还没到那种地步。"

面对王梓博，陈汉升不打算撒谎，因为除了送沈幼楚回家需要王梓博做个旁证，以后让他打掩护的机会也不会少。

"那小鱼儿呢？"王梓博又问道。

陈汉升耸耸肩，没有回答。

王梓博突然觉得这个死党有些过分，怎么可以脚踏两只船呢？

"小陈，我们好好谈一下。"

本着真心实意为好朋友打算的心思，王梓博决定劝一劝。

沈幼楚的确很漂亮，可小鱼儿也是顶尖的美人啊，两人是半斤八两而已。

陈汉升知道王梓博要说什么，抢先说道："这次去川渝，我们顺便去沈幼楚家里看看。"

"然后呢？"

王梓博一时没搞明白。

"沈幼楚有个表妹，两人长得差不多，你要是不废话，到时我介绍你们认识；你要是觉得良心过不去，今天住一晚，明天自己回港城。"

陈汉升又在忽悠王梓博了，他实在不想听对方结结巴巴地讲大道理。

至于"无中生妹"的事，到时随便找个理由搪塞一下就行，比如说"今年表妹不在老家过年"。

王梓博愣愣地站了一会儿，转过头看了看沈幼楚，又看看陈汉升，摸摸脑袋说道："其实，表妹不表妹的无所谓，主要我想看看川渝的人文风景。"

陈汉升笑了一声，递了支烟过去。沈幼楚过来小声告辞，然后离开了。

"晚上不一起吃饭吗？"

王梓博有些纳闷儿。

"晚上和小鱼儿一起吃。"陈汉升在空气中画了条横线，形象地解释道，"知道天平为什么稳固吗？就是因为两头总是平衡的。过几天我都要和沈幼楚一起，所以现在要多陪陪小鱼儿，保持两端平衡，才不会翻车。"

王梓博看着陈汉升娴熟的把控技巧，恍然大悟地说道："其实这样也很累啊，明明三角形才是最稳固的。"

陈汉升有些诧异地打量着王梓博，直到把他看毛了，陈汉升才拍了拍王梓博的肩膀："想不到你小子也是我辈中人。"

晚饭就在明大食堂吃的，萧容鱼一边吃饭，一边叮嘱陈汉升明天要带好行李，因为她爸会过来接她。

陈汉升假装吃饭没听见，王梓博心里很愧疚，好像自己也跟着背叛了小鱼儿一样，闷着头不说话。

"不过明天人比较多，高嘉良打电话说要过来搭车，婉秋和小萌她们也是。"萧容鱼皱着眉头说道。

婉秋和小萌都是他们的高中女同学，陈汉升一脸无所谓："没事，冬天挤一挤比较暖和。"

萧容鱼甜甜地一笑："那到时你和我坐后面吧，前面的位置让给别人坐。"

王梓博想听听陈汉升怎么回答，没想到他既不答应，也不承认："你说什么就是什么。"

王梓博无奈地摇摇头，陈汉升这么会撩妹，不要说在财院这种美女资源丰富的地方了，就算在嘉平理工那种"和尚"学校里，他也不会单身。

明天上午萧容鱼还有一科考试，吃完饭就先去复习了，她以为明天考完会有大把时间可以在一起。

陈汉升和王梓博回到财院宿舍的时候，602的其他人都走光了，几张空床都可以睡。

"小陈，两所学校离得这么近，你就不担心出问题吗？"

王梓博很想知道其中的八卦。

"怎么不担心？问题还不少。"

陈汉升随便挑点事情出来讲，满足一下王梓博的好奇心。

"有一天下午，小鱼儿讲，在学校门口有个和她穿着同款宝蓝色羽绒服的女生，我的困意直接吓没了。

"小鱼儿电脑桌面上有一篇日记是关于我的，我不知道，还把电脑借给沈幼楚练习Excel，最后我反复套话，才确定沈幼楚没看过那篇日记，不然肯定炸了。

"上个月圣诞节，我吃了两顿火锅，现在看到火锅就想吐。"

…………

聊着聊着，话题又转到创业上面去了，陈汉升又详细讲述了自己如何认识钟建成、如何协调创业基地、如何在四所学校扩大知名度。

陈汉升越说声音越小，最后只听到了鼾声。

王梓博却怎么都睡不着，并不是矫情地认床，而是想起以前在家一和老妈吵架，老妈就说哪家小孩多有出息，有一次还提到了陈汉升。

当时王梓博很不服气："小陈的成绩还不如我呢。"

老妈冷笑一声："港城就这么大点地方，你以为学校里的事情我们家长不知道？

"你整天跟在陈汉升后面，就没发现他身上的优点吗？

"我跟你讲，陈汉升就算去了二本三本甚至大专，一样能玩出花来！"

果不其然，大人的眼光一点没差，上了大学后，王梓博只是芸芸大学生中的一个，陈汉升已经成为大一年级的风云人物了。

"我怎么办，难道要当渣男吗？"

王梓博翻了个身，默默地想着。

第102章　你挑着担，我牵着马

第二天下午，萧宏伟果然开着车来到明大门口。

陈汉升故意晚下去几分钟，直到萧容鱼打电话来催促，他才拿了条苏烟出门。

这条苏烟还是钟建成"奖励"陈汉升的。

王梓博一脸疑惑。

陈汉升解释道："要是下去得早，小鱼儿看到我们没带行李，没准儿要变卦留在这里，不如等她坐上车再说。"

"至于苏烟……"陈汉升笑着说道，"这是给萧叔叔的，今天我不守信用，小鱼儿肯定很生气。"

"小鱼儿好哄，但萧叔叔不好糊弄，我送条烟打个底再说。"

王梓博点点头，心里说了一句"牛"。

果然，萧容鱼看到陈汉升没带行李，诧异地问道："你和梓博的包呢？"

陈汉升没回答，反而走到主驾驶位置旁，笑嘻嘻地把烟递给萧宏伟："萧叔叔，这是我孝敬您的。"

萧宏伟拿过来看了看，打趣道："小鱼儿说你在大学里创业，是不是赚到钱了？"

陈汉升很谦虚："瞎做点小生意罢了，总之也是跟着别人混。"

要是其他人送烟，萧宏伟拒绝的可能性很大，不过陈汉升在他心里有些不一样，便没有推辞，把烟放在座位旁边，还提醒道："别忘记你爸，不然老陈要吃醋了，你的行李呢？"

陈汉升这才转过去向萧容鱼解释："创业基地临时有点事，今天我不能走。"

"什么？"萧容鱼果然柳眉一竖，脱口说道，"那我也不走了。"

"不要任性，萧叔叔都专门来接你了。"陈汉升慢慢安抚道，"再说，吕姨肯定在家做了很多好吃的，你不回去，她一准很难过。"

萧容鱼的行李已经放进后备厢了，车已经发动，打着暖气，陈汉升这是临时变卦，萧容鱼一点反应的时间都没有。

253

"还有，婉秋和小萌她们总要回去吧？嘉良也在，他们都在等你呢。"陈汉升继续劝道。

萧容鱼没办法，重重跺了一脚，走上车去。

高嘉良看到陈汉升不回去，心里还在窃喜："小鱼儿，我们坐第二排吧，这里有空位置。"

萧容鱼冷哼一声，独自坐上副驾驶，"嘭"的一声关上车门，看都不看陈汉升。

陈汉升也不觉得尴尬，还走过去对萧宏伟说道："萧叔叔，一路注意安全。"

萧宏伟笑了笑，也叮嘱陈汉升注意安全，他是公安局刑侦队长，大概能通过细微动作发现陈汉升在说谎，只是不明白其中缘由。

萧宏伟转头看了一下自己女儿，她正噘着嘴生气呢。

老萧叹一口气，心想我知道的吵架就两次了，而且每次都是小鱼儿吃亏。

"陈汉升这小子，得找个机会和他聊一下，看看他到底怎么想的。"

送走了萧容鱼，陈汉升心里也微微松了一口气，他看了下时间，如果萧容鱼超过二十分钟没发信息责怪自己，那就说明是真的生气了。

二十分钟以后，手机静静的，没有声音。

陈汉升主动编辑短信："对不起，创业基地的收尾工作真的很忙。"

萧容鱼没有回复。

陈汉升："我保证这是最后一回了。"

萧容鱼依然没有回复。

陈汉升："我最多晚几天，回港城找你玩。"

"叮！"

信息终于来了，陈汉升赶紧掏出手机。

"尊敬的客户您好，您的余额已经不足 10 元，请尽快充值。"

"烦人！"陈汉升忍不住骂道，一到关键时刻就出来捣乱。

他只能继续给萧容鱼发短信："这样好不好，春节我去你家拜访一下？很久没见吕姨了。"

这次萧容鱼肯回信息了。

萧容鱼："真的？"

陈汉升："骗你我就是小狗。"

萧容鱼："你早就是了，汪汪汪。"

陈汉升回到宿舍简单收拾了一下，就和王梓博来到女生宿舍门口。

现在财院留校的学生很少，校园里空荡荡的，偶尔有几个学生的身影也只是去食堂吃了饭就匆匆回宿舍，好几家便利店都关门了，女生宿舍楼下的"情侣凳"更是空无一人。

没等多久，沈幼楚拖着两个大包和一个小包下来了。

沈幼楚的老家地理位置太偏僻了，深通快递根本送不到那里，不然根本不需要带这么多东西在身上,像陈汉升和王梓博都只有一个行李包。

"这么慢。"

陈汉升有些不耐烦。

"对、对不起。"沈幼楚小声地道歉。

"梓博不要愣着,帮忙拎一下。"

陈汉升招呼王梓博。

王梓博也老实,走上去拎起两个大包。

沈幼楚不愿意让别人拿,王梓博却很坚持:"小陈比我小几个月,你是他的人,那我做这些都是应该的。"

看着直愣愣什么话都说的王梓博,陈汉升忍不住提醒道:"梓博,别装了,还有一个小包,别忘记。"

沈幼楚有些无所适从,她看着陈汉升说道:"我也想拿一点。"

陈汉升摆摆手:"不用拿,出发!"

他伸手想牵住沈幼楚,沈幼楚不好意思地挣脱,陈汉升笑眯眯的也不介意,还摸出开学时在霜月湖买的扇子,大冬天的,一边摇,一边哼着歌:

"你挑着担,我牵着马,迎来了日出送走晚霞,踏平坎坷成大道,斗罢艰险又出发……"

王梓博被唱得很不爽,转身把小包挂在陈汉升脖子上:"别想偷懒!"

三个人坐公交车来到火车站,沈幼楚不知道陈汉升要送她回家,在火车站门口掏出一个纸袋子。

"什么东西?"陈汉升问道。

"我、我给叔叔阿姨织的围巾。"沈幼楚红着脸说道。

陈汉升打开袋子,里面果然有两条围巾,和自己那条是同一个颜色。

沈幼楚白天要在101兼职,还要复习功课,不用说,这两条围巾又是她牺牲睡觉时间织成的。

陈汉升叹了一口气:"我们先去买些泡面零食吧,三十多个小时呢。"

"不用,我带了馒头。"沈幼楚小声地拒绝。

陈汉升问道:"食堂买的?"

沈幼楚"嗯"了一声,还专门拿出来给陈汉升检查一下,小布包里果然有几个冷馒头,有些还被挤压得变形了,旁边有一瓶芥菜拌辣椒。

"你这一路上就准备吃馒头,喝热水,配着辣椒?"

王梓博忍不住插了一句。

沈幼楚点点头,她倒是一点不觉得辛苦。

"小陈,你不是抠搜的人啊。"

王梓博很奇怪,陈汉升什么缺点都有,可就是不小气。

"我当然不是。"陈汉升自己都有些无奈,"我都给她发工资了,她硬是偷偷地省下来,我有什么办法?"

第103章 心尖尖

陈汉升买来一大包零食准备进站，沈幼楚这才知道陈汉升也要去川渝，她愣愣的，都没反应过来。

"总之都要去的，迟点早点有什么关系？"

陈汉升拉住她向前走，上车后，沈幼楚才发现不是硬座，也不是硬卧，而是四人一间的软卧。

以前沈幼楚连硬卧都没坐过，现在直接升级到软卧，心里有些惶恐。

她轻轻摸了一下洁白的床铺，只敢小心地坐上去半边屁股，还用双手撑在两侧。

陈汉升看不下去了："你是担心把火车坐塌了吗？"

"没、没有。"沈幼楚抬起头，惴惴不安地说道，"太贵了。"

"莫慌，以后还要坐飞机呢。"陈汉升笑嘻嘻地说道。

陈汉升就不讲究什么坐姿了，他大咧咧地脱掉鞋子躺在下铺，拿过被子当靠枕，双脚跷在床沿上，悠闲地看报纸。

以前王梓博也没坐过火车，他的活动范围仅限于苏东省，于是跑到外面走廊的折叠椅上坐着，聚精会神地看着沿途的风景。

后来沈幼楚慢慢适应了，也脱掉鞋子坐在床上，双手抱膝，默默背诵英语课本。

陈汉升觉得很奇怪，沈幼楚花在学英语上的时间好像特别多。

"你怎么老看这玩意儿？"

"我英语差。"沈幼楚小声说道。

突然，陈汉升来兴趣了："你高考英语多少分？"

沈幼楚垂着头没有回答。

"说啊，就算零分也没什么见不得人的。"陈汉升放下报纸追问道。

"就、就是零分。"沈幼楚把膝盖抱得更紧一点，"考英语那天，阿公去世了，我在家陪婆婆。"

车厢里突然安静下来，王梓博在外面也听到了这段对话，他讷讷地说道："要是加上英语，就可以上明大了。"

陈汉升拎出零食，对王梓博说道："你去打开水，泡三碗面。"

王梓博离开后，陈汉升关起包厢的门，坐到沈幼楚旁边："是不是想阿公了？"

"想。"

沈幼楚抬起头，泪水涟涟，像珍珠似的一滴滴落在床单上，既有对亲人的思念，也有错失机会改变命运的无助。

陈汉升帮她擦干眼泪，抓住她的小脚放在手心，她的袜子有些薄，脚尖位置还有密密麻麻的针线痕迹，看来经过了多次缝补。

沈幼楚不好意思地要往后缩，陈汉升不让，反而轻轻搓揉，直到两只脚的温度慢慢升高，还有另一股暖流从脚底传入沈幼楚心里。

"好一点了吗？"陈汉升问道。

"谢、谢谢你。"

沈幼楚呆呆地看着陈汉升。

"不客气。"陈汉升假装嫌弃地擦擦手，"不过你要多洗脚了，臭死了。"

沈幼楚害羞地把脚缩进被子里，小声说道："才不臭。"

打开门以后，王梓博已经把泡面准备好了，陈汉升招呼沈幼楚吃饭。

沈幼楚仍然没有忘记自己带的馒头，嘉平天气这么冷，馒头早就已经变得又冷又硬，于是她将馒头揪成一小块一小块放进泡面里，拌着面汤吃下去。

看到陈汉升和王梓博都盯着自己，她小声说道："我、我想吃馒头。"

陈汉升叹一口气，自己也拿过两个馒头，还顺便递给王梓博拿了两个："中午解决掉，越拖越难吃。"

王梓博也没推辞，也掰碎馒头放进泡面里，狼吞虎咽地吃完后，陈汉升拉着王梓博去车厢连接处抽烟。

"没想到小沈是个可怜人。"王梓博摇摇头说，"只是性格也太好了，小陈你总是遇到好女人。"

陈汉升哂笑一声："坏女人我也没说不要啊。"

人在火车上很容易睡着，听着"咣当咣当"的声音，再加上自带的摇摆属性，陈汉升和王梓博聊了一些家乡的事情，不知不觉就睡着了。

直到有人打开车厢门，陈汉升迷迷糊糊睁开眼，走进来一个女大学生。

二十出头，个子不高不矮，面容清秀，梳着空气小刘海，她进来后看了一眼，然后踮起脚尖就想把包裹放到行李架上。

不过行李架有些高，她举了几次没放上去，沈幼楚放下书本要去帮忙，陈汉升带着困意喊道："梓博，起来帮忙。"

王梓博也在睡觉，被叫醒后揉了揉眼睛，跳下床帮女大学生把行李放上去。

"谢谢噻。"女大学生客气地道谢，没想到也是川渝口音，"你们是啥子大学的？"

陈汉升睡觉不想搭理，沈幼楚又没什么社交能力，最终只能是王梓博结结巴巴地搭话。

没想到两人聊得挺投缘，陈汉升眼睛一睁已经是傍晚，晚霞远远挂在天边，夕阳透过车窗洒在走廊上，就是没有一丝热乎气。

火车毫不停留地经过路边的村庄和山丘，时光匆匆流逝难以抓住，陈汉升心里莫名有一种惋惜。

"小陈，这是黄慧，苏东科技大学的大四学生，已经在嘉平找好工作了。"王梓博介绍道。

"噢。"

陈汉升闷闷地打个招呼，王梓博和黄慧聊天居然开着门，冷气全部跑到车厢里了，一觉醒来，鼻子都有些堵塞。

他又看了一眼沈幼楚，这小妮子把被子紧紧裹在身上看英语书，以她的性格，如果不是实在太过分，她只会默默忍受。

"要喝热水吗，我去帮你倒？"沈幼楚看到陈汉升醒来，小声问道。

陈汉升不吭声，"啪"的一声把车厢门重重关起来，吓得坐在走廊里聊天的王梓博和黄慧一激灵。

"小陈，你动作不能小点吗？"王梓博再次打开门，不满地说道。

陈汉升心里上火："你要泡妞就在走廊里泡，打开门现场直播吗？"

骂完以后，陈汉升拿着打火机去抽烟，又顺手把门关上。

黄慧被说得脸色有些难看，她早就注意到了沈幼楚冷，但是关着门聊天有些压抑，于是没讲出来。

"你这个同学脾气有些大啊。"黄慧说道。

其实王梓博心里有些慌，但他死要面子地摆摆手："小陈就这狗脾气，我去看看。"

"好，感觉你挺怕他的，同学之间还是要平等相处。"黄慧突然在背后说道。

王梓博停顿一下，转过头认真地解释："我和他不是普通同学，我们是四岁就认识的死党。"

"哦哦哦，那赶紧去吧。"黄慧和善地笑了笑。

王梓博来到厕所隔壁的吸烟区，陈汉升已经抽完半支烟了。

"你就不能给我留点面子吗？在外人面前大呼小叫的。"

"怎么，你喜欢那个妞？"

"也没有，就是感觉你在女生面前不尊重我。"

王梓博捶了一下陈汉升的肩膀。

"她就是个路人而已，下了火车就没啥关系了。"陈汉升指了一下车厢的方向，"可沈幼楚是我的心尖尖，你把她冻成那样，我还不能生气喽？"

第104章　还真的有个表妹

"沈幼楚怎么了？"

王梓博的观察力本来就很一般，再加上绞尽脑汁想聊天话题，所以没注意到沈幼楚。

"开着门，透风，她裹着被子在看书。"

陈汉升简明扼要地点出来。

王梓博一回忆，果然是这么回事，马上就道歉："小陈，我真没看见，不然肯定关门聊天。"他还顺便帮黄慧解释，"黄慧也应该没发现，我们聊天挺专注的。"

"算了。"陈汉升踢了王梓博一脚，"你就这德行，我也是看透了。"

王梓博也不闪避，笑呵呵地说道："今晚我请你们吃饭，不要吃泡面了，不知道火车上的快餐怎么样，中午我看了看，好像还有鸡腿。"

两人抽完烟就回去了，陈汉升也不可能记王梓博的仇。

王梓博的心态很好理解，就是坐飞机、坐火车甚至坐大巴时都期望身边有一个相貌不俗的异性，两人经过聊天，再有一段交集。

不过，现实情况是同性居多，纵然有极少数异性，也是下车后就忘记了。

重新回到车厢，王梓博专门给沈幼楚道歉。

沈幼楚一双桃花眼懵懵懂懂，她习惯了适应环境，自己很少主动提要求，所以就算感觉冷也不会去关门，更不可能怪谁。

陈汉升当然不会和黄慧道歉，她算老几？

吃晚饭的时候，王梓博专门买了四份盒饭，其中还有黄慧的。

陈汉升心里冷笑一声，火车盒饭二十块钱一份，典型的穷大方。

黄慧一直没有和陈汉升搭话，她正在和王梓博聊嘉平和京口两个城市的区别，偶尔还和沈幼楚说两句。

不过沈幼楚说话憨憨的，语言组织能力比较差，黄慧聊几句就没兴趣了，转过头继续和王梓博聊天。

可是当陈汉升拿出笔记本电脑看数据的时候，黄慧眼睛一亮。陈汉升掏出手机打电话时，她主动走进来攀谈。

"你是哪个学校的？"

其实陈汉升对黄慧没什么意见，当然好感也不多，仅限于正常交流。

"嘉平财经学院。"陈汉升答道。

"玉欣校区的吗？我去过一次那里，环境可好了，我都有些后悔当年没考那个学校。"

黄慧一开口，陈汉升立马知道王梓博和她聊得投入的原因了，人家这说话水平，王梓博抛出什么话题都能接下来。

"我觉得那学校太差，所以退学不念了，自己出来创业。"陈汉升一边看着电脑，一边说道。

"这也不错啊，你当了老板就买了笔记本和手机。财院可能以前是不错，现在发展水平的确有些差了。"黄慧沉稳地回道，尽量不和刚才的话冲突。

"可是刚退学不久，我们校长又把我喊回去了，现在我又是一名财院大学生了。"陈汉升看了她一眼，说道。

"呃……"

黄慧有些尴尬，她大概也意识到陈汉升在带着她兜圈子，套路太多，接不下去，于是又坐到外面，很快走廊里就传来王梓博的笑声。

沈幼楚一直傻傻地听着刚才两人短暂的聊天，小脑袋搁在膝盖上，眼里都是疑问，她难以理解陈汉升的思维。

陈汉升不想解释，拿过零食袋子说道："这里有些苹果，你去洗了给大家吃。"

沈幼楚听话地去洗水果，不一会儿就听到王梓博和黄慧道谢。

陈汉升笑了笑，继续在电脑上统计兼职大学生的揽收趋势。

明年回来后可能要承担港资电子厂的快递业务，陈汉升自己相信没有任何危险，但是那些兼职大学生未必相信，所以他要想办法说服那些主观能动性比较强、愿意跟着自己做的人。

吃完苹果刚到晚上九点，列车员过来提醒还有半个小时熄灯，陈汉升催着沈幼楚去刷牙，他自己却无动于衷地继续看电脑。

九点半，车厢正式熄灯，王梓博和黄慧也赶紧刷牙上床，十一点左右，陈汉升才关电脑。

他先看了一眼沈幼楚，发现她还没睡，虽然车厢里很暗，可陈汉升就是能感应到她仍然睁着眼。

"睡不着？"陈汉升走到床沿坐下，悄声问道。

沈幼楚轻轻摇摇头。

陈汉升心想应该是第一次坐卧铺不太习惯，捏了一下她的脸："赶紧睡。"

沈幼楚害羞地点点头，陈汉升替她掖了掖被子，就出了车厢。

旅途中的陈汉升好像特别温柔，这让沈幼楚心里非常满足。

她的心很小，其实要的不多，只要陈汉升少凶自己一点就可以了。

走廊上，陈汉升打开窗帘，火车正经过一座跨江铁桥，漆黑的江面上星火点点，火车鸣笛声和货轮喇叭声遥相呼应，陈汉升默默注视着，不一会儿也回去休息了。

第二天醒来已经是上午十点多，陈汉升睡得腰酸背痛，不过一出门就看见王梓博和黄慧还在谈天说地。

"哟，聊不完呢？"

"我们不像你，睡到现在才醒。"王梓博说道。

黄慧既没打招呼，也没说话，看到陈汉升出来，就转头看着窗外。

陈汉升刷完牙，沈幼楚已经把面泡好了，火腿肠也摆在旁边，还洗了个苹果。

"还是我们川渝的姑娘贤惠啊。"黄慧忍不住说道，她一直看着沈幼楚跑来跑去忙碌。

陈汉升对王梓博说道："羡慕不？你也找个川渝的妹子。"

"我也想啊，可又不是想找就能找到的。"王梓博一边说，一边看了一眼黄慧。

黄慧脸上带着笑，假装没听见。

陈汉升一口火腿肠，一口泡面，吃得满嘴都是油，心里却在想要不要抽空把商妍妍的复杂经历告诉王梓博，打击一下他对爱情的盲目自信。

火车在中午十二点左右到达蓉城火车站，黄慧拎着行李先离开了，陈汉升问王梓博："是不是有些不舍？"

"嗯。"王梓博也承认，不过他又说道，"我要了她的QQ号码，回港城后就加上，毕竟以后都在嘉平，多认识个朋友多条路。"

陈汉升心想应该是多个马屁精吧，明年回了嘉平，应该会非常有意思。

接下来的几个小时，陈汉升跟着沈幼楚一路换车，先搭乘火车，再换乘汽车，然后是拖拉机，最后就是徒步了。

"咯吱、咯吱、咯吱……"

沈幼楚的老家刚下了一场大雪，三个人踩在雪地上步步作响。

陈汉升看了看时间，差不多晚上十点了，凉月高挂天空，把雪地映得一片惨白，这可真有点西天取经的意味了。

"小陈，还有多久到啊？"王梓博在背后喘着气问道。

陈汉升听了听，说："应该快了。"

"你怎么知道？"

王梓博很奇怪。

"狗叫声都能逆风传三里，很明显我们到了一个鸟不拉屎的地方，这比较符合沈幼楚她家的现状。"

沈幼楚红着脸不吭声，又走了半个小时，她突然停下脚步。

"到、到了。"

陈汉升刚要说话，前面有个身影飞快地跑过来，嘴里还叫着："阿姐。"

陈汉升转过头："梓博，我没骗你吧，沈幼楚真的有个堂妹，一会儿我介绍给你认识。"

王梓博憋了半天说道："堂妹是堂妹，可她最多五岁，小陈，你这样忽悠我，良心就不痛吗？"

第105章　川渝的一晚（上）

其实陈汉升都没想到沈幼楚真的有个堂妹，只是年纪有些小。

"婆婆呢？"

沈幼楚蹲下去帮小女孩擦了擦脸。

陈汉升借着月光瞅了一眼，小丫头有些瘦，小胳膊小腿，眼睛倒是蛮大的，现在她还不能用"美丑"来形容，可爱是最好的注解。

"婆婆在巷子口。"

小丫头指了指前面，这时她才看到陈汉升和王梓博，脚步往后面缩了缩，藏在沈幼楚身后，好奇地打量着这两人。

沈幼楚转过头说道："这是我叔叔家的妹妹，你们可以叫她阿宁。"

"我叫沈宁宁。"小丫头眨着眼睛，小声说道。

"你好。"

陈汉升走上前想打个招呼，阿宁有点认生，一转头又往回跑。

"看看，你这么丑，两眼一闭就和天黑似的，把孩子都吓坏了。"陈汉升转过头看着王梓博说道。

王梓博很不满："我一句话都没说呢，明明是你吓走的。"

再往前走二十多步，果真有个老太太一手拄着拐杖，一手拿着蜡烛，眼睛浑浊却慈祥，看到沈幼楚以后，饱经风霜的脸上突然绽开一丛欣慰的笑容。

"婆婆。"

沈幼楚走上去扶住老太太，声音里有些哽咽，看来真的很想念。

"回家了就好。"

老太太牵住沈幼楚的手，又看了一眼陈汉升和王梓博。

"婆婆，他是陈、陈、陈……"

"我叫陈汉升，他叫王梓博，我们是沈幼楚的同学。"

沈幼楚结巴几次没讲出来，陈汉升索性自我介绍。

老太太点点头，没说什么就往家里走去。

王梓博悄悄说道："小陈，第一次见家长，我真的有些紧张啊。"

陈汉升看了他一眼："你紧张个屁，和你有半毛钱关系吗？"

沈幼楚家里的院子很小，堂屋左右是两间卧房，还有一间仓库和厨房。

推开柴门，沈幼楚婆婆问道："晚饭吃了没有？"

沈幼楚摇摇头。

"那先做点饭给你的同学吃吧。"老太太说道。

小厨房里没有燃气灶，也没有煤炉，只有土坯堆垒成的灶台，沈幼楚说话慢吞吞的，但是做饭很麻利，点火热灶，面条下锅，一气呵成。

陈汉升推了下王梓博："小伙子眼里要有活，去帮忙烧火。"

王梓博吭哧吭哧跑到灶台下面填柴火，陈汉升就在旁边撸猫。

沈幼楚家里有一只灰不溜秋的小土狗和一只黄白相间的家猫，在陈汉升脚下绕啊绕的。

老太太话很少，坐在凳子上眯着眼，好像睡着了。

小阿宁偎在老人家怀里，大眼睛扑闪闪的，看着两位陌生大哥哥。

"婆婆，篓子里没鸡蛋了。"沈幼楚小声说道。

"你去鸡圈里看一看，那里应该还有。"沈幼楚婆婆慢慢说道。

陈汉升拉住沈幼楚："素面条就可以，不要再去找鸡蛋了。"

沈幼楚轻轻摇头："你吃不饱。"

"没事，你家里不是有辣椒吗？搞一点下饭就行了。"

两人僵持的时候，阿宁突然跑出去，不一会儿，院子里的某个角落就传来"咯咯咯"的鸡叫声。

阿宁回来后，微微发黄的头发上沾着一两根鸡毛，手心还有些脏，只见她小心翼翼地捧着两个土鸡蛋："阿姐，给你。"

沈幼楚拿过来煎了两个荷包蛋，陈汉升对阿宁说道："谢谢你呀。"

小丫头被夸得不好意思，又跑回老太太怀里，藏在臂弯里偷偷看着陈汉升。

很快，三碗热腾腾的面条就端上来了，沈幼楚那一碗是没鸡蛋的，她拿出一点辣椒油倒在面里，小口小口地吃起来。

王梓博吃不下去了："小陈……"

陈汉升挥挥手："你吃你的，这是人家的心意。"

他把自己碗里的鸡蛋分成两块，夹一半过去给沈幼楚："不要推让，我比较烦这些。"

沈幼楚看到陈汉升有些严肃，果真不敢推辞，只是她又把半个煎鸡蛋分成两小半，喊过阿宁喂她吃："香不香？"

小阿宁眼睛笑得弯弯的："阿姐喂的香。"

沈幼楚也跟着笑。她这种容貌，偶尔展颜一笑，王梓博都能理解周幽王为什么愿意为褒姒烽火戏诸侯了。

只是想起刚才一个鸡蛋三个人分，王梓博又觉得心酸，抬起头看了一眼旁边的陈汉升。

陈汉升面沉似水，表情没有太多变化。

围着炉火吃完饭，沈幼楚去帮陈汉升和王梓博铺床。

今晚他们两人睡在仓房里，好在不怎么透风，等一切安顿下来以后，王梓博缩在被窝里问道："小陈，我们什么时候走？"

"明天。"陈汉升答道。

"这么急？"

王梓博还真想在这里逛一逛。

陈汉升"嘿嘿"一笑："你不是为了沈幼楚堂妹来的？反正都已经见过面了。"

"胡说！"王梓博想起来就生气，"明明是你想送沈幼楚回家，还骗我说来川渝旅游。"

不过死党之间不会计较这么多，何况陈汉升在二人组里充当指挥和"狗头军师"的角色。

不一会儿，王梓博就忘记了这事，过来和陈汉升商量道："小陈，临走前我想把身上的钱都留给阿宁，虽然只有一百多块，但鸡蛋是人家补身体的，我吃了过意不去。"

陈汉升点点头："你给就是了，总之回港城的票都买好了，到时我也给老太太留点。"

"你准备给多少？"

王梓博有些好奇。

"八百。"陈汉升答道。

王梓博愣了一下："以你的性格，我以为你会给两三千呢。"

"我给沈幼楚发了工资，她愿意给多少我懒得问，但是我这里只有八百。"陈汉升把被子拉上来盖住身体，"今年我孝敬老爹老妈就是一人一千，天王老子都不能超过这个标准！"

王梓博默默地点头："你从小就很有原则，不管遇到什么事。"

房间里又安静了一会儿，陈汉升突然想起一件事："梓博，睡了没？"

王梓博答道："没有。"

陈汉升咳嗽一声："回港城后，小鱼儿问起我们这几天在做什么，你知道该怎么说吧？"

"不知道。"王梓博好不容易逮到这样一个可以"威胁"陈汉升的机会，趁机装腔作势一波，"我就和小鱼儿说，你送一个和她差不多漂亮的女孩子回老家了。"

陈汉升听了，一声不吭地掀开被子翻钱包。

"你干啥？"

突然，王梓博有一丝不好的预感。

"没事，你接着装。"陈汉升低下头说道，"我把你的火车票撕了，看你怎么回去告状！"

第106章 川渝的一晚（下）

"小陈，我和你开玩笑呢。"

王梓博赶紧走上去拦住陈汉升，如果真把票撕了，说不定他妈要报警寻人。

陈汉升看着王梓博："回去知道怎么说了？"

"知道，知道。"王梓博马上点头，甚至主动说道，"我们想想哪里还有漏洞，小鱼儿很聪明的，有些事她只是不想说破罢了。"

陈汉升心想小鱼儿聪不聪明我还不知道吗，都像沈幼楚这样，我就不会这么累了。

第二天早上，陈汉升是被门外的狗叫声吵醒的。

他还想赖一会儿床，没想到"咯吱"一声门被推开了，从外面伸进一个小脑袋，居然是阿宁。

"院子里有人吗？"陈汉升问道，"怎么那么吵？"

"狗子在追猫。"小丫头老实地说道。

陈汉升忍不住笑了一下，这地方的孩子都这么憨吗？

他一边穿衣、一边叫醒王梓博，不过陈汉升下床穿鞋时，阿宁又飞快地跑出去了。

她既对陈汉升有些好奇，又有些认生。

好奇就想接近，认生就有些害怕，所以表现出来就这样。

陈汉升走出门，看到沈幼楚正在做早饭，温柔的鹅蛋脸被灶台的火光映得泛起一片红晕，略微自然弯曲的秀发扎成一束，桃花眼被烟雾熏得水盈盈的，不时轻轻捂嘴咳嗽一声。

只是她穿着鼓鼓胀胀的大棉袄，立马破坏了印象。

这棉袄一看就是手工做的，不仅她穿着，阿宁也穿着，大概很暖和吧。

"起床了呀。"

沈幼楚害羞地打了个招呼，现在她感觉很奇怪，陈汉升居然出现在自己家的小院里。

陈汉升走过去说道："不用做太多，我们吃完就走了。"

沈幼楚愣了一下。

"很快要过年了，路上太挤不舒服，寒假放完后，我过来接你。"陈汉升解释道。

"不、不用了……"

沈幼楚不想陈汉升这么辛苦，陈汉升摆摆手，打断道："票都买了，难道就这样浪费了？"

"噢、噢、噢，那我在家等你就是。"

沈幼楚生怕又被凶，低着头把饭盛好。

两人说话时，沈幼楚婆婆就坐在小院里，川渝本来日照就少，估摸老人家也晒不到什么太阳。

不过她就是安安静静地坐着，阿宁趴在她腿上。

陈汉升把王梓博喊出来吃早饭，他看到桌上只有两个碗，奇怪地说道："婆婆和沈幼楚呢，还有小丫头，怎么不过来吃？"

"我们不吃完，她们不会吃的，别废话了，赶紧动筷子。"

陈汉升不想在这件事上多啰嗦。

沈幼楚烙了两张鸡蛋饼，平时阿宁都很少吃到这玩意儿，王梓博看了一眼，小丫头眼睛瞅着鸡蛋饼，嘴巴一直在动，大概在咽口水。

王梓博再也忍不住了，从钱包里把仅剩的钱全部掏出来，一共一百九十六块三毛："婆婆，我第一次过来没带礼物，身上只有这点钱，不过以后我肯定会再来的，到时给您买……买……买脑白金！"

陈汉升心里笑了一下，王梓博没什么社会经验，最后只能憋出一句耳熟能详的广告词。

沈幼楚婆婆自然是不要的，王梓博也很坚持，拿出来的钱说什么也不肯再放进口袋。陈汉升几口吃完饭，走过去拍拍王梓博的肩膀："把钱给我。"

"一定要让阿婆收下啊。"

王梓博情绪激动之下，眼泪都快流出来了，这就是陈汉升愿意和王梓博当朋友的原因——赤子之心。

陈汉升把钱拿过来，又从钱包里掏出一沓钱，一并放在小阿宁衣服左边的口袋里："想不想婆婆每天吃肉？"

阿宁点点头。

"想不想阿姐买漂亮衣服？"

阿宁继续点点头。

"阿宁自己想不想买课本和文具？"

阿宁又点点头。

陈汉升摸了一下小丫头的头发："那就收下来，好不好？"

阿宁转头看着自己的婆婆和阿姐，沈幼楚刚要开口，却被陈汉升瞪了一眼，委屈得不敢说话。

沈幼楚婆婆沉默半晌，看了看桀骜不驯的陈汉升，又瞧了瞧站在旁边乖巧的沈幼楚，终于点了点头。

"谢谢阿哥，我能买书包咯。"

阿宁是最开心的，她还是第一次见到这么多钱。

正在吃饭的王梓博看到这一幕，心里一酸，突然哭起来。

陈汉升拍了他一巴掌："别煽情，这是好事，你哭个头！"

吃完早饭，陈汉升准备离开，老太太拿了一大袋辣椒让陈汉升带回家。

王梓博对陈汉升说道："人家这么辛苦，我们不要再拿东西了。"

陈汉升看了他一眼："你妈和我妈都知道我们来川渝了，不带点土特产回去不好交代。放心吧，这些东西也不值钱。"陈汉升安慰道。

"可是看上去挺重的。"

王梓博还是有些为难。

陈汉升一脸无所谓："重就重吧，反正又不是我背。"

王梓博原地站了一会儿才反应过来。

"永远只会差遣我！"

陈汉升和王梓博出门后，沈幼楚牵着阿宁跟在后面一路相送。

陈汉升一看不能这么下去，他回头虎着脸说道："你是不是要跟着我回港城？那就赶快收拾衣服。"

"我、我、我舍不得……"

沈幼楚抬起头，眼里都是泪水，她本来就不会撒谎，这种时候连掩饰都不会了。

陈汉升帮沈幼楚擦干眼泪，然后又捏了一下她的脸蛋："我知道，我也舍不得，我谁都舍不得。"

不过，说完他就捡起一根树枝，在地上画了一条横线："你不许越过这条线，明白吗？"

沈幼楚听话地点点头。

陈汉升再次挥手离开，沈幼楚果然没有踏过那条线，只是呆呆地看着。

旁边的阿宁觉得有些冷，把右手放进口袋里，居然又摸出一沓钞票。

"阿姐。"

阿宁递给沈幼楚。

"钱不是都给婆婆了吗？"

沈幼楚数了一下，不多不少，又是八百元，突然反应过来了，一抬头，陈汉升和王梓博已经看不见身影了。

对陈汉升来说，爹娘自然是最大的，谁都不能超过这个标准，但是在这个标准之下给两份，也不算违反原则吧？

第107章 12分的高数

陈汉升和王梓博离开凉山州后，一路风尘仆仆地转车，终于到达了蓉城。

经过火车站附近一家特产超市，陈汉升进去挑了一串漂亮的手珠，一看就是小姑娘戴的。

"给小鱼儿的？"王梓博问道。

陈汉升点点头，他又选了两把牛角梳，买单时对王梓博说道："牛角梳我妈一把，你妈一把，女人嘛，甭管年纪多大，都喜欢小惊喜。"

王梓博瞅了瞅这把梳子，有点像玉石，毫不起眼："我感觉用处很有限，电视广告里牛角梳的效果都是夸大的。"

陈汉升白了他一眼："你以为这真是为了强身健体吗？这主要是讨好我们两家'太后'的，信不信梳子送上去，你跟着我来川渝浪这件事就能揭过去了，你也可以免一顿打？"

王梓博不好意思地啐了一口："我妈早就不打我了，你不要乱说。"

两人回去坐的是硬卧，上了火车就是睡觉，偶尔起来看风景发呆，总之二十多个小时很快就过去了。

晚上七点多，终于到达熟悉的港城，陈汉升和王梓博在火车站平分了辣椒，各自回家。

不过站在家门口，陈汉升突然有些踌躇。

本来学校14日放假，自己17日才离开学校，然后又送沈幼楚回家，总共耽误了快十天。

一路上，陈汉升和萧容鱼发信息的时间很多，偶尔才给老妈发一条汇报一下位置，也不知道梁美娟有没有生气。

陈汉升悄摸地开门进屋，发现陈兆军坐在沙发上看电视新闻，梁美娟在厨房里炒菜，她听到动静，伸出头看了一眼，也没吱声。

"爸，今天您和我妈吵架没？"陈汉升悄悄地问道。

老陈作势要打人："你小子就不能盼着点好？没吵架！"

陈汉升稍微放下心，走到厨房嬉皮笑脸地说道："妈，我回来了。"

梁美娟不搭理他，聚精会神地挑虾线："还知道回家啊？干脆住人家里算了。"

"哪能呢？"陈汉升赶紧把牛角梳子拿出来，还帮梁美娟梳了梳头发，"我特意给您买的，跑了好久的路呢，儿子孝顺不？"

梁美娟冷哼一声："人家的孝顺孩子上了大学认真学习，你想想自己都做了什么。"

"我怎么没认真学习了？"陈汉升又开始胡扯，"这次期末考试，各科不说满分吧，90分问题都不大，我估计还能评上校'三好学生'，到时把荣誉证书寄回家，你带着去外公外婆家炫耀一下。"

这句话真真假假，校"三好学生"是真的，但并不是因为考试成绩，可如果不知道内情的人，肯定就被蒙混过去了。

梁美娟看了一眼自己儿子，突然笑了笑："你去沙发那边坐好，我有事和你说。"

陈汉升以为事情结束了，还捏了块肉塞在嘴里，笑眯眯地坐到沙发上。

老陈正在抽烟，看到陈汉升的样子就问道："你们谈了什么？"

陈汉升就把话重复了一遍，当然主要还是吹嘘自己的考试成绩。老陈听完，不说话了。

"怎么了？"

陈汉升察觉到一丝不对劲。

"没事。"老陈熄灭烟头，"待会儿你妈打你的时候忍着点，不要吵到楼上楼下的邻居。"

陈汉升霍然抬头，梁美娟正拿着擀面杖往这边走来。

"妈，大过年的不要舞刀弄枪！"

陈汉升赶紧跑到沙发后面。

梁美娟不听，追着要继续打人。

陈汉升边绕圈子边说道："这次原因是什么啊？我去送沈幼楚你不是也同意了吗？"

梁美娟停下脚步，扔了一个信封过来："校'三好学生'，看看吧！"

陈汉升看到是财院的信封，心里就知道肯定是哪里出了岔子，打开信封后，他自己都没忍住笑起来。

陈汉升同学期末考试成绩：西方经济学46分，管理学原理37分，组织行为学60分，应用统计学51分，毛概60分，高等数学12分。

陈汉升笑完，心里又骂起了学校：大过年的寄什么成绩单？存心影响学生的家庭和睦嘛！

不过他还是想抢救一下，一本正经地对梁美娟说道："按理说，我发挥得还可以，指不定是同名同姓寄错了。"

梁美娟一听他到现在还死不悔改，马上就要动手。陈汉升没办法，只能低头："打也得吃完饭再打吧，我在火车上都没吃顿好饭。"

这个理由还是很见效的，梁美娟到底心疼儿子，她放下擀面杖，恨恨地说道："那先吃饭，吃完有力气再动手。"

陈汉升还真的饿了，筷子就没停过，火车上的饭哪里有家里的好吃？

梁美娟看到这种情况，冷着一张脸把鱼和虾往陈汉升那边推，嘴里问道："小沈那边怎么样？"

"又穷又冷。"陈汉升对自家父母也没撒谎，"家里还有个六十多岁的婆婆和六岁的妹妹，这么说吧，连鸡蛋饼都是奢侈品。"

梁美娟和陈兆军两人对视一眼，梁美娟倒没什么，老陈轻轻地摇摇头。

陈汉升心说老陈这怎么回事，思想不太端正啊，我还需要门当户对吗？再一想，刚才梁美娟要打自己，陈兆军都没拦一下。

于是，陈汉升咳嗽一声，对梁美娟说道："妈，咱家的条件和她家的条件对比，就和当年我爸和您差不多。"

果然，这招"转移战火"马上就起作用了。

梁美娟"啪"的一声放下筷子："陈兆军，当年你家也没多富裕啊？结婚盖房子还是陈汉升两个舅舅出的力，这些你怎么不对孩子说？……"

老陈一听就着急了："我就是闷头吃饭，怎么就扯到我了？"

结婚二十多年，谁还没点吵架材料？梁美娟越说越起劲，直接忘记了陈汉升的"高等数学12分"。

陈汉升吃完饭，跑回卧室给萧容鱼发信息。

陈汉升："我到家吃完饭了。"

萧容鱼："这么快，刚刚不是说才到火车站？今天我去亲戚家吃饭。"

陈汉升："不急，慢慢吃，今晚我休息一下，给你买了个手串，明天有空送给你，萧叔叔在家吗？"

萧容鱼："你要来找他？这几天我家里都是亲戚。"

陈汉升："你不要误会，我就是想学个车拿个驾照，请他打招呼，可能程序上会快一点。"

不过这句话打好以后没发送，他想了想又删掉，换成另一句话。

陈汉升："有什么好怕的？见家长而已。"

萧容鱼："哼，你这话说的，好像见过其他女孩子家长似的。"

陈汉升："呵呵，真会开玩笑。"

第108章　无赖

第二天睁眼已经十一点了，陈兆军和梁美娟不在家，客厅空荡荡的，非常安静。

陈汉升怀着一丝希望去厨房看了看，嚯，锅比脸还干净，老妈还是一如既往地狠。

他拿起手机给萧容鱼发信息："我去把手串送给你吧。"

萧容鱼很快回道："可以啊，不过你过来得十一点多了，中午留在家里吃午饭吧，我爸也在。"

陈汉升心想：我这个点过去，摆明要蹭饭的嘛，还用特意讲出来？

两家相距不远，走路二十多分钟，陈汉升什么礼物都没带，以同学关系拜访暂时不需要。

春节即将来临，街上一片喜庆，卖春联福字的摊位挤在道路两侧，小车慢吞吞地在人群里穿梭，偶尔按一下喇叭，立刻引起周围人的不满。

港城这么小，有些手上拎着菜的大爷大妈还认出了司机是谁，嘀咕着要去他家里告状。

阳光是典型的冬日暖阳，虽然驱不走寒冷，但照在身上令人心情很舒畅，陈汉升笑眯眯地走在路上，这些生活片段很有味道。

萧容鱼家是港城最好的几个小区之一，对面就是公园和人工湖，小区里还有超市和幼儿园。

按响门铃后，萧宏伟走过来开门："汉升来了啊。"

"萧叔、吕姨，新年好啊。"陈汉升笑着说道。

吕玉清也点点头："汉升好久没来家里了，前一阵子我们还和你父母吃饭呢。"

吕玉清在机关里待久了，再加上家庭条件优渥，长期以来养成一种清冷的气质，明明客气地打招呼，就是让人有一种疏离感。

陈汉升在门口找了半天，一双拖鞋都没有。萧容鱼在客厅里笑着说道："拖鞋都给客人穿了，陈汉升你还讲究什么？木地板又不硌脚。"

小鱼儿家里铺着一层打蜡的核桃色木地板，看上去明净透亮，陈汉升"嘿嘿"一笑，心想还好今天没穿运动袜。

他的运动袜大脚趾位置都是洞，梁美娟买得再多，也不够他"破坏"。

陈汉升"咚咚咚"走去客厅，萧容鱼正笑盈盈地看着他，客厅里开着空调，她就把羽绒服脱掉了，里面穿着一件白色的紧身羊绒衫。

羊绒衫质量很好，亲昵地附在身上，勾勒出小鱼儿高挑迷人的身材，秀丽乌黑的青丝扎成一束俏皮的马尾，精致的瓜子脸妩媚俏丽，两侧的梨涡比美酒还醉人。

客厅里还有一对中年夫妻，陈汉升没见过，但也礼貌地点头。

吕玉清在旁边介绍："陈兆军的儿子，我和他妈是好朋友。"

"噢，原来是老陈的儿子，我说咋这么眼熟呢。"中年男人笑着说道。

陈汉升心想老陈没当多大官，面子倒是卖出去一大圈。

中年夫妻还带了个儿子，上初中的样子，留个大平头，也不知道叫声"哥哥好"，吭哧吭哧地趴在茶几上写寒假作业。

萧容鱼在旁边指导"大平头"写作业，蜷缩着细细的小腿坐在木地板上，脚趾裹在黑色加厚丝袜里，看起来小巧玲珑。

陈汉升也盘着腿坐在旁边，萧容鱼伸脚踢了他一下："自己去倒水喝啊，这里没人伺候你。"

吕玉清只把陈汉升当成晚辈，那对中年夫妻也差不多，所以都没觉得异常，除了萧宏伟知道一点实际情况。

老萧稍微一留神，立刻发现陈汉升和萧容鱼身上的羽绒服款式一模一样，再加上自家女儿这副不见外的态度，心里微微叹了一口气。

陈汉升听了一会儿，觉得无聊，便拿过遥控器打开电视，没想到"大平头"很不满："打开电视会打扰我学习的。"

"嗬，小萝卜头，还挺能装，看来你是没见过哥哥的手段吧？"

陈汉升心想，当初嘉平的小胖丫头郭佳慧可是抱着一箱辅导资料，一边哭，一边说谢谢的。

于是他推了推萧容鱼："这里太吵了，把这个弟弟带去书房做作业吧，那样效率高。"

萧容鱼一听也有道理："你去书房学习不？"

"大平头"立刻老实了："不用了，谢谢姐姐，今天上午我的任务完成了。"

陈汉升笑了一下，自顾自打开电视看 NBA。

"大平头"也跟着沾光，不时还和萧容鱼解释："姐姐，这是走步了。姐姐，那是打手了。姐姐……"

这时厨房的门打开了，有人端着一盘菜放在桌上，陈汉升问道："谁啊？"

"奶奶，以前你还见过呢，现在她听力不太好。"萧容鱼指了指耳朵说道。

"那我得去打个招呼。"陈汉升爬起来走向厨房："奶奶，过年好啊。"

萧奶奶有几年没见到陈汉升了，仔细瞅了瞅："兆军啊，还在原来的单位工作吗，怎么不带老婆来啊？"

"那是我爸，我是他儿子。"陈汉升解释道，"我还是单身狗呢，没老婆。"

萧奶奶看了看他身后："你还带了条狗啊，在哪里呢？"

陈汉升摇摇头："奶奶我饿了，啥时候吃饭？"

背后传来一阵清脆的笑声，萧容鱼不知道什么时候也来了厨房。

陈汉升指着萧容鱼开玩笑："奶奶，我未来的老婆在这儿呢。"

萧容鱼举起雪白的拳头，示威似的竖了一下。

这次萧奶奶居然听见了，认真打量一下陈汉升："你不行，不够帅，还要多努力。"

中午吃饭时，陈汉升挨着萧容鱼坐，也不知道怎的，话题就聊到了五官上，中年夫妻夸赞起萧容鱼的样貌。

"小鱼儿长得比明星漂亮多了。"

"关键成绩还好，姐夫，你们家可是出了一颗明珠啊！"

"大学里一定很多人追吧？"

吕玉清对自己的女儿很满意，骄傲地说道："我们家闺女说了，大学里不准备恋爱，毕业后再看哪个男孩子有这样的好运和她谈朋友。"

萧宏伟闷着头吃饭不说话。

陈汉升心想"大学不谈恋爱"这句话得看对谁，我要是想确定关系，下一秒小鱼儿就有男朋友了。

这样想着，他就轻轻踩了一下萧容鱼的脚。

萧容鱼以为陈汉升在逗弄她，也回踩了一脚陈汉升。

陈汉升觉得不过瘾，悄悄抬起脚在她小腿肚子上蹭来蹭去。

"当啷！"

萧容鱼一个黄花大闺女哪里受得了这个，手一抖，筷子就扔在桌上了。

"怎么了？"吕玉清问道。

一桌人都看向萧容鱼，她轻轻放下碗："我吃饱了。"

然后萧容鱼默默走向卧室。

陈汉升心想糟了，小鱼儿不是商妍妍，不能这么玩，他赶紧两口吃完饭，跟着去卧室。

"你怎么了？开个玩笑嘛。"

陈汉升看到小鱼儿趴在桌上，肩膀一耸一耸的，好像在哭。

"谁要和你开这样的玩笑了！"

萧容鱼抬起头，满脸泪痕。

陈汉升心里有些歉意，掏出手串帮她戴上："这个当赔礼。"

吕玉清在客厅里放心不下："小鱼儿，你没事吧？"

她站起来想去看看，但被萧宏伟拦住了："汉升已经过去了，你就别添乱了。"

吕玉清愣了一下，心想我是她妈，我怎么添乱？

不过因为有客人，吕玉清没说什么，又坐下了。

萧容鱼听到吕玉清的问话，抹下眼泪，用正常的音量回道："没事，您先吃饭。"

陈汉升也劝道："赶紧出去吧，孤男寡女在一间房里不太好。"

看着现在假装正派的陈汉升，萧容鱼小脾气上来了："把你的手背伸过来。"

陈汉升知道她要咬自己，不过他也怕疼，于是说道："现在冬天，穿这么多衣服，能不能欠到夏天再还？"

"不行，你手背又没穿衣服。"

萧容鱼噘着嘴不答应。

陈汉升没办法，只能伸出手："刚才我上完厕所忘记洗手了，感觉甩上了几滴，你不嫌弃的话，就随便咬吧。"

"呸，无赖！"

第109章 聚会时的小意外

萧容鱼擦干眼泪走出卧室，其他人没有发现异样，唯独老萧多打量了几眼，发现自家闺女应该是哭过了。

"陈汉升也真是厉害，我都没看清，他就能把小鱼儿弄哭，关键还能马上哄好。"

萧宏伟心里想着。

下午，萧容鱼拉着陈汉升约高中同学聚会。

毕竟上学时都有自己的小圈子，现在放寒假了，一起谈谈大学生活，巩固同学友谊，父母也都理解。

只是"大平头"也吵闹要跟着一起去，关键他父母还挺信任两个大学生，一点都不反对。

萧容鱼看向陈汉升，她觉得带也行，不带也行。

陈汉升当然不想带了，但他又不想表现出来得罪人，于是对"大平头"说道："那你赶紧收拾一下，一会儿网吧没位置了。"

"你们去网吧？"

"大平头"的母亲有些吃惊，她以为大学生都要去图书馆或者新华书店这些地方。

"是啊。"陈汉升一本正经地点点头，"城北广场那边有家网吧配置不错，小鱼儿和我都想去看看。"

"那算了，那算了。"

"大平头"的母亲马上拒绝了。

陈汉升和萧容鱼下楼的时候，还能听到"大平头"耍赖的哭声，还有他妈的呵斥："你的寒假作业完成了吗？哥哥姐姐是大学生，能去网吧，你呢？考个港城一中都困难……"

其实萧容鱼心里也挺疑惑的，一直到楼下，她才问道："你要上网用笔记本电脑就行了，还要去网吧做什么？"

"不去网吧。"陈汉升摆摆手说道，"我不想带'电灯泡'，故意说去网吧的，这个恶人让他妈来当。"

"噢——"萧容鱼终于反应过来，噘着嘴说道，"你真够狡猾的。"

聚会地点定在港城体育馆附近的一家休闲吧，陈汉升喊了王梓博，其他人都由萧容鱼通知。

这家休闲吧新开张不久，一楼有很多卡座，二楼是台球室，最适合在这里聚会消磨时间。

不一会儿，同学陆陆续续过来了，大概十个人，有男有女，在嘉平读书的高嘉良、刘小萌和谢婉秋也在。

大家见面还是很亲热的，互相拍着肩膀开着玩笑，聊着高中时的糗事，还有在外地的一些新闻。

虽然这些高中校友只上了半年大学，不过在"小社会"里锻炼以后，身上那股青涩味道消散了很多，男生们原来留在嘴边的小胡须早已经剃掉了，女生们说话也不像高中时那么害羞了。

有一个叫潘颖的女生眼角还带着春意，一问果然是谈恋爱了。

陈汉升也完美融入其中，他高中时就不是内向的学生。

"嘉良，你的神色有些萎靡啊，是不是失恋了？"陈汉升对高嘉良说道。

高嘉良脸色一变，不自在地挥挥手："别瞎说，我都没谈恋爱，哪里会失恋？"

不一会儿，服务员拿着菜单过来，大家各自点了一些饮料，陈汉升又去前台拿了几副扑克牌。

几个人分了两桌，彼此挨着，喝着饮料，还能聊天，好不惬意。

陈汉升打算去打台球，所以只是搬个椅子坐在萧容鱼背后当"狗头军师"。有女同学看到两人态度比较亲密，就开玩笑问道："陈汉升，当年你追小鱼儿追得可凶了，现在怎么样啊？"

萧容鱼想听到陈汉升的答案，没想到他只是笑嘻嘻地敷衍："革命尚未成功，同志仍需努力。"

小鱼儿心里气馁，却昂着头傲娇地说道："三天打鱼，两天晒网，革命又如何成功？"

陈汉升假装听不懂，拉着王梓博去打台球。

不一会儿，二楼是"啪啪啪"的清脆击球声，楼下全是八卦。每个话题抛出来都能得到很多人的呼应，然后"吧啦吧啦"又引出一大串话题。

王梓博也悄悄地说道："小陈，上午我去网吧加了黄慧的QQ。"

陈汉升愣了一下："太沉不住气了，至少等回嘉平再加吧，你这样会在两人的关系中丧失主动权的。"

王梓博没听明白："她没有很冷漠啊？我一加，她立马就通过了。"

陈汉升不想深入争辩这个问题，跳过去问道："后来呢？"

王梓博脸色有些不好看："后来没聊几句，她就说去洗澡了。"

陈汉升笑了一声，弯着腰瞄准桌上的台球，重重地一杆打出去，然后又问道："她洗完澡给你发信息了吗？"

王梓博摇摇头："我一边看电影，一边等信息，网费都上没了，她还是没回。"

"那你午饭都没吃？"陈汉升问道。

"嗯。"

王梓博默默点头。

陈汉升叹了一口气，喊了服务员，让他拿点面包上来。王梓博坐在椅子上，一手挂着台球杆、一手吃面包的样子实在有些落寞。

不过陈汉升一点都不可怜他，他吃了亏也不长记性，更重要的是，他一定会继续撞南墙。

"梓博，你魔住了。"陈汉升淡淡地说道。

"什么叫'魔'……"

王梓博话刚说到一半，突然听到一楼有人骂道："你们能别笑吗？整个休闲吧就你们这里最吵！"

骂人的年纪不大，甚至比陈汉升他们还小一点，染着一头黄毛。

他的态度有些恶劣，几个男同学都不太服气，纷纷说道："我们声音又不大，再说，休闲吧里还不能笑了吗？"

"嗬，还敢顶嘴？"

本来小黄毛只打算骂一句，可是听到有人顶撞，这就要冲上来动手。

楼下的同学连忙站起来避让，他们到底还是学生，比不过这些社会混混。

就在这时，二楼有根台球杆夹着风声砸向小黄毛，后面有人大声提醒："张卫雷，快躲！"

小黄毛也注意到了，连忙后撤一步。

只听"咔嚓"一声，台球杆砸在地上，直接断成了两截。

小黄毛眼角跳了一下，要是这一下砸在身上，瘀青一块那是最基本的，严重点说，骨头都可能被砸断。

第110章　2002版以身相许

小黄毛正要看看是谁这么大胆，没想到楼上有个人主动开口了："张卫雷，你又来啦？忘了以前在学校门口我差点儿把你打死吗？"

小黄毛一抬头，看见陈汉升笑吟吟地趴在楼梯上，嘴里还说着风凉话。

他眼睛一下子红了，正要冲上去干架，后面有人叫道："住手！"

说话的是个二十出头的年轻人，不过气质要稳重很多，看到陈汉升居然还打了个招呼。

"汉升，放假回来啦？"

陈汉升点点头，掏出一支烟扔下去："张卫雨，你再不管好你弟弟，说不定什么时候又要被人打了。"

楼下的高中同学不知道陈汉升为什么和这两个混混认识，还是王梓博走过来解释道："还记得以前小陈和一个校外混混打架吗？"

大家当然知道了，当时这件事轰动了全校，校务处还想给陈汉升一个警告处分，只是不知道为什么又取消了。

王梓博指着小黄毛说道："他叫张卫雷，绰号'压矛'，原来是港城三中的学生，后来不上学，去混社会了。另外那个是他亲哥，叫张卫雨，绰号'长矛'，以前也是个混混。"

王梓博对这些事了解得很清楚："当初张卫雷想和我们学校一个女生谈朋友，人家不答应，他就在门口堵人家。正好小陈碰到了，看不惯，就说了两句。张卫雷脾气也很冲，两人一言不合就打起来了。"

突然，萧容鱼问道："那谁打赢了？"

王梓博有些骄傲地说道："当然是小陈赢了！那晚他打出了凶火，一拳一拳，差点儿把张卫雷打死，我拦不住，学校保安也拦不住，后来还是张卫雨出现，我们三人才拉开了他们。"

"这种事怎么能给处分呢？应该给嘉奖才对！"

马上就有女生打抱不平。

王梓博也点点头："那个学妹主动去校务处说明情况，学校才把处分取消，但打架总是不对的，嘉奖肯定也不会有。"

"这些我都不知道呢。"萧容鱼呢喃着说道。

王梓博耸耸肩："小陈就这性格，他做事看心情，自然也不会宣扬。"

刘小萌指着正在聊天的陈汉升和张卫雨说道："那他们是怎么认识的？"

"小陈高中时喜欢出去玩，有时候会碰到张卫雨，他弟弟张卫雷是个浑人，张卫雨没有那么嚣张，所以一来二去就认识了。"王梓博解释道。

高嘉良有些奇怪："那个叫'压矛'的脑子是不是不好？一中最漂亮的明明就是小鱼儿，他为什么要和其他女生谈朋友？"

王梓博白了他一眼："萧叔叔是警察这件事几乎尽人皆知，谁脑子坏掉了，敢去骚扰她？你追小鱼儿的时候不也老实得很？"

高嘉良讪讪一笑："谁敢不老实？陈汉升都那么老实。"

谢婉秋在旁边问道："那个被救下来的女生是谁啊？我还挺好奇的。"

"以前高二，现在高三，罗璇。"王梓博说道。

"罗璇？"潘颖吃惊地说道，"哎呀，她是我邻居啊，原来当事人就是她！

"小鱼儿，我和你说，你毕业以后，罗璇就是港城一中的校花啦！"不仅如此，潘颖还讲出一个小内幕，"不过奇怪的是，她的成绩明明能上一本，可既定目标就是二本的嘉平财经学院，她妈都要愁死了……"

说到这里，潘颖突然停下来，一群人面面相觑，嘉平财经学院不就是陈汉升的学校吗？

高嘉良愣了："陈汉升下了好大一盘棋啊，英雄救美，再有美女相随。"

其他人都跟着点头，别说，这剧本还挺有意思的。

突然，萧容鱼说道："现在都21世纪了，不提倡以身相许，罗师妹太迂腐了，我想亲自去劝劝她。"

就在这群"福尔摩斯"抽丝剥茧的时候，陈汉升和张卫雨已经聊起来了。

"最近忙些什么，还混社会呢？"陈汉升问道。

张卫雨摇摇头："瞎忙，我又不像你们是大学生，以后工作有保障。"

陈汉升笑了笑，没有说话。

突然，张卫雨问道："你觉得嘉平怎么样？"

陈汉升瞥了他一眼："怎么，你要去嘉平？"

张卫雨点点头："有这个想法，明年我想带着张卫雷去嘉平找点活。"

陈汉升沉吟一会儿，突然从服务台借了一张纸和笔，在上面写下了自己的手机号码："我就在嘉平玉欣读书，以后你有空去玉欣了，可以找我。"

"还是家里有钱好。"张卫雨忍不住感叹一句，"上大学就能买手机。"

陈汉升抽着烟："这是我自己兼职赚钱买的，明年学费都能自己交。"

张卫雨愣了一下："一边读书，还能一边赚钱吗？"

陈汉升不回答，故意留个念想，指着张卫雷说道："先把你弟弟带走吧，他在那里，我同学都不敢坐下来。"

张卫雨也不勉强，对陈汉升道了一声谢就离开了。

这两人出了门，张卫雷非常不爽："你为什么一直和陈汉升聊天？明知道我和他有仇。"

张卫雨拍了拍他的肩膀:"人家是大学生,刚才那群都是大学生。"

张卫雷不服:"大学生有什么了不起?"

"你被大学生打过。"张卫雨说道。

"哥,你信不信以后我能赚一百万?"

"你被大学生打过。"

"哥,你信不信以后我能闯出一番事业?"

"你被大学生打过。"

"哥,你信不信以后我比大学生混得好?"

"你被大学生打过。"

张卫雷怒吼一声:"我知道了!我是被大学生打过,用不着你一直提醒!"

张卫雨这才不说话,看了看手里的字条。

"这是什么?"

张卫雷凑近看了一眼。

"陈汉升的手机号码,他让我们去嘉平找他,说不定能有什么出路。"

"喊,他一个大学生能有什么出路,吹牛吧?"张卫雷不屑地说道,"把它撕了。"

其实张卫雨也不觉得有什么作用,但他想了想,还是把字条留了下来。

万一哪天有用呢。

第111章　瑞雪兆丰年

好好的聚会被张卫雷一搅和,大家都有些缺乏兴趣,于是高嘉良就提议去吃火锅,边吃边聊。

大家都赞同这个提议,只是陈汉升发现萧容鱼看自己的眼神有些怪。

在火锅店里坐下来以后,陈汉升悄悄问道:"怎么了?"

"没事。"萧容鱼平静地回答。

陈汉升撇撇嘴,心想你嘴里说"没事",但脸上明明白白写着"我有问题,赶快哄我"几个字。

高嘉良还哪壶不开提哪壶:"陈汉升,恭喜你啊,明年你就可以喜提小师妹一枚了。"

陈汉升会错意思:"明年我们大二,大家都能喜提小师妹。"

"我们不一样。"

接下来,高嘉良故意把罗璇的事情添油加醋说得非常夸张,什么罗师妹发誓要去财院,家人哭着劝说都不听,这种痴心感动了许多人……

其他人听了都觉得好玩,也跟着忽悠。

只有萧容鱼默默喝着大麦茶,喝完一杯又一杯,好像和火锅店的大麦茶有仇一样。

一开始陈汉升没在意,听到后面,脸色慢慢沉了下来。

"罗璇是因为我才想去财院的?"

"啪!"

萧容鱼重重放下茶杯，傲娇的属性再次被激活："怎么，现在就迫不及待了？"

陈汉升瞅了一眼萧容鱼，心想：虽然你比她漂亮，但咱和罗师妹是有过一段瓜葛的，只是那时还不知道她是为了我才想去财院，难怪当年她追得那么凶。

"没有，我和她都不认识，怎么就迫不及待了？"陈汉升悄悄牵了一下萧容鱼的手指，笑着说道，"以后我要找女朋友，就以小鱼儿为最低标准，罗璇比不过小鱼儿，咱看不上。"

"呸！"

"噗！"

"臭不要脸！"

…………

陈汉升刚说完，立刻引来一大片吐槽，高嘉良直接说道："就算小鱼儿去我们学校的空乘专业，也是校花级别的。陈汉升，你等着打光棍吧，梓博，你说是不是？"

王梓博是见过沈幼楚的，心里默默回了一句："未必。"

就连萧容鱼也以为陈汉升是在保证不会和罗璇有任何接触，便逐渐放下心来。

正好火锅汤底也端了上来，大家就聊起了美食。

吃完火锅，萧容鱼要和其他女生逛街，陈汉升借口有事和王梓博谈，两人一起回家了。

"怎么了？"王梓博奇怪地问道。

"你能联系上罗璇不？"陈汉升说道，"这事我出面不好，你联系上罗璇帮我转达一下，就说我有女朋友了，让她别来财院。"

王梓博一听就笑："我以为你会因为多一个追求者而高兴呢。"

陈汉升瞪了他一眼："我什么情况你不了解吗？"

王梓博为朋友做事也真的尽力，几天后就传来信息。

"小陈，罗璇说了，你有女朋友没关系，总之她就想考财院。"

"她果然还是那么神经……随便吧，我不管了。"

陈汉升正准备考驾照，没有多说什么就挂了电话。

听着电话里"嘟嘟嘟"的忙音，王梓博摇头晃脑地叹了一口气："明年的嘉平会非常有趣。"

殊不知，因为他的事迹，陈汉升也这样念叨过。

至于考驾照，陈汉升很懂规矩，学费没少交，驾校那叫一个喜出望外。

练车的第一天，陈汉升拿出一包红塔山塞在教练手里，教练推辞道："不用，我不抽烟。"

陈汉升笑了笑："别客气，我最多也就来两天。"

教练没明白怎么回事，还以为陈汉升只有空练两天，直到陈汉升踩下油门，教练才知道他只需要练两天。

第三天，陈汉升就申请考试。2002年的考试不是"电子眼"，难度低，陈汉升手把手攥地拿到了驾照。

晚上回家，梁美娟看着驾照怔怔入神。

"怎么，你也要去考一张？"陈兆军走过来说道。

梁美娟摇摇头："我考这个做什么？再说，在港城上班哪里要开车？骑自行车是最方便的。我就是觉得他有些奇怪，他一个大学生，考这玩意儿做什么？就连考试的钱都没向我们要。"

陈兆军倒是支持："年轻人多学点东西有什么不好？钱的话，他要我们就给，不要我们就装不知道。"

梁美娟叹了一口气："我觉得儿子离我们越来越远了。"

陈兆军一看老婆又来了，赶紧假装休息。

寒假的时间过得说快不快，说慢不慢，闲的时候浑身不得劲，但四处走亲戚忙起来的时候，陈汉升又特别期待回学校。

就在这样的假期节奏里，终于迎来了大年三十。

陈汉升帮忙熬糯糊贴对联，梁美娟照例给陈汉升买了一套新衣服，寓意年年有"新意"。

晚上，一家三口坐在电视机前看春晚，梁美娟一手面皮一手馅，在包大年初一早上要吃的饺子。

八点钟，电视机里传来主持人的声音："这里是中国中央电视台春节联欢晚会的直播现场，感谢全国各族人民，全世界的中华儿女，电视机前的千家万户，又一次与我们相约春晚，喜迎新春……"

从下午开始，外面的鞭炮声就没停过，春晚开始的时候，窗外又传来一波猛烈的炸响，陈汉升走到窗户前，闻到了浓浓的硝烟味。

"快点过来，小品开始了。"梁美娟提醒道。

陈汉升走回沙发，开始给郭中云、于跃平、钟建成这些人发信息，甚至给刘志洲和孔静也发了。

刘志洲没有回，孔静却意外地回复了：

"谢谢，顺祝你和你的家人身体健康，阖家团圆。"

陈汉升心想孔静的年纪和风韵都不像少女，也不知道她结婚没有。

没过多久，萧容鱼的电话就打来了，她不是找陈汉升的，两人经常见面，也不用特意说新年快乐，她是给陈兆军和梁美娟拜年的。

梁美娟和萧容鱼聊了好一会儿，挂了电话后却叹一口气："也不知道小沈那边怎么样了。"

陈汉升心想那地方连基站都没有，拿着手机过去都会变成砖头。

陈兆军敲了两下桌子提醒道："梁美娟女士，做人不要太贪心，小鱼儿已经很好了，想得太多，小心两头空。"

梁美娟幽幽地说道："小鱼儿当然好了，就是沈幼楚那小可怜的样子，我真的有些想她了。"

陈汉升坐在沙发上不想说话，现在他一开口就是错。令他没想到的是，晚上十点多钟，他居然收到了商妍妍的短信：

"亲爱的，新年快乐。"

陈汉升回了一句："大过年的，别叫错称呼。"

晚上十二点，陈兆军对陈汉升说道："以前每年这个点都是我去放炮，今年交给你了。"

陈汉升来到楼下，四面八方响着此起彼伏的鞭炮声，他点燃引信，手揣在兜里，看着火光在黑夜中四处跳动，鞭炮上包裹的红纸被炸得到处都是。

一抬头，好像下雪了。

萧容鱼马上打电话过来。

"小陈，下雪了。"

"瑞雪兆丰年。"

第112章　一个被放弃的大号

大年初一早上，陈汉升一家吃完饺子汤圆，梁美娟和陈兆军各拿出一个红包。

"汉升，新年快乐，愿你2003年健康、快乐、满足。"

这是老陈的谆谆希望。

"儿子，新年快乐，愿你2003年少气我一点。"

这是梁美娟的殷切期盼。

陈汉升笑嘻嘻地收下，然后变魔术一样掏出两个红包。

"老陈，希望新的一年里，您保持好身体，这个家没您不行。"

"老妈，希望新的一年里，您少生气、少打我、少啰唆，多和老陈出去走走。"

陈兆军和梁美娟没想到刚上大学的陈汉升给自己发了红包，两人对视一眼，老陈说道："儿子的祝福，我们得收下。"

两口子以为陈汉升这个红包只是意思一下，不过接到手里一摸厚度，就知道想岔了。

回到卧室打开红包，一人一千。

"老陈，你儿子在学校混得不错啊，我们给他才六百，他给我们一千。"梁美娟说道。

陈兆军笑眯眯地把红包放进口袋："这钱你不许收回去，儿子孝敬我的。"

昨晚那场瑞雪为这个年增添了一点特殊的味道，从初二开始，港城的老百姓包裹得严严实实出门拜年，陈汉升他们家中午都要去外婆那里吃饭。

搭公交车来到熟悉的小院，亲戚们都在，热热闹闹地在房间里围着电暖器聊天。

"哟，大学生来了！"陈汉升刚走进门，二舅母就笑着说道。

一群人聊天就是这样，每当有"新人"加入，话题就会不由自主地转到他们身上。

陈汉升还是这边唯一的大学生，所以大家更感兴趣。

"汉升，大学里功课累不累啊？"

"汉升，谈女朋友没有啊？"

"汉升，你有空帮着检查你表妹的寒假作业。"

…………

各种各样的问题都有，陈汉升一边烤着电暖器，一边挑几个简单的回答。

大舅母看了不太高兴，原来话题的中心是她的儿子，陈汉升一过来就抢了风头，再加上她本来和梁美娟有些矛盾，冷哼一声说道："现在大学生越来越多了，小海厂里的那些大学生工资也不是很高。"

小海就是陈汉升的表哥，大舅母的儿子，现在沪城一家工厂里打工。

梁美娟很不服气，马上就开口反驳。这对姑嫂见面掐架太正常了，陈汉升也没放在心上，还笑嘻嘻地和小海表哥挑挑眉。

小海表哥也跟着笑，看来晚辈们都不在乎长辈的事情。

最后，还是外公觉得打扰到他看电视了，使劲敲了敲烟斗："大年初二都不能安静点，多大年纪了？"

梁美娟不吭声了，大舅母还非要多加一句："现在我们家小海一个月挣一千五百块钱，很快都能买手机了！"

这句话不说还好，因为下一刻陈汉升的手机就响了。

"丁零零"的声音把所有人的注意力都吸引过去，陈汉升心想糟了，居然忘记关机了。

电话是萧容鱼打来的，她就是走亲戚无聊，问问陈汉升在做什么，两人随便说了两句，陈汉升就挂了电话。屋子里静悄悄的。

大舅母咳嗽一声："梁美娟，你这样做是不对的啊，汉升才多大年纪，你就给他买手机，培养孩子的虚荣心。"

梁美娟心里别提多爽了，但面上还是很稳重地回答："我和老陈还在用'小灵通'，这手机是他自己在学校打工赚钱买的。"

大舅母不信，又去问陈汉升。

陈汉升笑嘻嘻地不说话，帮忙检查二舅母家表妹的作业。

要说这上初中的大表妹，就是加QQ说"哥哥，我是妹妹"的那位，陈汉升心里也颇有怨气：你直接说名字不就行了？非要绕弯子。

当然陈汉升也看不懂数学题，只能翻语文作业检查一下生僻字，结果在作文那里停下来了。

作文的标题叫"苦难使人更加坚强"，这是初中作文常见的题目，宣传吃苦耐劳的价值观，结果这个妹妹倒好：

"去年我的爸爸出了车祸，双腿截肢。"

陈汉升抬头看了一眼健康的二舅。

"我的妈妈因为这件事，哭瞎了双眼。"

陈汉升又看了一眼视力5.0的二舅母。

"可以啊，我的宝贝表妹，为了写篇作文也是拼了。"

陈汉升默不作声地翻下去，居然还看到了自己。

"我的表哥陈汉升，因为家庭贫穷，二十六岁了还找不到老婆，但他依然很乐观……"

陈汉升不说话，把作业本移过去，指了指自己的名字。

大表妹会意地拿过橡皮擦，把"陈汉升"的名字改成"小海"，然后眨眨眼睛，询问陈汉升这样行不行。

陈汉升点点头，这作业就算检查完了。

在外公外婆家吃完饭，陈兆军一家离开后，大舅母仍然愤愤不平："三姑仗着家里有点钱，就给孩子买手机，太虚荣了。"

外公有些不高兴："手机是不是老三买的，你看不出来吗？"

"汉升都不愿意多说，就怕大过年的让你这个长辈脸上难看，你偏偏一个劲地计较，就不担心人家心肠一硬，以后不帮小海了？"

大舅母不相信："小海不需要别人帮。"

外公摇摇头："如果你儿子的性格能有陈汉升一半圆滑，以后我躺下都不用担心了。"

在回去的路上，陈汉升就和梁美娟请示："妈，过两天我要去学校。"

梁美娟愣了一下："你们不都是元宵节后才开学吗？"

"对，正式开学是元宵节以后。"陈汉升解释道，"可我要先去川渝接小沈啊，票都买了。把她送到宿舍，我再回港城和小鱼儿一起去学校。"

"儿啊，咋没见你对妈也这么体贴呢？这么折腾累不累？"梁美娟认真地瞅了瞅自己儿子，"2003 年，两个女孩能确定一个不？"

"妈，瞧您说的！我们都是同学关系。"

陈汉升假装听不懂梁美娟话语里的讽刺，心想确定一个是不可能的，只希望不要再增加一个吧。

在家里磨蹭到初八，陈汉升果然去了川渝。

梁美娟看着空空如也的卧室，摇摇头对陈兆军说道："老陈，我们调养一下身体，要个二胎吧，白菜没拱到，猪跑得倒是欢实。"

第113章　修罗场（上）

陈兆军当然不会要二胎，梁美娟说的也是气话。

而陈汉升还不知道老妈要放弃自己这个大号，他一路转车来到川渝，恍然觉得好像没离开过。

推开熟悉的柴门，院子里只有小丫头阿宁一个人坐在小板凳上写作业，土狗和家猫无精打采地趴在脚下。

现在看到陈汉升，阿宁也不害怕了，专门跑过来仰着头打招呼："阿哥。"

陈汉升笑眯眯地掏出糖果："婆婆和阿姐呢？"

"婆婆去叔公家了，阿姐去砍柴了。"

小阿宁拿到糖果，先不急着自己吃，而是慢慢分成好几份，陈汉升问她原因。

"婆婆一份，阿姐一份，阿哥一份，阿宁一份。"

陈汉升摸摸了她的头发："阿哥那份给你。"

小阿宁的父亲早年外出打工，杳无音信，母亲实在等不到，干脆改嫁，相当于沈幼楚婆婆一个人抚养两个孩子长大。

"谢谢阿哥。"小丫头先道谢，然后小声地说道，"阿姐睡觉梦到阿哥了。"

"阿宁怎么知道？"陈汉升笑着问道。

"阿姐带着我睡觉，我听到她说梦话了。"阿宁睁着大眼睛回答。

两人正说话的时候，沈幼楚背着一大捆柴火回来了，她本身个子很高，只是背的柴火特别多，腰都被压弯了。

陈汉升按下心里涌起的柔情，皱着眉头说道："你就不能少背点吗？笨死了。"

其实陈汉升自己也很奇怪，他面对小鱼儿更多是包容，面对沈幼楚却有些苛刻。

沈幼楚看到陈汉升本来很高兴，但她不会用语言表达，娇憨的脸上瞬间布满了喜悦，桃花眼水盈盈的清澈透亮。

只是被凶了一句，小脸有些委屈。

陈汉升假装看不到，走过去帮忙卸柴火："问你话呢，砍这么多柴火做什么？"

"我、我上学后，婆婆在家背不动。"沈幼楚低着头解释，她怕陈汉升继续发火，还小心翼翼加上一句，"下次我不背这么多，你莫要生气了。"

陈汉升这才知道自己误会了，沈幼楚是想多存点木柴在家里，这样她去嘉平后，婆婆就不需要背了。

"咳……"陈汉升没好意思道歉，咳嗽一声，虎着脸问道，"还需要再砍吗？"

"要、要的，我先做饭给你吃。"沈幼楚小声说道，走向厨房准备开锅。

陈汉升摇摇头："我吃过了，一起去砍吧。"

沈幼楚没动脚步，大概是不想陈汉升去劳作。

"走啊。"

陈汉升催了一下，她才慌忙跟上。

砍柴是个技术活，虽然陈汉升不是五谷不分的学生，可短时间也学不会这手艺，最后还是沈幼楚砍，陈汉升背，三次以后才把仓库填满。

傍晚，婆婆回来了，她一言不发地看着两个年轻人在院子里忙碌，然后慢吞吞地切了一点腊肉做菜。

吃饭时看到有荤菜，陈汉升心想这应该和自己留下的钱有关系。

沈幼楚的家庭，一个在读大学生，一个即将上小学的幼童，一个没有工作能力的老太太，钱没那么好赚。

如果不是陈汉升插手沈幼楚的生活，大概沈宁宁上学的费用都要靠沈幼楚辛苦在食堂和图书馆兼职，然后自己吃三毛钱的米饭省下来。

吃完晚饭，门外北风"呼呼"吹着，小厨房里烧着下午刚砍的木柴，灶台的火光里不时传来"噼里啪啦"爆裂声。

沈幼楚认真地指导阿宁读书，不时把散落的发丝拢在耳朵后面，露出一片映着红光的小耳垂，老太太昏昏欲睡，一片祥和。

第二天，陈汉升和沈幼楚离开凉山，不过到达蓉城时没有去火车站，而是去了机场。

沈幼楚来到检票口才晓得要坐飞机，她轻轻拉了拉陈汉升的衣角："我们坐火车，好不好？"

陈汉升知道她的心思，安慰道："飞机票提前买和软卧价格差不多，别担心。"

这倒是实话，不过对沈幼楚来说，第一次坐飞机的紧张感远大于新鲜感，尤其刚起飞时，她的脸一片煞白，紧紧抓住陈汉升的手不松开。

直至平稳以后，沈幼楚的肩膀还在不住地颤抖。

"下、下次我们不坐飞机。"

沈幼楚小声地请求，豆粒大的眼泪在眼眶里转啊转，桃花眼一眨就滴落下来。

"好，那你亲我一下，下次就不坐飞机了。"陈汉升笑着说道。

在公开场合，这肯定是为难沈幼楚了，她转过头看着窗外的白云，眼睫毛上还沾着泪水。

飞机飞行一会儿，陈汉升摇了摇沈幼楚的手指："你松开一下，我要去厕所。"

"噢……"

沈幼楚慢慢松开，不过飞机突然颠簸了一下，她马上又紧紧抓住，眼睛里充满着依赖。

陈汉升叹一口气："算了，就尿在裤子里面吧。"

经过两个半小时的飞行，飞机终于到达嘉平禄口机场，搭车返回学校后，陈汉升甚至没来得及睡一觉，就又出发赶回港城。

虽然萧容鱼对陈汉升"外出走亲戚"的理由感到有些奇怪，不过好歹还是赶上了，陈汉升也装模作样地搭乘萧宏伟的车去学校。

王梓博他们也在，一路上叽叽喳喳的，萧容鱼还推了推陈汉升："小陈，你说过了个年，学校会不会有很大变化？"

陈汉升撇撇嘴："能有什么变化？还不是老样子。"

"喊，这么肯定，好像你刚刚见过一样。"小鱼儿噘着嘴说道。

陈汉升肩膀不自然地抖动一下，他的确刚从学校回来。

陈汉升和萧容鱼的学校离得最近，所以萧宏伟先把其他几个同学送到学校，最后才去明大和财院。

"这条路这么堵？"老萧皱着眉头说道。

陈汉升抬起头，两所学校相邻，所以路上密密麻麻全是拎着行李的学生，再加上摆摊的商贩，车辆迟迟难以前行。

"现在正好开学……"

陈汉升刚说一半就突然停住了，因为他看到了一个熟悉的身影。

沈幼楚！

她正穿着那件宝蓝色羽绒服，而且就站在路边！

"完了，她为什么会出现在这里？"

沈幼楚大概是出来买东西，又或者只是单纯的散散步，但是这已经不重要了，陈汉升的脑袋瞬间一片空白。

"小鱼儿，前面有个女孩子穿的衣服和你好像啊。"

偏偏这个时候，眼神很好的萧宏伟也发现了，但他只当是个巧合。

"是吗？"

萧容鱼慢慢抬起下巴，向窗外望去。

陈汉升的心脏猛地揪了起来。

第114章 修罗场（下）

问：萧容鱼聪不聪明？

答：总之比沈幼楚聪明。

问：萧容鱼敏不敏感？

答：总之比沈幼楚敏感。

所以对陈汉升来说，宁可沈幼楚发现萧容鱼，也不能让萧容鱼发现沈幼楚。

尤其看到穿着宝蓝色羽绒服的沈幼楚，萧容鱼很可能会好奇地下车问一问。

沈幼楚不会撒谎，结局必然是"对穿"。

这种"对穿"不比被梁美娟发现，这可是当着萧宏伟的面，真的是比修罗炼狱还要恐怖的存在。

陈汉升甚至不敢想象那一刻会有什么意外发生。

所以，就在萧容鱼抬头的一瞬间，陈汉升沉声叫了一句：

"小鱼儿。"

"嗯？"

萧容鱼转过头，亮晶晶的眼神带着疑问。

陈汉升沉默了0.886秒以后，突然伸出手轻轻抹了一下萧容鱼的嘴角。

"刚才你吃了萨其马，还有一些碎屑。"

这大概是陈汉升第一次在长辈面前做出这种亲昵的动作，尤其当着父亲的面，这下不仅萧容鱼害羞了，就连萧宏伟的注意力都被吸引过来。

"下次吃东西要小心一点啊。"陈汉升温柔地说道。

萧容鱼突然感动得想哭，她有多久没见到陈汉升这个状态了？反正在她的记忆里是很久很久了。

"咚咚咚！咚咚咚！咚咚咚……"

这是陈汉升的心跳声，谁能想象到他平静的面容下是一颗跳动到快要痉挛的心脏？

萧宏伟发现有点不对劲。

"汉升，你的手在抖什么？"

"没什么。"陈汉升看了一眼老萧，有些不好意思地说道，"我第一次给女孩子擦嘴，所以有些紧张。"

"噢……"

萧宏伟理解了，不过他还是有些奇怪，紧张有可能，但以陈汉升的心理素质，不应该紧张到手抖才对。

其实老萧哪里知道，陈汉升趁着看他的工夫，也瞄了一眼沈幼楚。

谢天谢地，她正慢慢走向另一个摊位。

那个摊位在公交站牌后面，如果萧宏伟不仔细察看，应该发现不了。

"好了没啊？我嘴角都痛了。"萧容鱼问了一句。

陈汉升擦个嘴擦了二十来秒，不要说萨其马碎屑了，小鱼儿的嘴角都被擦红了。

"擦好了，擦好了。"

陈汉升笑呵呵地缩回手，不过萧宏伟和萧容鱼被他这样一打岔，一个忘记了要说什么，一个忘记了抬头要做什么。

可是"修罗场"依然存在，因为沈幼楚还没有回去，只要车辆经过门口，两人就还是有碰面的可能。

"萧叔叔，我们要不要改从东门进去？"陈汉升突然斟酌着说道。

"为什么？"萧容鱼有些奇怪，"车辆没办法从东门进去啊。"

萧宏伟也等着听理由。

陈汉升沉稳地说道："这里实在太堵了，开进去不知道要等到猴年马月，现在已经下午三点多了，太晚进去的话，萧叔叔就要开夜车回港城，不太安全。"

"安全"这个理由萧容鱼还是能听进去的，她的脸色瞬间严肃起来。

"另外，虽然车辆从东门进不去，但离你们的宿舍更近一点，只是车不能停到楼下而已。"

陈汉升指了指自己的胸口："有我在，这就是结实免费的劳动力。"

这样一说，萧容鱼也觉得很有道理，尤其考虑到老萧开夜车的安全，她也说道："爸，我们拐去东门吧，到时您直接回家，小陈会送我上楼的。"

萧宏伟也同意这个提议，打着方向盘离开明大正门，离开这个对陈汉升来说堪称"修罗场"的地方。

陈汉升假装指路，又抬头看了一眼，也不知道是感应还是巧合，沈幼楚居然也瞧了过来。

陈汉升的表情没有任何变化，依然镇定地指路。

车窗有反光贴，外面看不到里面。

东门的车辆果然少了很多，陈汉升下车后，原地不动，扶着行李箱。

"你怎么了？"萧容鱼关心地问道。

"没事，坐得太久，脚麻了。"陈汉升平静地回答，他不敢说自己腿软了，只能用"脚麻"搪塞。

这个情况也是常有的事，小鱼儿不以为意，萧宏伟临走对陈汉升叮嘱道："汉升，辛苦你了，你比小鱼儿要成熟，遇到事情多包容一下小鱼儿。"

这句话就有一点意味深长了，陈汉升点头答应，萧容鱼娇羞地看着陈汉升，明媚动人。

不一会儿，陈汉升的腿部开始恢复力气，拎着行李走进学校。

萧宏伟开车回去时，看了一眼依然堵塞的明大正门，这才觉得刚才好像有事忘记说了。

"那女孩的个子比小鱼儿还高，样貌嘛，好像和小鱼儿差不多漂亮。"

陈汉升大概也没想到，刚才刑侦大队长萧宏伟一瞥之下，居然连沈幼楚的相貌都看清楚了。

"有空问问汉升或者小鱼儿，这种女孩在大学里不会默默无闻的。"

明仁大学的东门靠近马路，一直通向玉欣区东山镇，陈汉升和萧容鱼正要走进学校，一辆跑车缓缓停在路边。

"不好意思，请问一下东山工业大道157号怎么走？"

陈汉升转过身，有个女人探出头问路，只是普通话不太标准，带着些粤语腔调。

"东山镇就在前面，工业大道我就不清楚了。"热心的萧容鱼说道。

"东山工业大道157号？"

陈汉升仔细打量着问路的女人。

她戴了一副硕大的黑色墨镜，看不清年纪，只能看到挺直的鼻梁和红润的嘴唇，咖啡色的秀发披在高档呢子风衣上，气质出众。

她注意到陈汉升盯着自己，礼貌地笑了一下。

陈汉升也笑了一下，他从包里拿出一张纸，认真详细地把通往工业大道157号的路线画出来。

"谢谢你，你女朋友是我见过最漂亮的女生。"问路的女人客气道谢。

跑车离开后，陈汉升的视线还跟随着那个方向，萧容鱼不满的声音在背后响起："走都走了，你要不要搭个公交车去追啊？"

陈汉升摇摇头："你这吃的哪门子飞醋？人家只是问路而已。"

"哼，"萧容鱼冷哼一声，"以前可没见过你这么主动。"

陈汉升心想不主动行吗，工业大道157号就是新世纪电子设备厂啊，再联想到传说中那位香港来的"大人物"，十有八九应该和这个女人有关。

"人家都说了，你是她见过最漂亮的女生，那肯定比她本人还漂亮啊。"

今天陈汉升安全度过了"修罗场"，又无意中给"大人物"留下了印象，心情大好，居然一路哄着萧容鱼回了宿舍。